Magdalena Pawlik

Szklany deszcz

novae res
WYDAWNICTWO INNOWACYJNE

REDAKCJA: Jerzy Głowacki
KOREKTA: Aleksandra Tykarska
OKŁADKA: Wiola Pierzgalska
SKŁAD: Katarzyna Dambiec
DRUK I OPRAWA: Elpil

Wydanie pierwsze
ISBN 978-83-7942-135-0

NOVAE RES — WYDAWNICTWO INNOWACYJNE
al. Zwycięstwa 96/98, 81-451 Gdynia
tel.: 58 698 21 61, e-mail: sekretariat@novaeres.pl,
http://novaeres.pl

Wydawnictwo Novae Res jest partnerem
Pomorskiego Parku Naukowo-Technologicznego w Gdyni.

P P N T
Pomorski Park Naukowo-Technologiczny

Bez codziennej rutyny i walki z kryteriami człowieczeństwa nic z mojej podróży od życia do pustyni i na powrót nie miałoby w tej książce najmniejszego sensu. Niech Przygoda zawarta w tej opowieści pozostawi w Tobie niezatarte wspomnienie i będzie Nadzieją w tych najtrudniejszych chwilach.

Pamiętaj, że Twoja wyobraźnia jest warta więcej, niż sobie wyobrażasz.

(Louis Aragon)

Dedykuję tę książkę całej mojej rodzinie i przyjaciołom. Wiecie, że to dla Was.

ROZDZIAŁ 1

Epizod, który staje się początkiem

Leżałam na łące, a delikatne podmuchy wiatru muskały całe moje ciało. Na twarzy czułam ciepłe promienie słoneczne, które niczym zimny ogień lizały powierzchnię mojej skóry. Bawiłam się źdźbłem trawy, leżąc na miękkim kobiercu zieleni. Mój oddech zwolnił, uspokoił się. Biedronki, pszczoły i motyle przewijały się w moim umyśle niczym film. Mimo iż miałam zamknięte oczy, wszystko widziałam i czułam. Zapach kory drzew, ożywczej wody ze strumyka i cudną woń kwiatów. Moich uszu dobiegał kojący szum liści oraz śpiew ptaków. Wszystko to sprawiało, że czułam się jak w raju. To właśnie ta łąka pozwalała mi zapomnieć o szarej codzienności. Całe dnie wyczekiwałam na odpowiedni moment, aby móc się wymknąć do tego cudownego miejsca. Tuż obok leżała moja najukochańsza przyjaciółka i zarazem jedyna towarzyszka w świecie tak pełnym goryczy i zła. Tą osobą była Stacy. Było nam tak dobrze, czułyśmy się tak bezpieczne, gdy nagle usłyszałyśmy, że ktoś nadchodzi. Tym kimś nie mógł być nikt inny jak tylko pani Libby. Gdy ujrzała nasze sylwetki wyciągnięte na ziemi, podniosła głos i zaczęła na nas krzyczeć, opętana szałem, żądzą zemsty, kipiąca złością.

– Susanne! Stacy! Natychmiast do mnie! Co wy sobie wyobrażacie?! Odpoczywacie, gdy trzeba pracować? Brać się do roboty, ale już! Niewychowane niewdzięcznice!!! – wypruła z siebie pani Libby.

Chwytając nas za łokcie z całych sił i szarpiąc, poprowadziła do drzwi sierocińca. Wepchnęła nas do środka tak brutalnie, że Stacy upadła na twarz, boleśnie się raniąc. Pani Libby tylko na nas popatrzyła, a jej oblicze wykrzywił grymas zadowolenia. Jeszcze raz zwyzywała nas, uderzyła, po czym odeszła, nic sobie nie robiąc z tego, co przed chwilą uczyniła.

Moja przyjaciółka próbowała powstrzymać łzy, ale nie mogła. Jej policzki zalśniły słonymi kropelkami. Ogarnął mnie taki niewymowny gniew, iż o mało co nie popełniłabym jakiegoś głupstwa. Od razu przytuliłam Stacy do siebie i głaszcząc ją po główce, próbowałam uspokoić. Przyzwyczaiłyśmy się już w prawdzie do takiego traktowania, ale stopniowo wyczerpywała się moja cierpliwość. Pani Libby zapewniała nam przecież dach nad głową, który nie miał nic a nic wspólnego z prawdziwym domem, lecz przynajmniej nie błąkałyśmy się bez celu po ulicach. Dzięki niej miałyśmy również co jeść, chociaż wiele razy skąpiła nam chleba czy wody, kładła spać na starych, cienkich materacach. Ile razy marzłyśmy do szpiku kości w zimie, gdy mróz bez przeszkód dostawał się do lichej komórki?! Ta kobieta doświadczyła nas okrutnie, nie kochała i traktowała jedynie jako formę zarobku, jak zwierzęta. Mimo wszystko nie ośmielałyśmy się jej przeciwstawić. Niedawno skończyła się przecież druga wojna światowa. Gdzie byśmy się wtedy podziały? Jaki by nas spotkał los?

Nie pamiętam też swoich rodziców. Mam tylko wrażenie, że widzę ich twarze, jakby przez mgłę czasu rysowały się kontury ich oczu, uśmiechy... Zapewne zginęli. Nie czułam do nich żalu czy nienawiści, bo w głębi serca wiedziałam i czułam, że ogromnie mnie kochali. Gdy tylko ich sylwetki docierały do mojej świadomości, tęsknota rozrywała mi duszę. Miałam kilka miesięcy, gdy mnie znaleziono i oddano do sierocińca. Teraz liczyłam sobie już szesnaście lat. Szesnaście lat pozbawionych krztyny dzieciństwa, ciepła czy miłości. Szesnaście lat dorosłości. Jedynym promykiem światła prześwitującym z zamglonych wspomnień była moja pierwsza niania, której imienia nie pamiętam. Tylko ona roztaczała nade mną opiekę, ale zmarła. To ja zajęłam jej miejsce i opiekowałam się młodszymi dziećmi. Właśnie tak poznałam Stacy, bez której poddałabym się w walce ze swoim własnym życiem.

Jak ja się zamyśliłam! Obiecałam sobie nie wracać do cieni przeszłości, no i przecież musiałam brać się do pracy, bo inaczej znów żołądek podchodziłby mi do gardła. Nie chciałam też w żaden sposób znów narażać Stacy na głód. Otarłam więc łzy, wstałam, jeszcze raz przytuliłam przyjaciółkę i popatrzyłam jej prosto w oczy spojrzeniem pełnym współczucia, ciepła i miłości, a ona zapytała:

– Susanne, czy wszystko w porządku?

Oczywiście nic nie było w porządku, lecz wszystko musiało być. Odpowiedziałam więc:

– Tak, Stacy, wszystko w porządku, nie martw się. Jest mi tylko przykro i smutno. A ty? Jak się czujesz? Bardzo cię boli?

– Nie, to tylko zadrapanie. Nie martw się o mnie i uśmiechnij się. Kiedyś wyrwiemy się z tego miejsca. Jestem o tym przekonana!

Gdy skończyła, wtuliła swoją główkę w moje ramiona. Przytuliłam ją jeszcze raz z całych sił i ucałowałam w czółko. Stacy była taka malutka, a tak pełna wiary. A przecież w dziewięcioletnim umyśle musiała dzień w dzień przechodzić prawdziwe katusze! Była również nad wiek dojrzała i przekonana, że uda nam się wydostać z tego więzienia, które rzekomo było naszym „domem".

– Co to za pogawędki, smarkule?! Już ja wam pokażę! Miałyście sprzątać i zająć się innymi bachorami! – przerwała nam jak grom z jasnego nieba nasza opiekunka.

– Proszę na nas nie krzyczeć... Nic nie zrobiłyśmy i już bierzemy się do pracy... – odpowiedziałam jej.

– No właśnie! Nic nie robicie! Leniuchujecie! Co to wszystko ma znaczyć?! Najpierw wylegujecie się bezczelnie na łące, a teraz nie raczyłyście nawet ruszyć się z miejsca! A ty – zwróciła się do mnie – w tej chwili idź zająć się innymi rozwrzeszczanymi dzieciuchami, bo inaczej zafundujesz swojej podopiecznej kolejny wieczór bez kolacji!

– Tak jest.

– Z kolei ty – zwróciła się do Stacy – zabierz się lepiej za zmywanie i napal w piecu. I dla własnego dobra przestań już ryczeć! Zrozumiano?

– Oczywiście.

Przesłałam mojej „młodszej siostrze" wzrok pełen współczucia i uśmiechnęłam się do niej. Gdy tylko nakarmię inne dzieci, umyje je i położę spać, na pewno pomogę Stacy – jak zawsze. W głowie mi się nie mieści: jak można obarczać tak wątłą istotkę takimi ciężkimi pracami? Czy pani Libby nie dość się już napatrzyła na okropieństwa wojny? Czy nie ukłuł ją w serce żal czy choćby krztyna współczucia? Nie, tej kobiety nie było w stanie wzruszyć absolutnie nic. Była bowiem prawdziwą hedonistką, bezwzględną istotą, której użyczono człowieczeństwa. Nigdy jednak z niego nie korzystała. Nie można bowiem poruszyć lodowatego głazu, zajmującego miejsce serca w ciele kogoś tak okrutnego jak ona.

Trzy godziny później, gdy uporałam się już z zadanymi mi wcześniej obowiązkami – chociaż w żadnym wypadku opieki nad malutkimi aniołkami nie traktowałam jak przymusu, ponieważ bardzo je lubiłam i starałam się jakoś wynagrodzić im brak prawdziwej rodziny – od razu pobiegłam ile sił w nogach do Stacy. Znalazłam ją dopiero w piwnicy – nabierała węgiel. Gdy tylko mnie ujrzała, na jej twarzy błysnął promyczek niewymownej radości. Już, już podbiegała do mnie, gdy nagle zemdlała. W ostatniej chwili udało mi się ją złapać. Oddychała ciężko, płytko, a jej czoło zdobiły krople zimnego potu. Bardzo się przestraszyłam, ale od razu zaczęłam ją cucić. To jednak nic nie dało. Zaniosłam ją więc do naszej komórki, położyłam na podwójnym materacu, aby było jej jak najwygodniej, i jeszcze raz spróbowałam ją oprzytomnić. Tym razem się ocknęła. Jej oczka były takie przygaszone, a głosik taki cichutki. Przemyłam jej usmoloną twarz chłodną gazą, pocałowałam w czółko, dałam jej pić i oczywiście nakazałam bezwzględnie leżeć, zwracając się do niej tymi słowy:

– Stacy, już wszystko dobrze. Musisz teraz jednak koniecznie tu leżeć i odpoczywać. Ja niestety muszę rozpalić w piecu na kolację, ale postaram się jak najszybciej wrócić. Jest mi strasznie wstyd, że musisz przez to wszystko przechodzić i że nie jestem w stanie ci pomóc, kiedy tego najbardziej potrzebujesz.

– Nie mów tak. Bardzo cię kocham i wiem, że to nie twoja wina i że cały czas starasz mi się pomagać. To ja cię przepraszam za wszystkie kłopoty, których ci przysparzam i…

– Ciii… Już dobrze. Nie masz mnie za co przepraszać. Powiedz mi, jak się czujesz? Nie kręci ci się już w głowie? Wytrzymasz, dopóki nie wrócę?

– Tak, już wszystko w porządku. Nie zamartwiaj się tak – odpowiedziała Stacy i przesłała mi słodki uśmiech, a w jej policzkach pojawiły się dołeczki.

– To idę, ale przyślę tu którąś z twoich koleżanek, aby miała na ciebie oko, gdyby coś się stało, i zawołała mnie w razie czego, zgoda?

– Zgoda.

Przesłałam jej ponownie uśmiech i wyszłam. Gdy wróciłam z powrotem do piwnicy, już dłużej nie mogłam powstrzymywać łez. Tak bardzo cierpiałam, patrząc na chorą sytuację panującą w sierocińcu. Właśnie w takich momentach bardzo chciałam się wydostać z własnego umysłu, gdyż głowę rozrywały mi wspomnienia już nie tylko dawnych wydarzeń, ale i tych dzisiejszych, które przelały czarę goryczy. I w tej właśnie chwili podjęłam ostateczną decyzję – decyzję, która na zawsze odmieniła życie moje i Stacy – decyzję o ucieczce. Dalsze moje rozmyślania przerwały odgłosy stóp pani Libby, więc czym prędzej otarłam łzy rąbkiem fartuszka, zabierając się z powrotem do nabierania węgla.

Po kilku minutach dotarłam do kuchni i rozpaliłam w piecu. Miałam teraz chwilkę, żeby zajrzeć do Stacy. Okazało się, że wszystko było w porządku.

– Dziękuję ci – zwróciłam się do Amy, która dzielnie czuwała u boku swojej koleżanki.

– Nie ma sprawy – odpowiedziała dziewczynka i pożegnała się z nami.

– Widzę, że jest już chyba lepiej – zwróciłam się do Stacy, starając się ukryć fakt, iż przed chwilą wylewałam kaskady łez.

– Tak, lepiej – odpowiedziała wesoło, po czym dodała już niespokojniej: – Płakałaś?

– Nie, skarbie. To tylko ten kurz w piwnicy. Jestem na niego uczulona.

Na szczęście to kłamstwo „przeszło". Stacy była przecież jeszcze dzieckiem, a mój argument nie był widocznie taki zły, choć zapewne u dorosłego tak dobrze by nie zadziałał.

Widząc, że sytuacja wróciła już do normy, wzięłam Stacy za rączkę i udałyśmy się do jadalni – jeżeli jadalnią można nazwać stare stoły nakryte poszarzałymi i spranymi obrusami czy rozlatujące się krzesła – i posadziłam ją na jednym z miejsc, po czym udałam się do kuchni, by przyrządzić kolację. Gdy już kończyłam, moich uszu dobiegł gwar rozmów z sąsiedniego pomieszczenia. Po chwili wynosiłam już dymiącą zupę, chleb, wodę sodową oraz cudem uzyskane jabłka – które były rarytasem dostępnym tylko w lecie – i postawiłam miski z jedzeniem na stole. Dzieci zjadły wszystko dokładnie, a pani Libby była oczywiście na wykwintnej kolacji z jakimś bogatym przedsiębiorcą. Później pozmywałam, umyłam się i poszłam spać. Mimo iż wiedziałam, że Stacy już smacznie śpi i że inne dzieci też leżą już w swoich łóżkach, nie mogłam zasnąć. Przymknęłam powieki i powtórzyłam, jak zawsze przed snem, zdanie, które dawało mi nadzieję, bardzo wątłą, ale tak potężną zarazem:

– Twoja wyobraźnia jest warta więcej, niż sobie wyobrażasz.

Następnego ranka obudziłam się jak zwykle wcześniej od innych i mając chwilkę, zaczęłam znów zanurzać się we wspomnieniach o swojej rodzinie i domu pełnym miłości. Zamykając oczy, przenosiłam się w swój świat, w którym nie było żadnych granic, zakazów ani nakazów. Byłam marzycielką, która w każdej nadarzającej się chwili wizualizowała sobie szczęście. Lecz tym razem moje marzenia miały stać się rzeczywistością...

Nagle poczułam chłód i ciepło zarazem. Zaniepokoiłam się. Otworzyłam od razu oczy i ujrzałam srebrne piórko wlatujące przez okno otwarte podmuchem wiatru. Piórko zatrzymało się obok mnie i nie opadło na ziemię, przecząc wszelkim prawom grawitacji. Miałam wrażenie, że obcuję z jakimś magicznym przedmiotem. Oderwałam jednak od niego wzrok i czym prędzej zamknęłam okno, aby poranny chłód nie zbudził Stacy. Gdy wróciłam, piórko było w tym samym miejscu, na wysokości moich oczu, na wyciągnięcie ręki. Emanowało pięknem i doskonałością w każdym calu. Jego połyskujące krawędzie delikatnie falowały w powietrzu, przesyłając w moją stronę niewidzialne pokłady nadziei. Mimowolnie uśmiechnęłam się, gdyż byłam przekonana, że to cudo nie może być niczym groźnym, i wyciągnęłam rękę w jego kierunku. Właśnie wtedy wylądowało miękko na moich dłoniach. Wpatrywałam się w nie przez dłuższą chwilę. Miałam wrażenie, iż w jego wnętrzu drzemią jakieś magiczne i dobre siły, ponieważ słyszałam jakiś cichutki głosik mówiący w tonie spokoju, chcący mi coś przekazać – ale niestety nic nie rozumiałam. Na dodatek musiałam je odłożyć, ponieważ pani Libby już obudziła cały sierociniec, wołając mnie na dół. Schowałam więc cudowne znalezisko – które wprawdzie przyleciało do mnie samo – pod obluzowaną deskę podłogi znajdującą się obok mojego materaca i ruszyłam zmierzyć się z codziennością. Codziennością, której bieg miał być już jednak zupełnie inny.

Udało mi się wyjątkowo szybko umyć, uczesać i zbiec na dół po schodach. Spojrzałam na zegar: wybiła szósta. W pierwszej chwili myślałam, że źle odczytałam godzinę, lecz wkrótce okazało się, iż był pewien niecierpiący zwłoki powód wczesnej pobudki – sierociniec oczekiwał bardzo ważnych gości. Pani Libby szybko mnie znalazła i rozkazała natychmiast udać się na zakupy, wręczając do ręki małą fortunę. Nigdy w życiu nie trzymałam w dłoniach takiej ilości pieniędzy. Aż zaniemówiłam, widząc taką kwotę. Szybko jednak otrząsnęłam się, spostrzegając, iż oprócz gotówki trzymam również listę zakupów. Pojawiło się na niej tak wiele pozycji, tak wiele luksusowych składników godnych królewskiej uczty, że aż musiałam przetrzeć oczy z wrażenia. Zapewne miałam zrobić zakupy na wykwintny obiad dla „gości". Zastanawiałam się, kim oni mogą być? Przecież pani Libby nigdy nie jadała w sierocińcu, gdy chodziło o kogoś ważnego, a tym bardziej to nie ona płaciła, bo to ją zapraszano do luksusowych posiadłości. O co mogło zatem chodzić? Kolejnym niepokojącym faktem było to, iż nie powiedziała do mnie ani słowa krytykującego moją postawę czy wygląd! Widać nie miała czasu się tym przejmować, bo słyszałam, jak cała podenerwowana wydawała polecenia innym sierotom. Tak szczerze, to zupełnie mnie nie obchodziło, czemu się tak zachowała. Czym prędzej ubrałam sandały, założyłam kapelusz, wzięłam koszyk i wyszłam. Przez okno pomachała mi Stacy, po czym otworzyła je i radośnie zawołała:

– Dzień dobry, Susanne!

– Dzień dobry, słoneczko! – odpowiedziałam jej.

– Gdzie idziesz? – zapytała mnie.

– Muszę zrobić zakupy, bo będziemy mieć jakichś bardzo ważnych gości na obiedzie. Wrócę za jakieś dwie godziny. A ty? Jak się czujesz? Już lepiej?

– Pewnie, że lepiej! Nie martw się już tak i lepiej idź, żeby znów na ciebie nie nakrzyczała. To do zobaczenia! – powiedziała Stacy i przesłała mi buziaka.

– Wrócę, nim się obejrzysz – odpowiedziałam i przesłałam jej całusa, po czym ruszyłam na plac.

Było jeszcze dość wcześnie, ale niebo było już bezchmurne, a słońce roztaczało miłe ciepło. Uwielbiałam lato, wiec ogromną radość sprawiało mi patrzenie na tętniący życiem świat. Świat pełen kolorów, różnorodny, po prostu piękny. Od czasu do czasu delikatny wietrzyk obmywał moją twarz, wywołując na niej uśmiech. Kiedy byłam w połowie drogi, zaczęły śpiewać ptaki, które uwijały się przy swoim gniazdku na jednym z drzew. Im bardziej oddalałam się od sierocińca, tym więcej cudownych krajobrazów otaczało mnie dookoła. Z jednej strony pola porośnięte zbożami i warzywami, dalej sady, lasy i w końcu mój ulubiony mostek, na którym zawsze na chwilę przystawałam, by podziwiać przecudne nenufary na powierzchni wody i ryby zwinnie poruszające się w swoim żywiole. Uwielbiałam również patrzeć na taflę wodnego świata, falującą delikatnie w promieniach słońca. Gdy już się napatrzyłam, ruszyłam dalej.

Po paru minutach dotarłam wreszcie na miejsce. Plac zapełniał się już powoli kupującymi, a sprzedawcy wykładali towary. Droga zajęła mi około trzydziestu minut, więc było już około wpół do siódmej. Zakupy zrobiłam dość szybko, odwiedzając sklepy, które wcześniej omijałam szerokim łukiem, i czym prędzej ruszyłam w drogę powrotną, bo głód już dawał mi się nieźle we znaki, a w dodatku poranny spacer zaostrzył mi apetyt. Wróciłam do sierocińca biegiem, ponieważ trzeba było jeszcze zająć się przygotowaniami.

Gdy tylko przekroczyłam próg, pani Libby od razu pociągnęła mnie do kuchni, zwymyślała, że tak długo mnie nie było i kazała przyrządzić uroczysty obiad, nakryć do stołu oraz oczywiście zwrócić jej resztę pieniędzy. Wzięłam się więc od razu do pracy. Nie miałam nawet czasu zobaczyć co u Stacy, ale parę razy jej postać mignęła mi przed oczyma, więc miałam nadzieję, że wszystko jest z nią w porządku. Kiedy otworzyłam ogromną książkę kucharską, o mało co się nie popłakałam. Nawet po kilkakrotnym przeczytaniu przepisów nie umiałam przyrządzić choćby jednej potrawy, a czas nieubłaganie gnał naprzód. Na szczęście po kilku próbach udało mi się ugotować apetyczną zupę: krem z soczewicy z wędzonym łososiem, danie główne: racuchy bakłażanowe z *chorizo* i deser: *verrine* z serka kawowego z malinami i czekoladą. Kupiłam też kilka bardzo drogich win, które miały być podane do obiadu.

Gdy skończyłam już gotować, pani Libby kazała mi nakryć stół najlepszym obrusem, porcelanową zastawą, srebrnymi sztućcami i kryształowymi kieliszkami. Nie miałam pojęcia, że ta kobieta posiadała aż tak kosztowne rzeczy! Ledwie co położyłam na stole ostatni kieliszek, a pani Libby kazała mi się przebrać w strój służącej i czym prędzej zejść na dół. Oczywiście w praktyce oznaczało to, że musiałam biegiem się przebrać i pędzić do niej na złamanie karku. Zdyszana, stawiłam się przed swoją opiekunką i wtedy zadzwonił dzwonek. Pani Libby tylko kiwnęła głową. Od razu podbiegłam w kierunku drzwi i chwyciwszy mosiężną klamkę, otworzyłam je na oścież.

Przede mną stało dwoje ludzi. Kobieta i mężczyzna. Zapewne byli małżeństwem. Odebrałam od nich kapelusze i zaprosiłam do środka. Nie ulegało wątpliwości, że byli to wyjątkowo zamożni obywatele. Ich ubiór wskazywał na wysoką pozycję społeczną. Na ubiór mężczyzny składały się beżowy garnitur oraz skórzane, eleganckie buty. Na ręce miał złoty zegarek, a w drugiej trzymał cygaro. Kobieta miała na sobie jedwabną, kremową suknię, również jedwabne rękawiczki, brylantowy pierścionek i kolczyki. Ani jedno z nich nie popatrzyło w moim kierunku ani nie powiedziało „dzień dobry". Gdy tylko ich zobaczyłam, od razu poczułam do nich niechęć, a moje serce owiał chłód. Coś było nie tak. Kiedy odwiesiłam ich nakrycia głowy, zobaczyłam nowo przybyłych z panią Libby.

– Witam państwa serdecznie – powiedziała gospodyni sierocińca.

– Witam – odrzekł mężczyzna.

– Witam – zawtórowała mu kobieta.

Ta krótka wymiana zdań utwierdziła mnie w przekonaniu, że ci „państwo" byli małżeństwem. W jednej chwili zrozumiałam, po co przybyli do sierocińca – aby adoptować jakieś dziecko. Momentalnie pomyślałam o Stacy i gęsia skórka pokryła całe moje ciało. A jeśli to po nią przyszli? Moje dalsze rozmyślania przerwała jednak pani Libby, mówiąc:

– Susanne, wskaż państwu Hammerom drogę do jadalni.

– Proszę tędy – odrzekłam i poprowadziłam ich za sobą.

ROZDZIAŁ 2

Ucieczka

W kilka minut później Hammerowie usiedli przy stole. Od razu wycofałam się, by podać obiad. Zabrałam ze sobą trzy porcje zupy i postawiłam je przed każdym. Następnie nalałam wino do kieliszków i bez słowa wróciłam do kuchni. Momentalnie zaczęłam analizować wszystkie fakty. Do sierocińca przybyło bardzo zamożne małżeństwo, które miało bardzo jasny i określony cel. Miałam jednak wątłą nadzieję, iż nie będzie to adopcja dziecka. Czym prędzej nastawiłam więc uszu, by usłyszeć treść rozmowy:

– Jak się pani miewa? – spytał mężczyzna.

– Bardzo dobrze. Dziękuję – odpowiedziała pani Libby.

– Słyszałem – kontynuował pan Hammer – że potrzebuje pani gotówki, nieprawdaż?

– Nie przeczę, sytuacja jest bardzo trudna. Wojna zabrała mi znaczną część dobytku…

Bardzo zdziwiła mnie ta rozmowa, a raczej bardzo wyraźny i od razu obnażony konkret wizyty tych ludzi w „takim" miejscu. Po cóż innego taka elita powojennego świata miałaby się zadawać z obcą dla nich kobietą, jak nie w celu uzyskania czegoś, na czym im tak strasznie zależało, a czego zapewne nie mogli mieć – dziecka? Szybko wysnułam wniosek, że obawy i przeczucia, które nasunęły mi się, kiedy po raz pierwszy ich ujrzałam, potwierdzają się. Ci ludzie to oziębłe istoty stłamszone przez coś, nad czym wydaje im się, iż mają kontrolę – własne ego utopione w świcie czeków, akcji i banków. Po chwili musiałam jednak przerwać swoje rozmyślania, ponieważ goście kończyli już posiłek. Podałam więc drugie danie, dolałam trunku i jeszcze szybciej niż poprzednio wycofałam się do kuchni. Pan Hammer wznowił rozmowę:

– Zatem mniemam, że chce pani zarobić – stwierdził.

– Em... eh... – wybąkała tylko pani Libby.

– Tak też myślałem – odrzekł mężczyzna z szerokim uśmiechem na twarzy i położył na stole bardzo gruby plik pieniędzy, po czym dodał: – To za tę, na którą się umawialiśmy.

Jego żona objęła go w pasie, szepnęła coś do ucha i po chwili, po raz pierwszy od pewnego czasu, odrzekła:

– Usilnie prosimy, aby już dziś Stacy zagościła w naszym domu. – Dokładając drugi plik gotówki dodała: – Odbierzemy ją wieczorem.

– Oczywiście – wykrztusiła pani Libby.

Prawie zemdlałam, gdy padło imię Stacy. Już nie byłam w stanie dłużej tego słuchać. Jak ja w ogóle mogłam tak bezczynnie stać? Chcieli zabrać Stacy, moją Stacy! Muszę coś zrobić! Ale co?! Trzeba uciekać z tego przeklętego miejsca i to natychmiast. Boże, co ja mam robić?!

– Susanne, zabierz talerze i podaj deser – powiedziała pani Libby z nutą groźby w głosie.

Jej polecenie dotarło do mojego otępiałego umysłu z opóźnieniem. W chwilę później zabrałam jednak talerze, podałam deser i słaniając się, skierowałam się w stronę kuchni. Kątem oka zauważyłam, jak „zapłata" za tak cudowną i delikatną dziewczynkę wypełnia teraz kieszenie tej chciwej i wypaczonej kobiety-potwora. Jak ona mogła sprzedać dziecko?! Kto dał jej do tego prawo?! Chciałam ich wszystkich razem zwymyślać i wepchnąć im te ich zielone papierki do gardła. Krew burzyła się w całym moim ciele na myśl, iż takie monstra otrzymały władzę, którą potrafiły tylko krzywdzić i zadawać niewyobrażalne cierpienia. Ułudną władzę zamieniali w krwawe łzy realności. Wiedziałam jednak, że opór nic tutaj nie pomoże. Trzeba było uciekać. I to natychmiast. Miałam teraz tylko jeden cel – znaleźć Stacy. Wiedziałam, że inne dzieci będą bezpieczne, bo są chore. Tylko ja i Stacy byłyśmy w pełni zdrowe – wynędzniałe, ale zdrowe. A Hammerowie szukali tylko zdrowej dziewczynki – jeszcze tyle udało mi się usłyszeć.

W jednej chwili pognałam na górę. Chwyciłam tylko Stacy za rękę, porwałam w biegu dwa koce i zabrałam moje piórko ze sobą, po czym bez ani jednego słowa wyjaśnienia opuściłam z moją „siostrzyczką" sierociniec tajemnym przejściem. Dopiero gdy byłyśmy już daleko, w głębi lasu, wytłumaczyłam jej zaistniałą sytuację. Jej twarzyczka zastygła w wyrazie przerażania. Nie była w stanie wydusić nic ze swojego gardełka. Utuliłam ją więc bardzo mocno i trzymałam w ramionach dopóty, dopóki potoki łez z jej oczu nie ustały. Dopiero wtedy odważyłam się spojrzeć na jej spuchniętą buźkę. Tak niewyobrażalne i niepojęte dla kogokolwiek z dorosłych emocje i uczucia skrzywdzenia dotkliwie odbijały się na jej twarzy. Wysłałam jej pełne miłości spojrzenie i wykrztusiłam:

– Stacy, dasz radę, skarbie. Pomogę ci i nigdy nie zostawię bez opieki – i ponownie otuliłam jej główkę ramionami.

Po chwili usnęła w moich objęciach, a ja poczułam w kieszeni fartuszka poruszające się delikatnie piórko, które zachowywało się tak, jakby chciało mi coś powiedzieć... Wyjęłam je więc ostrożnie, a ono w mgnieniu oka zawisło w powietrzu na wysokości mojego wzroku. Bardzo dobrze zdawałam sobie sprawę, że to nie było zwykłe piórko, lecz magiczna rzecz, a może nawet jakieś stworzenie? Bardzo skrupulatnie, ale zarazem bardzo szybko przeanalizowałam jego zachowanie, ponieważ wydawało mi się ono być bardzo zagadkowe. Doszłam jednak jedynie do wniosku, że tym razem moje znalezisko nie jest barwy srebrzystej, lecz mieni się wszystkimi kolorami tęczy. Może moje zmysły tylko tyle potrafiły zarejestrować? Bardzo intrygujące... A co z tym tajemniczym głosem, o istnieniu którego byłam wręcz przekonana? W jaki sposób coś pozaziemskiego dostało się w ręce kogoś tak przeciętnego jak ja? Postanowiłam zrobić coś zupełnie niedorzecznego, co jednak pozwoliłoby mi przestać zadręczać się faktem, o co w tym wszystkim chodzi, i zapytałam piórko niemalże szeptem, aby nie zbudzić Stacy:

– Kim jesteś? Co chcesz mi powiedzieć?

Nie było odpowiedzi, ale piórko podleciało ku śpiącej Stacy i po chwili wypisało w powietrzu następujące słowa:

Venit summa dies et ineluctabile fatum
et
Bonum faciendo neminem timeas.

Gdy tylko skończyło pisać, natychmiast z powrotem wleciało do mojej kieszeni, a słowa przez nie wygrawerowane w powietrzu rozmyły się wraz z pierwszym podmuchem wiatru. Uczyłam się łaciny i doskonale zrozumiałam znaczenie słów, które piórko chciało mi zapewne przekazać. Ale jakie było ich przesłanie? Co mogłoby oznaczać stwierdzenie: „Nadchodzi ostatni dzień i nieuniknione przeznaczenie" czy „Czyniąc dobro, nie lękaj się nikogo"? Czyżbym wplątała się w jakieś zgubne w skutkach działania? Na pewno nie, byłam o tym przekonana. Ucieczka z sierocińca na pewno nie była czynem godnym podziwu, ale gdyby nie decyzja o ucieczce, w ogóle nie było jutra, żadnej przyszłości okolonej choćby wątłą wstęgą nadziei... I te słowa... „Czyniąc dobro, nie lękaj się nikogo" – czyżby chodziło o pomoc Stacy w ucieczce? O spokój i bezpieczeństwo, bez lęku o konsekwencje mojego postępku? Bardzo możliwe, a jednak tak bardzo surrealistyczne. Przecież magia nie istnieje, a przynajmniej nie istniała kiedyś, ponieważ teraz zaczynałam głęboko wierzyć w to, że nadnaturalne siły jednak naprawdę istnieją i mają rację bytu... Rano wydawało mi się, że to piórko to po prostu piękna kreacja natury, magiczny przedmiot, lecz magiczny w przenośni, ale teraz... Lodowaty pot oblał moją twarz, a każdy nerw w mojej głowie napiął się do granic możliwości. Przed chwilą obcowałam z czymś tak potężnym, zapewne jakąś starą magią, i tak pięknym, że nie mogłam w to po prostu uwierzyć. Przestraszyło mnie słowo „przeznaczenie" – czyżbym miała jakąś misję do spełnienia? Nie, to nie możliwe... Susanne, uspokój się... A to co? Jaka piękna muzyka, taka delikatna, perfekcyjna, kojąca zmysły... Jak bardzo chce mi się spać... Muszę zamknąć powieki...

I Susanne usnęła. Przeszła za dużo jak na jeden dzień. Zapewne śniła o magicznym piórku u boku swej przyjaciółki, nie mając jednak pojęcia o tym, co właśnie zaczęło budzić się do życia. Misja od dawna wpisana w jej los właśnie się rozpoczęła...

*

Po kilku godzinach Stacy obudziła się, a jej wzrok padł na śpiącą przyjaciółkę. Nie chciała jej budzić, lecz mrok zaczął już powoli oplatać horyzont. Powietrze przeszył przenikliwy chłód, ptaki nerwowo przecinały przydymione refleksy promieni słońca łapczywie pochłanianych przez pogłębiającą się ciemność, drzewa poczęły wygrywać melodię znużenia i zbliżającej się grozy, a ich liście szeleściły w koronach, poruszane przez rozmaite żyjątka szukające kryjówki. Stacy była bardzo mała, ale doskonale zdawała sobie sprawę z tego, że nadchodzi nawałnica, której jeszcze nigdy w życiu nie widziała. Musiała więc obudzić swoją starszą „siostrę":

– Susanne, obudź się, wstawaj – powiedziała jej do ucha i lekko potrząsnęła przyjaciółkę za ramię.

– O co chodzi? – odparła bardzo sennie Susanne.

– Musimy czym prędzej znaleźć jakieś schronienie, bo nadchodzi straszna burza.

– Masz rację – odrzekła już zupełnie przytomnie Susanne. – Znam jedno miejsce, w którym możemy się schronić. Koniecznie muszę ci też coś pokazać i powiedzieć, ale dopiero gdy już tam dotrzemy.

Susanne chwyciła dłoń Stacy i pobiegły do kryjówki, którą okazała się jaskinia. Była bardzo mała, lecz zapewniała znakomitą ochronę przed wiatrem, chłodem i deszczem – mimo iż jej wnętrze wiało grozą, ludziom nic w niej nie groziło. Zaledwie wbiegły do wnętrza, a na zewnątrz rozpętało się prawdziwe piekło. Drzewa zginały się wpół, smagane wichrem, powietrze cięły setki tysięcy kropel deszczu o niewyobrażalnej szybkości i wielkości. Przyjaciółki przesunęły się w głąb jaskini, gdzie Susanne przytuliła Stacy do siebie. Po chwili zapytała:

– Stacy. Pamiętasz, że miałam ci powiedzieć coś bardzo ważnego?

– Tak – odarła cichutko Stacy.

– Chcę ci to powiedzieć właśnie teraz, ale najpierw przybliż się do mnie, żeby nie było ci zimno.

Zabrałam dwa koce z sierocińca, więc możemy się nimi okryć.

Susanne otuliła zmarznięte już ciałko przyjaciółki i przytuliwszy ją do siebie, zaczęła opowiadać:

– Niedawno znalazłam coś bardzo ciekawego i tajemniczego. Tak naprawdę, to coś przyleciało do mnie samo.

– O czym mówisz? – spytała zaintrygowana dziewczynka.

– Mówię o tym – odrzekła Susanne i bardzo delikatnie wyjęła piórko z kieszeni fartuszka.

Tym razem miało kolor złocistej poświaty przeplatanej brzoskwiniowym aksamitem blasku, lśniącym nawet w półmroku jaskini. Obie wpatrywały się w nie pełne zaciekawienia i wręcz chłonęły jego barwy. W kilka chwil ogrzały się, poczuły bezpiecznie i wymieniły znaczące spojrzenia. Rozumiały się w tej chwili bez słów, które miały być jednak za chwilę użyte przez Susanne. Głucha cisza została przerwana głosem dziewczyny:

– To moja przyjaciółka, „młodsza siostra". Stacy – rzekła Susanne do piórka.

– Witam was serdecznie – odpowiedziało im niemalże natychmiast, a raczej wypowiedział te słowa niewidzialny głos wydobywający się ewidentnie z jego wnętrza.

– Czy powiesz nam, kim jesteś? – kontynuowała Susanne.

– Teraz mogę to uczynić...

Niespodziewanie z wnętrza piórka wydobyły się tysiące języczków błękitnego ognia oplatanych nićmi złotego śniegu. Nieziemska jasność wypełniła całe wnętrze jaskini. Z turkusowego wnętrza bardzo powoli wydobywał się obłoczek, iskrzących się jeszcze intensywniej niż poświata kryształków. Bardzo szybko jednak uformowała się z nich krystaliczna kula otoczona dwoma cudnymi, uskrzydlonymi stworzonkami. W kilka chwil urosła i znikła, a przed oczami Susanne i Stacy ukazała się bardzo przyjaźnie wyglądająca postać. Z wyglądu bardzo przypominała elfa. Podszedł on do dziewczynek i rzekł:

– Nazywam się... Emesto. Tylko tyle mogę wam o sobie powiedzieć. Nie jestem elfem, chociaż wiem, że przypominam go wam z wyglądu. Susanne, przybywam z twojej ojczyzny. Każdy w tej krainie jest ogarnięty strasznym bólem i tęsknotą za tobą. Twoi rodzice codziennie przeżywają prawdziwe męki, nie wiedząc, co się z tobą dzieje. Czy w ogóle żyjesz. Bez ciebie nasza ojczyzna niedługo zniknie na zawsze... Zapewne nie masz pojęcia o czym mówię, ale wkrótce wszystko stanie się klarowne i zrozumiałe, tylko...

– Zaraz, chwileczkę. O czym ty mówisz? Ja nie jestem na pewno z żadnej innej krainy. Całe swoje życie spędziłam w Dartmouth. Nie jestem nikim ważnym. Musiałeś mnie z kimś pomylić...

– Nie, nie Susanne. Jesteś Panią w tym królestwie, które ogromnie cię teraz potrzebuje. Wyjaśnię ci wszystko w drodze.

– W drodze dokąd? Przecież ja nigdzie się nie wybieram. Poza tym nigdy nie zostawię Stacy, żeby udać się do jakiejś krainy, o której w ogóle nie mam pojęcia i...

– Spokojnie. Stacy musi się tam udać wraz z tobą. Bez niej nie mogłabyś podołać zadaniu wpisanemu już w twoje przeznaczenie. A teraz proszę cię, i ciebie Stacy, chwyćcie bardzo mocno moją dłoń, ponieważ tylko teraz możemy udać się do miejsca, gdzie wyjaśnię wam wszystko bardzo dokładnie.

– A te łacińskie inskrypcje? Co to ma w ogóle znaczyć? Czego ty od nas chcesz?

– O czym ty mówisz? – spytała zdezorientowana Stacy.

– Nie mogę wam teraz powiedzieć nic więcej i proszę was o to, abyście i wy nie mówiły nic więcej. Naprawdę, nie mamy czasu...

– Co takiego? Nie, ja nigdzie nie...

– Susanne, zaufaj mu...

Żadna z nich nie zdążyła już nic więcej powiedzieć i wszystko znikło im sprzed oczu. Poczuły wokół siebie wirującą przestrzeń. Jedna z wróżek przysiadła na ramieniu Susanne, a druga na ramieniu Stacy. Wyszeptały im do ucha swoje imiona. Pierwsza przedstawiła się jako Soledad, a druga jako Paz. Obie zanuciły kołysankę do ich uszu i każda z dziewczynek usnęła, otulona niewymownie piękną melodią...

ROZDZIAŁ 3

Taflowy Pomost

Ani Susanne, ani Stacy nie zdawały sobie sprawy, jak długo spały. Ocknęły się dopiero po kilku godzinach w bardzo dziwnym, lecz zarazem przepięknym miejscu. Pod ich stopami rozpościerała się kryształowa tafla, falująca niczym woda w strumyku. Z zaciekawieniem dotknęły skrzącej się powierzchni. W dotyku była aksamitnie miękka. Można było zanurzyć w niej opuszki palców. Zaciekawione, wstały i uczyniły kilka kroków. Ich stopy bezszelestnie zagłębiły się nieznacznie w mięciutkiej toni. I wtedy Stacy uniosła głowę, a jej wzrok spoczął na sklepieniu, bynajmniej nie przypominającym nieba, na które tyle razy spoglądała ze swoją przyjaciółką. Owszem, było koloru niebieskiego, lecz przecinały je migocące gwiazdki koloru turkusowego.

– Susanne – powiedziała zachwycona tym widokiem Stacy – spójrz do góry.

Susanne podniosła swój wzrok i zdołała tylko westchnąć. Po chwili odzyskała mowę i odpowiedziała:

– Przepięknie tu.

– Zgadza się – zawtórowała jej przyjaciółka.

– Jak myślisz, czy to nie jest właśnie TO miejsce, o którym mówił Emesto?

– Jestem tego najzupełniej pewna. Ale nigdzie go nie ma. Ciekawe, gdzie się podział...

– Nie mam pojęcia. Nie rozumiem, dlaczego akurat tutaj...

– Dlaczego akurat tutaj się znalazłyśmy? Nie pamiętasz? – spytała zdziwiona Stacy. – Emesto miał nam właśnie tutaj wszystko wyjaśnić...

– Pamiętam, Stacy, doskonale to pamiętam, lecz nurtuje mnie zupełnie inna kwestia, a mianowicie, dlaczego nie mógł nam wszystkiego wyjaśnić w Dartmouth? Wydaje mi się, że to miejsce ma stanowić rodzaj odizolowanej od reszty świata, a może i wszechświata, krainy. Jeśli to miejsce można nazwać krainą, bo nie widzę tu ani jednego źdźbła trawy czy chociażby najmniejszego żyjątka. Emesto wplątał nas w bardzo niebezpieczną podróż, którą sam nazywa misją, a od której mają zależeć losy tej nieznanej mi krainy. Czuję się taka podekscytowana i jednocześnie ogarnia mnie ciemność, lęk i zagubienie. Dlaczego to właśnie na mnie padło ratowanie tego kraju, o którym nie mam zielonego pojęcia? Nie wiem nawet, gdzie się teraz znajdujemy. Wszystko wydaje mi się być tutaj przesycone tajemnymi i bardzo potężnymi siłami. Jeszcze wplątałam w to wszystko ciebie, tak mi głupio i...

– Susanne, co ty mówisz? W nic mnie nie wplątałaś. Ja wierzę w to, co powiedział Emesto. Wierzę, że to wszystko było już od dawna zapisane w naszym przeznaczeniu. Nie bój się tego, ani tym bardziej nie obwiniaj za coś, na co i tak nie miałaś wpływu.

Uważam, że musimy podjąć się tego zadania, i jestem gotowa ci pomóc. Tyle lat to ty się mną opiekowałaś, wspierałaś, więc ja też chce ci pomóc. Zobaczysz, że wszystko się dobrze ułoży...

– Stacy, mój ty aniołku. Zawsze potrafisz odpędzić targające mną wątpliwości i masz rację. Podejmę się tego zadania. Spróbuję wraz z tobą wypełnić przeznaczenie.

Stacy nic nie odpowiedziała, ale jej twarz ozdobił najpiękniejszy uśmiech, jaki Susanne kiedykolwiek w życiu widziała. Jej młodsza siostrzyczka rzuciła się jej w ramiona, a Susanne uroniła dokładnie jedną łzę spod każdej powieki i utuliła swoją najwierniejszą towarzyszkę. I wtedy ukazał się Emesto – dokładnie taki sam, jak go wcześniej widziały, z jednym tylko wyjątkiem. Jego oczy były barwy ametystu, a ich powierzchnia zdawała się być pokryta cudnymi, migocącymi drobinkami.

– Widzę, że już się obudziłyście – powiedział uprzejmie.

– Tak, już się przebudziłyśmy. Ale dlaczego tak długo spowijał nas sen? – spytała Susanne.

Soledad i Paz musiały was uśpić na czas naszej podróży, ponieważ w przeciwnym razie mogłybyście nigdy się nie obudzić. Przejście, a raczej portal, którym się tutaj dostaliśmy, nie jest tak groźny dla ludzi, Sautienczyków, którzy również są jak ludzie, czy też dla innych stworzeń. Musiałyście jednak zostać poddane temu procesowi, aby wasze organizmy przyzwyczaiły się do tego typu podróży. Kolejny przystanek to będzie już niewyobrażalnie niebezpieczny punkt naszej wędrówki, która właśnie tam nabierze prawdziwego sensu, lecz najpierw będziemy musieli jeszcze na chwilę powrócić na Ziemię, gdzie „oni" nas już nie wytropią. Wasze wróżki musiały więc to zrobić dla waszego bezpieczeństwa.

– Rozumiem – odparła Susanne. – Ale dlaczego jesteś przygnębiony, Emesto? Czy coś poszło nie tak, jak zamierzałeś? Czy chodzi o tę zagadkową misję?

– Tak, moje drogie. Czas, jako piąty Żywioł panujący w galaktyce, przyspiesza niemiłosiernie godzinę zagłady Sautien. Dowiedziałem się, że „oni" prawie przerwali jedną z ostatnich linii obrony Sautien.

– Wytłumaczysz nam teraz, o co chodzi w tej misji? Kim są ci „oni"? O jakie Sautien chodzi? W ogóle, gdzie my się znajdujemy? – wtrąciła niespodziewanie Stacy.

– Tak, słoneczko, już wam tłumaczę – odpowiedział elf. – Usiądźcie na „woni tchu", czyli na „podłodze", i posłuchajcie.

Dziewczynki posłusznie usiadły i zamieniły się w słuch. Emesto zaczął:

– Znajdujemy się na Taflowym Pomoście, który łączy Sautien z wszystkimi innymi światami. Nie znajduje się on oczywiście na Ziemi. Wyobraźcie sobie, że jest to pewne bezpieczne miejsce w kosmosie. Teraz opowiem wam o Sautien. Dawno, dawno temu, kiedy Sautien było najpotężniejszą krainą macierzystą Ziemi ze wszystkich krain wszechświata i zaświatów, panował najsprawiedliwszy władca, jakiego kiedykolwiek mogłyby wyśnić jakiekolwiek istoty. Nazywał się Inigo, a jego żoną była Estrella – królowa o sercu kochającym tak mocno i rozsądnie, że potrafiła wybaczać tym, którzy tak naprawdę żałowali w swoich sercach. Może się wam to wydawać bardzo dziwne, aczkolwiek tak właśnie było. Wracając do rzeczy – to ty jesteś ich córką. Susanne Sautien, następczyni tronu królestwa Sautien. Córka króla Inigo i królowej Estrelli. – Właśnie w tym momencie opowieści elf oddał Susanne pokłon aż do samej powierzchni woni tchu i po chwili kontynuował: – Pani...

– Emesto, zwracaj się do mnie po prostu Susanne, tak jak ja zwracam się do ciebie po imieniu. Nigdy nie czułam się od nikogo wyższa czy lepsza i zapewniam cię, że nigdy tak nie będzie. Niech wyrazem mojego szacunku i zaufania do ciebie będzie zwracanie się do ciebie po imieniu, tak jakbyśmy byli starymi, dobrymi przyjaciółmi. Mam nadzieję, iż wybaczysz mi chwilowe zwątpienie w prawdziwość twoich słów. Przepraszam, że ci przerwałam. Kontynuuj proszę...

– Niech tak będzie, Susanne – i tu Emesto uśmiechnął się.

– Tak dużo lepiej – odparła Susanne i na jej twarzy również pojawił się uśmiech. Otuliła Stacy ramieniem i obie ponownie skupiły się na opowieści ich nowego przyjaciela, która okazała się być teraz o wiele bardziej interesująca.

– Tak więc – kontynuował elf – jesteś ich córką. Ogromna radość zapanowała w Sautien, gdy się urodziłaś. To właśnie mnie wyznaczono na twojego opiekuna, obrońcę i nauczyciela. Doszło jednak bardzo szybko do wojny. Wielu zbuntowanych poddanych, którzy musieli opuścić Sautien, postanowiło się zemścić. To właśnie ich określamy mianem „oni". Zazdrość i żądza zemsty przemieniły ich w bezwzględnych barbarzyńców, żyjących w międzyświecie Pustki. Pustka była, jest i będzie Pustką. Krainą, a raczej miejscem stworzonym dla takich jak ci – zdrajców. Lecz „oni" są kimś o wiele gorszym. Są bezduszni. Posłuchajcie mnie uważnie. Mówiąc, że są bezduszni, mówię poważnie, a nie metaforycznie. Sprzedając, a raczej oddając swoje dusze Pustce, mogliby się wyrwać z niej i móc z jej pomocą zniszczyć Sautien. Król i królowa byli władcami Pustki. Była ona więzieniem dla poddanych, którzy nie przestrzegali prawa. Stanowiła ona nawet niekiedy ostateczne miejsce ich pobytu. Każdy, kto popełnił przestępstwo, musiał odbyć karę w Pustce. Długą w zależności od rodzaju przewinienia. Każdy, kto się tam znalazł, zwykle bardzo szybko pojmował, co uczynił, i mógł od razu powrócić do Sautien. Lecz kilkoro z nich postanowiło się zemścić. Inigo i Estrella wiedzieli, że jedynym i najgroźniejszym sposobem wydostania się z tego więzienia było oddanie mu po wieki wieków swej duszy, lecz konsekwencje jakie to za sobą niosło, byłyby niewyobrażalne: Pustka wyciąga dusze tylko z tych, którzy znają i wypowiedzą okrutne słowa z Księgi Przedstworzenia znajdującej się w Pustce. Napawa ona niewyobrażalnym lękiem każdego, kto się tam znajdzie. Tylko ktoś przeżarty złem i szałem dokonania odwetu za coś, co ktoś mu uczynił, byłby w stanie dotknąć tej księgi. Stacy, wszystko w porządku?

– Tak, tak – odpowiedziała dziewczynka. – Po prostu nie jestem w stanie wyobrazić sobie tego miejsca ani tego, w kogo zamienili się ci ludzie po oddaniu czegoś tak drogiego sercu każdego człowieka... Czy naprawdę zemsta była warta takiego postępku?

– Nie. Nie była warta, moja kochana – odrzekł Emesto. – Tym bardziej, że gdy jakikolwiek z Sautienczyków oddaje swą duszę Pustce, staje się śmiertelnikiem. Bo każdy z Sautienczyków jest nieśmiertelny. Spokojnie – dodał Emesto – Stacy nie umrze, ponieważ każdy, kto przekracza bramy Sautien, zyskuje wieczne życie, lecz każdy może opuścić tą krainę – nawet bezpowrotnie. Potraktujcie Sautien jako świat o wiele piękniejszy od tego, w którym do tej pory żyłyście. Ziemia była bowiem tylko odbiciem cudów, jakie istnieją w Sautien. Ale kontynuując moją opowieść: „oni", pozbawieni dusz, stali się śmiertelnymi potworami. Pustka zobowiązała się im pomagać do czasu ich śmierci, by później wchłonąć ich do odmętów przypominających najstraszniejsze miejsca tortur.

– Zatem wiedząc, na co się piszą, byli gotowi poświęcić najpiękniejsze i najcudowniejsze dary: dar życia w wiecznej szczęśliwości i dar posiadania duszy? Dla czegoś takiego jak zemsta? – zapytała zszokowana Susanne.

– Niestety tak – odparł Emesto – Teraz już możecie sobie wyobrazić, jak groźnym i okrutnym przeciwnikiem są „oni". I tylko wy dwie możecie zniszczyć tą armię wynaturzonych...

– Ale w jaki sposób? – zapytała Stacy.

– Żyłyście odpowiednio dziewięć i piętnaście lat na Ziemi i...

– Emesto, ja mam szesnaście lat...

– Wiem, Susanne, ale miałaś dokładnie roczek, gdy uosobiona Pustka zaatakowała po raz pierwszy i twoi rodzice musieli wysłać cię do innej krainy macierzystej Sautien. Tych krain jest tak wiele, iż ryzykowali, że już nigdy cię nie zobaczą, lecz to było jedyne wyjście. Zapewne zastanawiasz się, czemu nie wysłano też innych Sautienczyków, czemu twoi rodzice sami nie uciekli...

– Ale przecież mówiłeś, że każdy może opuszczać Sautien... i wracać. Nic z tego nie rozumiem...

– Tak, Susanne, ale wówczas każdy dotarłby do innej krainy, samotny, jako śmiertelnik, pozbawiony mocy, jakie posiadał w Sautien, otoczony grozą. Nigdy sam nie mógłby powrócić do Sautien. Ale do czego by wrócił, nawet gdyby mógł? Pustka dawno by już pochłonęła tą krainę, a oni umarliby w tych swoich światach ze świadomością, że ich dusze nigdy już nie powrócą do Sautien... Decyzja o wysłaniu cię do innej krainy była tak niewyobrażalną męką dla twoich rodziców, że o mały włos „oni" nie dowiedzieli się o tych zamiarach. Twoja matka i ojciec dobrze wiedzieli, że mogą cię już nigdy nie odnaleźć, że możesz przeżywać niewyobrażalne cierpienia, odrzucenie, czuć starach, samotność, lęk. Ale tylko tak mogłabyś przeżyć.

– Przecież nic się w tym wszystkim nie zgadza...

– Wszystko się zgadza, ponieważ wszystko przeczy. Spróbuję ująć to jak najprościej, ale uprzedzam, że będziesz musiała uwierzyć, gdyż rozum wszystkiemu zaprzeczy.

– Mów, proszę – odparła Susanne.

– Jesteś córką władców Sautien. Jedyną istotą, która przez to, co przeżyła na Ziemi, posiadła siłę umożliwiająca unicestwienie Pustki dowodzonej przez sama wiesz kogo. Wówczas możliwym stałoby się unicestwienie na zawsze Księgi Przedstworzenia i Pustka nigdy nie mogłaby się stać ponownie narzędziem zagłady w rękach buntowników. I najważniejsze: każdy może opuszczać Sautien, ale tylko jedna jedyna osoba z królewskiego rodu może je opuścić, by zdobyć tę moc, o której mówię, i zawładnąć Pustką. Twoi rodzice podejrzewali, że trafisz do okrutnej krainy, i zdawali sobie sprawę z tego, jakie okropności tam przeżyjesz. Tylko dziecko z królewskiego rodu może posiąść taką moc i gdy ta moc osiągnie swoja potęgę, miałem cię znaleźć i sprowadzić do Sautien. I tak też się stało.

– Rozumiem już o wiele więcej niż na początku, chociaż nadal większość pozostaje dla mnie wielką niewiadomą. Powiedz mi, proszę, o jaką moc chodzi?

– Odpowiedz mi tylko, droga Susanne, czy wybaczysz swoim rodzicom?

– Oczywiście, że tak. Bardzo ich kocham, zawsze tęskniłam, ale przez cały czas czułam, że darzą mnie ogromną miłością, niezależnie od tego czy żyją, czy umarli.

– Bardzo się cieszę, że tak mówisz – wyszeptał Emesto bardzo wzruszony. Zapewne teraz już wiesz, o jaką moc chodzi...

– Nie wiem, nie mam pojęcia...

– Wsłuchaj się w swoje serce, ono powie ci, czym jest najpotężniejsze i niezniszczalne...

– Uczucie – wydyszała Susanne – ale uczucie miłości do kogoś, kto nigdy nie był przy tobie w chwilach, gdy tego najbardziej potrzebowałeś...

– Tak. Istniało przecież ryzyko, że znienawidzisz panią Libby, a ta nienawiść zatruje twoje serce i na zawsze przekreślisz losy wszechświata, gdyż Ziemia nie mogłaby istnieć bez Sautien. Żadna kraina nie mogłaby istnieć bez każdej innej, ponieważ każdą łączy wszystko. Ty, Susanne, owszem, nie przepadałaś za panią Libby, ale to nie sprawiło, iż byłaś w stosunku do innych tyranem. Obdarzyłaś każdego człowieka na swojej drodze litością. A tą pierwszą osóbką była właśnie Stacy i dlatego to tylko dzięki niej możesz stanąć do bitwy wszechczasów.

Susanne i Stacy zaniemówiły. Soledad i Paz, które cały czas były obecne przy rozmowie, w dalszym ciągu milczały, lecz położyły swoje malutkie dłonie na ramionach dziewczynek. Do każdej z nich dotarło, jaki ogromny ciężar spoczywa na ich barkach, jaką ogromną misję mają do spełnienia.

– Zapewne domyślacie się, że Taflowy Pomost to ostatnia linia obrony przed Pustką. Tylko tutaj „oni" nie mogą usłyszeć naszej rozmowy. Nie mają pojęcia, że dysponujemy tak potężną bronią jak czysta i nietknięta miłość – przerwał ciszę Emesto.

– Nigdy nie dowiedzą się, jak słabi są wobec więzi, która łączy mnie ze Stacy, moją rodzinną, moimi rodakami, a nawet z panią Libby – odparła Susanne.

– Ode mnie też niczego się nie dowiedzą – dodała cichutko Stacy.

– Wiemy, kochanie – odparł Emesto w imieniu swoim i wróżek.

Susanne przytuliła Stacy i nie musiała nic więcej mówić. Zapytała jednak swojego przyjaciela:

– Kiedy ruszamy?

– Jak najszybciej, lecz musimy jeszcze raz wrócić na Ziemię. Teraz mogę wam wskazać miejsce, gdzie tylko ty, Susanne, będziesz mogła wejść razem ze Stacy i zabrać potężną broń, która stanie się niezniszczalną w twoich rękach.

– Ruszajmy więc jak najprędzej – odpowiedziała stanowczo Susanne.

– Jeszcze jedna rzecz – wtrącił Emesto – pamiętajcie, że nie możecie nic mówić o naszej misji na Ziemi.

– Nie martw się, pamiętamy – odpowiedziały dziewczynki.

I ruszyli. Susanne doskonale zdawała sobie sprawę, że to od niej zależą losy nie tylko Sautien, ale i każdej żywej istoty we wszechświecie. Czuła tak przygniatającą odpowiedzialność, iż nikt inny nie byłby w stanie jej udźwignąć. To wiara w powodzenie tej misji, Stacy u jej boku i opiekun duchowy, gotów oddać za nią swoje życie, dodawali jej siły. Po chwili Soledad – będąca wróżką Susanne – odezwała się:

– Teraz znów zanucę ci kołysankę – i po chwili dodała – i mimo swoich rozmiarów też jestem gotowa oddać za ciebie swoje życie.

– Dziękuję ci z całego serca – odparła Susanne – dodałaś właśnie swoje oddanie i poświecenie do arsenału mojej broni.

– Ja też, ja też – wtrąciła Paz – i uśmiechnęła się razem ze Stacy.

– Też chcesz się poświęcić?

Przytaknęła. Susanne utuliła Stacy, a wróżki zanuciły kołysankę.

– Zanim usnę, mam jeszcze jedno pytanie, Emesto – wypowiedziała sennie Susanne. – Czy powiesz mi kiedyś, dlaczego twoje oczy zmieniają kolor?

– W swoim czasie, Susanne...W swoim czasie...

I wszystko zawirowało. Powieki Susanne stały się ciężkie. Ogarnął ją błogi sen...

ROZDZIAŁ 4

Z powrotem na Ziemi

Susanne obudziła się tym razem nieco szybciej niż po ostatniej podróży, ale tak jak poprzednio nie widziała Emesta. Soledad i Paz fruwały jednak wokół bezszelestnie. Dziewczyna nie miała pojęcia, gdzie się znajduje. Wiedziała tylko, że jest na Ziemi. Pod plecami czuła bardzo twarde i wilgotne podłoże. Gdy podniosła wzrok, ujrzała wiele drobniutkich kropelek wody wiszących na ciemnym sklepieniu, które spadały na jej twarz z cichutkim plaśnięciem. Było to naprawdę przyjemne i orzeźwiające. Po chwili obróciła głowę w bok i zobaczyła swoją przyjaciółkę, która jeszcze smacznie spała. Susanne postanowiła wstać i rozejrzeć się dookoła. Dopiero wtedy usłyszała szum. Uświadomiła sobie, że ściana spienionej wody spada za jej plecami w dół z niebywałą szybkością. Zaczęła powoli zdawać sobie sprawę z tego, gdzie się znajduje. Musiała to być jakaś grota za wodospadem. Powietrze przesycała wilgoć i ziemista woń mchu porastającego skalne ściany. Gdy wróżki spostrzegły, że dziewczyna się obudziła, Paz powiedziała:

– Spokojnie. Emesto sprawdza, czy żaden człowiek nie przebywa w okolicy. Zaraz tu przyjdzie i wyjaśni wam co robić.

– Może coś zjesz? – spytała Soledad.

– Bardzo chętnie – odpowiedziała Susanne.

Wróżki postawiły przed nią prawdziwe pyszności: bułeczki maślane, marmolady owocowe, mleko, kiełbasę, wiele rodzajów szynek, sałatki owocowe i warzywne, sery żółte, twarożki, soki owocowe, herbatę, kawę, parującą czekoladę, płatki owsiane, kukurydziane, croissanty i wiele, wiele innych smakołyków. Mogła wybierać do woli, na co tylko miała ochotę. Gdy zaczęła jeść (wybrała słodką wersję), usłyszała Stacy:

– Ale apetyczne zapachy! Mmmm… pycha!

Susanne spojrzała na przyjaciółkę, przesłała jej uśmiech i pomachała do niej, ponieważ przeżuwała właśnie croissanta. Zobaczyła na jej twarzy wyraz rozmarzenia. Stacy klaskała nawet w dłonie. Była dzieckiem, które uwielbiało jeść, a które bardzo rzadko dostawało coś do jedzenia. Wiele razy pani Libby nie dawała jej kolacji z błahych powodów, takich jak np. zbyt powolne wykonywanie obowiązków czy choroba dziewczynki wynikająca z przepracowania. Teraz Stacy miała szansę zjeść pożywny posiłek. Radośnie przyłączyła się do towarzyszki, życząc jej smacznego, i podobnie jak ona zaczęła zajadać się rogalikami. Gdy skończyły posiłek, serdecznie podziękowały wróżkom i zgodnie z ich radą czekały na powrót elfa, który zjawił się dosłownie po paru minutach.

– Już po śniadaniu? – zapytał.

– Tak – odpowiedziała Susanne.

– Śniadaniu? – spytała zdziwiona Stacy.

– Tak. Jest ósma rano. Moja opowieść na… „podłodze” zajęła prawie całą noc.

– Ojejciu… – wyszeptała zawstydzona Stacy.

Emesto tylko zachichotał, a z nim Susanne, Soledad i Paz. Stacy jednak się tym nie przejęła i po chwili również przyłączyła się do zbiorowego chichotu, który bardzo szybko przybrał na sile, zamieniając się w głośny śmiech. Kiedy wszyscy już się uspokoili, Emesto zaczął:

– W promieniu kilku kilometrów nie znajduje się żaden człowiek, który mógłby przeszkadzać naszej „wycieczce”.

W pierwszej chwili Susanne pomyślała, że się przesłyszała. Przez jej twarz przemknął cień zdziwienia… O jakiej „wycieczce” mówił Emesto? Przecież mieli do spełnienia bardzo trudne i niebezpieczne zadanie. I dlaczego wspominał coś o opowieści na jakiejś „podłodze”? Dopiero po chwili przypomniała sobie, jak tajne musi być ich postępowanie i jak każde słowo musi być przemyślane. Jej zdezorientowanie zauważyli wszyscy towarzysze. Misja wisiała dosłownie na włosku. Z radosnego i żartobliwego śmiechu nie było już ani śladu. Wszyscy poczuli lodowate dreszcze, jeżące każdy, nawet najdrobniejszy włos na ich ciele. Susanne prawie zemdlała, zdając sobie sprawę z tego, jak bliska była unicestwienia ich misji, zagłady każdej żywej istoty… bo na chwilę zapomniała o tym, że nie można o niczym – pod żadnym pozorem – wspominać na Ziemi. Ciszę przerwała dopiero Stacy, mówiąc:

– Susanne, ja wiem i pamiętam, i mam nadzieję, że ty też...

– Tak, tak, pamiętam. Nic nie mówić o wycieczce mamie...

Emesto odetchnął z ulgą i przesłał Susanne znaczące spojrzenie. Soledad i Paz aż usiadły z wrażenia, a Stacy podparła przyjaciółkę. Elf musiał jednak jak najszybciej przekazać dziewczynkom wskazówki, ponieważ czas nieubłaganie gnał na przód.

– Susanne, mama nie może się dowiedzieć, bo dostaniemy bardzo dłuuuugi szlaban. Na wszystko...

– Tak, pamiętam. Nic jej nie powiem...

– To dobrze. A więc w poszukiwaniu naszego skarbu przejdziemy przez tę ścianę – wskazał na tył groty – a raczej ty i Stacy, bo ja jestem już na to za duży. Później przyniesiecie ten skarb tutaj. W środku znajduje się bardzo dokładna mapa. Gdy już odnajdziecie ten skarb, wieczorem uśniecie i obudzicie się rano. – Po czym dodał, jednak załamanym głosem: – Nic wam się tam nie stanie...

Ta opowieść była bardzo pospolita, doskonale zakamuflowana, a jednocześnie tak przejrzysta, że dziewczynki bez słowa udały się we wskazane miejsce. Gdy dotarły na tyły groty, ujrzały w ścianie otwór. Susanne bez wahania włożyła do niego dłoń, natrafiając na uchwyt jakiejś dźwigni. Na migi wskazała Stacy, aby niczego nie dotykała. Po chwili ściana poruszyła się i zapadła, odsłaniając nieprzeniknione ciemności przed oczami przyjaciółek. Susanne uchwyciła delikatnie, aczkolwiek zdecydowanie, dłoń Stacy, dodając jej otuchy, a Stacy odwzajemniła uścisk.

Obie popatrzyły się jeszcze raz za siebie. Zobaczyły na twarzy Emesta i wróżek falujący delikatnie spokój oraz nieprzebrane pokłady nadziei, która dodawała otuchy. Susanne odwróciła głowę z powrotem w kierunku kotary mroku, spojrzała na towarzyszkę i przesłała jej pełen odwagi uśmiech. Poczuła, że na jej rzęsach zatańczyły krople łez, że z jej oczu popłyną za chwilę cierpienia całego świata... Odwaga, która przed sekundą wypełniała każdy kawałeczek jej ciała, uleciała z niego w jednej chwili... pozostawiając w ciemności nagą duszę, spętaną łańcuchami grozy. Wizję nieprzeniknionej czeluści przerwał dopiero dotyk Stacy i ramię córki królów przeszył ciepły prąd, orzeźwiający pogrążony w rozpaczy umysł.

Susanne uczyniła pierwszy krok w lodowatą czerń. Tupot jej stóp niemalże bezgłośnie odbijał się od złowrogich ścian. Jeszcze cichszy zadawał się być odgłos kroków Stacy, lecz mocny uścisk dłoni przyjaciółki uspokajał Susanne. Żadna z nich nie wiedziała, jak długo wędrowały. W nieprzeniknionym mroku, na krańcu świata, w dudniącej otchłani, pozbawione nadziei, przerażone, zagubione, gdy wreszcie przetrawione piekielnym mrokiem oczy ujrzały migocące w oddali światełko... Widok malutkiego promyka światła, majaczącego na końcu tunelu, przybliżał się do dziewczynek, z każdą sekundą stając się coraz większą plamą jasności. Serca podróżniczek otuliło błogie ciepło, w żyłach poczuły bezpieczeństwo rozchodzące się po ich ciele z każdym momentem, które unicestwiało beznadziejność i trwogę. Na ich twarzach pojawiły się uśmiechy. Już nie liczyło się to, co było, ale to, co jest. Przed oczami Susanne i Stacy unosiło się malutkie zawiniątko, we wnętrzu którego biło zapewne drobniutkie serduszko, unoszące w regularnych odstępach bardzo delikatny materiał, który je spowijał.

– Stacy – przerwała ciszę Susanne – to ja muszę zabrać to zawiniątko. Poczekaj na mnie i nie ruszaj się z miejsca, dobrze?

– Ale Susanne, ja naprawdę...

– Ciiii... – przerwała jej przyjaciółka – nie martw się. Nic nam się nie stanie i obie bezpiecznie wrócimy do groty. Tylko proszę cię o jedno – nie ruszaj się stąd, zgoda?

– Zgoda.

Stacy uścisnęła dłoń Susanne z całych sił, a Susanne odwzajemniła ten uścisk.

*

Nie chciałam martwić Stacy, ale w głębi serca czułam, że to, co majaczy przed naszymi oczami, może zabić każdego oprócz mnie samej. Bardzo dobrze wiedziałam, że Emesto nie mógł już nic więcej powiedzieć na Ziemi, ale wszystko odczytałam z jego oczu, które były jedynymi oknami jego duszy w chwilach, gdy to, czego nie da się powiedzieć, mogą dopełnić jedynie najprawdziwsze uczucia rządzące wszechświatem.

Nie miałam i nie mam odwagi, aby mówić Stacy o rzeczach ostatecznych, przerażających i bardzo bolesnych, dlatego nie podzieliłam się z nią swoimi obawami. Wiedziałam również, że kiedy Stacy coś obiecuje, zawsze dotrzymuje słowa, niezależnie od sytuacji. Tylko z tego powodu mogłam – nie obawiając się o nią – zabrać jedyną rzecz, która może nam wszystkim umożliwić rozpoczęcie tej właściwej misji wszechczasów.

Zrobiłam więc krok na przód, potem kolejny, następnie trzeci, czwarty, nie oglądając się jednak za siebie. Czułam, że moja twarz wyrażająca tak sprzeczne emocje mogłaby wszystko popsuć. W końcu zbliżyłam się do... kwiatu. Tak. Do najmniejszego i najpiękniejszego kwiatu, jaki kiedykolwiek w swoim życiu widziałam. Otulony welonami jedwabnych pajęczyn unosił się z gracją i lekkością, na wyciągnięcie ręki. Ostrożnie, lecz zdecydowanie odgarnęłam zasłonę wieków i uchwyciłam roztrzęsionymi palcami łodygę. Kwiat był przepiękny, gorący w dotyku niczym żar, gładki jak jedwab, stanowiący perfekcyjne arcydzieło będące połączeniem wszystkich odmian kwiatów na Ziemi... Wstrzymałam jednak oddech z innego powodu. Z przerażającą i niemą zgrozą wdzierał się do mojej świadomości przerażający fakt – łodyga nie chciała się poruszyć, a moje palce pokryły krople krwi. Nie miałam pojęcia, dlaczego tak się dzieje. Nie wiedziałam co robić. Paniczny lęk przebił moją duszę na wskroś. Zdołałam tylko wydusić ostatnim tchem jedno zdanie:

– Jestem Susanne, proszę cię, przepiękny kwiecie, pozwól zabrać się ze sobą.

W swoich myślach dodałam całą resztę i wtedy kwiat ustąpił, a z jego wnętrza dobył się najcichszy i najwyraźniejszy szept, jaki człowiekowi było dane usłyszeć:

– Jestem Głębią Serca dosłownie, uosabianą przez kwiatu pochodnię. Nie wypuszczaj mnie z twych rąk, Pani, wytrwaj pośród mąk... – Po chwili dało się słyszeć jeszcze kilka słów: – Mów do mnie, Prawdą zwracając się do mnie, myśląc o mnie tam, gdzie wszystkiego się dowiedziałaś, aby otworzyć kolejne drzwi. Wyrzeknij wtedy bez lęku: *Ubi est thesaurus tuus, ibi est et cor tuum*[*].

*

Susanne poczuła przypływ odwagi i ułożyła Głębię Serca na własnym sercu, i mimo niewyobrażalnego bólu, który kwiat jej zadawał, wróciła jak najszybciej do Stacy, przytuliła ją, pocałowała w główkę i chwyciła za roztrzęsioną rączkę, próbując ją uspokoić. W myślach usłyszała głos:

– Zamknijcie oczy, policzcie do trzech i pomyślcie już teraz o swoim skarbie, o sobie, a Emesto od razu pojawi się przy was...

– Stacy – zwróciła się do przyjaciółki Susanne – proszę cię, wyobraź sobie w tej chwili ze wszystkich

---

* Gdzie jest skarb twój, tam jest i serce twoje.

sił, jak bardzo cię kocham i jak bardzo chcesz już zobaczyć Emesta i wróżki. Wtedy ciemności już nie będzie. Policzę do trzech i wtedy zamkniesz oczy. Jestem tuż obok, spokojnie... Raz, dwa, trzy...

Jak za dotknięciem czarodziejskiej różdżki znalazły się z powrotem w grocie. Przed nimi stał uradowany Emesto, a Soledad i Paz w jednej chwili podfrunęły do dziewczynek i wszyscy przytulili się do siebie bez słowa. Tylko kwiat spoczywający na piersi Susanne pełnym podziwu i szacunku głosem powiedział:

– *Clavo clavum eiciendum**.

Susanne doskonale zdawała sobie z sprawę z tego, co ma na myśli jej nowa towarzyszka. I wcale nie miała jej tego za złe. Wszystko bowiem rozumiała, gdyż jej dusza podpowiadała jej słowa bardzo mądrego pisarza, żyjącego wiele lat temu. Już wtedy doskonale wiedział, że: *Kocha się tylko to, od czego się cierpi***. Susanne czuła, iż tylko dla tej misji, dla swoich przyjaciół i dla innych istot warto walczyć, warto cierpieć, aby miłość wygrała z nienawiścią, aby dobro pokonało zło...

* Gwóźdź trzeba wybijać gwoździem.

** Gustave Flaubert

ROZDZIAŁ 5

Podróż się zaczyna

– Udało się wam! – wydusił z siebie Emesto.

– Już zaczynaliśmy się o was martwić – dodała Soledad.

– Wszystko na szczęście dobrze się zakończyło. Możemy bezpiecznie ruszać dalej – odrzekła Susanne.

Jej wynędzniałą twarz ozdobił delikatny, acz najcudowniejszy wyraz ulgi i radości. Dziewczyna doskonale zdawała sobie sprawę z tego, że wszyscy razem zrobili właśnie pierwszy krok, który rozpoczął lawinę nadziei. Po kilku minutach cała gromadka się uspokoiła. Wszyscy zostali połączeni więzami najtrwalszej przyjaźni. To nici wieczności zespoliły ich dusze, serca i ciała.

– Ruszajmy więc w drogę – powiedziała Paz.

I dziewczynki usnęły w ramionach pieśni otulającej ich wycieńczone zmysły. Stacy natychmiast opuściła powieki, a Susanne nie czuła już bólu na sercu. Jej powieki wkrótce również stały się ciężkie i opadły na zmęczone oczy. Trzymając się za ręce, przyjaciółki odpłynęły do krainy snów, otulone spokojem. Kilka godzin później ocknęły się na woni tchu. Przetarły oczy, ziewnęły i wstały. Elf już na nie czekał. Nie tracąc czasu, zaczął mówić:

– Jestem z was strasznie dumny, moje drogie. Dzięki temu Kwiatowi będziecie mogły bezpiecznie przedostać się do Sautien. Muszę wam powiedzieć, że zostaniecie wystawione na próbę niewyobrażalną do opisania. Nic nie będzie można powiedzieć o naszej misji na miejscu. Będziemy wszyscy cierpieć głód, pragnienie i niewygody… – tutaj głos Emesta się załamał, lecz kontynuował: – Proszę was o wybaczenie i wytrwałość. Na wasze barki nałożono ciężar, którego nikt inny nie byłby w stanie udźwignąć. Po raz ostatni jesteśmy już na Taflowym Pomoście. Obawiam się, iż nigdy więcej nie wrócicie na Ziemię. A teraz posłuchajcie mnie bardzo, ale to bardzo uważnie. Będziemy się komunikować w Sautien przez myśli. Głębia Serca właśnie to nam umożliwia. Zdobyliśmy najpotężniejszą z Głębi Serc, jakie istnieją we wszechświecie – ziemską. Najtrudniejszą do zdobycia, ale i najtrudniejszą do pokonania. Tylko ona umożliwi wam przebycie kolejnego portalu: Morza Grozy. Kryją się w nim największe i najpotężniejsze siły. Wszystkie stanowią jedność. Każda jest każdą. Odmęty tego morza stanowią wieczną przystań dla potępionych przez Pustkę. Są oni niewinni, cierpią tam niepojęte męki. Możemy ich uwolnić. Musimy ich uwolnić, jednak wszystko w swoim czasie. To nienawiść, którą żywią „oni", napędza wehikuł smagający Sautienczyków torturami. Usłyszycie ich jęki, które zapewne zmrożą wam w żyłach krew. Nie będą wiedzieli, że to wy chcecie ich uratować. Będą próbowali was uchwycić, aby się wydostać, nieświadomi, iż ich wysiłki zawsze będą skazane na klęskę. Dostaniecie ode mnie specjalne naszyjniki-woreczki, których nie będziecie mogły pod żadnym pozorem zdejmować! Za nic w świecie! Wasze oczy muszą być zamknięte przez całą drogę do Sautien. Za chwilę Głębia Serca odda wam kawałki waszych serc. Nie pytajcie, w jaki sposób. Pamiętajcie: każda z was będzie dzierżyć w rękach życie drugiej. Na twojej szyi, Susanne, będzie spoczywać za kilka chwil życie Stacy, a na szyi twojej przyjaciółki zawiśnie twoje życie. Trzymajcie się cały czas za ręce, bądźcie niewzruszone na jęki cierpiących, pamiętajcie o zamknięciu oczu. Kiedy ci cierpiący biedacy będą chcieli was uchwycić, poczujecie na szyjach duszące pętle. Pamiętajcie jednak, że nic wam się nie stanie. To ten uścisk będzie epicentrum chroniącej was mocy. Nie bójcie się jej. Podróż potrwa kilka minut, które zapewne wydadzą się wam wiecznością. Nie wątpię w waszą silną wolę. Ja, Soledad i Paz będziemy rozszczepieni w każdym z waszych woreczków. Nic nie chce przed wami ukrywać. Nasze życie i losy każdej istoty będą spoczywać na waszych barkach tak, jak jeszcze nigdy dotąd. Susanne – elf zwrócił się do dziewczyny.

– Tak? – wyszeptała.

– Jesteś najdzielniejszą osobą, jaką kiedykolwiek dane mi było spotkać. Wierzę w ciebie z wszystkich moich sił.

– Dziękuję ci, Emesto.

– To ja ci dziękuję – dodał elf, po czym zwrócił się do Stacy: – Moje słoneczko, ty też jesteś w moich oczach najodważniejszą istotą. Pamiętaj, że mówiąc do Susanne, mam na myśli również ciebie. Stanowicie bowiem jedność. Zatem, ruszajmy już. Gdy dotrzemy na miejsce, bowiem nie wątpię w to ani przez sekundę, Głębia Serca powie wam o tym. Wtedy będziecie mogły otworzyć oczy. Czy wszystko jest jasne?

– Tak – odpowiedziały.

– *Media vita in morte sumus** – powiedział Emesto.

Susanne poczuła, jak Kwiat parzy jej skórę, szepcząc w większości niezrozumiałe dla niej słowa, przerywane jedynie kilkoma słowami otuchy, które docierały do umęczonego umysłu dziewczyny. Po chwili Kwiat zrodził owoce niczym drzewo. Wylądowały one miękko na dłoniach dziewczynek.

Stacy bez słowa założyła swój naszyjnik. Jej twarz się rozpromieniła. Susanne również zawiesiła sobie amulet na szyi. Momentalnie poczuła falę ulgi rozchodzącą się po całym ciele. Żyjące zawiniątko delikatnie biło na jej sercu, niczym serduszko nienarodzonego jeszcze dziecka, którego życie spoczywało w jej rękach. Chwyciła Stacy za rękę, a Emesto, Paz i Soledad przesłali im pełne siły i wiary spojrzenia, by już po chwili zamienić się w skrzący się pył, który wleciał do każdego z woreczków. Susanne usłyszała jeszcze głos Głębi Serca, która ponownie spoczęła na jej sercu, ale już jej nie raniąc. Szepcząc, kwiat nakazał jej powtórzenie swoich słów na głos:

---

* Pośród życia jesteśmy w śmierci.

– *Legenda aurea** niech mnie na skrzydłach swych uniesie, otworzy nieszczęsne bramy oceanu morza, bezpiecznie przeprowadzi przez nędzę zwątpienia, otworzy pieczęcią spętane bramy, Sautien ukaże i otworzy oczy nasze...

Susanne powtórzyła te słowa na głos, uścisnęła jeszcze mocniej dłoń przyjaciółki i obie zamknęły oczy. Porwał je wtedy wir. Wkroczyły na Morze Grozy osaczone beznadziejnością, mając tylko siebie i aż siebie...

Susanne poczuła na sobie lodowate fale, a piana morska nie pozwalała jej oddychać. Huk kotłującej się wody ogłuszał ją w takim stopniu, że nie słyszała nawet własnych myśli. Całe ciało parzyło ją niemiłosiernie, chłostane biczami słonej cieczy. Dłoń Stacy zaciskała się jednak wokół jej dłoni bardzo pewnie. Susanne przeraziło jedynie to, iż wyczuwała na skórze przyjaciółki ogromne pęcherze... Obie przeszywały dreszcze, gęsia skórka zjeżyła każdy włos na ich ciele. W jednej chwili opuściły je nadzieja, odwaga i siła. Jedynie świadomość obecności drugiej, ukochanej osoby, nie pozwalała poddać się wszechobecnej ciemności, trwodze i śmierci... Kwiat próbował dodawać dziewczynkom otuchy, rozlewając w ich żyłach ciepło i spokój. Powiedział im też, że znajdują się już w połowie drogi. Jednak w tej właśnie chwili ręce ożywionych topielców, oślizgłe, pokryte strupami, owinęły się wokół ich stóp, próbując wessać dziewczynki w mroczną toń.

---

* Złota legenda.

Każda z nich poczuła na szyi pętlę, która bardzo ściśle przylegała do ich skóry. Ledwie mogły oddychać, jednak ani o cal nie obniżyły się, a ręce cierpiących puściły je. Nagle wszystko ustało. Poczuły na swoich twarzach czyste powietrze, huk bałwanów morskich ustał. Stały na twardym podłożu. Głębia Serca pozwoliła im otworzyć oczy. Susanne od razu uścisnęła Stacy, nie chcąc jej ponownie stracić. Przyjaciółki rozpłakały się ze szczęścia.

Udało im się pokonać Morze Grozy. Obok nich stał już Emesto, Soledad i Paz, którzy przesłali Stacy i Susanne najszczersze uśmiechy, na jakie było stać elfa i wróżki. Ale momentalnie położyli palec na ustach przypominając dziewczynkom, iż muszą zachować bezwzględne milczenie. Susanne i Stacy usłyszały w swoich głowach głos elfa nakazujący włożenie peleryn. Dziewczynki posłusznie się ubrały. Otrzymały również solidne kije podróżnicze, ciężkie plecaki z prowiantem i wygodne buty. Ruchem ręki Emesto nakazał wszystkim podążać za sobą. Bardzo głodni podróżni nie ośmielili się jednak poprosić o postój. Poparzona skóra wołała o choćby odrobinę słodkiej wody. Popękane usta pokrywały się rosą krwi. Dziewczynki maszerowały jednak naprzód, trzymając się blisko przewodnika i wróżek.

Dopiero gdy zatrzymali się na postój, Susanne odważyła się rozejrzeć dookoła. Przestrzeń wokół nich spowijała mgła, przez którą nie było nic widać. Pod stopami błyskały twarde i śliskie skały. Ani jedno źdźbło trawy nie pokrywało podłoża. Wszechobecna pustka sprawiła, że Susanne zrobiło się niedobrze. Na dodatek cisza i głosy w głowie stawały się już nie do wytrzymania. Dziewczyna miała wrażenie, iż za moment oszaleje. Kiedy rozpoczęli posiłek, całe Sautien pokrywało się już powoli kotarą ciemności. Przenikliwy chłód wdzierał się w najdrobniejsze szczeliny ich ubioru. Zima w Dartmouth zdawała się we wspomnieniach parnym latem.

Wędrowcy w milczeniu i w pośpiechu zjedli kilka kromek czerstwego chleba, kilka plasterków suszonej ryby i wypili po pół kwaterka wody. Jedzenie było okropne, jednak nikt nie odważył się wyzbywać chociażby i tak marnej formy posiłku. Stacy pomogła Susanne rozłożyć na skałach karimaty i śpiwory, po czym wszyscy ułożyli się do snu. Nikt nie mógł zasnąć na twardym posłaniu, a mróz niemiłosiernie szczypał każdy kawałeczek ciała. Nie mogli rozpalić ogniska. Ścisnęli się więc wokół siebie. Emesto przekazał dziewczynkom w myślach, że to wszystko, co czują, widzą i słyszą, a raczej nie słyszą, jest najgroźniejszą i najpotężniejszą iluzją, ale cały czas iluzją. Nic nie jest tym, na co wygląda. To wszystko złudzenie. Z całego serca przeprosił je za brak możliwości wyczarowania czegokolwiek i życzył im spokojnej nocy. Susanne i Stacy podziękowały mu. Po kilku minutach wszyscy zamknęli oczy i przenieśli się do krainy snu, śniąc o ciepłych promieniach słońca, śpiewie ptaków, ciepłych posiłkach, miękkiej trawie, zapachu drzew...

Sen trwał jednak zaledwie trzy godziny. Emesto obudził wędrowców wczesnym rankiem. Nieboskłon był jeszcze przesycony ciemnością nocy, a do oczu przesiąkniętych mrokiem nie docierało światło dnia. Susanne przypomniała sobie w tej właśnie chwili o pięknym aforyzmie, który pomagał jej przetrwać najtrudniejsze chwile na Ziemi. „Twoja wyobraźnia jest więcej warta, niż sobie wyobrażasz". Pierwszy raz od bardzo dawna pogrążyła się w marzeniach na jawie, pragnąc, aby udało jej się ocalić Sautien. Marzyła o pięknych krajobrazach, miłości, dostatku i wolności. W umysłach pozostałych towarzyszy pojawiły się obrazy, o których Susanne marzyła. Dziewczyna chciała im w ten sposób dodać otuchy. Zadziałało... Pełni optymizmu, wstali i zjedli śniadanie, wyobrażając sobie przeróżne pyszności, i ruszyli dalej... Dzięki wyobraźni przerwali pętlę iluzji. Łatwiej znosili trudy podróży. Emesto wytłumaczył im w myślach, dokąd podążają:

– Czeka nas bitwa wszechczasów. Musimy zebrać armię godną Sautien. Przed nami długa i żmudna wędrówka. Zmierzamy teraz do Fellonstug, obszaru leżącego na peryferiach Sautien. Mam nadzieję, iż znajdziemy tam Driady, uśpione pośród zgliszczy dawnego świata, które tylko ty, Susanne, możesz obudzić. Fellonstug, pomimo strat zadanych przez Pustkę jest nadal bardzo groźnym borem, liczącym tysiące lat. W jego wnętrzu ostały się cztery drzewa. Żywe drzewa. Ich imiona musisz odgadnąć na miejscu. Ja ich nie znam. Nawet Król i Królowa nie mają pojęcia, jak one brzmią. Gdy poprawnie podasz im ich imiona, będą mogły ruszyć z nami na wojnę. Jeszcze jednych mieszkańców Sautien mam nadzieję tam znaleźć. Wiatry Liści, Wiatry Drzew, Wiatry Traw i te najpotężniejsze: Wiatry Wód, Powietrza, Ziemi i Ognia – cztery najpotężniejsze Żywioły, które utworzyły naszą krainę. Są o wiele potężniejsze od tych ziemskich. Aby je przyzwać, musisz zaśpiewać. Zaśpiewać sercem. Później ruszymy z nimi dalej i wytłumaczę wam wszystko w swoim czasie... Kolor mych oczu – zgodnie z obietnicą – również...

– Emesto – odpowiedziała mu w myślach Susanne. Oczywiście wszyscy pozostali w milczeniu przysłuchiwali się ich rozmowie. – Myślisz, że naprawdę dam radę? Że na pewno mi się uda?

– Nie wątpię w to ani przez jedną tysięczną sekundy – odpowiedział elf.

– Susanne – włączyła się Stacy – zobaczysz, że wszystko dobrze się skończy. Wiara pozwoli nam wygrać w tej wojnie.

Susanne przytuliła przyjaciółkę do siebie. Z jej oczu popłynęły łzy. Łzy szczęścia i radości. Pocałowała Stacy w czółko, otarła policzki i ruszyli do Fellonstug. Pełni nadziei i obaw, ale gotowi na wszystko, by zdobyć sojuszników.

ROZDZIAŁ 6

Fellonstug

Wiele godzin zajęło wędrowcom dotarcie do Fellonstug. Przez niemiłosiernie dłużące się minuty cierpieli głód, pragnienie i niewygody. Emesto miał rację, mówiąc, iż czeka ich droga przez mękę. Susanne cały czas myślała o tym, czy da radę. Czy podoła pokładanym w niej nadziejom? Nie miała już sił, aby płakać. Jej oczy omiatały bezbrzeżną krainę, na której nie byli mile widziani. Gdy jej smutne spojrzenie napotykało Stacy, elfa i wróżki, otrząsała się z zadumy. Gdyby nie przyjaciele, utonęłaby w nicości, zapomniawszy, jakie zadanie zostało jej powierzone. Zapomniawszy nawet, kim jest…

Gdy zapadał zmierzch, Emesto odezwał się do towarzyszy w myślach, głosem pełnym napięcia:

– Przed nami most. Niewidzialny Most.

– O jakim moście mówisz, Emesto? – zapytała go Susanne.

– Przecież tutaj nie ma żadnego mostu… Czyżbyśmy mieli sprawić, aby stał się widoczny? – wtrąciła Stacy.

– Nie, kochanie – odparł smutno elf. – Ten most nigdy nie będzie widzialny dla waszych oczu. Musicie mu zaufać. Musicie uwierzyć, że solidne i bezpieczne, a zarazem jedyne przejście na drugą stronę, na kraj boru Fellonstug, znajduje się przed wami...

– Emesto... – wyszeptała przerażona Soledad – nie... – i rozpłakała się.

Paz przytuliła ją do siebie.

Susanne doskonale wiedziała, co wróżka chciała powiedzieć. One miały skrzydła i mogły przelecieć nad przepaścią, ale ona i Stacy nie... Wtedy Susanne przesłała w stronę Emesta znaczące spojrzenie. Odpowiedział jej łamiącym się głosem, tak bezradnym...

– *Alteri subvenire cum detrimento alterius nulli licet**.

Susanne uścisnęła dłoń Stacy ze wszystkich sił. Czuła, jak paraliżuje ją niemoc. Odpowiedź elfa nie pozostawiła w jej umyśle cienia wątpliwości. Kwiat, który czuła na swoim sercu, milczał, wkłuwając się w jej skórę każdym kolcem.

Nie wolno nikomu przychodzić drugiemu z pomocą ze szkodą innego. Tylko te słowa rozbrzmiewały teraz w jej głowie. Zdawała sobie sprawę, że nawet Emesto, który był przecież w stanie zabrać ze sobą jedną z nich i wrócić po drugą, nie może tego uczynić. Nie rozumiała również w pełni jego słów. Nie miała pojęcia o szkodzie, jaką powoduje pomoc. Jakby tego wszystkiego było mało, Głębia Serca nic w dalszym ciągu nie mówiła, podobnie jak pozostali. Susanne była pewna,

---

* Nie wolno nikomu przychodzić drugiemu z pomocą ze szkodą innego.

iż zawaha się, podda. Jak można przejść czeluść bez dna, wiejącą krzykami śmierci? Jak? Rozpaczliwie szukała pomocy... Na próżno. Jedyną i ostatnią deską ratunku byli jej przyjaciele. Musi walczyć o nich i dla nich. Zapomnieć o sobie.

Po chwili wszyscy, cała piątka, podeszli nad krawędź przepaści. Susanne popatrzyła przed siebie, jednak jej wzrok nie był w stanie przebić się przez upiorną czerń zastygłą na horyzoncie. Nie widziała końca, drugiej krawędzi, granicy boru... Popatrzyła na elfa. Ale on nic nie odpowiedział. Zbliżyła się ze Stacy jeszcze bliżej do granicy oddzielającej grunt od odmętów. Kilka kamieni utonęło w mrocznej otchłani... bezgłośnie, zdradziecko...

Susanne spojrzała w dół... „Nic... nic... nic..." – odpowiedziało jej bezgłośne echo. Jej twarz owionęła przenikliwa groza. Dziewczyna odwróciła wzrok, cofnęła się... Ugięła kolana, przyklękła przed przyjaciółką, tuląc ją do siebie. Ucałowała jej czółko. I ruszyła. Bez słowa. Nie oglądając się za siebie. Nic nie słysząc. Nic nie widząc. Nic nie czując. Puściła dłoń Stacy. Zrobiła pierwszy krok. Nie czuła oparcia. Jej noga bezwładnie wisiała w powietrzu. „Cokolwiek się stanie – pomyślała – robię to dla wszystkich i każdego z osobna". I uczyniła kolejny krok.

Jej ciało obniżyło się, lecz nie upadło. Susanne falowała w powietrzu. Przypomniała sobie słowa Emesta: „Musicie uwierzyć, że solidne i bezpieczne, a zarazem jedyne przejście na drugą stronę, na kraj boru Fellonstug, znajduje się przed wami...". Kolejny krok był najpewniejszym krokiem, jaki dziewczyna uczyniła dotąd w swoim życiu. Pod stopami poczuła twarde i solidne podłoże. Nie patrzyła w dół. Oczami wyobraźni ujrzała szeroki, solidny i BEZPIECZNY most. Po chwili stała już na jego drugim końcu. W myślach usłyszała zaniepokojonych przyjaciół. Uspokoiła ich. Następna ruszyła Stacy. Susanne ujrzała ją po chwili i gdy dziewczynka dotarła do przyjaciółki, rzuciły się sobie w ramiona. Emesto, Soledad i Paz przyfrunęli do nich kilka sekund później. Elf przemówił wtedy na głos po raz pierwszy od bardzo dawna. Susanne i Stacy miały wrażenie, że jego głos rozbrzmiewał już tylko w ich wspomnieniach, a teraz budzi się do życia:

– Jestem z was dumny – te cztery słowa przerwały ciszę. Emesto kontynuował jednak dalej: – Jesteśmy teraz w Fellonstug. Nie miałem już prawie nadziei na to, że ten bór ocaleje. Ale jak widzicie, tysiące lat miłości i poświęceń przetrwały. Możemy już w tym borze mówić. Mówić na głos. Na szczęście Fellonstug oparł się Pustce. Wspomnienia wszystkich jego mieszkańców mówią mi, że zadano im niejeden cios, ale oni zadali o ten jeden więcej. I przetrwali. Driady już na ciebie czekają, Susanne...

Emesto ruszył pierwszy, a pozostali machinalnie, ale i jednocześnie świadomie oraz dobrowolnie, podążyli za nim.

– Możecie jeść, cokolwiek znajdziecie, pić z każdego strumyka i odpoczywać, gdziekolwiek zechcecie. Iluzji już nie ma – dodał Emesto.

Część brzemienia opuściła barki księżniczki Sautien. Jej ojczyzna zdjęła tyle trudów, ile tylko zdołała. Stacy radośnie biegała, wykrzykując co krok, co znalazła oraz jakie smaczne są owoce przypominające śliwki. Jej śmiech wywoływał uśmiech na twarzach pozostałych.

Susanne zrobiła głęboki wdech i wydech, zamykając powieki. Otworzyła je dopiero po kilku pełnych oddechach. Rozejrzała się dookoła i odezwała się:

– Jak tu pięknie. Mimo walki, jaką stoczył ten bór, jego dawna świetność emanuje zewsząd, gdzie spojrzę. Emesto – zwróciła się do elfa – Fellonstug odzyska to, co stracił, prawda?

– Wiem, że wiesz, że tak.

Susanne uśmiechnęła się do niego. Teraz każdą sekundę przeżywała w swoim wnętrzu. Podniosła głowę. Niebo było błękitne i bezchmurne. Jego bezkres przecinały smugi światła i ptaki, które bardzo zwinnie manewrowały w powietrzu i równie szybko jak się pojawiały, znikały w gęstwinie koron drzew. Fellonstug nie przypominało prawdziwego boru, jednak z każdym krokiem drzewa stawały się liczniejsze i starsze. Powietrze przesyciło się wonią grzybów, stało się wilgotne i ożywcze, koiło popękaną skórę, nawilżało płuca. Było coraz ciemniej, ale ta ciemność nie budziła lęku. Wręcz przeciwnie. Budziła spokój. Drzewa już prawie całkowicie przysłaniały sklepienie. Pod obolałymi stopami uginał się delikatnie mech niwelujący ból w całym ciele. Jedyne, co zdziwiło Susanne, to brak wiatru. Liście nieruchomo tkwiły na stabilnych gałęziach. Dziewczyna przypomniała sobie, że Wiatry trzeba dopiero obudzić...

Po kilku godzinach marszu Emesto zarządził odpoczynek, gdyż nikt do tej pory nie prosił o postój. Dopiero wtedy, gdy usiedli, poczuli jak bardzo są zmęczeni. Wszyscy zmieścili się obok siebie w cieniu olbrzymiego drzewa, którego do tej pory Susanne nigdy nie widziała. Jej powieki stały się ciężkie. Objęła jeszcze spojrzeniem każdy skrawek boru w zasięgu swoich oczu. Wszystkie gatunki drzew, jakie znała, i jeszcze więcej, których nie znała, spokojnie utulały ją do snu, nucąc między sobą kołysankę...

– Teraz już będzie lepiej – wyszeptała, i odpłynęła do krainy snu.

Susanne śnił się sierociniec, codzienna droga na plac targowy, jej mostek, nenufary falujące na powierzchni wody, drzemki na łące. Do snu wkradł się także przecudny bór, liście szeleszczące na wietrze, drzewa lśniące w złocistych promieniach, kojący śpiew rozbrzmiewający wokoło... Otworzyła oczy i przetarła twarz, którą pokrywało tysiące drobniutkich kropelek wody. Rosa orzeźwiła jej umysł. Nadal słyszała cudowny śpiew, który jednak cichł z biegiem czasu, aż zapanowała zupełna cisza.

– Dzień dobry, Emesto – odezwała się, widząc, że elf się obudził.

– Dzień dobry, Susanne – odpowiedział.

Dziewczynę nurtowało to, co przed chwilą słyszała. Ten tajemniczy śpiew... Czyżby to były Driady? Czy powiedzieć o tym Emestowi? Nie, to wszystko jej się tylko przyśniło...

– To nie był sen – odezwała się w jej duszy Głębia Serca. – Podążaj za snem......

Nie powiedziała nic więcej. Susanne nie miała pojęcia, co ma zrobić... Postanowiła poradzić się elfa:

– Emesto. Muszę ci coś powiedzieć. Tak naprawdę, to mam do ciebie pytanie...

– Słucham.

– Głębia Serca odezwała się do mnie. Byłam przekonana, że śpiew Driad tylko mi się przyśnił, a ona powiedziała mi, że to nie był sen. Powiedziała także coś bardzo zagadkowego: „Podążaj za snem...". Co mam zrobić? Naprawdę nie mam pojęcia. To wszystko jest tak bardzo zagmatwane i...

– Spokojnie, Susanne. Driady się przebudziły. To ty je obudziłaś. To twoja obecność powoduje eksplozję nadziei, życia i dawnej potęgi. Wsłuchaj się w szum liści, o którym śniłaś, mimo iż twoje uszy go nie słyszą. Ujrzyj korę drzew mieniącą się w świetlistej poświacie, mimo tego iż twoje oczy nie widzą skrzącego się blasku... Serce, dusza i sen poprowadzą cię i wskażą ukrytą drogę. Teraz to ty jesteś naszym przewodnikiem. Podążaj za snem, wsłuchaj się w serce, patrz duszą...

– Ale... skąd ty to wszystko wiesz? Przecież ja nic nie...

– Ciiiii. Wszystko w swoim czasie... A teraz prowadź nas do Driad.

Stacy, Soledad i Paz już się obudziły. Cała piątka zjadła pyszne śniadanie składające się z wybornych darów boru i wypiła nawet świeży sok z przepysznych owoców. Susanne spojrzała jeszcze na Emesta, którego oczy zalśniły drobinkami koloru wrzosowego, unoszącego się lekko – niczym mgła o poranku – nad liliowym światem, przysłaniając jego rzeczywisty obraz. Dziewczyna westchnęła tylko głęboko i ruszyli w dalszą drogę. Stacy trzymała ją teraz za rękę, a wróżki przysiadły na jej ramionach. Zamknęła oczy. Ze wszystkich sił zagłębiła się w swój sen. Po chwili słyszała i patrzyła wyobraźnią, czując na swojej skórze delikatne dłonie Driad. Dała się im prowadzić. W kilka minut później dotarli do ogromnej skalnej ściany. „Czekamy na Ciebie po drugiej stronie, Pani. Odczytaj zamazane znaki czasu, uwolnij dusze nasze, przywróć nam życie nasze..." Susanne otworzyła oczy. Wszystko znikło. Jej oddech stał się płytki, a na twarzy pojawiły się kropelki potu. Przeszyły ją dreszcze.

– Susanne, co ci jest? Wszystko w porządku? – spytała zaniepokojona Stacy.

– Tak, wszystko w porządku. Nie martw się – odpowiedziała i przesłała jej spojrzenie pełne spokoju. W chwilę później dodała: – Muszę odczytać zamazane znaki czasu...

Podeszła do skalnej ściany. Odsunęła kotarę gęstego bluszczu i powiodła palcami po pokrytej mchem powierzchni. Opuściła powieki. Jej dłoń bezbłędnie odczytała napis. Susanne wiedziała, iż musi wypowiedzieć jego sens w duszy. Gdy otwierała oczy, usłyszała nieuchwytne dla uszu pozostałych śmiechy. Pełne napięcia, oczekujące... Uśmiechnęła się i odwróciła w stronę towarzyszy. Chwyciła ich za ręce i razem podeszli do ściany. Susanne wzięła głęboki wdech i wyrecytowała w swoim umyśle własny wiersz. Tak, własny wiersz. Napis bowiem o tym właśnie mówił. Poezja płynąca z wnętrza człowieka potrafi przełamywać nawet najpotężniejsze przeszkody, ponieważ stanowi kwintesencję człowieczeństwa.

Gdy Susanne skończyła, skalna ściana rozmyła się w powietrzu, a ich oczom ukazały się niebiańskie istoty.

– Dziękujemy, Pani – odpowiedziały jednogłośnie, a jedna z nich dodała: – To najpiękniejsze słowa, jakie słyszałam w całym moim życiu. Otworzyłaś przed nami swoje serce, za co ogromnie ci dziękuję. Udowodniłaś, co w twoim życiu tak naprawdę się liczy. Ofiaruję ci usługi swoje i moich towarzyszek.

Wszystkie Driady oddały Susanne ukłon. Emesto, Soledad, Paz i Stacy również.

– Proszę was, nie klękajcie przede mną. Wstańcie – powiedziała wzruszona Susanne i podniosła Stacy, elfa oraz wróżki. Zwróciła się również w stronę Driad: – Proszę was, wy też wstańcie.

Driady posłusznie wstały. Dopiero teraz Susanne dostrzegła ich piękno. W ich włosy wplecione były dojrzałe owoce, młode gałązki i kłosy zboża. Każda z nich miała blond włosy, ale i każda innego odcienia. Oczy podróżnych ujrzały kolor złoty, morelowy, bananowy, bursztynowy, cytrynowy, kanarkowy, piwny i słomkowy. Twarze leśnych bogiń były śnieżnobiałe, gładkie i spokojne. W oczach Driad zdawały się rozkwitać pąki perłowych kwiatów. Ich ubiór stanowiły zwiewne, jedwabne suknie, a stopy obute były w liście. Każda trzymała w ręce gałązkę innego drzewa. Roztaczały aurę mieniącą się wszystkimi kolorami tęczy, odcieniami morza. Aurę, która stanowiła idealne połączenie śpiewu ptaków, porannej rosy, kolorów życia...

– Nazywam się Felicia – odezwała się jedna z Driad. – Jestem opiekunką pozostałych towarzyszek. Chcemy wam podarować wszystkie kolory świata, które reprezentując wszystkie uczucia, pomogą wam, gdy dojdzie do ostatecznego starcia.

Felicia wyjęła kryształowy flakonik i zaśpiewała w języku Driad. Gdy skończyła, na dnie flakonika wirował olśniewający burgund. Felicia wołała kolejne Driady do siebie. Każda z nich oddawała swój kolor. Judith podarowała cynamonowy, Julia herbaciany, Evelina jaśminowy, Susana morski, Margarita bursztynowy, Catalina szafirowy, a Mónica kolor lawendowy.

– Pani... – zaczęła Felicia.

– Zwracajcie się do mnie po prostu Susanne.

– Jak sobie życzysz. A zatem, Susanne. Wręczam ci ten flakonik. Znajdują się w nim najpotężniejsze dary, które możemy wam ofiarować. Gdy będziecie ich potrzebować, wystarczy, że wyjmiesz korek. – Felicia wręczyła Susanne flakonik z kolorami świata, po czym kontynuowała: – Susanne, czy pozwolisz nam wyruszyć w głąb boru Fellonstug obudzić życie i zawezwać resztę sojuszników?

– Oczywiście – odparła Susanne.

– Dziękujemy ci. Gdybyś nas kiedykolwiek potrzebowała, zawołaj: „Felicio!", a wtedy przybędziemy. Muszę ci coś jeszcze powiedzieć...

– Słucham...

– Z tego, co wiem, wszystkie Wiatry i Drzewa schroniły się w Mirtenbug. Nie jestem jednak pewna, czy jeszcze tam są, ale miejmy taką nadzieję. W Fellonstug już nikogo nie znajdziecie...

– Bardzo ci dziękujemy za te informacje. Do zobaczenia wkrótce...

– Do zobaczenia – odpowiedziały Driady i pomknęły w głąb boru.

Susanne jeszcze długo słyszała piękną muzykę, która rozchodziła się w Fellonstug, budząc jego mieszkańców do życia.

– Susanne – powiedział Emesto – nie myślałem, że Wiatry i Drzewa mogą uciec aż tak daleko. Ruszajmy więc ich odszukać. Dotrzemy do Mirtenbug za trzy dni. Tym razem ja poprowadzę.

Wszyscy wybuchnęli radosnym śmiechem i ruszyli przed siebie. Susanne schowała flakonik z kolorami do wewnętrznej kieszeni płaszcza, uścisnęła dłoń przyjaciółki i nasi podróżni ruszyli w dalszą podróż. Susanne usłyszała jeszcze od Kwiatu:

– *Non pudeat dicere, quod non pudet sentire**, dlatego jestem z ciebie bardzo dumna...

Dziewczyna uroniła łzę radości i odpowiedziała w myśli jednym, jedynym słowem, w którym zawarła wszystko:

– Dziękuję...

---

* Nie trzeba się wstydzić powiedzieć to, czego nie wstydzimy się odczuwać.

ROZDZIAŁ 7

Mirtenbug

Susanne bardzo mocno przeżywała wiersz wymówiony przez jej serce przy skalnej ścianie. Dziewczyna nie zdawała sobie sprawy z tego, jak silne emocje drzemały w jej wnętrzu. Rozpierała ją duma, poczucie własnej wartości, aczkolwiek spowite ciernistymi realiami życia, które udało jej się przełamać, gdy przybyła do Sautien. Bardzo chciała zobaczyć swoich rodziców, porozmawiać z nimi, kiedy to wszystko się skończy. Nieunikniona wizja wojny nie dawała jej spokoju. Czy uda im się zdobyć sojuszników? Miała taką nadzieję. Driady już były po stronie Sautienczyków, a więc Wiatry i Drzewa może również opowiedzą się po ich stronie... Z zadumy wyrwał ją głos Emesta, który zwracał się do niej i do Stacy:

– Teraz opowiem wam o Mirtenbug. Musicie wiedzieć, iż jest to kraina zupełnie inna niż Fellonstug. Zapewne słyszałyście na Ziemi o mircie, bardzo starej i pięknej roślinie. Ziemski mirt pochodzi od tego rosnącego w Mirtenbug, ale różni się od tego najprawdziwszego pod każdym względem. Nie umie mówić ani leczyć tak jak jego macierzysty odpowiednik. Mirt w Mirtenbug, w czasach dawnej świetności Sautien, był najpiękniejszą rośliną we wszechświecie. Driady dysponujące wszystkimi kolorami świata poznawały je i czerpały właśnie od Mirtów. Jedna kropla soku tych roślin wystarczyła, aby odpędzić każdą chorobę, smutek, czy przywołać szczęście... Do wzrostu potrzebowały jedynie miłości, opieki oraz spokoju. Pustka odebrała im jednak wszystko. Mirtenbug jest, a raczej było bardzo podobne do Taflowego Pomostu. Dlaczego? Ponieważ jest krainą, która leży dokładnie w połowie drogi do samego serca Sautien. Tam, gdzie stoi zamek. Spróbujcie sobie wyobrazić ogromną taflę wody. Spokojną, krystaliczną, błękitną i turkusową zarazem. Szemrząca tafla uspokaja zmysły, a na jej powierzchni unosi się mgiełka pary. To właśnie na niej rosną Mirty... Każdy inny, niepowtarzalny, żywy, mówiący, czujący... Gotowy oddać za swój kraj życie. Z wyglądu bardzo przypomina ziemską roślinę, ale jest zupełnie inny. Jego liście są przezroczyste, a w ich wnętrzu krąży życie koloru miodowego zboża, falującego na oddechu wiatru. Kwiaty stanowią płatki białe jak śnieg, czerwone jak wino lub błękitne jak ocean... Ich zapach jest jak najcudowniejsze wydarzenie w życiu każdej istoty z osobna. Dla każdego pachnie inaczej, niepowtarzalnie... I każdy z nas posiada swój własny Mirt. Gdy Pustka zaatakowała Mirtenbug, każdy z nich stał się nasionkiem, uśpionym w ruinach dawnej świetności... Susanne, Stacy, wierzę, że je ożywicie i odnajdziecie Mirt każdego z nas. Jeżeli wszystko się uda – a nie wątpię w to, gdyż nadzieja umrze w moim sercu jako ostatnia – to Mirty udadzą się z nami na tą wojnę. Więc...

Emesto nie zdążył nic więcej dodać, gdyż otoczyli ich zamaskowani napastnicy. Było ich tak wielu, iż nie sposób było uciec. Mierzyli w naszych podróżnych napiętymi do granic możliwości łukami, na końcach których ostre groty strzał lśniły złowieszczym blaskiem. Na czele tej bandy stał młody mężczyzna. Gdy zobaczył Emesta, natychmiast opuścił łuk, odsłonił twarz i nakazał to samo pozostałym.

– Wujku, czy to ty? Naprawdę ty? – zapytał elfa.

Emesto nie był w stanie wydusić z siebie ani jednego słowa. Susanne po raz pierwszy widziała tak ogromną ulgę i radość na twarzy towarzysza, który rozpłakał się ze szczęścia i rzucił w ramiona nieznajomego. Po chwili wymamrotał przez łzy:

– Javier... Ty żyjesz!

Javier i Emesto nie mogli przestać się ściskać, płakać i krzyczeć ze szczęścia. Dopiero po dobrych kilku minutach zdołali się opanować.

– Myślałem, że ciebie również zabili, jak mojego brata – powiedział Emesto. – Jak udało wam się przetrwać? Skąd przychodzicie? Czy wiecie, co dzieje się z Królem i Królową?

– Spokojnie, wujku. Gdy ci wynaturzeni złoczyńcy przybyli do bram królestwa, walczyliśmy do ostatnich sił... Pustka dysponuje tak ogromnymi mocami, iż na samo wspomnienie ogarnia nas panika. Patrzyłem, jak tata umiera... To ona go zabiła. Swoimi mackami zdusiła w nim życie. Nie byłem w stanie mu pomóc. Gdy podążyła dalej, podbiegłem do ojca jak najszybciej mogłem. Na jego ciele były głębokie rany. Strasznie cierpiał. Chwilę przed śmiercią powiedział tylko, że ty już na pewno wiesz i żebym ci przekazał, jak bardzo cię kocha... Mnie powiedział, że jest ze mnie bardzo dumny i... odszedł. Esteban – tu wskazał na wysokiego blondyna po swojej prawej stronie – zabrał nas do swojej kryjówki. Oni nas nie znaleźli... Potem pochowaliśmy wszystkich poległych i postanowiliśmy wyruszyć na peryferia Sautien w nadziei, że ktoś inny jeszcze przeżył. Wędrujemy już tak od dwóch tygodni. Król Inigo i królowa Estrella mają się dobrze. Zostali w kryjówce i opiekują się rannymi.

– Całe szczęście – odpowiedział elf. – Ogromnie się cieszę, że udało się wam przetrwać. Chcę ci przedstawić moich towarzyszy. Soledad i Paz już znasz.

Javier przywitał się z wróżkami i zbliżył się do dwóch przyjaciółek. Jego spojrzenie na ułamek sekundy dłużej zatrzymało się na twarzy Susanne. Dziewczyna nie spłonęła jednak rumieńcem. Poczuła jedynie, jak przyspiesza jej tętno.

– To jest Susanne. Córka Króla i Królowej – przedstawił dziewczynę Emesto. – A to jej przyjaciółka, Stacy – dodał elf.

Javier ukłonił się przed Susanne, a za jego przykładem podążyli pozostali towarzysze.

– Wstańcie, proszę – odparła zawstydzona Susanne.

Javier, Esteban i inni wstali więc posłusznie.

– To wielki zaszczyt poznać cię, Pani – zaczął Javier, po czym zwrócił się do Stacy: – Ciebie również, młoda damo.

W niecałą godzinę później Emesto zdążył wyjaśnić swojemu bratankowi cały przebieg ich dotychczasowej podróży. Uzgodnili, iż razem podążą do Mirtenbug. Javier posiadał również świeżą wodę, czyste ubrania i dużo prowiantu. Wszyscy więc się posilili, przebrali i ułożyli do snu, gdyż zaczynało zmierzchać. Przed zaśnięciem uzgodniono jeszcze szczegóły dalszej wędrówki i oszacowano, iż za niecałe dwa dni dotrą na miejsce.

Ale Susanne nie mogła zasnąć. Wpatrywała się w niebo zasnute purpurowymi chmurami zawieszonymi w powietrzu, jak na fotografii. Dziewczyna przekonana, że wszyscy inni śpią, postanowiła wstać i rozejrzeć się dookoła, nie oddalając się zbyt daleko. Przykucnęła nad sadzawką, w której woda przybrała kolor jeszcze ciemniejszy niż nieboskłon. Zanurzyła w niej dłoń i przemyła twarz. Usiadła pod rozłożystym drzewem i przymknęła powieki... Nie mogła zasnąć. Była przekonana, że ma to związek ze spotkaniem nowej grupy ocalałych. Czuła, jak wstrząsają nią gorące dreszcze. Bardzo delikatne i przenikliwe zarazem. „Co mi jest?" – zadawała sobie to pytanie cały czas. Susanne myślała najpierw, iż są to skutki wszystkich dotychczasowych przygód, lecz gdy przypomniała sobie ten wzrok, jego wzrok, spojrzenie Javiera... Młody mężczyzna popatrzył w jej oczy o ułamek sekundy dłużej niż pozostałym. Na samo wspomnienie Susanne poczuła falę gorąca rozchodzącą się po jej ciele i tym razem poczuła, że się rumieni. Nie mogła przestać myśleć o Javierze. Dopiero kilka godzin później udało jej się zasnąć.

*

Susanne nie wiedziała, że Javier również nie mógł spać. Cały czas ją obserwował. Nie miał jednak na tyle odwagi, aby do niej podejść. Wiedział, że się w niej zakochał... W przeciwieństwie do Susanne nie zmrużył oka przez całą noc, wpatrując się w ukochaną...

*

Nazajutrz, bardzo wcześnie rano, Emesto zarządził pobudkę. Susanne i Stacy zjadły razem posiłek, po czym spakowały się i kilkanaście minut później były gotowe do dalszej drogi. Dalsza wędrówka odbywała się na północ. Droga była bardzo stroma, ale nasi podróżni dzielnie brnęli naprzód. Susanne postanowiła porozmawiać z elfem:

– Emesto – zaczęła – czy wejścia do Mirtenbug coś strzeże? Czy czekają nas jakieś przeszkody?

– Tak, Susanne. I to bardzo poważne przeszkody. W samej krainie nic nam nie będzie zagrażać, ale teraz znajdujemy się w pasie ziemi oddzielającej Fellonstug od Mirtenbug. Kiedyś te połacie ziemi stanowiły miejsce uprawy zboża i innych roślin, lecz Pustka zamieniła je w swego rodzaju drogi, a raczej gościńce, na których bardzo łatwo nas wytropić. Dlatego musimy się bardzo spieszyć. Wejście do Mirtenbug stanowią

Żywe Wrota. Kiedyś same otwierały się przed mieszkańcami Sautien, lecz teraz to właśnie ty musisz je otworzyć. Jak? Sam nie mam pojęcia. Wiem tylko, że jeśli się zawahasz choćby jeden raz, wszyscy zginiemy. Pamiętaj bowiem, iż życie Mirtów jest połączone z życiem każdego z nas i nie zaufają one nikomu, kto mógłby je zniszczyć, pozbawiając ochrony powierzonych im Sautienczyków. Jako nasiona są bardzo groźne... Mam nadzieję, iż uda ci się je ożywić, że wyjdą z ukrycia i staną po naszej stronie, zasilając nasze szeregi jako jeden z najniebezpieczniejszych sojuszników. Muszę wam udzielić jeszcze kilku wskazówek. Zawołaj, proszę, Stacy.

– Stacy! – Susanne zawołała przyjaciółkę.

– Tak? – odpowiedziała jej dziewczynka.

– Podejdź do nas.

– Już biegnę!

Emesto i Susanne uśmiechnęli się od ucha do ucha, widząc biegnąca w podskokach Stacy.

– O co chodzi? – zapytała po chwili.

– Stacy – zaczął elf – ty i Susanne będziecie musiały otworzyć Żywe Wrota, stanowiące wejście do Mirtenbug. Opowiem wam teraz, jak one wyglądają i czego musicie się strzec. Z góry jednak uprzedzam, że same będziecie musiały dociec, jak je otworzyć. Posłuchasz?

– Mhm – odparła.

– A więc wyobraźcie sobie wysokie na pięć metrów wrota. Są bardzo podobne do żelaznej bramy, ale nie posiadają żadnego uchwytu, gdyż kiedyś nie był on zupełnie potrzebny. Gdy Susanne dotknie tych wrót swoją dłonią, powinny ją rozpoznać. Musicie się wtedy cały czas trzymać za ręce i ani na moment nie puszczać. To bardzo ważne. Musicie uważać właśnie na to. Możesz już zmykać.

Stacy pomachała im rączką i wróciła do przerwanej zabawy z wróżkami. Emesto zwrócił się teraz do Susanne:

– Susanne. To, co przed chwilą powiedziałem, wystarczy dla Stacy. Ale ty musisz poznać o wiele więcej. To nie są zwykłe wrota. Gdy popełnisz jakiś błąd, odbiorą życie nie tylko tobie... Jak wiesz, życie składa się z tych trudnych i tych pięknych chwil. Niestety w twoim życiu więcej było tych złych. Gdy dotkniesz wrót, przywołają w twojej pamięci te najgorsze wspomnienia, ale będzie to trwało bardzo krótko. Ci bowiem, którzy przeżyli bardzo trudne chwile, będą poddawani próbie o wiele krócej, choć intensywniej zarazem. Żywe Wrota „przeszukają" twoją duszę, aby się przekonać, czy rzeczywiście mogą ci zaufać. Tej części nie musisz się lękać. Ale gdy srebrzystymi strumyczkami popłynie z nich woda, pojawi się puchar. Wrota zadadzą ci pytanie. Nie wiem, jak będzie ono brzmiało, lecz pamiętaj, że nie wolno ci się bać. Kieruj się cały czas sercem. To niezmiernie ważne. Odpowiesz na to pytanie w swoim umyśle i wtedy wypijesz zawartość pucharu. Głęboko wierzę – i zawsze o tym pamiętaj – że otrzymasz klucz do Mirtenbug, który po spełnieniu swej roli zniknie. Mówiąc o tym, iż nie mam pojęcia, jak pokonać te wrota, mówię poważnie. Nie mam bowiem pojęcia, o co cię zapytają, jaką barwę i smak przybierze napój. Nikt tego nie wie. Nigdy bowiem nikt nie musiał go wypić. Pamiętaj tylko, że nic nie jest tym, na co wygląda. Powodzenia...

– Dziękuję, Emesto. Mam do ciebie jeszcze dwa pytania. Odpowiesz na nie?

– O ile będę mógł...

– Chciałabym tylko wiedzieć, za ile dotrzemy na miejsce, bo słyszałam, że za kilka godzin, a więc o cały dzień wcześniej niż planowaliśmy...

– Na to pytanie mogę odpowiedzieć – odparł. – To prawda. Podróż uległa przyspieszeniu, mimo iż sam tego do końca nie rozumiem, choć mam pewne przypuszczenia. Wydaję mi się, iż pomagają nam już pierwsi mieszkańcy Fellonstug przebudzeni przez Driady.

– Rozumiem... A czy mogę ci zadać bardziej osobiste pytanie?

– Słucham...

– Jak to się stało, że jesteś elfem? Przecież twój brat był chyba Sautienczykiem, człowiekiem...

– Na to pytanie jeszcze nie mogę ci odpowiedzieć... Ma to związek z moimi oczami...

– Rozumiem. Przepraszam cię, ja naprawdę nie chciałam...

– Nie masz mnie za co przepraszać, Susanne. Jak wszystko się już skończy, obiecuję wszystko ci wyjaśnić.

Emesto uśmiechnął się do Susanne i udał się na przód grupy. Przed podróżnymi były jeszcze dwie godziny marszu. Gdy elf się oddalił, do Susanne podszedł Javier.

– Widzę, że wujek już dał ci spokój – powiedział.

– To ja zaczęłam rozmowę, ale bardzo miło mi się z nim rozmawia, chociaż czasami nic nie rozumiem – odpowiedziała Susanne.

– Masz rację, zdarza mu się często mówić zagadkami. – Po chwili dodał: – Bardzo miło mi cię ponownie spotkać.

– Mnie również.

– Chciałbym ci to dać.

Javier wyciągnął z kieszeni kopertę i wręczył ją Susanne. Dziewczyna była oszołomiona, ale przyjęła ją.

– Czekam niecierpliwie na odpowiedź – powiedział Javier – teraz muszę już przyłączyć się do wujka. Do zobaczenia.

Po tych słowach ujął dłoń Susanne w swoją i złożył na jej skórze pocałunek. Po chwili już go nie było. Susanne schowała list do wewnętrznej kieszeni i postanowiła go przeczytać, gdy będą w Mirtenbug. Niedługo potem usłyszała głos Emesta:

– Jesteśmy na miejscu.

Susanne chwyciła Stacy za rączkę i odprowadzona przez dziesiątki spojrzeń, podeszła do Żywych Wrót. Żadna z dziewczynek nie odwróciła się za siebie. Susanne spojrzała tylko w oczy swojej przyjaciółki i pogłaskała ją po policzku. Po chwili dotknęła dłonią lodowatej i szorstkiej powierzchni. W jednej chwili przed jej oczami ukazała się pani Libby. Susanne opuściła powieki. Miała wrażenie, iż znowu znajduje się na Ziemi. Czuła na swoim ciele każdy bat, każde uderzenie. Słyszał krzyki innych dzieci, a zwłaszcza Stacy. Poczuła jej ból. Miała wrażenie, iż zaraz pęknie jej z żalu serce. Okropne wspomnienia znikły równie szybko, jak się pojawiły. Susanne otworzyła oczy i ujrzała, jak z wrót zaczęły spływać lśniące stróżki krystalicznej wody. Nim puchar napełnił się po brzegi, usłyszała głos Kwiatu:

– *Amor ut lacrima ab oculo oritur, in pectus cadit*[*]. A w twoim sercu, Susanne, ta miłość jest najpotężniejsza i wieczna.

Susanne uroniła kilka łez, lecz błyskawicznie otarła je wolną dłonią. Dziewczyna podejrzewała, że to miłość pozwoli jej otworzyć te wrota. Wiedziała, iż to właśnie miłość jest tym uczuciem, które w jej imieniu udzieli za chwilę odpowiedzi. Kiedy puchar się napełnił, Susanne usłyszała głos podobny do głosu Driady:

– Weź puchar do ręki...

Susanne posłusznie wzięła kryształowy puchar do ręki. Był ciepły. Po chwili głos odezwał się ponownie.

– Nie upuść pucharu, bo tylko jeden jest i odpowiedz mi szczerze. Gdy skłamiesz bądź twój lęk wyczuję, umrzesz ty i twoi druhowie, a Sautien na wieczne czasy zostanie zgładzone. Rozumiesz?

---

* Miłość jak łza od oka bierze początek, w serce zapada.

– Tak, rozumiem.

– Teraz nie ma już odwrotu. A moje pytanie brzmi: Czy jesteś gotowa w tej chwili wypić z pucharu esencję śmierci i oddać swoje życie za Stacy, za wszystkich, z którymi tu przybyłaś, za Javiera, którego kochasz, za matkę i ojca?

– A czy oni na pewno będą wtedy bezpieczni? Czy Sautien ocaleje?

– Tak.

– Zatem jestem gotowa.

I Susanne przyłożyła puchar do swoich ust, zamknęła powieki, uścisnęła dłoń Stacy jeszcze mocniej, pomyślała o wszystkich tych, których kocha, i wypiła czarną jak smoła ciecz.

W ustach poczuła smak tak okropny, iż nie sposób go opisać. Piła jednak odważnie do końca. Gdy skończyła, poczuła w gardle lodowaty uścisk śmierci. Zakręciło jej się w głowie. Otworzyła powieki i spojrzała na Stacy. Po chwili poczuła w żołądku ogromną bryłę lodu i ból tak straszny, iż nie da się go opisać. Można go porównać do wszystkich tortur połączonych w jedną. Susanne słyszała w swojej głowie jęki, krzyki umierających. Czuła takie cierpienia, jakie czuli oni. Umierała w otchłani agonii, z głodu i pragnienia. Ujrzała każdą wojnę, przeszyła ją każda broń. Upadła na kolana, nie puszczając jednak dłoni przyjaciółki. Gdy trucizna dotarła do jej serca i Susanne pomyślała, że za chwilę odejdzie na zawsze, na wieczność, wtedy wszystko ustąpiło. Wykończona dziewczyna otworzyła oczy i ujrzała klucz wykonany z najpiękniejszego

Mirtu, jaki dane jej było kiedykolwiek oglądać. I usłyszała ponownie ten głos:

– Susanne, udowodniłaś swoją wartość. Jesteś godna jak nikt inny, aby wstąpić do Mirtenbug. Miłość, która żyje w twoim sercu, zniszczyła szpony śmierci. W imieniu każdego Mirtu z Mirtenbug pragnę błagać cię o przebaczanie za poddanie tak ciężkiej próbie. Pani, gdy dotkniesz klucza, spłynie na ciebie niebiańskie ukojenie i otworzą się Wrota. Naprawdę Żywe Wrota...

– Wybaczam wam. I mam do was jeszcze jedno pytanie...

– Dziękujemy ci za wybaczenie, księżniczko. Zamieniamy się w słuch.

– Czy powiecie mi, jak was ożywić?

– Już to uczyniłaś.

Po paru sekundach roztrzęsiona Susanne stanęła na nogi. Chwyciła kluczyk. W jednej chwili wyparował z jej dłoni, a wrota do Mirtenbug rozwarły się na oścież. Wtedy na wycieńczone ciało i zmysły Susanne spłynęło prawdziwe ukojenie. A gdy ujrzała scenerię jeszcze piękniejszą niż w opowiadaniach Emesta, poczuła, że może przenosić góry. Wzięła Stacy na ręce i ucałowała ją, a potem utonęła w podziękowaniach i uściskach pozostałych. Wszyscy razem wkroczyli do krainy życia.

A w kopercie otrzymanej od Javiera dziewczyna ujrzała dwa słowa. Niepozorne litery układały się jednak w cudowną całość: „Kocham Cię".

ROZDZIAŁ 8

W Krainie Żywiołów

Susanne, oniemiała z zachwytu, chłonęła całą sobą piękno krainy Mirtów. Dopiero po kilku minutach dotarł do niej głos Emesta:

– Susanne, słysz mnie? – zapytał.

– Tak, tak – odpowiedziała dziewczyna – przepraszam, zamyśliłam się.

– Nic nie szkodzi. Nie masz przecież za co mnie przepraszać. Susanne, musimy teraz poważnie porozmawiać i to, co mam ci do powiedzenia, musi pozostać między nami. Ani Stacy, ani Javier nie mogą się o tym dowiedzieć. Nie pytaj mnie o powód, proszę. Po prostu nie mogą. Obiecujesz mi?

– Tak, Emesto. Obiecuję.

Elf zabrał więc Susanne w miejsce oddalone od obozu, który rozbili, i zaczął opowiadać:

– Jak zapewne wiesz, trzeba jeszcze odnaleźć cztery Wiatry – te najpotężniejsze, podobnie jak pozostałe. Co do Mirtów, myślę, że się do nas przyłączą. Musisz je tylko o to poprosić. Jeszcze dziś trzeba wyruszyć w dalszą drogę. Musimy dotrzeć do Krainy Żywiołów. Nawet w najśmielszych snach nie podejrzewałem, iż Wiatry ukryją się tak głęboko w Sautien i tak głęboko pod Ziemią. Susanne, przed tobą bardzo trudne zadanie. Musisz zejść do Podziemia. Tam, gdzie wszystkie moce, zarówno te najpotężniejsze, jak i najsłabsze, ukryły się przed Pustką. Nie chciały bowiem wpaść w jej sidła. Zapewne zadajesz sobie pytanie, dlaczego tak potężne Żywioły zamieszkiwały Sautien, a nie podziemny świat? – Susanne pokiwała przytakująco głową. – Odpowiem ci na to pytanie. Każdy Żywioł narodził się właśnie w Podziemiu, ale i każdy musiał je opuścić natychmiast po urodzeniu, aby nie zginąć. Wiatry wybrały jednak śmierć, myśląc, iż w ten sposób przysłużą się Sautien. Pustka bowiem nie sięga aż tak głęboko. Twoim zadaniem będzie je ocalić. Umierają one bardzo powoli, przez cały czas niezwykle cierpiąc. Żaden Żywioł nie może bowiem powtórnie powracać do domu swych narodzin. Nie pozwalają na to odwieczne prawa natury. Jeżeli jednak zdecyduje się na powrót, musi umrzeć. Do raju nie można bowiem wkroczyć dwa razy za życia. Ale ty, Susanne, możesz. Dlaczego? Ponieważ się tam nie urodziłaś i ten jeden raz, który ci przysługuje, będziesz mogła wykorzystać. Żywioły rodzą się przez godzinę. Ani o jedną sekundę krócej czy dłużej. Dlatego będziesz mogła tam przebywać tylko przez sześćdziesiąt minut, co wynika z tego, że każda istota we wszechświecie jest sobie równa. Musisz wyjść z Podziemia przed upływem godziny. Oczywiście pójdziesz ze Stacy. Ona też będzie mieć godzinę. Tylko Ty możesz ocalić Żywioły i właśnie o tym ci teraz opowiem. Stacy będzie mogła wiedzieć tylko o celu waszej wędrówki i o sześćdziesięciu minutach. Tylko te dwa fakty wolno ci jej zdradzić. W żadnym wypadku tego, co teraz usłyszysz. Wejście do Podziemia znajduje się w samym sercu Mirtenbug. Pod Jeziorem Złotej Legendy. Tak, tak – słyszałaś już tą nazwę. Głębia Serca wypowiedziała ją, kiedy się poznałyście. Złota Legenda jest jedyną baśnią o stworzeniu Sautien, która czuwa nad naszą krainą. I wcale nie jest ona książką czy opowieścią. Jest życiem. Wodą. Złotą Wodą. To z niej Mirty czerpią swoje siły. To właśnie z niej powstają wszystkie Żywioły. To właśnie pod taflą Złotej Legendy znajduje się ta kraina. Widzisz zatem, jak ważna jest Złota Legenda. Kwintesencja całej magii Sautien to właśnie Ona. Jest tak potężna, iż mogłaby zniszczyć cały wszechświat w mgnieniu oka, lecz jest również tak delikatna, iż kropla zła jest w stanie ją zniszczyć. Dlatego...

– Emesto, przepraszam, że ci przerywam, ale nie rozumiem, dlaczego Złota Legenda nie może nam pomóc, skoro jest tak potężna...

– Susanne, może nam pomóc.

– To dlaczego Pustka zbiera krwawe żniwo? Dlaczego zginęło tylu ludzi?

– Susanne, spokojnie. Złota Legenda jest posłuszna władcom Sautien. Uprzedzę twoje pytanie, dlaczego twoi rodzice jej nie wykorzystali. Zabiłaby ich, ponieważ uczynili w swoim życiu coś z miłości, choć nie w pełni dobrego. Ocalili ci życie, wysyłając cię na Ziemię. Nie chcieli zadawać ci bólu, ale musieli. Dlatego nie są godni, aby prosić Złotą Legendę o pomoc. A ona nie może pomóc, choćby chciała, ponieważ we krwi twojej matki i ojca płynie ta jedna kropla zła, która mogłaby unicestwić Złotą Wodę po wieczność. Wiem, że to bardzo skomplikowane i trudne, Susanne, ale tak już jest. I tylko ty, ostatnia z królewskiego rodu, która nie popełniła nigdy świadomie niczego złego, może dotknąć Jeziora Złotej Legendy. Moja droga, nikt oczywiście nie jest wolny od zła, ale to właśnie świadomość czyni nas winnymi lub niewinnymi. Twoja świadomość jest czysta jak płatek śniegu. Susanne, tylko ty możesz podjąć się tego zadnia. A jeśli chodzi o Stacy, jest ona częścią ciebie. Nie moglibyście bez siebie istnieć. Dlatego ona, mimo iż nie pochodzi z królewskiej rodziny, ze względu na fakt, iż przyszła na świat na Ziemi, może udać się w tę drogę z tobą. I tylko ona. Aby otworzyć wejście do Podziemia, wystarczy, że dotkniesz Tafli Wody. Gdy zamknie się za wami droga, zegar zacznie tykać. Będziecie wiedzieć przez cały czas, ile pozostaje wam minut i sekund. W świecie, w którym się znajdziecie, waszym przewodnikiem będzie tylko twoje serce, Susanne. Głębia Serca będzie z tobą, pomoże w odczytaniu znaków, ale ostateczne decyzje będziesz musiała podjąć sama. I pamiętaj, że w ciebie wierzę. I będę wierzył zawsze. A teraz udaj się do Mirtów i spytaj je, czy staną po naszej stronie. Potem, wraz ze Stacy udasz się w najważniejszą podróż. Ocal Żywioły i kieruj się głosem serca... Odwagi...

Wracając do obozu, Susanne bardzo dużo rozmyślała o tym, co usłyszała od elfa. Nie miała już sił płakać. Łzy zamieniły się w upiorne myśli, osnute tężejącą aurą nieuchronnego końca. Cały czar prysł. Radość z odnalezienia i ocalenia Mirtów wydawała się Susanne być wspomnieniem. To ciężar kolejnej odpowiedzialności przygniatał jej barki. Zbyt bolesne do wypowiedzenia słowa elf po raz kolejny przekazał jej swoim wzrokiem. Susanne doskonale zdawała sobie sprawę, że może nie wrócić. Że może umierać w Podziemiu razem ze Stacy, że Żywioły odejdą już na zawsze, że Sautien pogrąży się stopniowo w czeluściach Pustki. A Javier? Tak bardzo go kocha... Nie może go zostawić. Nie może też zawieść swoich rodaków... Tyle przeszli...

Gdy dziewczyna dotarła do pozostałych, starała się przybrać jak najbardziej optymistyczny wyraz twarzy i nie mącić szczęścia pozostałych. Opowiedziała Stacy tyle, ile mogła, i razem udały się do przywódcy Mirtów, który zapewnił je, iż Sautien może liczyć na pomoc każdego z nich. Susanne pożegnała się również z Javierem – który jeszcze raz powiedział jej, jak bardzo ją kocha – i z innymi, po czym wyruszyły do serca Mirtenbug. Każda z nich otrzymała również od swojego Mirtu flakonik z wirującym płynem, który miał uzdrowić ewentualne rany, i ruszyły przed siebie, trzymając się mocno za ręce. Po kilku minutach dotarły na miejsce.

– Jak tu pięknie – wyszeptała oniemiała z zachwytu Stacy.

– Zgadza się – odparła Susanne. – To najcudowniejsze miejsce, jakie dane mi było kiedykolwiek zobaczyć.

To była ostatnia rozmowa, jaką przeprowadziły Susanne i Stacy. Po prostu nie były w stanie nic więcej powiedzieć. Susanne popatrzyła głęboko w oczy przyjaciółki i uśmiechnęła się do niej zupełnie jak wtedy, gdy Stacy najbardziej tego potrzebowała – w Dartmouth. Na samo wspomnienie Susanne wzruszyła się w głębi serca, jednak opanowała drżenie swojej dłoni i skierowała ją stanowczo w stronę migocącej tafli płynnego złota. Pod palcami poczuła ciepło. Złota Woda oplotła jej dłoń, po czym odpłynęła, pociągając za sobą kolejne krople na sam środek jeziora. Oczom przyjaciółek ukazał się oszałamiający widok. Cała woda przybrała postać kobiety, która przesłała na swym oddechu mgiełkę przybierającą kształt wiszącego mostu. Po chwili Pani Jeziora przemówiła:

– Witaj, Susanne Sautien, córko Iniga i Estrelli Sautien, i witaj, Stacy, przyjaciółko księżniczki tej krainy.

Susanne i Stacy nie były w stanie nic powiedzieć, zatem pokłoniły się Złotej Pani, a ta uśmiechnęła się tylko i wskazała na most. Przyjaciółki weszły na niego i po chwili dotarły do Złotej Legendy. Gdy tylko ich stopy opuściły most, ten zamienił się w złotą mgiełkę i powrócił do swej Pani. Susanne i Stacy stały teraz na dłoni Złotej Wody, a ich oczom ukazała się otchłań jeszcze głębsza od tej, którą musiały pokonać, aby dostać się do Sautien. W jednej chwili otoczyła je bańka i wokół zawirowało grzmiące Tornado, zabierając je do podziemnego świata. W ułamku sekundy obie stały już na suchym podłożu, a nad ich głowami rozlewała się ponownie cała woda jeziora.

Złote sklepienie ponownie wróciło w swoje granice, a uszu dziewczynek dobiegło „tik-tak". Zaczęło się odliczanie. Susanne rozejrzała się dookoła. Otaczał ją półmrok, a powietrze przesycone było solą. Zarówno ona, jak i Stacy czuły ogromne pragnienie już kilka sekund później. Susanne miała jednak przeczucie, że nie wolno im nic pić. Głębia Serca potwierdziła jej przypuszczenie, więc dziewczyna przestrzegła przyjaciółkę, iż nie może nic pić. Gdy uczyniły kolejny krok, ich żołądki skręciły się z głodu, a pragnienie nasiliło. Susanne i Stacy wymieniły znaczące spojrzenia. Z każdym krokiem nowa potrzeba ciała kusiła je niemiłosiernie. W powietrzu wirowało każde uczucie, każde pragnienie, każde marzenie. Do uszu Susanne dotarł głos Złotej Legendy:

– Tam, gdzie wszystko powstaje, wszystko istnieje, krąży, tworzy, buduje... i rujnuje, twoje życie się znajduje. Nie naruszaj porządku egzystencji, zdążaj tylko tam, gdzie możesz jej służyć...

– O co chodzi? – pomyślała Susanne i popatrzyła na Stacy, ale dostrzegła na jej twarzy taki sam wyraz zaskoczenia i niezrozumienia, jaki czuła w sercu.

Ale Kwiat wiedział, o czym mówiła Złota Królowa. Ukłuł Susanne boleśnie jednym ze swoich kolców i dziewczyna przypomniała sobie, że tylko ona może się tego dowiedzieć. I musi to zrobić sama. Nagle zwróciła się do Stacy:

– Posłuchaj mnie bardzo uważnie. Nie wolno ci niczego dotykać, pić ani jeść. Nie możemy zakłócić panującego tu porządku. Rozumiesz?

– Tak, Susanne.

– To dobrze. A teraz podaj mi dłoń i nie bój się. Jestem z tobą.

Stacy uśmiechnęła się tylko promiennie i przytaknęła skinieniem głowy. Kiedy ruszyły dalej, omal nie przewróciły się, uderzając głowami w niewidzialną ścianę. Susanne poczuła dotkliwy ból, pulsujący w czaszce. Podniosła wzrok i jej oczy zatrzymały się na łacińskiej inskrypcji:

Verso.

„Na odwrotnej stronie?" – pomyślała Susanne i dotarło do niej, że to Wiatry są po drugiej stronie i że ta niewidzialna bariera jest zapewne tym właściwym wejściem do Podziemia.

– Pozwól nam przejść – odezwała się Susanne.

Powietrze zafalowało. Przed naszymi podróżniczkami majaczyło teraz ogromne zwierciadło płynnego srebra. Susanne i Stacy wzmocniły uścisk i bez słowa weszły w migocący horyzont.

Wszystkie niedogodności dotychczasowego marszu znikły. Ich miejsce zajął smutek. I mimo tego iż czuły się syte i wypoczęte, wszechobecny smutek ściskał im serca. Rozejrzały się dookoła. Wiązki tajemniczego pochodzenia przecinały powietrze nad ich głowami. Wszystkie kolory, jakie dane było im zobaczyć podczas spotkania z Driadami, wydawały się być marnymi imitacjami w porównaniu z paletą barw dookoła. Coraz to nowsze kształty powstawały na złotym sklepieniu. Każdy etap narodzin każdej żywej istoty urzekał swoją harmonią, pięknem i emanował cudem...

„Wszystko się przeplata" – pomyślała Susanne. I życie, i śmierć. Piękno i brzydota. Czas i przemijanie... Czas. Pozostało im tylko 30 minut na odnalezienie Wiatrów! Trzeba się spieszyć... Dziewczyna nie wiedziała jednak, gdzie iść, ani co robić. Ale właśnie w tym momencie jej wzrok padł na kryształowe kule, spoczywające na chmurach. Ich powierzchnia pulsowała turkusową krwią, krążącą w cieniutkich żyłach. Tworzyły one skrzącą się siateczkę, która stawała się z każdą chwilą coraz mniej transparentna. Przyjaciółki podeszły bliżej. Tym razem Susanne wiedziała, iż musi dotknąć tej powłoki. Stacy chciała ją powstrzymać, ale przyjaciółka nakazała jej zostać w miejscu i powiedziała:

– Stacy. Nie martw się o mnie. Serce mówi mi, co mam robić. Spokojnie. – I przytuliła dziewczynkę do siebie.

Po chwili już tylko centymetry dzieliły ją od mieniących się kul. Zajrzała do ich wnętrza i ujrzała powietrze. Najczystsze i najcudowniejsze. Miało ono postać mężczyzny – wojownika. Miał on jednak zamknięte powieki. U jego stóp leżeli mali chłopcy – dzieci. One też wyglądały, jakby spały. Sylwetki całej gromadki blakły z każdą sekundą. W pozostałych trzech kulach sytuacja wyglądała bardzo podobnie. Susanne wyszeptała więc w myślach następujące słowa:

– Złota Legendo. Wszystko się przeplata. Przede wszystkim Życie i Śmierć. Ta równowaga nie może zostać zachwiana. Dlatego proszę cię o odebranie z mojego życia tyle, ile trzeba, i o zwrócenie Żywiołom takiej ilości, jaką oddały.

– Susanne, dlaczego nie wypowiesz swych myśli na głos?

– Złota Legendo. Stacy jest dla mnie zbyt ważna, abym zadała jej ból. Nie może się dowiedzieć o cenie, jaką muszę zapłacić…

– Susanne, postępujesz bardzo szlachetnie. Widzę, że zrozumiałaś prawdziwy sens równowagi, jaka musi zawsze zostać zachowana. A świadomość twojej decyzji tworzy esencję dobra. A dobro równa się życiu. Prawdziwe dobro. Dlatego życie może zostać ci ofiarowane. Jak zapewne wiesz, każdy z Sautienczyków jest nieśmiertelny, ale i każdy może umrzeć. Nawet nie opuszczając Sautien. Tylko tyle mogę ci powiedzieć. Przy wrotach do Mirtenbug kierowałaś się miłością i doskonale zdawałaś sobie sprawę, że nieśmiertelność nie musi oznaczać życia wiecznego, prawda? Emesto wyjaśni ci to, gdy będzie już po wszystkim. Ofiaruję ci teraz cząstkę ciebie. Dobro to bezdenna studnia, która tracąc swoją część, odbudowuje ją jej wielokrotnością. Czyniąc dobro, przymnażasz je w sobie. Zatem to dobro, które weźmiesz za moment w swoje dłonie, przemień w życie i wydostań Żywioły. Musisz się spieszyć. Powodzenia…

Gdy Złota Legenda ucichła, Susanne poczuła gorące łzy na swoich policzkach, płynące z głębi duszy, które wkrótce zamieniły się w gorący potok. Na jej dłoniach spoczęło malutkie zawiniątko. W środku znajdowały się cztery kuleczki przypominające najpiękniejsze perły. Dziewczyna każdą z nich położyła na kryształowych kulach i podbiegła do Stacy.

Dziewczynka rzuciła jej się w ramiona. Po chwili odezwał się do nich Wiatr Wód:

– Pani, dziękuję za to, co uczyniłaś dla mnie, moich braci oraz dla pozostałych Wiatrów. – I ukląkł przed Sautien, podobnie jak pozostałe Żywioły. Po chwili Wiatr Wód odezwał się ponownie: – Księżniczko. Jako że Złota Woda uosabia Złotą Legendę, ja, jako Żywioł wody, wyprowadzę nas na powierzchnię.

W tym momencie setki tysięcy kropel oplotło ciała Susanne i Stacy i po chwili stały nad brzegiem Złotego Jeziora. Dopiero wtedy Susanne i Stacy ujrzały prawdziwe piękno Żywiołów. Wiatr Wód miał około trzech metrów wysokości. Krystalicznie czysta woda układała się w jego sylwetkę. Wiatr Ognia również mierzył około trzech metrów i jęzory ognia nakładające się na siebie formowały jego oblicze. Wiatr Ziemi miał około czterech metrów wysokości i każdy rodzaj gleby, jaki istniał we wszechświecie, tworzył ze swoim sąsiadem cudną mozaikę postaci tego Żywiołu. Jednak, jako że wiatr to powietrze będące w ruchu, Wiatr Powietrza był najpotężniejszy. Liczył około pięciu metrów wysokości. Jego sylwetkę stanowiło wirujące powietrze, niosące ze sobą delikatne podmuchy. U stóp czterech braci wesoło podskakiwały Wiatry: Traw, Liści i Drzew, których sylwetki składały się odpowiednio: z liści, drzewek, traw, kwiatów i wielu, wielu innych roślin, skał oraz kamyczków. Po kilku chwilach to właśnie Wiatr Powietrza przemówił:

– Pani. Gdy będziesz nas potrzebować w bitwie wszechczasów, wezwij nas, a wszyscy na pewno się zjawimy. Jeszcze raz w imieniu wszystkich Wiatrów dziękuję za ocalenie nas i przepraszam, że naraziliśmy ciebie i twoją przyjaciółkę na niebezpieczeństwo.

Wtedy wszystkie Wiatry ukłoniły się nisko i znikły. Susanne i Stacy aż zatańczyły z radości i biegiem udały się do obozu. W Mirtenbug zapanowała ogromna radość ze zdobycia nowych sojuszników. Urządzono nawet zabawę. Susanne i Javier tańczyli ze sobą praktycznie przez cały czas, a Stacy wirowała z wróżkami, śmiejąc się do rozpuku. Wszyscy doskonale się bawili. W pewnym momencie Javier poprosił Susanne na bok i powiedział:

– Susanne, tak bardzo się o ciebie martwiłem. Nie wiem, co bym zrobił, gdyby coś ci się stało.

Dziewczyna popatrzyła ukochanemu głęboko w oczy i uśmiechnęła się do niego, a on ją pocałował. W kilka minut później Javier i Susanne znowu tańczyli i śmiali się, wirując w objęciach nocy.

ROZDZIAŁ 9

Tajemnica

Następnego dnia słońce rozlało się na widnokręgu migocącymi płomykami. Falujące refleksy obudziły Susanne. Było chłodno, ale bardzo pogodnie. Dziewczyna rozglądnęła się dookoła siebie i po kilku minutach, widząc, że nikt się jeszcze nie obudził, postanowiła przejść się po okolicy, nie oddalając się zbytnio. Euforia poprzedniego dnia rozpłynęła się w oceanie realiów. Susanne przez cały czas czuła w samym środku swojego serca i umysłu, iż bitwa dopiero ich czeka. „Dlaczego ja się wczoraj śmiałam, tańczyłam i wierzyłam w piękno życia?" – pytała samą siebie. Nigdy nie odpowiadała na takie pytania, ponieważ zgliszcza nawet najbardziej odległych przeżyć, które zadawały jej ból, niebezpiecznie tliły się w zakamarkach pamięci, czekając na jeszcze jedną iskierkę, aby zapłonąć. Susanne nie czuła powoli ani bólu, ani cierpienia, lecz wszechobecny lęk. Tak potężny, że stanowił wielokrotność rozpaczy i zapomnienia. W oczach dziewczyny zatańczyły łzy, a po policzkach popłynęły lęki z najgłębszego obszaru jej świadomości.

Susanne spojrzała na otaczające ją drzewa i usiadła pod jednym z nich. Oparła głowę na kolanach i gorzko zapłakała. W tej samej chwili gałęzie, liście i mech uformowały się w postać ogromnego drzewa. Tak ogromnego, że można było odnieść wrażenie, iż zbudowane jest z kilku tysięcy lasów. Duch przemówił:

– Susanne, spójrz na mnie.

Dziewczyna nie przestraszyła się i podniosła głowę, lecz w jednej sekundzie zerwała się na równe nogi i wykrztusiła:

– Witaj. Kim jesteś?

– Jestem wysłannikiem Żywych Drzew. Dowiedziały się o twoim przybyciu i czekają na ciebie niecierpliwie. Pełne wiary i podziwu w to, czego dokonałaś, Pani. Pragną dodać ci odwagi i wlać nadzieję w umęczone serce. Żywe Drzewa czują bowiem, jak bardzo ci ciężko... Przesyłają też jednak ostrzeżenie. Musiały zbiec z Fellonstug już bardzo dawno temu i schroniły się w Firmamencie Sautien. Droga wiodąca do Firmamentu jest jednak pilnie strzeżona przez Pustkę. Musicie podążać na szczyt Wszechświata przez Góry Eianz. Góry gór poddadzą was niewyobrażalnym próbom. Przynoszę ze sobą dar od każdego Żywego Drzewa. Pamiętaj, że sama będziesz musiała odgadnąć ich imiona i nikt nie będzie w stanie ci pomóc. Od pierwszego Żywego Drzewa przekazuję ci, Pani, ogień lodu – aby ujarzmił stworzenia ukrywające się w górach i poświadczył waszą tożsamość obrońców tej krainy. Darem od drugiego Żywego Drzewa jest szadź głębin – broń tak potężna, jak siła drzemiąca w oceanach każdego z wszechświatów. Pomoże w walce z Pustką. Darem od trzeciego

Żywego Drzewa jest mgła krwi – sprowadza ona z zaświatów poległych wojowników, walczących w służbie dobra. I wreszcie czwarty dar, od czwartego Żywego Drzewa – wyrzeczenie. Nie mogę ci powiedzieć, czym jest ostatni dar. Nie wolno ci go jednak pod żadnym pozorem użyć – przynajmniej do momentu bitwy. W Górach Eianz możesz wykorzystać tylko jeden dar – ogień lodu. Pozostałe również zachowaj do starcia o lepszy byt i przyszłość. Żegnaj, Susanne. Jeszcze się spotkamy...

Po tych słowach posłaniec rozpłynął się w powietrzu, pozostawiając po sobie woń lasu i ożywczą nadzieję. Susanne zdołała tylko wykrztusić:

– Dziękuję... – i zemdlała. Cztery flakoniki nie rozbiły się jednak przy upadku, spoczywając bezpiecznie w jej dłoni.

Po kilkunastu minutach Javier odnalazł Susanne. Od razu pobiegł po wuja i po kilku chwilach Susanne otworzyła oczy. Przez zasłonę mgły ujrzała twarz ukochanego, Emesta i Stacy. Zamrugała parę razy i uświadomiwszy sobie, że zemdlała, od razu chciała wstać. Javier powstrzymaj ją i nakazał spokojnie leżeć. Susanne upierała się, żeby pozwolono jej jednak usiąść. Emesto zapytał ją:

– Susanne, co się stało? Gdzie byłaś?

– Spokojnie, Emesto. Poszłam się tylko przejść. Kiedy znalazłam się tutaj i usiadłam pod drzewem, przybył jakiś duch – posłaniec. Bardzo mi pomógł, wyjaśnił, gdzie mamy szukać Żywych Drzew. Otrzymałam od niego cztery flakoniki z darami i...

– Susanne, spotkałaś... – Emesto nie był w stanie dokończyć.

– Emesto, co ci jest? – spytała przerażona Susanne.

– Wujku? Słyszysz nas? – zapytał Javier.

– Tak, tak. Słyszę – odparł Emesto. – Chodzi o to, że... Susanne, spotkałaś Śmierć.

– Co takiego? – wykrztusił Javier.

– Do Susanne przyszła Śmierć. Jest ona jednym z wysłanników Żywych Drzew. Nie miała zamiaru jej skrzywdzić, ale jeszcze nigdy dotąd żadne z Żywych Drzew nie wysyłało w swoim imieniu tak potężnych posłańców. To dlatego Susanne straciła przytomność. Obcując z tak potężną mocą, która jest przecież tylko odbiciem potęgi Żywych Drzew, mogła zemdleć. Musiało stać się coś strasznego i groźnego. Susanne, co powiedziała ci Śmierć?

Dziewczyna opowiedziała wszystko, co usłyszała. Nie pominęła ani jednego szczegółu. Kiedy skończyła, wokół zapanowała grobowa cisza. Po kilku minutach elf odezwał się:

– Susanne, nie przypuszczałem, iż trzeba będzie przeprawiać się przez Góry Eianz i zmierzać aż do Firmamentu Sautien. Trzeba natychmiast ruszać w drogę! – zarządził i momentalnie zaczęto zwijać obóz.

Przestraszona Stacy rzuciła się w ramiona przyjaciółki i się rozpłakała. Susanne przytuliła ją z całych sił i ucałowała w główkę. Potem wstała i chwyciła ją za rączkę. Obie przytulił jeszcze Javier i Susanne otarłszy łzy, ruszyła z przyjaciółmi w drogę.

Emesto przez cały czas był nieobecny. Ruchami rąk wskazywał tylko, czy iść w prawo, w lewo, czy prosto. Susanne wstrząsały dreszcze, a Stacy cichutko płakała, wtulona w przyjaciółkę. Księżniczka Sautien czuła się tak słaba, ale i tak silna zarazem jak nigdy wcześniej.

Podróż trwała około sześciu godzin. Krajobraz stawał się coraz bardziej nieprzyjazny. Słońce całkowicie utonęło w odmętach nocy. Drogę wskazywała tylko słaba łuna światła wyczarowana przez elfa. Przeraźliwy chłód wdzierał się do płuc, roznosząc po ciele boleśnie pulsujące okruchy lęku, poczucia bezsensu i opuszczenia. Emesto zarządził, że nie zatrzymując się, mają nałożyć kożuchy, czapki, szaliki i rękawiczki. Dopiero kiedy wszyscy się ubrali, przewodnik zatrzymał grupę. I wtedy Susanne wraz z pozostałymi ujrzeli gigantyczne stoki górskie, pokryte kołdrami puchu białych płatków. Śnieżyca gęsta jak zacierka szalała kilka metrów od nich. Znajdowali się w pasie o szerokości kilku metrów, po którego jednej stronie odcinała się kotara mroku, a po drugiej – szalejąca zamieć, w której skalne masywy wdzierały się w chmury tak zaciekle, iż oko ludzkie nie było w stanie dojrzeć ich szczytu. Po chwili Emesto przemówił:

– Wiem, że jesteście zmęczeni. Zapewne wycieńczeni. Ale musimy iść dalej, w Góry Eianz, gdzie próbie zostaną poddane wasze nawet najgłębiej skrywane lęki. Podróż stanie się teraz prawdziwym wyzwaniem, ale trzymając się razem, pokonamy ten masyw i dotrzemy do celu naszej wędrówki. Jeszcze jedno. Widzicie teraz tylko namiastkę potęgi tej krainy, która pała nienawiścią do Pustki i nie rozróżnia przyjaciół od wrogów. Gdy w nią wkroczymy, nie będzie odwrotu. Ale ja wierzę, że przebrniemy! Wierzę dla Sautien! Dla naszej krainy! Naszego domu! Wierzę w was! Naaaprzód!!!

I po chwili wędrowcy wkroczyli w krainę lodu. Ich twarze smagały raz po raz bicze mrozu. Nie widzieli dalej niż na odległość jednego metra. Trzymali się za ręce, aby się nie zgubić i nie zamarznąć w epicentrum opuszczenia, w lodowatym zaułku wszechświata. Susanne trzymała za ręce Stacy i Javiera. Ledwie była w stanie stawiać kolejne kroki, zapadając się w kilkudziesięciocentymetrową pokrywę śnieżnych łez.

Stawało się coraz ciemniej i ciemniej. Wiatr wył w kotlinach, dolinach i skalnych półkach, nabierając potęgi przy spotkaniu z ostrym stokiem czy najmniejszym nawet kamieniem. Każda cząstka Gór Eianz stanowiła jedność. Z każdą sekundą było coraz gorzej i gorzej. Nagle cały pochód zboczył ze szlaku i podróżnych ogarnęła głucha cisza oraz spokojne, czyste, falujące powietrze. Znajdowali się w ogromnej jaskini. Ze stropu u wejścia zwieszały się potężne sople. W środku panował półmrok, a wszystkie ściany pokrywała połyskująca poświata, mgiełka zamarzniętej wody. Było to przepiękne miejsce, prawdziwie doskonałe. Pod stopami chrzęściła zamarznięta ziemia, czarna jak smoła i równie lśniąca jak ściany. Nie było ani zimno, ani ciepło, ale ta jaskinia stanowiła prawdziwą ostoję dla znużonych podróżnych. Emesto przemówił, gdy wszyscy zajęli miejsca:

– Moi drodzy! Ogromnie się cieszę, że bezpiecznie dotarliśmy do pierwszego miejsca naszego noclegu. Z samego rana ruszymy jednak w dalszą drogę i wkroczymy do serca gór Eianz – tutaj głos elfa się załamał. Po chwili kontynuował: – Rozpalcie ogniska, zjedzcie ciepły posiłek i ogrzejcie się.

Gdy skończył, spojrzał na Susanne wzorkiem tak martwym i pustym jak najczarniejsza noc w kartach historii. Dziewczyna wiedziała jednak, że to spojrzenie ma jeden, jedyny wydźwięk, mimo iż bezgłośny. Elf musiał z nią porozmawiać. Natychmiast.

– Javier, Stacy, zaraz wracam. Muszę zamienić słowo z Emestem – powiedziała Susanne i ruszyła w najdalszy kąt jaskini.

Emesto już na nią czekał. Dziewczyna czuła ogromną rozpacz bijącą od przyjaciela. Nic nie powiedziawszy, podeszła bliżej. Ciszę przerwał szept elfa:

– Susanne. Muszę ci powiedzieć coś bardzo ważnego. Ta rozmowa również musi pozostać między nami. Nie spodziewałem się takiego przebiegu wydarzeń. Wizyta Śmierci dała nam wskazówki niezbędne dla powodzenia naszej misji. Nikt nie ma pojęcia, jak ciężko będzie toczył się bieg czasu przez kolejne żmudne dni. Dążymy w bezdenną otchłań na cienkiej nici wiary, choć mocnej jak stal. Najmniejsze nawet zwątpienie jest w stanie zrzucić w mroczną toń każdego, kto nie znajdzie w sobie dość odwagi.

Opowiem ci teraz o jednej z największych tajemnic skrywanych przez czar Sautien. Chodzi o ten czwarty flakonik – wyrzeczenie. Jest ono czystą, nieskażoną niczym esencją, złożoną z cząstek mniejszych od jakiejkolwiek setnej części sekundy składającej się na życie. Ale życie jednej osoby. Twoje. Na razie wyrzeczenie jest martwe, bezużyteczne, uśpione. Składa się z każdej, nawet najmniej znaczącej siły, z każdej cząstki każdej istoty, przedmiotu, żywiołu czy uczucia. Składa się ze wszystkiego. Dosłownie ze wszystkiego. Dlaczego? Ponieważ rozliczy twoje postępowanie, twoje życie z każdego aspektu i stworzy siłę, o której potędze przekonamy się dopiero podczas bitwy wszechczasów. Wyrzeczenie powstało dla jednej osoby, za poleceniem Żywych Drzew, kierujących się opinią każdego, kogo spotkałaś w życiu. Na pewno wiesz, czemu wybrały ciebie. Wyrzeczenie przemieni się w siłę budującą tylko w twoim przypadku. Z racji swojej potęgi może istnieć tylko jeden, jedyny flakonik tego cudu potęgi dobra. Nie wolno ci go otworzyć dopóty, dopóki nie przyjdzie na to pora. Jeżeli uczynisz to zbyt wcześnie, wyrzeczenie ożyje i zmiecie wszystko, o co walczymy, zmiecie nas, czas oraz idee. Susanne, będziesz musiała poświęcić to, co najbardziej kochasz, dla czegoś, od czego tak bardzo cierpisz. Pamiętaj, że w ciebie wierzę i zawsze będę wierzył.

– Dziękuję ci, Emesto. To tak wiele znaczy – odpowiedziała Susanne głosem przepełnionym wzruszeniem przeplatającym się ze łzami.

Elf przytulił dziewczynę. Przez kilka chwil milczeli. Emesto doskonale zdawał sobie sprawę, iż musi dać Susanne kilka chwil spokoju, ponieważ to, co ma jej do powiedzenia, będzie jeszcze trudniejsze. Kiedy Susanne opanowała szloch, wyszeptała kilka słów tak trafnych i odważnych, że serce elfa wypełnił głęboki podziw i szacunek dla poczucia odpowiedzialności i woli walki wobec okrutnych wyzwań, spoczywających na barkach dziewczyny:

– Emesto. Czuję, że chcesz mi coś jeszcze powiedzieć. Zrób to teraz.

– Masz rację, Susanne. Muszę ci coś jeszcze powiedzieć... i...

– Emesto, dla Sautien i dla wszystkich, których kocham, dla których walczymy, wyduś to z siebie.

– Susanne, chodzi o to, że w miejscu, do którego zdążamy, czekają nas, a właściwie ciebie, trzy zadania. Pierwszym będzie zdobycie klucza od ogromnego jeziora, skutego tysiącletnią zmarzliną. W Górach Eianz najprawdziwszą alpejską rzeczywistością są podziemia, gdzie warunki są o wiele, wiele trudniejsze niż te, z którymi zmagamy się teraz. Aby zdobyć klucz, będziesz musiała poprawnie odpowiedzieć na pytania Czystej Zmarzliny, ducha tych gór. Nie znam ich treści, ale pamiętaj, aby kierować się sercem, odpowiadając na nie. Głębia Serca cały czas będzie przy Tobie. Nie zapominaj o tym. Nie możesz się pomylić, bo inaczej konsekwencje będą jeszcze poważniejsze niż przy wrotach do Mirtenbug. W dodatku duch Czystej Zmarzliny nie wie, z kim będzie rozmawiał.

Musisz zapewnić go o tym, że jesteś dobra. Kiedy dostaniemy się pod powierzchnię Jeziora Odmętów, a wierzę, i to głęboko, że nam się uda, wówczas ukaże się przed nami Ścieżka Wnętrza. Każdy będzie musiał po niej przejść. Nie będziemy mieli wpływu na niczyją przeprawę. Jeżeli ktoś przegra z tym, co podda go próbie, zamieni się w ogromny blok lodu, którego nie będziesz w stanie już przenigdy roztopić. Taką wersję dotyczącą Ścieżki Wnętrza poznają pozostali, ale tylko ty i ja będziemy wiedzieć, że życie każdego człowieka z naszej grupy będzie w twoich rękach, Susanne. Ty będziesz musiała walczyć o ich życie. Ponownie kieruj się sercem. Po przejściu tej ścieżki spotkamy się oko w oko z bestiami Dna Światów. Nie mam pojęcia, z czym dane nam będzie się spotkać, bowiem nikt nigdy, od początków Sautien, nie widział tych stworzeń. Są prastrażnikami najpotężniejszej broni w całym wszechświecie. Będziemy musieli je przekonać, że potrzebujemy jej, aby uwolnić Sautien od Pustki. Wtedy będziesz musiała użyć pierwszego flakonika, jako poświadczenie od najwyższych rangą – Żywych Drzew. Mam ogromną nadzieję, iż zdobędziemy te stworzenia jako kolejnych sojuszników, a broń zdobyta za ich pozwoleniem stanie się najpotężniejszym orężem przeciw Złu.

– Emesto, czy ja na pewno dam radę? – odparła Susanne głosem pełnym zakrzepłych lęków, które wypłynęły z jej serca.

– Na pewno, Susanne. Nie tylko ja w ciebie wierzę, ale również Stacy, Javier i pozostali. O twojej wielkości świadczy bowiem egzaltacja uczuć, którymi darzysz nas wszystkich, a których źródłem jest twoje serce, będące bronią potężniejszą nawet od Śmierci.

Susanne zamknęła powieki. Z jej oczu popłynęły łzy. Ale nie szlochała. Przytuliła się do elfa i zmagała się z tym, co dopiero miało ją spotkać. Na trzęsących się nogach wróciła do Javiera i Stacy, ale nie dała po sobie niczego poznać.

– Czemu tak długo cię nie było? – spytała Stacy.

– Przepraszam, skarbie, zagadałam się z Emestem. Nie złościsz się?

– No pewnie, że nie – odpowiedziała Stacy i uśmiechnąwszy się, dała Susanne całusa w policzek.

Stacy pobiegła do wróżek i bawiła się nieopodal z Soledad i Paz, a Susanne i Javier pozostali sami.

– Susanne – zaczął Javier – wiem, że wujek powiedział ci coś bardzo ważnego, ale znając go, nie pytam co. Pamiętaj jednak, że bardzo cię kocham i cokolwiek się stanie, nigdy cię nie opuszczę i zawsze będziesz mogła na mnie liczyć.

Susanne uśmiechnęła się do ukochanego i przytuliła go z całych sił. Po kilku sekundach usnęła w jego objęciach, śniąc o Dartmouth. Jej dusza leczyła nowo zadane rany, a miłość Javiera dodawała sił niczym wieczne szczęście sączone w leczniczych dawkach.

*

Emesto, zanim zasnął, wpatrywał się w ogień. Jego płomienie wydarły z duszy elfa ciężar tego, co musiał przekazać Susanne, spalając go w swym żarze. Oczy elfa przybrały kolor perłowobiałego kryształu, opró- szonego kremowym nalotem. Elf współczuł Susanne i czuł się bezsilnym wobec tego, co spotykało tak dobrą istotę. Spojrzał na Javiera, uśmiechnął się do niego i ułożył do snu.

*

Susanne, Javier, Stacy, Emesto i pozostali usnęli po raz pierwszy od wielu, wielu dni, otuleni ogniem, który podczas snu wypalił to, co raniło człowieka. Cierpienie tkwiące w duszy Susanne było jednym z cierni, ale *per ardua ad astra** mogła poprowadzić swoich przyjaciół tylko ona.

* Przez cierpienie do gwiazd.

ROZDZIAŁ 10

Trzy zadania

Bardzo wcześnie rano zarządzono pobudkę. Na zewnątrz jaskini szalała śnieżyca jeszcze gęstsza niż poprzedniego dnia. Nikt jednak nie czuł zimna, ponieważ magiczny ogień ogrzewał ich całą noc. Kiedy Susanne otworzyła oczy, uderzył ją przygniatający ciężar. Przypomniała sobie całą rozmowę z Emestem. Momentalnie spojrzała w stronę elfa. Po chwili poczuła się lżej, widząc, iż jego oczy nie zieją już lodowatą pustką. Dziewczyna zjadła ciepły posiłek i zaplotła Stacy warkoczyki. Na sercu zrobiło jej się lżej, kiedy Javier musnął jej policzek dłonią i przytulił do siebie z całych sił. W ciągu kilkunastu minut wszyscy byli spakowani i gotowi do drogi. Wtedy Emesto przemówił:

– Moi mili. Ruszamy w najmniej przyjazną dla człowieka krainę. Śnieg w furii i desperacji utrudnia nam przeprawę z każdą sekundą. Kiedy dotrzemy do Ściany Płynnego Lodu – pierwszego z wejść strzegących serca Gór Eianz – nie wolno wam się odezwać. Zrozumiano? To niezmiernie ważne, kiedy przekroczymy bowiem tę ścianę, wkroczymy do właściwego królestwa Ducha Czystej Zmarzliny, który jest w stanie usłyszeć każdy, nawet najcichszy dźwięk. To, o czym mówię, nie jest bajką ani wymysłem, drodzy Sautienczycy. Ten duch istnieje naprawdę. Zatem ruszamy!

I ruszyli. Kryształowy śnieg przemienił się w bryłki lodu, bombardujące każdy skrawek odkrytej skóry. Zimno i zawierucha wczorajszego dnia zdawały się być niczym w porównaniu z tym, z czym zetknęli się po wyjściu z jaskini. Po kilku minutach ich twarze pokrywały zadrapania. Śnieżnego puchu nie było już wcale, ponieważ wszystko zamarzło. Droga stała się o tyle łatwiejsza, że podróżni nie zapadali się już w grubym kożuchu białych płatków. Po dwóch godzinach dotarli do Ściany Płynnego Lodu. Wyglądała zupełnie jak lustrzane odbicie. Emesto podszedł bliżej i ruchem ręki przywołał do siebie Susanne. Dziewczyna tylko raz spojrzała w jego alabastrowe oczy i wiedziała, że to ona musi dotknąć migocącej tafli. Zdjęła rękawiczkę. Wściekłe, lodowate powietrze uderzyło w jej palce. Susanne jednak zdecydowanie i w sposób pełen opanowania, powoli, wyciągnęła rękę przed siebie. Zamknęła oczy. Dotykając skrzącej się powłoki, usłyszała głos. Obojętny głos, który zaszeleścił w jej głowie:

– Wkraczając do serca Eianzu, wstępujesz w objęcia magii i czasu, nieznanych nikomu ni razu. Gdy w Toni Płynnego Lodu zakreślisz koło życia zrazu, przestąpisz ten teren od razu. Przez minut kilka otwartym on będzie, a gdy sekund twych limit upłynie, wyjdziesz inną bramą lub zginiesz.

Susanne otworzyła oczy. Jej dłoń oplatały cieniutkie pajęczyny falującego lodu. W ręce czuła jakiś przedmiot, coś jakby ołówek, ale o wiele krótszy i chłodny w dotyku. Zakreśliła więc tym przedmiotem koło i wtedy ściana rozsunęła się niczym kurtyna w teatrze. Susanne zawołała:

– Szybko! Przechodźcie! Mamy tylko kilka minut!

Wszyscy błyskawicznie ustawili się do wejścia i w ostatniej sekundzie udało im się przejść. Zdążyli. Emesto położył palec na ustach, przypominając o konieczności zachowania absolutnej ciszy. Obraz, który Susanne ujrzała przed Ścianą Płynnego Lodu, zupełnie różnił się od tego, który zobaczyła po drugiej stronie. Znajdowali się teraz w bardzo gęstym lesie. Niemalże tak starym albo nawet starszym od boru Fellonstug. Rosły w nim same sosny. Ogromne, mierzące po dziesięć, piętnaście metrów wysokości. Ich rozłożyste gałęzie pokryte były grubymi, ostrymi igłami, które uginały się pod ciężarem śnieżnej pokrywy. Oddech nie zamieniał się już w parę – momentalnie zamarzał. Na znak elfa wszyscy ruszyli naprzód. Głucha cisza miażdżyła im uszy, sprawiając wrażenie, jakby to imadło ściskało im głowy. Nie padło jednak ani jedno słowo, ani jeden najcichszy nawet szept.

Emesto zatrzymał pochód dopiero po godzinie i spojrzał w oczy Susanne tak głęboko, jak jeszcze nigdy wcześniej. Dziewczynę oblała fala paniki, ale heroiczna świadomość popchnęła ją naprzód. Spojrzała tylko jeszcze na Javiera i Stacy, po czym podeszła pod spalone drzewo, tak stare i zbutwiałe, tak liche i tak wyróżniające się na tle pozostałych, iż jednoznacznie kojarzyło się z tajemnicą emanującą ogromną potęgą. Susanne dostrzegła w korze drzewa ciemny otwór. Głębia Serca wpiła się w jej serce tak boleśnie, iż Susanne o mało co nie zemdlała z bólu. Włożyła więc dłoń do smolistej dziury i wyjęła z niej malutki przedmiot. Była to sześcioramienna, drewniana gwiazdka, również spalona, czarna jak węgiel. Dziewczyna dojrzała na jej powierzchni niezrozumiałe znaki. Przejechała po nich wierzchem dłoni i bezkształtne linie zamieniły się w bielsze od śniegu litery. Układały się one w następujący napis:

*Sic itur ad astra**.

Pod nim znajdował się malutki, fioletowy przycisk. Susanne wzięła głęboki wdech i nacisnęła purpurowy promotor, który miał stawić ją oko w oko z najpotężniejszym duchem. Duchem Czystej Zmarzliny. W jednej chwili wokół dziewczyny zawirowało powietrze, a jej przyjaciele znikli za matowym parawanem. Susanne ujrzała przed sobą postać swojego wzrostu, która unosiła się nad jej głową. Każdy, nawet najdrobniejszy kontur jego wizerunku był idealny, srogi i sprawiający wrażenie ulepionego z zamarzniętej pary wodnej. Duch Czystej Zmarzliny był idealnie transparenty. Jego oczy wpatrywały się w Susanne tak przenikliwe, iż świdrujące spojrzenie zatrzymało się dopiero na duszy dziewczyny. Duch machnął ręką, a w miejscu, w którym zatoczył najcudowniejsze i najdoskonalsze wzory, pojawiło się niewielkie, szkarłatne

---

* Tak idzie się do gwiazd.

zawiniątko o barwie tak intensywnej jak krew. Kiedy Duch Czystej Zmarzliny machnął po raz drugi, pojawiło się jeszcze mniejsze zawiniątko, o turkusowym, niepozornym kolorze, sprawiającym wrażenie wyblakłego i naznaczonego nieubłaganym biegiem czasu. Wtedy zjawa odezwała się:

– Susanne. Jeżeli dotarłaś aż tutaj i wiedziałaś, że aby mnie przyzwać, trzeba postąpić tak, a nie inaczej, wysłucham cię. Ale spróbuj choć raz skłamać, a twoja dusza zamarznie na wieki. Znam twoje imię, wypisane na sercu nieśmiertelnym atramentem, a więc słucham twych odpowiedzi. Pierwsze pytanie brzmi: czym jest dla ciebie życie?

– Życie jest dla mnie prawdziwym życiem tylko i wyłącznie wtedy, kiedy mogę je ofiarować najważniejszym osobom. Moja przyjaciółka, Stacy, uczyniła moje życie wartościowym, chroniąc od zła na Ziemi i w Sautien. Kocham moich najbliższych całym sercem. Życie może toczyć się właściwie tylko i wyłącznie dzięki ich miłości i przyjaźni, stanowiąc niekończącą się nigdy podróż do doskonałości, w której mogę zdobywać na nowo najważniejsze wartości. Życie jest również epopeją wszechświata, najdoskonalszym dziełem, którego każdy aspekt formuje nieskończoność w prawdziwą esencję życia. Dla mnie żyć, znaczy być dla innych, pomimo wszystkiego – odparła Susanne.

– Dobra odpowiedź – stwierdził duch, a ton jego głosu nie był już tak napięty. Po chwili rzekł: – Drugie pytanie brzmi: po co przemierzasz te góry?

– Mam nadzieję zdobyć od ciebie, Duchu Czystej Zmarzliny, klucz do Jeziora Odmętów, bezpiecznie przebyć Ścieżkę Wnętrza i zdobyć sojuszników do ostatecznej bitwy – bestie Dna Światów. Dlatego przemierzam Góry Eianz. Po drugie, jedyna droga do Firmamentu Sautien wiedzie przez tą krainę. A to właśnie tam schroniły się Żywe Drzewa. Muszę je odnaleźć, aby dobro mogło stanąć w szranki z Pustką.

– Bardzo dobra odpowiedź – odparł ponownie Duch Czystej Zmarzliny.

Susanne zastanawiała się jednak, dlaczego Duch już drugi raz pochwalił jej wypowiedź. Po za tym Emesto mówił przecież, że Duch Czystej Zmarzliny nie będzie wiedział, z kim rozmawia, a dziewczyna odnosiła wrażenie, iż zjawa doskonale zdaje sobie sprawę z tego, dlaczego to właśnie ona, Susanne Sautien, przebywa tę krainę z przyjaciółmi. Dlatego nie rozumiała zadawanych jej pytań. Nic jednak nie powiedziała i w milczeniu czekała na ostatnie, trzecie pytanie. Po chwili usłyszała jego treść:

– Czy jeśli otrzymasz Klucz Mgły i otworzysz kolejne wejście, będziesz gotowa skazać każdego, bez wyjątku, na wieczny sen na jawie, w zamarzniętej bryle wody, i podążać dalej, jeżeli taka będzie cena za zdobycie sojuszników – bestii Dna Światów, przebycie Gór Eianz i ocalenie Sautien? Czy poświęcisz swoich najbliższych, aby uratować cały wszechświat?

Susanne poczuła, jak lód skuwa jej serce w łańcuchy palącego mrozu. Nie mogła oddychać. Dlaczego musiała odpowiadać na takie pytanie? Jak można żądać czegoś tak okrutnego? Dziewczyna poczuła nagle straszny ból. Głębia Serca ścisnęła jej serce śmiertelnym niemal uściskiem. Susanne osunęła się na kolana, a jej ciało oblał krwawy pot. Zdołała tylko wyszeptać:

– Jak ja mogę poświęcić tych, których kocham nad życie? Czyż moi najbliżsi nie stanowią również integralnej części wszechświata? Jak mam ocalić wszechświat, jeżeli wymagasz ode mnie jego zniszczenia? Nie odbiorę nikomu życia. Nawet ty mnie do tego nie zmusisz. Stawiam na szali swoje życie, a jeżeli nie przyjmiesz go teraz, to po udanej, mam nadzieję, misji, po zwyciężeniu Pustki, odbierz mi dech w piersi, zabierz z tego świata, ale nie żądaj czegoś, co jest istnym paradoksem. Życie – pamiętasz, jak odpowiedziałam na pytanie, czym dla mnie jest? Jest najdoskonalszym dziełem, którego każdy aspekt formuje nieskończoność w prawdziwą esencję życia. Odpowiedziałeś mi, że jest to dobra odpowiedź, a teraz o tym zapominasz? Nie złożę nikogo w ofierze, nikogo nie poświęcę, ponieważ równie dobrze to ja, Susanne Sautien, mogłabym się znaleźć na ich miejscu. Moja odpowiedź brzmi zatem: nie byłabym w stanie skazać nikogo. Nie uczynię tego, czego ode mnie oczekujesz.

Oblicza ducha nie wykrzywił grymas furii czy niezadowolenia. Wręcz przeciwnie. Uśmiechnął się i odrzekł:

– Piękna odpowiedź, Susanne. Nigdy bym cię o taką ofiarę nie poprosił. Nie mam do tego prawa.

Muszę ci jednak coś jeszcze powiedzieć. To, co usłyszałaś od Emesta, nie było do końca takim, jakim się wydawało być. Elf powiedział ci, że nie będę wiedział, z kim rozmawiam. Powiedział prawdę, ponieważ tego wymagała twoja próba. To było jedyne alegoryczne znaczenie jego wypowiedzi, ponieważ doskonale wiedziałem, z kim będzie dane mi rozmawiać. Ogromnie się cieszę, że mogłem cię poznać i że nie musiałem zamrozić ani twego serca, ani duszy. Aby uzyskać jeden jedyny prawdziwy klucz świata, musiałaś być poddana temu zadaniu. Oto dwa woreczki. Aby otworzyć wejście do Jeziora Odmętów, będziesz musiała wziąć garść pyłu z turkusowej sakiewki, a następnie szczyptę ze szkarłatnej i sypnąć jednocześnie oboma pyłami we właściwym miejscu. Nie pomyl się, a wtedy uda się uformować Klucz Mgły. Ostatnią rzeczą, o której ci powiem, to to, iż już nigdy nic, o czym powie Emesto, nie będzie żadną przenośnią, podobnie jak nic z czym od tej pory się spotkasz ani nic, czego doświadczysz. Ofiaruję także swoją służbę w bitwie wszechczasów.

– To będzie wielki zaszczyt dla mnie i Sautien. Dziękuję za wskazówki. Do zobaczenia, Duchu Czystej Zmarzliny.

– Do zobaczenia, Susanne. Kiedy będę potrzebny, weź garść szkarłatnego pyłu i szczyptę turkusowego. Wyrzuć go wysoko ponad głowę, a Wiatr Powietrza przekaże mi tę wiadomość.

Wnet się rozpłynął. Susanne nie zdążyła dodać nic więcej. Nagle wszystko zawirowało, a dziewczyna upadła boleśnie na twardy grunt. Trzymała jednak obie sakiewki z całych sił. W jednej chwili podbiegł do niej Javier, Stacy, Emesto, Soledad, Paz i pozostali, a ukochany przetarł jej twarz z kropelek krwi i przytulił do siebie, szepcząc do ucha tak cicho, iż mogła to usłyszeć jedynie Susanne:

– Już nigdy nie pozwolę ci na żadne tego typu poświęcanie się. Zbyt mocno cię kocham i nie zniósłbym, gdyby coś ci się stało.

Susanne uśmiechnęła się i patrząc głęboko w oczy Javiera, odparła jeszcze ciszej, głosem miłości:

– Ja też cię kocham.

Javier również się uśmiechnął. Po chwili Stacy udało się przecisnąć przez tłum, który zgromadził się wokół Susanne, i uścisnęła swoją przyjaciółkę z całych sił. Wtedy obie się rozpłakały. Po kilku minutach uspokoiły się, a Emesto mógł uściskać Susanne. Zdołał tylko powiedzieć „przepraszam", kiedy dziewczyna przerwała mu, mówiąc, iż już wszystko wie, a Emesto nie ma za co jej przepraszać.

Kiedy rozpalono ogniska, elf odezwał się do wszystkich:

– Przenocujemy tutaj. Z samego rana ruszymy w dalszą drogę. Tymczasem posilcie się i odpocznijcie. Proszę was jednak już teraz o ostrożność i o to, abyście nigdy nie tracili wiary w Susanne Sautien.

Kiedy skończył, rozległ się gwar rozmów, a Susanne przypomniała sobie o Ścieżce Wnętrza i o tym, że to od niej będzie zależeć życie każdego człowieka. Nie było już przenośni. Rozpacz rozlała się po ciele

Susanne, jednak nawet nie musnęła jej duszy. Ból, którego doświadczyła, nauczył ją cierpieć w milczeniu i nie tracić sił ani zdrowego rozsądku wobec prób, które zgotował jej los.

*

Następnego ranka Emesto zarządził pobudkę już o czwartej rano. Nie było jednak tak ciemno jak poprzedniego dnia. Błyskawicznie zwinięto obozowisko i w milczeniu ruszono w drogę za elfem. Susanne mocno ściskała dłoń Stacy i Javiera. Soledad i Paz leciały obok Emesta. Droga stała się jeszcze trudniejszą niż w poprzednich etapach ich wędrówki. Korzenie drzew czyhały na każdy błędny krok, zmarznięta, oprószona szronem i liśćmi ziemia skrywała głębokie doły, a wszechobecna cisza sączyła się do uszu jak trucizna, osłabiając siły jeszcze bardziej niż znój wędrówki. Po kilku godzinach marszu las nagle się urywał, a podróżni stanęli na gładkiej, granitowej skale. Emesto odezwał się:

– Przed nami bezgraniczna Pustynia Nicości. Nikt nie byłby w stanie jej przebyć, albowiem nie ma końca, ale na powierzchni kilku metrów znajduje się Pas Głębi, fragment Jeziora Odmętów skutego nie lodem, lecz litą skałą. Odsuńcie się na bok. Susanne otworzy jego wrota.

Kiedy skończył, spojrzał głęboko w oczy dziewczyny, a jego wzrok dodał jej otuchy. Zaufanie i nadzieja, jaką elf przelewał do jej duszy, napełniły ją odwagą.

W spojrzeniu przyjaciela tliła się jednak trwoga wobec czekającej ich próby. Najtrudniejsza próba, jakiej Susanne została poddana od momentu pierwszego spotkania z Emestem. Dziewczyna skupiła w sobie cały spokój, na jaki było ją stać, i rozpoczęła walkę o życie każdego, kto jej zaufał. Każdego, kto zgodził się jej towarzyszyć i walczyć do utraty tchu, a nawet oddać własne życie. Całkowicie skupiła się na zadaniu, które właśnie się rozpoczynało.

Susanne wzięła głęboki wdech, po czym z całych sił zmusiła się do sięgnięcia w najdalsze zakamarki swojej pamięci. Duch Czystej Zmarzliny mówił, aby wziąć garść pyłu z turkusowej sakiewki i szczyptę pyłu ze szkarłatnej. Dziewczyna ostrożnie rozwiązała zawiniątka. W twarz buchnęło jej lodowate powietrze. Obróciła się za siebie, ostatni raz spojrzała w oczy Javiera i Stacy, po czym wzięła w jedną dłoń turkusowy proszek, a w drugą szkarłatny. Skóra parzyła ją jak rozpalony do czerwoności żelazny pręt. Susanne nie czuła już palców i ostatkiem sił rzuciła skrzący się proszek na skalny grunt. W jednej chwili uformował się na jej oczach przepiękny Klucz Mgły, który wtopił się w granit tak łatwo jak nóż w masło. Susanne usłyszała cichszy od oddechu szczęk, a pod jej stopami otworzyła się wiejąca grozą pieczara. Dziewczyna owinęła poranione dłonie rąbkami swojej sukienki i gestem głowy powstrzymała Javiera, który już chciał do niej podejść. Susanne z trudem udało się nie oglądać za siebie. Podeszła nad urwisko podziemia i uczyniła pierwszy krok. Za nią ruszyli pozostali. Z każdym stopniem schodów robiło się coraz zimniej i zimniej, ale powietrze zdawało się stopniowo rozjaśniać. Wokół migotały ametystowe i karmazynowe iskierki. Kiedy Susanne postawiła stopę na płaskim terenie, jej oczom ukazała się ogromna jaskinia, skąpana w blasku zachodzącego słońca. Przed podróżnymi rozciągała się skuta lodem tafla, której powierzchni nikt nie był w stanie określić. Idealnie gładka, przezroczysta, okolona złocistą parą. Susanne podeszła do brzegu. Dotknęła dłonią lodu i wtedy czarne strzępy nicości ukazały jej najgłębiej skrywane sekrety, najniebezpieczniejsze cuda i lęki, by wreszcie spytać przeraźliwym sykiem, słyszalnym jedynie dla umysłu Susanne:

– Podejmujesz się próby?

– Tak – odparła Susanne w głębi serca.

– Zatem niech pierwszy wędrowiec podejdzie do Jeziora Odmętów. Odczujesz cenę za jego życie. On nie będzie czuł absolutnie nic. Uczyni jedynie dziesięć kroków. Jeżeli ty, Susanne Sautien, nie wytrzymasz bólu, jaki kształtuje i podtrzymuje taflę Jeziora Odmętów, to ten niewinny człowiek zamarznie, spowity korzeniami lodowego uścisku i wpadnie na wieczność do nicości. Nie odrywaj dłoni od tafli i nie waż się otwierać oczu, dopóki nie powiem ci, że wszyscy już przeszli. Mam nadzieję, że się rozumiemy...

Susanne doskonale rozumiała. Jej oczy paliła słona bryza nieistniejącego morza, a serce biło już tak wolno, iż dziewczyna resztkami sił zachowywała przytomność. Po jej policzkach poleciały łzy i skinięciem głowy zapoczątkowała przeprawę. Kiedy pierwszy wojownik wkroczył na lód, Susanne zamknęła oczy, a jej świadomość zbombardowały krzyki cierpiących, które z każdym krokiem stawały się coraz bardziej paraliżujące i intensywne. Susanne z trudem wytrzymała te tortury, jednak pierwszy człowiek stanął bezpiecznie na stworzonym przez mgłę pomoście. Wtedy głos spod powierzchni Jeziora Odmętów odezwał się:

– Świetnie sobie poradziłaś... Teraz niech na taflę wkroczą wszyscy oprócz twoich najbliższych. Mam na myśli Javiera, Emesta, Stacy i obie wróżki. Teraz będziesz musiała siłą woli utrzymać ich na powierzchni.

I kilkunastu ludzi ruszyło na lód. Dusza Susanne skurczyła się do granic wytrzymałości. Dziewczyna z całych sił starała się utrzymać wędrowców na lodzie. Z dziesiątym krokiem upadła na twarz, ale wytrzymała. Głos przemówił wówczas:

– Niebywałe... – A po chwili Susanne usłyszała: – Teraz wszyscy, których kochasz, a jeśli ci się uda, bezpiecznie przejdziesz i dołączysz do pozostałych.

Susanne była ledwie żywa, jej dłoń przykuta do lodu zdrętwiała z zimna, a umysł ogarnął mrok. Dziewczyna widziała już tylko oczyma duszy. Kiedy usłyszała kroki, jej wnętrze zalała fala upokorzeń doznanych od pani Libby, a każda obelga zadawała fizyczne rany na ciele. Susanne jednak cały czas czuwała nad życiem najdroższych jej osób. Kiedy Emesto, Javier, Stacy, Soledad i Paz wkroczyli na pomost, głos przemówił:

– Susanne, nie otwieraj jeszcze oczu i odpowiedz mi na jedno pytanie. Dlaczego zgodziłaś się przejść przez takie piekło?

– Ponieważ chcę uratować Sautien przed Pustką i za wszelką cenę nie dopuścić do tego, aby ktokolwiek cierpiał z mojego powodu. Moje życie, pragnienia czy wygody nie znaczą dla mnie wiele, ponieważ najważniejszą wartością, którą zawsze się kierowałam, kieruję i będę kierować, jest prawdziwe poświęcenie za tych wszystkich, którzy ofiarowali siebie.

– Udowodniłaś mi swoje pokojowe zamiary. Gdyby choć kropla zła tkwiła w twoim sercu, nie przeszłabyś tej próby. O twojej wielkości świadczy bowiem zdolność do tak wielkich poświęceń. Proszę cię, otwórz teraz oczy i napij się z pucharu, który ujrzysz. Odzyskasz siły, choć wspomnienia tego, przez co przeszłaś, na zawsze pozostaną w twojej pamięci. Jak zapewne wiesz, wszyscy są równi, więc musiałaś cierpieć jak każdy inny. Pani, mam nadzieję, że rozumiesz, dlaczego musiałaś przez to przejść. W ostatecznej bitwie ja, Duch Jeziora Odmętów, stawię się u twego boku i będę służył tylko tobie, albowiem tylko ty zdobyłaś władzę nad lękami ludzkiej duszy. Jeżeli przyjmiesz moje usługi, wystarczy, iż zawołasz w myśli moje imię, którego nie zna nikt inny: Heliodor. I pamiętaj, że wszystko w górach Eianz jest rewersem idealnym świata, w którym żyjesz.

Susanne otworzyła oczy i resztkami sił uchwyciła ciepły puchar ze srebra. Gdy wypiła jego zawartość, po jej ciele rozszedł się cudowny spokój, istny balsam kojący wewnętrzne i zewnętrzne rany. Dziewczyna wzięła głęboki oddech i pomachała przyjaciołom. Po chwili wkroczyła na lodową powierzchnię. Pod jej stopami ukorzyły się wszystkie strzępy czarnej nicości. Zrobiwszy dziesięć kroków, Susanne dotarła na pomost. Uściskała wszystkich z całych sił, po czym Emesto uchwycił jej wzrok, a dziewczyna przytaknęła mu. Przykucnęła na krawędzi pomostu i dotknęła opuszkiem palca lodu, a ten rozpłynął się, zamieniając się w prawdziwe jezioro. Pomost okazał się być ogromną tratwą, która przeprawiła ich na drugi brzeg.

Kiedy Susanne dostrzegła tajemnicze istoty, w jednej chwili pochwyciła w dłoń flakonik z ogniem lodu otrzymanym od Śmierci. Gdy przybili do brzegu, nakazała wszystkim pozostać na tratwie i sama zeszła na czarny ląd. Jej oczom ukazały się przecudne stworzenia, najpiękniejsze i najgroźniejsze, jakie kiedykolwiek widziała. Wyglądały jak niedźwiedzie polarne, ich futro było nieskazitelnie białe, a oczy tak niebieskie jak laguna. Miały wielkie pazury, a z ich pysków wydobywał się przeraźliwy ryk. Kły tych stworzeń były złote i ostre jak diamenty. Największy z nich odezwał się:

– Kim jesteś? Czego tu szukasz? Masz jedną minutę, aby mnie przekonać o słuszności swoich argumentów. Inaczej ty i twoi towarzysze zginiecie. Wszyscy.

– Witajcie. Jestem Susanne Sautien. Córka Iniga i Estrelli Sautien. Pragnę was błagać o pomoc i użyczenie nam strzeżonej przez was broni. Potrzebujemy jej, ponieważ Pustka zaatakowała Sautien. Aby poświadczyć nasze pokojowe zamiary, przynoszę ze sobą ogień lodu – i tu Susanne wyjęła z kieszeni flakonik, po czym odkorkowała go.

Całą przestrzeń rozświetliła kula szemrzącej wody, we wnętrzu której płonął rubinowy płomień. Z każdą chwilą ogień coraz ściślej oplatał krystaliczny płyn, przemieniając go w kryształki błękitnego lodowca. Po kilku sekundach plątanina żywiołów uformowała ogromną zasłonę lśniącego wodospadu, który dotarł do bestii Dna Światów. Fosforyzująca masa najcudniejszych barw zdawała się rozmawiać z bestiami w niezrozumiałym dla podróżnych języku. Po kilku minutach ogień lodu zmalał i wlał się z powrotem do flakonika. Susanne zakorkowała go i ostrożnie spojrzała na bestie. Ich przywódca przemówił:

– Ogień lodu powiedział nam, kim jesteście. Przepraszam za niemiłe słowa. Pani, proszę za mną.

Susanne uśmiechnęła się do przywódcy, po czym odwróciła się do towarzyszy, mówiąc:

– Chodźcie ze mną.

I cała drużyna ruszyła za Susanne. Maszerowali zaledwie kilka sekund. Dotarli do gigantycznej biblioteki, która okazała się być składem broni wszechświata. Przywódca podszedł do zwykłej, drewnianej szkatułki, otworzył ją i wypowiedział następujące słowa:

– Dwa westchnienia, czym też są? Czy też marą, czy złą grą? Nie traktuję ich jak zwykłe Coś, tylko jak

Coś z Czegoś, dla Czegoś. Niosą ze sobą nowe ulgi z cierpienia i nowe katusze z wyzwolenia. Jedno to nie zamknięty krąg, bo tylko dwa to życia tor.

Kiedy skończył, każdy rodzaj broni wleciał do tego kuferka. Nie sposób opisać, jak wyglądały. Po chwili przywódca bestii Dna Światów zamknął wieko i wręczył szkatułkę Susanne, mówiąc:

– Kiedy bitwa się rozpocznie, otwórz, Pani, tę szkatułę, a my przybędziemy i będziemy walczyć u twego boku. Tylko my umiemy posługiwać się tą bronią, więc niech nikt inny nawet jej nie dotyka. To skończyłoby się śmiercią. Aby się stąd wydostać, musisz podejść do drzwi, które znajdują się za mną. Do zobaczenia, Pani.

I wtedy bestie wskoczyły do Jeziora Odmętów. Tratwa rozpłynęła się w mgłę, wsączyła w wodę i w mgnieniu oka tafla Jeziora Odmętów przemieniła się w lodowy ocean nieskończoności.

Susanne nacisnęła żelazną klamkę sosnowych drzwi. W ułamku sekundy niewidzialna siła przeniosła ich na zewnątrz, a drewniane przejście rozpłynęło się w skalistym stoku. Susanne osunęła się na ziemię. Javier uchwycił ją w ostatniej chwili i wyszeptał do ucha:

– Znowu się poświęciłaś. Jestem z ciebie taki dumny, chociaż zaprzysiągłem, że już nigdy ci na to nie pozwolę. Jesteś taka dzielna...

Kiedy skończył, wziął ją na ręce, a Susanne usnęła w jego ramionach, trzymając Stacy za rączkę i nim jej powieki całkowicie się zamknęły, zdołała ujrzeć różane oczy Emesta, a elf nie musiał już nic mówić. Susanne uśmiechnęła się do niego, po czym odpłynęła do krainy snów, w objęciach jej jedynego, ukochanego Morfeusza.

ROZDZIAŁ 11

Mroczna przeprawa

Sen zmógł Susanne. Znowu śniła o Dartmouth. Każda łza, jaką kiedykolwiek uroniła, budowała zadający ból twór, niemożliwy do określenia. Mimo wszystko Susanne dzielnie znosiła senne koszmary i tęsknoty. Kiedy ta część snu kończyła się, dziewczyna odpływała w nicość, bezimienność.

Z samego ranka zbudził ją Emesto. Ponownie zwinięto obóz i wędrowcy ruszyli w dalszą drogę. Elf zdawał się jednak być bardzo, bardzo daleko. Jak jeszcze nigdy wcześniej. Susanne nie śmiała zadawać mu pytań. Doskonale zdawała sobie sprawę, iż jej przyjaciel już niedługo będzie chciał z nią porozmawiać. Postanowiła zaczekać do tego momentu i dopiero wtedy podjąć nurtującą ją kwestię. Po kilkudziesięciu minutach marszu elf poprosił Susanne do siebie. Oboje pozostali nieco z tyłu maszerującej grupy. Emesto zaczął:

– Susanne. Zanim dotrzemy do Firmamentu Sautien, minie trochę czasu. Prawdę mówiąc, jesteśmy dopiero w połowie drogi, a najgorsze przed nami. Teraz przyjdzie nam się zmierzyć z Moczarami Równin. Na ogromnej, niepojętej wręcz powierzchni rozciągają się najbardziej zdradliwe lasy namorzynowe, bagna i siedliska potworów, które niebawem mogą zbudzić się ze snu. Kiedyś, bardzo dawno temu, jeszcze przed twoimi narodzinami, twoi rodzice stworzyli tą krainę. Zapewne zastanawiasz się, po co tworzyć tak przerażliwe miejsce w tak cudownym świecie. Odpowiedź jest jednak na wyciągnięcie ręki. Gdzieś, oprócz Pustki, trzeba było ulokować najniebezpieczniejsze stworzenia, rośliny i lęki. Tam, gdzie kiedyś była Pustka, uwięziona przez królów Sautien, przebywali ludzie źli i okrutni – prawdziwie okrutni. Wszystko, co człowieka otacza, również musiało zostać jakoś rozmieszczone. To, co najpiękniejsze, można spotkać niemalże wszędzie, ale aby zła i nieodłączna strona świata zarazem zajmowała jak najmniej miejsca, utworzono Moczary Równin. Dlatego stanowią takie niebezpieczeństwo. Cała esencja zła czai się w każdej cząstce tego świata. Zanim Pustka się wydostała, twoja matka i ojciec mogli otoczyć to miejsce czymś w rodzaju spiżowej poświaty, niemożliwej do przerwania przez nikogo i przez nic. Ale Pustka na wolności wysyła druhom swoje macki na pomoc. Niebawem przerwie barierę ochronną. Do tego czasu musimy przebyć ten ląd zagłady i w dodatku wzmocnić barierę, zdobywając coś, co leży ukryte od wielu, wielu lat w Moczarach Równin. Naszym zadaniem jest zatem przebyć tę krainę, ale nie mostem, którego już nie ma, lecz pieszo. Następnie musimy zdobyć rewers zła, czyli dobro, które ty będziesz musiała odszukać, Susanne. Sama. Aby się stamtąd wydostać niezauważenie i nie zbudzić żadnego monstrum, musimy być zwinni, cisi i ufać sobie bezgranicznie. Co do tego... – tu głos elfa się załamał. Po chwili kontynuował jednak dalej, ale głosem tak wątłym, iż Susanne musiała podejść bliżej: – Chodzi mi o to, że sama, zupełnie sama, będziesz musiała znaleźć Kulę Or – dobro, o którym ci mówiłem. Będziesz musiała się jednak od nas odłączyć od razu po przekroczeniu granicy Moczarów Równin. Ja poprowadzę pozostałych do wyjścia, gdzie będziemy na ciebie czekać. Kula Or jest jednocześnie naszym kluczem. Z czym przyjdzie ci się zmierzyć, po raz pierwszy zupełnie nie mam pojęcia, jak ci odpowiedzieć. Jedyną moja radą jest: słuchaj głosu serca. Susanne, za chwilę dotrzemy na miejsce. Musisz wiedzieć, że jeszcze nikt nigdy nie wkroczył do tego martwego świata. Będziemy pierwsi. Nie masz pojęcia, jak bardzo czuję się bezsilny, nie mogąc ci w żaden sposób pomóc. Obarczam cię przez cały czas heroicznymi zadaniami i wyzwaniami, cierpisz i doznajesz najokropniejszych doświadczeń, a ja...

– Emesto. To nie jest twoja wina. Wręcz przeciwnie. Tylko dzięki tobie doszliśmy tak daleko. Pamiętasz, jak pierwszy raz spotkałeś mnie w Dartmouth? Jak bardzo nie chciałam wyruszać w „jakąś" misję? Zobacz, jak wiele uczyniłeś dla Sautien. Pierwszym krokiem było przekonanie mnie do opuszczenia Ziemi. Później przez cały czas wspierałeś mnie na każdym etapie naszej wyprawy. Zaszliśmy do tego momentu przede wszystkim dzięki tobie, Emesto. Znajdę Kulę Or i nie zawiodę was. Czekajcie na mnie, a na pewno przyjdę. Emesto, mogę ci zadać jeszcze jedno pytanie?

– Oczywiście, Susanne – odrzekł przygnębiony elf.

– Co się stało? Wiesz, co mam na myśli. Jesteś smutny i nieobecny. Gdzie jest ten Emesto, którego znam? Powiedz mi proszę, co cię trapi. Nie mów tylko, że misja, ponieważ to ona napawała cię siłą do walki o to, kim tak naprawdę jesteś. Emesto, o co chodzi?

– Ach, Susanne. Nie umiem cię okłamać. Nie mogę ci jednak teraz niczego powiedzieć. Wkrótce wszystko się wyjaśni. Wiem, że coś ci kiedyś obiecałem. Właśnie wtedy, kiedy po raz pierwszy się spotkaliśmy, a później to i nawet kilka razy. Zapewne wiesz, o co mi chodzi...

– Nie rozumiem...

– Rozumiesz... Zajrzyj do swojej pamięci...

– Twoje oczy. Ich kolor.

– Tak. Obiecałem, że wyjaśnię ci, dlaczego zmieniają swoją barwę. Na początku naszej misji dostrzegałaś w nich najpiękniejsze refleksy, które z czasem były równie piękne, ale z każdą sekundą blakły, rozmywały się i nie emanowały już taką żywiołowością jak kiedyś. Spójrz w nie teraz, powiedz mi, co dostrzegasz...

Susanne milcząco podniosła wzrok i po raz pierwszy nie dojrzała w oczach swojego towarzysza niczego. Były puste. Po prostu puste, choć i tak przepiękne. Jednak patrząc w nie, dziewczyna odczuwała niewymownie jakiś koniec, przecudny żal czarnych pereł rozpuszczonych w mrocznej, nocnej poświacie. Po jej policzku popłynęły kaskady łez. Susanne smutnymi źrenicami wpatrywała się w bezdenny obraz, który chylił się ku zachodowi. Dopiero po chwili zamknęła powieki, przełknęła łzy, które wdarły się w każdy zakamarek jej świadomości i spojrzała na elfa, mówiąc:

– Emesto, ty chyba ... nie... ty chyba... nie u... umierasz?

– Na razie nie, Susanne. Po prostu chodzi o to, że zbliża się Wynik. Czym on jest, na razie też nie możesz się dowiedzieć. Nie martw się jednak o mnie i wypełnij kolejne zadanie, które może być bardzo ciężkie... Zapomnij o mnie i o wszystkim, kiedy staniesz się poszukiwaczką na Moczarach Równin. Spotkamy się przy wyjściu. Powiedziałem ci o swoich oczach, abyś zrozumiała. Co do ich koloru, jeszcze wiele nie mogę ci wyjawić. Pamiętaj, że zrozumieć coś, co nie należy do rozumu, nie znaczy pojąć i znać. To znaczy wiedzieć, że to coś jest, bowiem wszystko wszystkiemu przeczy. Już ci to kiedyś mówiłem. Cofamy się w przeszłość, która teraz dała ci dość siły, aby to wszystko udźwignąć. O tym, czym jest Wynik, dowiesz się jeszcze zanim opuścimy moczary. My, elfy, jak to się nas zwykle nazywa, opiekujemy się Wynikiem. A teraz wracaj do Stacy i Javiera.

Susanne nie mogła wykrztusić z siebie ani jednego słowa. Rzuciła się tylko na szyję przyjaciela i uścisnąwszy go, wyraziła, jak bardzo jej na nim zależy. Nie chciała go wypuszczać, ale po kilkunastu sekundach zwolniła uścisk i wydusiła z siebie:

– Emesto, jesteś najlepszym i najuczciwszym ze wszystkich. Nigdy nie zatrzesz się w mojej pamięci. Jak to wszytko się skończy, będziemy jeszcze wspominać trudy przepraw i walk z goryczą doprawioną poczuciem własnej wartości i służby naszym ideom.

Kiedy skończyła, odeszła od Emesta, oglądając się za siebie jeszcze wiele razy. Gdy była już przy Javierze i Stacy, elf zapłakał. Nic nie miało się przecież skończyć dobrze.

*

Susanne cały czas czuła niepokój w sercu. Trzymała łzy na wodzy, ale troska o przyjaciela i smutek nie dawały jej spokoju. Nie bała się misji, ani wyzwań, jakie znów stawi przed nią los. Śmiertelnie obawiała się o Emesta. Przez całą drogę do Moczarów Równin była nieobecna. Kiedy wreszcie dotarli na miejsce, odważyła się spojrzeć w oczy przyjaciela. Surowa powaga, osadzona niczym najdrogocenniejszy diament w zmierzchu świata, przeszyła ją na wskroś. Elf przytaknął tylko nieznacznie głową, a dziewczyna już wiedziała. Wiedziała, że trzeba się będzie rozdzielić. Coś sączyło jej jednak do ducha paraliżujący lęk. Susanne miała wrażenie, iż jej przyjaciel jest w śmiertelnym zagrożeniu, ale nie miała pojęcia dlaczego.

Z rozdartym sercem odwróciła od niego wzrok i spojrzała przed siebie. Przed jej oczami ukazał się najbardziej przeraźliwy obraz. Dalej niż widnokrąg i szerzej niż równik oblekający po tysiąckroć naszą planetę zdawał się szerzyć żar opuszczonych nadziei, ziejąca trwogą połać szkieletów dawnego, pięknego świata. Lasy namorzynowe, o których mówił Emesto, w żaden sposób nie przypominały tych, jakie Susanne spotykała na fotografiach w książkach na Ziemi. Korzenie tych drzew były powykręcane przez jakieś tajemnicze siły, zupełnie jakby zło przybrało materialną postać i swoimi mackami przeraźliwe okaleczyło piękno. Ani jeden listek czy źdźbło trawy nie było zielone. Wszystkie rośliny sprawiały wrażenie jakby umierały na nowo i na nowo od tysięcy lat, stręczone wszystkimi możliwymi zarazami, jakie gdziekolwiek istniały. Ziemia, na której stali wędrowcy, była czarna i pokryta bujną trawą, ale kilka centymetrów od ich stóp świeciło już spękane, jałowe pustkowie. Co kilka metrów cierniste krzewy wdzierały się w wyschnięta glebę, chcąc wyssać ostatnie krople zatrutej cieczy. Co kilka kroków cuchnące, zdradliwe bagna bulgotały, uwalniając coraz to więcej oparów do i tak już zatrutego powietrza. Przeraźliwe uskoki, wąwozy i pieczary ciągnęły się wzdłuż prowizorycznych wzniesień i dolin. Blada, wyblakła i rozmyta ścieżka wiła się zaciekłe, znikając gdzieś za linią horyzontu. Na wątłej granicy oddzielającej prawdziwe Sautien od Mrocznych Równin połyskiwała cieniutka jak włos nić, której blask tlił się już ledwie zauważalnym blaskiem.

W pamięci i duszy Susanne ten obraz wyrył się na zawsze. Już nigdy nie miała o nim zapomnieć... Uścisnęła Stacy i Javiera za ręce, posłała ostatnie spojrzenie w stronę Emesta i zrobiła pierwszy krok. Poczuła, jak odpływa z niej życie. Stało się przeraźliwie gorąco, parno niczym w piecu. Ten żar, który Susanne ujrzała wcześniej, zdawał się pokrywać z tym, co teraz odczuwała. Musiała jednak puścić dłonie ukochanych osób i ruszyć dalej w samotność, żyjąc wspomnieniami… które musiały jej wystarczyć.

Stacy, wiedząc, że nie może się odzywać, spojrzała na Susanne najsmutniejszym wzrokiem dziecka. Jej oczka zaczerwieniły się w jednej chwili, ale dziewczynka stała nieruchomo, a łzy płynęły po jej policzkach prosto w serce. Odprowadzała Susanne swoją przyjaźnią, miłością i zaufaniem. Javier nie uronił ani jednej łzy. Również stał nieruchomo, ale w jego oczach Susanne ujrzała tylko jedno: prośbę o szczęśliwy powrót… Dziewczyna ruszyła przed siebie, skupiając się już tylko na zdobyciu Kuli Or, choć dosłownie przed sekundą całe życie przewinęło się w jej umyśle, uświadamiając jej, jak wiele zależy od tego, czy znajdzie w sobie dość siły, aby zapomnieć i szukać dobra pośród zła… zakotwiczonego w doskonałości jej własnego domu.

Po kilkunastu minutach marszu Susanne była bliska omdlenia. Gorąco wdzierało się do jej gardła i płuc jeszcze bardziej boleśnie niż mróz w Górach Eianz. Dziewczyna miała wysuszone usta, skórę i oczy. Ledwie stawiała kolejne kroki. Nie popatrzyła jednak za siebie ani raz. Niewymowna odwaga prowadziła ją naprzód. Susanne czuła obecność Kuli Or, ale nie miała pojęcia, gdzie mogła być ukryta. Nie była w stanie znaleźć środka tej krainy. Zewsząd otaczał ją bezbrzeżny ocean piachu i moczarów. Zamknęła oczy. Zajrzała w swoje serce i wsłuchała się w cząstkę nadziei przyniesioną do tego jałowego świata. Wsłuchała się w Głębię Serca. Pomimo iż kwiat milczał już od dawna, dał jej odpowiedź.

Susanne zajrzała jeszcze głębiej i na jawie śniła o Dartmouth. Każda obelga była o wiele silniejsza niż we śnie, który nawiedzał ją ostatnimi nocami. Susanne trwała mimo wszystko w tej upiornej wizji, a ból wzmagał się i wzmagał. Do tego wszystkiego doszły jeszcze inne przykrości i chwile paniki, jakie doświadczyły ją w Sautien. Zagłębiając się w to, co ją raniło, nieświadomie podążała do wnętrza zatrutego serca, ale jednak serca – Moczarów Równin. Źródło tej krainy wsysało wszystko, co dobre, ale i przyciągało do siebie cierpienia, które zbliżając się do niego, potęgowały się. Była to jednak jedyna droga, aby odnaleźć najgorsze z najgorszego. Dziewczyna uświadomiła to sobie, kiedy ból w pewnej chwili wyparował. A stało się to wtedy, gdy przekroczyła pierścień okalający.

W wielu miejscach Sautien, podobnie i tu, najważniejsze i najgroźniejsze krainy, jak i te najpiękniejsze, zawsze separuje od przeciętności szerszy bądź węższy pas oddzielający. Gdy Susanne nie była już w stanie znieść bólu, ten akurat ustąpił. Otworzyła oczy. Ujrzała przed sobą sadzawkę. Najprawdziwszą sadzawkę. Nie była ona ani brudna, ani cuchnąca. Wręcz przeciwnie. Coś było nie w porządku. Rozejrzała się dookoła. Emesto mówił jej przecież o niebezpiecznych monstrach, po których nie było nawet najmniejszego śladu. Dlaczego? Dlaczego jest tak przeraźliwie cicho?

Susanne ostrożnie nachyliła się nad sadzawką. Ujrzała na jej dnie cudowny, migocący przedmiot. Rozejrzała się ponownie dookoła siebie i nie dotykając powierzchni wody, przykucnęła nad gładką taflą. Teraz nieco lepiej widziała migocącą kulę. Kulę Or. Perfekcyjnie oszlifowana, zatopiona niczym owad w bursztynie, przykryta była zastygłą wodą. Każdy jej detal był oślepiająco wyraźny. Postrzępiona mgiełka, cieńsza od jedwabiu, wirowała wewnątrz kuli, a strzępy tej materii były jednego koloru.

Dziewczyna zbliżyła dłoń do powierzchni tafli, lecz zawahała się. Czemu nic nie strzeże tej kuli? I nagle przeszył ją tak oczywisty fakt. Jeżeli dotknie tafli i zabierze kulę, wydarzy się coś tragicznego. Monstra zbudzą się ze snu, który i tak jest już płytki. Czy jej przyjaciele już dotarli do wyjścia? Czy monstra ich zaatakują? O nie... Emesto wiedział. Wiedział, że trzeba będzie z nimi walczyć. A ona zostawiła ich samych. Jak dotknie tej kuli, skaże przyjaciół i siebie na śmierć. „Myśl, myśl!" – powtarzała do siebie wiele razy. Wtedy do głowy przyszła jej odpowiedź płynąca prosto z jej duszy.

W jednej chwili zrozumiała. Jest przecież w pewnym sensie osobą, której całe Sautien musi być podporządkowane. Jest księżniczką tej krainy. Teraz zrozumiała, że zabierając Kulę Or, może oszukać staw, który zorientuje się, że kuli już nie ma, kiedy będzie za późno. Ona w tym czasie dołączy do przyjaciół i pomoże im walczyć. Musi się udać! Susanne wzięła głęboki wdech i zanurzyła dłoń w lodowatym krysztale. Jej palce stanowczo uchwyciły kulę i dziewczyna pociągnęła ją do siebie. W ułamku sekundy coś porwało jej ciało i wylądowała obok Emesta, Javiera i Stacy. Susanne była zszokowana, ale błyskawicznie przymrużyła powieki i przenikliwie wysłała swoje przeczucia do oczu elfa. Zrozumiał i donośnym głosem zawołał coś, czego Susanne jednak się nie spodziewała:

– Szybko! Przechodźcie na drugą stronę! – Po czym dodał: – Susanne, użyj kuli! Natychmiast!

Dziewczyna podbiegła momentalnie do falującej kotary pary i puściła kulę. Ta wystrzeliła w powietrze, wypalając przejście, którego brzegi zawężały się w oka mgnieniu. Susanne uświadomiła sobie wtedy, iż Emesto stał oko w oko z monstrami. Zawołała z całych sił:

– Emesto! Pospiesz się! Przechodzimy! Już!!!

Elf odpowiedział tylko, odpierając atak:

– Susanne, ratuj się! Ja muszę tu zostać. – I dodał: – Javier! Zabierz ją stąd! Już!

– Nie! Emesto! Co ty robisz? Uciekaj z nami!!! – krzyczała przez łzy Susanne. – Javier! Zostaw mnie, puszczaj, ratuj swojego wujka! Zostaw mnie! Emesto, nieeeeeee!!!

Ale Javier oplótł ją żelaznym uściskiem i w ostatniej chwili przekroczyli barierę, nim ta zasklepiła się na wieki. Javier nadal jej nie puszczał. Dziewczyna osunęła się na kolana i szlochając, wyciągała ręce w stronę elfa. Łzy paliły jej policzki, czuła, jak jej ciało i duszę pali rozgrzany do wściekłej czerwieni metalowy pręt. Krzyczała i próbowała się wyrwać. Na próżno. Przeraźliwe krzyki Susanne nagle rozdarły powietrze, przeszywając wszystkich na wskroś. Na jej oczach monstra rozmiarów słonia powaliły jej przyjaciela na ziemię. Srebrna nić coraz szczelniej oplatała Moczary Równin i nim osnuła to piekło, Susanne dojrzała rozjuszone potwory, ich drwiące uśmiechy i… te gasnące oczy jej przyjaciela… czarne, śmiertelnie opanowane, przepełnione ostatnimi chwilami oddechu. Zdawał się jej mówić: „Odwagi Susanne. Bądź dzielna. Przypomnij sobie wszystko, o czym ci mówiłem. Do zobaczenia…".

I odszedł. Jego oczy, te jedyne wskazówki, oczy jej przewodnika i przyjaciela, zamknęły się i miały się już nigdy nie obudzić… Susanne nagle zamarła. W ostatnich sekundach życia elfa wyszeptała:

– Odnajdę cię nawet na dnie piekła. Wrócisz do krainy żywych. – Wtedy zemdlała.

Obudziła się następnego ranka, a właściwie zerwała się na równe nogi. Spojrzała na Javiera. To nie był sen, Emesto zginął. Bronił Wyniku. Dziewczyna milczała, przeraźliwie piętnując skrzącą się bańkę za swoimi plecami. Podeszła do niej, zaledwie kilka milimetrów dzieliło ją od martwego przyjaciela. Stała tak przez dobrych kilka minut. Kiedy się odwróciła, ujrzała Stacy. Mała jeszcze spała. Tylko ona i Javier obudzili się tak wcześnie. Było jeszcze ciemno. Susanne zaczęła rozmowę:

– Javier. Co się z nim stało? Gdzie jest teraz dusza Emesta?

– Susanne, on przemienił się w iskierki magii. Jest teraz bardzo blisko Żywych Drzew. Za kilka dni stanie się nieodłączną częścią Wody Irysu.

– Czym jest ta woda?

– Duszami elfów. Elfy mają bowiem tylko duszę. Ten Emesto, który z nami rozmawiał, śmiał się i ochraniał, był cały czas duszą. Ale odszedł i...

– Nigdzie nie odszedł i nie odejdzie. Nie pozwolę mu na to. Ocalimy go. Mamy kilka dni. Musi powrócić do świata żywych. Nie dopuszczę do tego, aby ktokolwiek ofiarował za mnie swoje życie. Duch Czystej Zmarzliny dobrze o tym wie, a ja doskonale pamiętam, podobnie jak wizytę śmierci, to, iż życie nie kończy się dla Sautienczyków tak, jak dotychczas mi się wydawało. Złota Legenda powiedziała mi kiedyś coś bardzo ważnego i dopiero teraz to zrozumiałam. Zrozumiałam, czym jest to wieczne życie Sautienczyków. Przywrócę je. Pustka nie wystrzeli nas jak kaczek. Mamy jeszcze kilka dni i...

– Susanne. Nie możesz decydować o życiu i śmierci!

– Nic nie rozumiesz. Wszyscy, którzy stracili życie, nie umarliby, gdyby Księga Przedstworzenia i Pustka były tam, gdzie znajdowały się od zarania dziejów. Teraz jesteśmy pozbawieni ochrony, jaką Sautien nas otaczało. Ale odzyskamy ją. Ja na pewno nie pozwolę złu, śmierci ani zarazie zawiści przejąć kontroli nad moim domem, naszym DOMEM! Zaraz ruszamy tam, gdzie przebywają nasi najbliżsi. Twój tata, wujek, a mój przyjaciel, i każdy, kto poległ, kiedy Pustka przerwała kajdany, powróci do nas. Ani jedno życie już nigdy nie zostanie zgaszone. Choćbym miała przechodzić przez katusze, wydrę każdego.

Javier nic nie odpowiedział. Nie zrozumiał Susanne, ale rozumiał jej postawę i czuł w głębi serca, że jego ukochana ma rację i nie kieruje nią ślepy ból ani zawiść, ale trzeźwy umysł i wiecznie kochające serce.

Javier wziął śpiącą Stacy na ręce i cała grupa ruszyła naprzód. Do jedynego celu ich wędrówki i miejsca, do którego tak nie chcieli nigdy się zapuszczać. Susanne jeszcze raz, ten ostatni, odwróciła się za siebie i przepalając wzrokiem migocącą osłonę najokropniejszego bólu i bezpieczeństwa zarazem, przyrzekła sobie, że jeszcze porozmawia z Emestem. On oddał za nią życie, zatem ona postawi na szali swoje, ale odnajdzie go i w komplecie stawią się na Bitwę Wszechczasów. Uzbrojona, sroga, zraniona, połączona ze swoim krajem kolejnym cierniem, szła naprzód, nie kierując się ani krztyną zła, ale najczystszym dobrem: miłością, która była niepokonanym orężem w jej życiu, mając u boku ukochanego, przyjaciółkę i oddanych jej bezgranicznie Sautienczyków.

ROZDZIAŁ 12

W krainie umarłych

Przed podróżnymi rozciągała się teraz rozległa dolina. Susanne dobrze wiedziała, że Emesto wytłumaczyłby jej, gdzie się znajdują, powiedział, co robić dalej. Ale jej przyjaciela już nie było. Na to wspomnienie dziewczyna zacisnęła pięści z całych sił. Z każdą sekundą jej odwaga przybierała na sile. Przez cały czas powtarzała sobie, iż nie może pozwolić na to, aby elf znalazł się u boku Żywych Drzew. To, że jest blisko nich, nie oznacza, iż ona pozwoli im go zabrać. Wiedziała, że trzeba się spieszyć. Mieli tylko kilka dni. Postanowiła porozmawiać z Javierem. Natychmiast.

– Javier – zaczęła – przepraszam cię za moje wczorajsze zachowanie. Byłam zbyt oschła i...

– Susanne – odpowiedział – nie masz za co mnie przepraszać. Straciłaś bardzo bliską ci osobę, więc...

– Javier. Ty straciłeś wujka, a nie zachowywałeś się wobec mnie tak, jak ja wobec ciebie. Poza tym wiem, że musiałeś go tam zostawić... ale proszę cię, błagam, pomóż mi go odnaleźć.

– Pomogę, Susanne. Możesz na mnie liczyć.

– Gdzie my jesteśmy? – odezwał się niespodziewanie cichutki, zaspany głosik.

– Wyruszyliśmy wcześnie rano, żeby uratować Emesta – odparł Javier do Stacy i postawił dziewczynkę na ziemi.

– Stacy, wróżki dadzą ci coś do jedzenia, skarbie. Idź z nimi, a ja porozmawiam z Javierem, dobrze? – powiedziała Susanne.

– Uhm – przytaknęła Stacy, ale kiedy już odchodziła z wróżkami, zatrzymała się i odwróciwszy się do Susanne, zapytała: – Susanne, Emesto nie umarł, prawda?

Susanne nie wiedziała, co odpowiedzieć swojej przyjaciółce. Jak miała jej to wszystko wytłumaczyć? Wtedy odezwał się Javier:

– Stacy. Emesto musiał gdzieś odejść. Teraz ruszamy mu na pomoc. Nie martw się o niego, zgoda?

– Zgoda – odpowiedziała dziewczynka, a na jej twarzy pojawił się uśmiech. W podskokach ruszyła za wróżkami i już po chwili jadła ulubione rogaliki.

– Dziękuję ci, Javier – odparła Susanne.

– Naprawdę nie ma za co.

– Muszę ci zadać kilka pytań. To ważne. Gdzie my się teraz znajdujemy? Dokąd musimy się skierować, aby odnaleźć Emesta? Tak brakuje mi jego wskazówek, czuję się taka bezsilna...

– Susanne. To normalne. Nie możesz pamiętać, jak wygląda Sautien. Byłaś dzieckiem, kiedy musiałaś opuścić dom. Znajdujemy się teraz na Polach Ieseje. Pod ziemią kwitnie prawdziwa kraina. Zamieszkują ją owady podobne do pszczół. Na kwiatowych polach otaczających pałac zbierały pyłek, a teraz musiały się schronić tutaj. To tu jest ich „ul", a teraz, bojąc się Pustki, nie opuszczają go na krok. Później jest...

– Zejdźmy do nich. Powiedzmy Iesejom, że ja już tu jestem, że wkrótce będzie Bitwa.

– No nie wiem. Możemy spróbować. Pójdziemy we trójkę. Ja, ty i Stacy. Pozostali poczekają na nas na górze. Mam nadzieję, że Ieseje nas nie zaatakują. Za kilkanaście minut dotrzemy do wejścia do ich świata i...

– Javier. Dziękuję. – wyszeptała wzruszona Susanne.

Uścisnęła Javiera z całych sił, a z jej oczu popłynęły łzy. Pocałowała go w policzek i trzymając się za ręce, ruszyli przed siebie. Stacy przyłączyła się do nich niedługo potem. Wkrótce dotarli do wejścia. Było ono jednym z najpiękniejszym cudów natury. Znajdowało się pod ich stopami. Idealnie okrągły krater niemalże oślepiał swoim blaskiem. Jego krawędzie porastała bujna roślinność, niepodobna do zielonej trawy, po której do tej pory szli. Te rośliny były czerwone, intensywnie przesycone purpurą granatu, a ich kielichy zamknięte. Długie łodygi skierowane do środka łączyły się w promieniste słońce szkarłatnego wschodu i zachodu dni, lat i dekad. Susanne oniemiała z zachwytu. Popatrzyła na Javiera i choć w jego oczach nie dostrzegła takiej klarowności, jak w oczach Emesta, wiedziała, co robić. Coś podpowiadało jej, że Ieseje odegrają znaczącą rolę w ocaleniu Emesta i Sautien.

Podeszła jeszcze bliżej krawędzi i dotknęła jednego z karminowych liści. Ten od razu odsunął się od jej dłoni i wprawił w ruch pozostałe. W okamgnieniu kwiaty rozkwitły oślepiającym szafirem, otwierając wejście do podziemnej krainy. Susanne uczyniła kilka kroków w tył. Z ziemi wystrzeliło kilkanaście Ieseji. Były niewiele większe od jaskółki, ale miały dwie nogi i ręce, dzierżyły w maleńkich łapkach kilkakrotnie większe, ostre oszczepy. Miały na sobie szkarłatne zbroje, perfekcyjnie wykute, idealnie gładkie. One same były niebieskie jak woda w górskim jeziorze, a ich wzrok był jeszcze ostrzejszy niż ich broń. Ieseje wycelowały ostre dzidy w podróżnych. Susanne odezwała się:

– Nie róbcie nam krzywdy. Proszę. Przybywamy w pokojowych zamiarach. Jestem Susanne Sautien, księżniczka tej krainy. Pragnę prosić was o pomoc i powiedzieć...

– Milcz – przerwał jej jeden z Ieseji. Wyglądał na ich dowódcę. – Jeżeli faktycznie mówisz prawdę, to poddasz się próbie. Połóż dłoń na Kwiecie Elio, a dowiemy się, kim jesteś.

Susanne podeszła zatem do najbrzydszego, usychającego kwiatu i nie zastanawiając się ani przez chwilę, położyła dłoń na jego powierzchni. W ułamku sekundy płatki kwiatu zarumieniły się, rozwinęły, a roślina oplotła dłoń Susanne szafirowymi smugami. Następnie kwiat wypuścił liście, uwalniając rękę dziewczyny. Susanne usłyszała wtedy w swojej głowie cichutki głosik mówiący „dziękuję". Dziewczyna odwróciła się w stronę Ieseji, a one uklękły na ziemi, po czym ich przywódca odezwał się:

– Pani, przepraszam za moje zachowanie. Pragnę prosić cię o wybaczenie i podziękować za umocnienie naszej granicy.

– Nic się nie stało. Nie ma za co. Proszę, wstańcie.

Ieseje podniosły swoje maleńkie buźki i z uśmiechem wzbiły się w powietrze.

– Nazywam się Baeras – powiedział dowódca – porozmawiajmy pod ziemią. Posilicie się tam i odpocznijcie...

– Dziękuję, Baerasie, ale bardzo się spieszymy. Zapewne znasz Emesta. Oddał swoje życie na granicy Moczarów Równin. Zmierzam do Krainy Umarłych, aby go odnaleźć. Niepokoję was, aby powiedzieć, że ja już jestem w Sautien, będę was bronić i walczyć. Zbliża się Wielka Bitwa Wszechczasów. Chciałabym was prosić o pomoc. Każdy sojusznik jest bezcennym diamentem w walce z Pustką. Jeżeli zgodzicie się nam pomóc, byłabym bardzo wdzięczna i...

– Ależ Pani. Oczywiście, że stawimy się walce. Możesz na nas liczyć. Myślę jednak, że jesteśmy w stanie wam pomóc w jeszcze jeden sposób. Osobiście znałem Emesta. Wiele razy uratował mnie przed wessaniem przez Pustkę. Nie wiem, czy wiesz, Pani, że Emesto razem ze mną eskortował skazanych do pustki. Zatem teraz, gdy moja rodzina jest tu bezpieczna, mogę ruszyć z wami dalej, o ile wyrazisz zgodę...

– Baerasie. Mów do mnie po imieniu, dobrze? Nie zasługuje, aby nazywać mnie Panią. Chciałabym zostać waszą przyjaciółką. Byłabym twoją dłużniczką, jeżeli ruszyłbyś z nami w dalszą drogę.

– Dobrze, Susanne – odparł Baeras – zatem będę się do ciebie zwracał po imieniu. Nie mamy czasu do stracenia. Aciso! Powiadom pozostałych, że wyruszam w podróż do Keharu. Niech w kuźni szykują najtrwalsze zbroje i broń. Zbliża się Bitwa o Sautien!

– Tak jest! – odpowiedział Aciso i pozostałe Ieseje wleciały za nim do krateru, który w ułamku sekundy zamknął się nad ich głowami, a szkarłatne kwiaty otoczyła lagunowa bańka. Podróżni ruszyli w drogę. Po chwili Susanne odezwała się:

– Baerasie. Czy Kehar to Kraina Umarłych?

– Niezupełnie, Susanne. Pamiętaj, że w Sautien tak naprawdę nikt nie umiera, ale teraz, kiedy Pustka oblega wejście do Firmamentu Sautien, naturalny porządek jest zachwiany. Wytworzyła się w związku z tym kraina umarłych. Nie wiem, czy uda nam się z niej wyjść żywymi, ale postaram się ze wszystkich sił uratować tych wszystkich, których Kehar zagarnął na rozkaz Pustki, a właściwie na rozkaz Wynaturzonych.

– Rozumiem. Powiedz mi jeszcze, proszę, ile czasu zajmie nam dotarcie do Keharu?

Tutaj Baeras zbladł i spojrzał Susanne w oczy. Dziewczyna od razu usłyszała jego głos w swoich myślach:

– Susanne. Musimy dotrzeć do Labiryntu. Tam będziesz musiała odnaleźć mapę, która wskaże nam drogę. Jedynie ja wiem, gdzie ona się znajduje. Nie mówię do ciebie na głos, ponieważ musimy zachować wszystko w absolutnej tajemnicy.

Emesto zapewne również mówił do ciebie czasami w ten sposób. Zapewne miał zamiar powiedzieć ci o nas, o Iesejach, ponieważ mamy pewną niezwykłą zdolność. Emesto był, jest i będzie moim przyjacielem, dlatego wierzę, Susanne, iż uda ci się odnaleźć mapę. O tym, co przed tobą postawi na przeszkodzie Labirynt, powiem ci we właściwym czasie.

– Dobrze, Baerasie. Zatem prowadź – odparła Susanne.

Baeras przeleciał więc na czoło kolumny i poprowadził wędrowców do Labiryntu. Droga dłużyła się niemiłosiernie. Sautien stawało się coraz bardziej nieprzyjazne. Po bujnej trawie i słońcu nie było już śladu. Susanne wtulona w Javiera trzęsła się z zimna, a Stacy kurczowo trzymała ją za rękę. Świat spowijała czarna mgła. Stopy grzęzły w błocie, utrudniającym marsz. Po dwóch godzinach, zdających się być dwudziestoma, ukazał się wreszcie Labirynt. Susanne podeszła do Baerasa. Zaczęła normalną rozmowę, nie w myśli:

– Baerasie. Co powinnam wiedzieć? Możemy porozmawiać normalnie? To pewnie dziwnie zabrzmi, ale bardzo źle rozmawia mi się z tobą w myśli. Zbyt wyraźnie wszystko słyszę, a potem nie mogę dojść do siebie.

– Dobrze, Susanne. Możemy porozmawiać normalnie. A nawet musimy. Oddalmy się trochę od grupy.

Kiedy stali już na uboczu, Susanne powiedziała:

– Muszę cię o coś zapytać. Mam wrażenie, że Emesto posiada taki dar jak ty, tyle tylko, iż bardziej przystępny dla mnie. Mogę go wysłuchiwać w myśli spokojnie. Jego oczy nie są aż tak przenikliwe jak twoje. Z kolei tylko jego oczy mienią się w tak niezwykły sposób. O co w tym wszystkim chodzi?

– Emesto jest kimś bardzo wyjątkowym. Ale tylko on może odpowiedzieć na dręczące cię pytania. Tajemnica jego oczu nie jest alegorią, pamiętaj. Jest czymś więcej. Kiedy go ocalimy, na pewno wszystko ci wyjaśni. Mogę ci powiedzieć tylko tyle, ile wiem. Emesto posiada cząstkę naszego daru. Umie posługiwać się mową myśli.

– Więc Ieseje dysponują czystą formą mowy myśli… i… – tutaj Susanne zawiesiła głos. Po chwili dodała: – Czy wy… czy wy… możecie zabić w ten sposób?

– Tak, Susanne. Naszym największym darem i przekleństwem zarazem jest dar władania mową myśli. Możemy nią zabić, ogłuszyć, wydobyć na wierzch najgłębsze lęki…

– Baerasie, czy dacie radę nam pomóc w ten sposób podczas Bitwy?

– Oczywiście. To ty nam rozkazujesz.

– Nie chcę was do niczego zmuszać. Pragnę was prosić o przysługę…

Baeras uśmiechnął się. Ten uśmiech wyrażał wszystko.

– Będziemy walczyć z własnej woli. Dla ciebie – dodał. Po czym kontynuował: – Kiedy wejdziesz do Labiryntu, nie otwieraj oczu ani razu. Jest to labirynt skrywający tylko tę jedną mapę. Mapę do Keharu. Po drodze będziesz słyszeć różne rzeczy i czuć różne rzeczy. Skręcaj zawsze w prawo. Nie bój się, nikomu nie pomagaj i pamiętaj, aby mieć zamknięte oczy. Gdybyś miała wątpliwości, kieruj się sercem. A teraz ruszaj.

Dziewczyna przytaknęła. Popatrzyła jeszcze w stronę Stacy i Javiera, po czym podeszła do mrocznego łuku. Kłębiły się nad nim purpurowe chmury, które z każdą chwilą stawały się ciemniejsze. Uderzyły ją w twarz bicze lodowatego wiatru. Spojrzała w głąb czarnego wejścia. Było nieprzenikliwe. Susanne zamknęła powieki i nie oglądając się za siebie, wkroczyła do nocnego świata. W ułamku sekundy przeraźliwa cisza, mrok i chłód zaatakowały jej oczy. Dziewczyna dobrze wiedziała, iż nie wolno jej ich otworzyć pod żadnym pozorem. Ostrożnie wyciągnęła ręce przed siebie i poczuła pod palcami listki żywopłotu. Dalej jednak była ściana gałęzi i korzeni. Susanne już miała skręcić w lewo, ale przypomniała sobie, że musi zawsze skręcać w prawo. Oblał ją gorący pot. Jak ma przejść przez żywopłot, jeśli nie ma takiej możliwości? Postanowiła jednak spróbować. Odgarnęła liście i gałęzie, a wtedy ostre jak brzytwy kolce wpiły się boleśnie w jej ręce i ramiona. Susanne dzielnie odgarniała kotary roślinności mimo bólu, jaki zadawały jej ściany Labiryntu.

Po kilku minutach przedzierania się przez chaszcze Susanne poczuła między palcami pustkę. W jednej chwili przeszła na drugą stronę i usłyszała, jak zatrzaskuje się za nią przejście, które tak gorliwie i zaciekle starała się uformować. Dłonie piekły ją niemiłosiernie, na twarzy czuła głębokie zadraśnięcia, buty na jej stopach były przetarte, a stopy raniły kamienie. Jednak, mimo wszystko, Susanne nie otworzyła oczu. Od razu ruszyła dalej.

Tym razem nie było ściany, a przez powieki docierały już jaśniejsze przebłyski. Mimo to nadal panował półmrok, a skondensowana para szarości i nocy kłębiła się wokół, nacierając na oczy dziewczyny. Susanne jednak jeszcze mocniej zacisnęła powieki i skręciła ponownie w prawo. Usłyszała szmer, szeleszczące drobinki i melodię, jaką wygrywały w wilgotnym powietrzu, niczym muzyk grający na wypełnionych wodą kieliszkach. Niesamowite uczucie. Tak bardzo chciała zobaczyć, jak to wszystko się odbywa. Stłumiła w sobie to uczucie równie szybko, jak pozwoliła mu się ogarnąć, i skręciła w prawo kolejny raz. „Pomóż mi, proszę" – usłyszała. Nie było żadnych wątpliwości. To był głosik dziecka. Na pewno coś mu się stało. Susanne nie zwróciła na tę prośbę uwagi. Nauczyła się w Sautien czegoś bardzo ważnego – ufać przyjaciołom bez względu na wszystko. A Baeras ostrzegał ją przed zwracaniem uwagi na cokolwiek. Ruszyła więc dalej. Łkający głosik ucichł momentalnie.

Przez powieki dziewczyny wdzierały się przytłumione białe refleksy. Ewidentnie nie otaczał jej już mrok. Ale gdzie się znajdowała? Nagle wszystko zawirowało. Susanne przewróciła się i upadła na kamienisty grunt. Rozbiła sobie kolano. Poczuła przenikliwy mróz, przywiany przez wiatr. W jednej chwili stało się przeraźliwie zimno. Zrobiła krok w prawo. Usłyszała plusk. Weszła do wody. Z każdym krokiem zagłębiała się coraz bardziej w wodny, niewidzialny świat. Jak miała zatem skręcać w prawo? Zaczęłaby się kręcić w kółko. Wszędzie była tylko woda podchodząca jej do gardła. Zapomniała o logice i dalej, uparcie skręcała w prawo. Miała wrażenie, że coraz głębiej i głębiej opada. Zdawałoby się, iż na samo dno, ale mogła oddychać. Zaczęła mieć niejasne przeczucie, iż ta podróż nigdy się nie skończy. Kiedy będzie mogła otworzyć oczy?

Kiedy zadała sobie to pytanie, ciepły prąd przyniósł z sobą odpowiedź. Krople rosy, kałuży, potoku i oceanu oplotły jej ciało. Susanne wyłączyła swój umysł. Zaufała sercu, jedynemu trzeźwemu przewodnikowi. Fale poniosły ją na przód. Dartmouth stało się otaczającym ją światem. Idealnie widocznym, ale tylko widocznym. Nic nie słyszała oprócz szumu kropelek niosących ją naprzód. Później Taflowy Pomost i, na lewo, Fellonstug. Po chwili wynurzyła się i ujrzała Mirtenbug oraz Moczary Równin. Obraz podwodnego królestwa prysnął i rozlał się, tworząc labirynt zielonych roślin. Cichy głosik powiedział:

– Szukasz odpowiedzi. To bardzo dobrze, Susanne. Ale wszystko, czego ci potrzeba, jest w tobie, dzięki temu, co przeszłaś. Kluczem jest wszystko. Mapa do Keharu tkwi pośrodku. To, co pominięto, było równie ważne jak to, co ujrzałaś. Oderwij się od tego wszystkiego, zawierzając swoje ciało tym, których kochasz. Idź, ocal przyjaciela i wróć.

Susanne otworzyła oczy. Leżała ponownie przed wejściem do labiryntu, a Javier, Stacy i Baeras już do niej biegli. Uściskała każdego z całych sił. Dopiero wtedy zorientowała się, iż trzyma w dłoni maleńką buteleczkę z rozwarstwionym płynem. Wszystko było jasne, a czas nieubłaganie gnał naprzód. Susanne powiedziała:

– Javier, Stacy, Baerasie i wy, moje wróżki, pragnę prosić was o coś bardzo ważnego. Muszę na pewien czas odejść. A tylko dzięki wam będę mogła przeżyć. Mapą jest dusza. Stając się duchem, będę mogła dotrzeć do Emesta i uratować go. Emesto posiada tylko duszę, więc o jego ciało, którego nigdy tak naprawdę nie było, nie musimy się martwić. Ale ja mam ciało i proszę was, dopóki nie powrócę, zaopiekujcie się mną, ponieważ w tę drogę mogę wyruszyć tylko ja sama.

Po chwili wypiła zawartość buteleczki. Ostatni raz podała dłoń Javierowi, spojrzała w jego oczy i zrobiła ostatni wdech. Posłała Stacy uśmiech i zamknęła oczy. Nie czuła nic. Zobaczyła swoje ciało i cząstkę siebie unoszącą się nad jego powierzchnią. Nic jej już nie ograniczało. Tylko w duszy mogą być zawarte prawdziwe wartości tkwiące w człowieku, a teraz Susanne, nieograniczana niczym ani przez nikogo, mogła na ich bezpiecznym pomoście bezbłędnie odnaleźć drogę. Mapa tkwiąca pośrodku, pomiędzy światem żywych a umarłych, rysowała się przed Susanne niczym promyk słońca na linii horyzontu w jego ostatnich sekundach istnienia. Nadzieja początku i końca świata, to co już było i nastąpi, nakładało się na siebie, ale nie łączyło się w jedność. Jeden jedyny raz Susanne dane było, jako jedynej, zobaczyć przeszłość i teraźniejszość obecną we wszechświecie, które tworzyły jedyną planszę bijącego serca czasu, jedynego żywiołu w galaktycznym bezkresie pojmowania i niewiadomej.

W jednej sekundzie dotarła do miejsca, w którym zatrzymywał się wszelki ruch. Susanne rozejrzała się dookoła. Gdyby nie fakt, iż unosiła się w powietrzu, zapomniałaby o tym, iż jest duchem. Przed sobą ujrzała siedzącą na krześle postać. Był to skrzat. Niski, z pomponiastą czapką na głowie i w niebieskim stroju. Broda sięgała mu do pasa. Nie przypominał typowego krasnala, ale od razu wiadomo było, iż czegoś pilnuje. Kiedy ujrzał Susanne, nie zrobiło to na nim żadnego wrażenia. Odezwał się do niej głosem znużonym i wyrecytował wyuczoną regułkę:

– Duchu. Tutaj musisz poczekać na przejście do kolejnego świata. Albo długo, albo krótko.

I nagle skończył. Susanne wylądowała miękko na stopach i o dziwo poczuła pod nimi twardy grunt. Skrzat zupełnie się nią nie interesował, siedząc na swoim taborecie i patrząc tępo przed siebie. Dziewczyna postanowiła przerwać głuchą ciszę. Bardzo współczuła krasnoludkowi takiego losu.

– Przepraszam. Kim pan jest? Jak się pan nazywa?

W odpowiedzi posłał w jej stronę to puste, bezdenne spojrzenie, nie odzywając się ani jednym słowem.

Po chwili z wszechobecnej, perłowomlecznej poświaty otaczającej Susanne wyłoniły się refleksy, kontury i w końcu niezwykle wyraźne kształty. Uformowały się przed nią drzwi, a raczej wrota. Były niewiele większe od Susanne, a ich kolor był nie do opisania. Można jedynie powiedzieć, iż najprzenikliwsze siły i istoty, a raczej ich dusze, falowały na powierzchni różanej tafli przeczącej wszelkim prawom grawitacji. Wodospad w bezruchu, matowy i... cichy, bezgłośny. Dziewczyna spojrzała ponownie na skrzata. Ten w dalszym ciągu nie reagował. Uczyniła kilka kroków przed siebie. Dalej nie było żadnej reakcji. Gdy była tuż przy drzwiach, chciała odruchowo schwycić klamkę, ale jej tam nie było. Jak miała zatem przejść przez te wrota? Może ktoś otworzy je od wewnątrz? Ale przecież to chyba ona ma je otworzyć. Gdyby nie miała wejść do środka, wejścia by nie było. O co więc chodzi? Susanne nie popadła jednak w panikę. Zaczęła bardzo gorączkowo myśleć o tym, co należy zrobić. Wtedy usłyszała gburowaty ton skierowany bez wątpienia do niej:

– Phi! Raczej trzeba przejść. Nieprawdaż?!

– Nie rozumiem... – odparła zgodnie z prawdą Susanne.

Skrzat roześmiał się kpiarsko na całe gardło, a po chwili dodał:

– Po co trzymasz się tak kurczowo śmiertelności?!

I zupełnie niespodziewanie jego twarz zastygła, a oczy ponownie bezsensownie utopił w bezkresie perłowego świata, w którym spędził zapewne zbyt wiele czasu. Susanne, otrząsnąwszy się ze zdumienia, jakie wywołało w niej zachowanie skrzata, zaczęła w myśli rozważać jego słowa. „Po co trzymasz się tak kurczowo śmiertelności?!" – brzęczało w jej głowie niczym natrętna mucha. Chyba nawet tu, w świecie metafizycznym, obowiązują jakieś zasady. Nie mogę się wpraszać – pomyślała Susanne. Z drugiej strony coraz bardziej martwiła się o Emesta. Nie było czasu do stracenia.

Wzięła głęboki wdech i przeszła przez płynne wrota na drugą stronę. Wszystko zmieniło się diametralnie. Nie było już perlistej, jednolitej toni. Susanne otaczały kwiaty. Przykucnęła. Zauważyła wówczas, że tymi kwiatami są konwalie. Kiedy podniosła się, ponownie nie była w stanie rozpoznać przecudnych kielichów, osadzonych w zielonym listowiu.

– Witaj Susanne – usłyszała nagle zza swoich pleców.

Błyskawicznie odwróciła się za siebie. Stała przed nią bardzo sympatycznie wyglądająca staruszka. Zupełnie nie pasowała do otaczających ją kwiatów. Dziewczyna wpatrywała się w starszą kobietę i starając się ukryć swoje zdziwienie, odpowiedziała:

– Witaj. – A po chwili dodała: – Jak pani na imię?

Staruszka roześmiała się zupełnie jak skrzat, tyle tylko, że jej śmiech nie był już tak kpiarski jak buńczuczny śmiech krasnoludka. Kilka sekund później odezwała się:

– Moja droga. Moje imię to przeszłość. Ty jeszcze swoje posiadasz. Zastanawia mnie jednak, jaka jest tego przyczyna. Doszły mnie słuchy, że kogoś szukasz... Wygląda na to, iż Cel chroni twoje człowieczeństwo w każdym aspekcie. Nieprawdaż?

Susanne nie miała pojęcia, dlaczego spotyka tak specyficzne postaci w takich dziwnych miejscach. W jej duszy zapaliła się czerwona lampka. Przecież ona nie zna reguł rządzących tym światem. Coś mówiło jej, że nie może ujawnić, po co chce się znaleźć tak blisko Keharu, tak blisko Wody Irysu. Spojrzała głęboko w oczy staruszki i z całych sił próbowała patrzeć w nie tak, jakby patrzyła oczami śmiertelnika. Na przekór wszystkiemu i za wszelką cenę postanowiła trzymać się śmiertelności. Droga do Keharu nie oznaczała braku przeszkód ani prostych wyborów. Susanne uświadomiła sobie, że to miejsce, w którym się teraz znajduje, wcale nie musi być jej przyjazne. Może, a nawet na pewno poddawana jest jakiejś próbie.

Zagłębiając się w oczy staruszki, przedarła się przez maskę jej osoby. Na kilka chwil przed atakiem, Susanne zobaczyła przerażającą istotę, ukrywającą się pod powłoką kogoś, kto wzbudza naturalne zaufanie. A zaufanie to przecież nie kwestia materii, lecz uczuć, których brakuje ludziom w ich wędrówce bardzo często. Susanne zupełnie odzyskała zdrowy rozsądek, gdy kucnęła – jak najszybciej tylko potrafiła – zanurzając się w łąkę konwalii. Szpony kreatury nie były w stanie nawet jej musnąć. Dziewczyna przeczołgała się w kwiatach na sam koniec połaci ziemi, którą porastały.

Biło tam maleńkie źródełko. Coś podpowiadał Susanne, że tutaj jest bezpiecznie. Postanowiła zaufać swoim przeczuciom i zanurzyła dłoń w płyciutkiej wodzie. Momentalnie ponure kłęby chmur nad jej głową rozwiały się, a niebo zdawało się przecinać wszechświat niczym morska piana. Susanne nie wyczuwała dna pod palcami, a woda – w już ogromnym źródle – stała się lodowata. Nagle wypłynęła z niego rzeka o turkusowej barwie. Na jej powierzchni unosiła się łódka, a raczej mały statek wykonany z błyszczących baniek powietrza. Susanne wiedziała, że łódź spokojnie ją utrzyma, więc weszła na jej pokład. Wtedy tysiące baniek ruszyło naprzód rzeką purpury i bzu.

Po kilkunastu minutach ukazał się przed nią ogromny ocean. Płynęła zaledwie maleńką rzeczką, która miała ostatecznie wpaść do niekończącego się świata niewiadomej. Łódź zatrzymała się jednak tuż przy krawędzi lądu. Ostatni skrawek ziemi, ostatni brzeg, ostania szansa, by wysiąść. Kiedy Susanne zeszła na ląd, wszystkie bańki pognały prze siebie i rozprysły się kilkanaście metrów dalej, znikając bez śladu.

– Wody Irysu – wyszeptała Susanne. Tak. Przed nią rozciągały się Wody Irysu, na końcu których czekał Kehar. – Co mam robić? – myślała Susanne. Jak odnaleźć Emesta?

– Nie musisz szeptać w myślach – usłyszała. Ale nikogo nie zobaczyła. – I tak wszystko słyszę – dodał głos. – Odpowiem na twoje pytanie. Zanurkuj...

– Dziękuję za radę – odparła Susanne i nie wahając się ani sekundy dłużej, wskoczyła do barwnej toni.

Nie miała wątpliwości. Serce w zgodzie z rozumem podpowiedziało jej, że tak trzeba postąpić. Kiedy zanurzyła się całkowicie, ujrzała nad sobą fioletowy płaszcz, strzegący krystalicznej toni rozciągającej się przed jej oczami. Widziała dookoła siebie wiele innych dusz, choć one zdawały się jej w ogóle nie zauważać. Prąd niósł ją na swoim oddechu, a woda wokół zataczała spiralne kształty, formujące się w podwodną drogę. Widok był przecudny. Susanne nigdy wcześniej nie obcowała z taką harmonią, prostotą i przepychem jednocześnie. Czuła się jak ptak przelatujący nad plażą wieczorem, niesiony na lekkich podmuchach nocnej bryzy. Woda, z którą spotkała się na Ziemi i w Sautien, w żaden sposób nie przypominała tej, w której się znalazła. Krople Wód Irysu były tak czyste i klarowne, iż nie sposób ich opisać. Po kilku chwilach, zdających się być najbardziej magicznymi w całym jej życiu, wirująca woda zatrzymała się w miejscu, a Susanne wysiadła z konwoju pozostałych dusz. I tylko ona. Pochód jednak błyskawicznie ruszył dalej, a dziewczyna rozejrzała się dookoła siebie. Jej wzrok przykuła tabliczka wykonana z hebanowego drewna, a raczej żywych drzew, których gałązki i konary uformowały tak niebywały napis:

Czerń bielą, kiedy rozumiesz różnicę. Na dole szczęście, a w górze iluzji druga droga – nieszczęście. Język prosty, pozory i oschły ton ochrony. Po śmierci nie ma tak lub nie od razu. Tutaj też wybierasz, a czemu, jak mniemam, domyślać się nie racz...

Wejdź. Nim Kehar, będący tak blisko, nad bzu tonią, pozwoli ci doń dotrzeć tą okrężną drogą.

Susanne bardzo się wzruszyła i poczuła się bezsilna. Czy naprawdę umarła? Dlaczego czuje się taka... taka samotna i nieszczęśliwa? Co z Bogiem? Oby ta kraina rzeczywiście była tylko chwilową kreacją Pustki. „Muszę wszystkich uratować! – pomyślała Susanne. Muszę wierzyć w ten prawdziwy raj, w ten świat, o którym słyszałam jeszcze na Ziemi. Nie wiem, co się ze mną dzieje, dlaczego nic nie ma sensu, choć w rzeczywistości istnieje?"

– Wszystko się zgadza, ponieważ wszystko przeczy – usłyszała Susanne.

To były słowa Emesta, wypowiedziane tak dawno temu. „Muszę mu zaufać – pomyślała. – Emesto, to dla ciebie przebrnę przez ten paradoks – przysięgam!" Z jej oczu, mimo iż była duchem, popłynęły łzy. Głębia Serca uśpiona od wielu, wielu dni, również przypomniała o sobie boleśnie, wkłuwając się w jej duszę i szepcąc:

– Każdy cierń staje się coraz bardziej bolesny, ale staje się jednym z ostatnich. Nigdy nie wątp w to, w co wierzyłaś. Kehar to tylko iluzja osadzona za pomocą pradawnych czarów w rzeczywistym biegu czasu. Idź...

Susanne ruszyła więc przed siebie, a jej zmysły zbombardowały wspomnienia. W pewnej chwili wszystko ustało, a dziewczyna upadła na kolana, wycieńczona. „Czy mogę umrzeć jeszcze raz?" – pomyślała.

Ostatkiem sił podniosła głowę i popatrzyła przed siebie. Na bezkresnej polanie piaszczystych fal, a kilka metrów od niej, siedział jej przyjaciel. Tak, to był Emesto. Smutny, przykuty do piachu szklanymi łańcuchami. Susanne myślała, iż to fatamorgana. Zerwała się jednak błyskawicznie na równe nogi i z impetem wylądowała na ostrym jak brzytwa, kwarcowym podłożu. Podniosła się pomimo bólu, który odczuwała, mimo iż nie była człowiekiem w materialnej postaci. Odwróciła się za siebie.

To, co ujrzała, bardzo ją zadziwiło. Potknęła się o srebrny sztylet. Podniosła go z ziemi. Zawołała z całych sił do Emesta, ale ten jej nie słyszał. Próbowała kilkakrotnie. Na marne. Podbiegła zatem do elfa i dopiero będąc tuż przy nim, zorientowała się, że od przyjaciela oddziela ją niewidzialna bariera. Za wszelką cenę próbowała ją przebić i przekroczyć. Bezskutecznie. Postanowiła więc przyjrzeć się sztyletowi. Jego rękojeść była gładka, szklana, z osadzonym w środku kwiatem róży, ale róży bez kolców. Była złota. Ostrze ostrzejsze niż diament oślepiało swym blaskiem. Na jego grzbiecie była jednak nierówność, którą dziewczyna wyczuła pod palcami. Był to napis: *Sautien*. Susanne uświadomiła sobie, iż Pustce nie udało się odciąć całkowicie od Sautien. Jego część dostała się do pustyni iluzji.

Nie wahając się ani chwili dłużej, Susanne z całych sił wbiła sztylet w niewidzialną barierę, która rozprysła się w miliony odłamków. Emesto odwrócił się w stronę Susanne, a z jego oczu popłynęły łzy.

Susanne uściskała go i dwoma ruchami sztyletu uwolniła przyjaciela ze szklanych okowów, które również rozprysły się w pył. Emesto zmizerniał, a samotność, z którą musiał zmagać się tyle dni i nocy w więzieniu fałszywej szczęśliwości, odcisnęła na nim niezadarte piętno. Poświęcił się na Moczarach Równin dla swojej ojczyzny, wiedząc, co go czeka. Susanne nie mogła przestać płakać i nie była w stanie wypuścić go z uścisku. Wtedy Emesto odezwał się:

– Susanne. Moja droga Susanne. Wiedziałem. Wiedziałem, że mnie uwolnisz...

– Emesto – wyszlochała dziewczyna – przepraszam, że cię tam zostawiliśmy. Wiem, że tak musiało być, ale nie mogę sobie wyobrazić, przez co musiałeś tutaj przejść. Przepraszam. Wybacz mi...

– Susanne. Nie muszę ci niczego wybaczać. Pragnę ci z całego serca podziękować za uratowanie mnie. Dowiodłaś hartu ducha i niezłomnej idei prawdziwego Sautienczyka. Przyzwałaś Miecz Sautien. Zobaczyłaś go dzięki temu, kim jesteś, i ocaliłaś mnie. Resztę opowiem ci, gdy już się stąd wydostaniemy i...

– Emesto. A pozostali? Co z nimi będzie? Nie możemy ich tak zostawić...

– Susanne. Musimy. Jak widzisz, tylko ja zostałem przykuty przez zło sączące się w piach pustynnych ziaren, przez Bezdusznych. Bo tylko ja mogłem wysiąść z Rydwanu Keharu na ostatnim przystanku ocalenia. Sami musimy zachować trzeźwość. Tylko ty i ja wybraliśmy Drogę Konwalii. Reszta niestety nie. Oni również trafili do Rydwanu Keharu, omamieni. Musimy ich uwolnić, ale teraz jest to niemożliwe. Ostatnią szansą dla nich jest nasze zwycięstwo w Wielkiej Bitwie. A teraz Susanne trzeba czym prędzej ruszać, ponieważ możemy się stąd już nigdy nie wydostać. Musimy dotrzeć do tej tajemniczej tabliczki, którą zapewne wiedziałaś. Ja umiem dostrzegać inny wymiar słów, w których zawsze ukryte będzie rozwiązanie. Aby się stąd wydostać, ty i ja będziemy zmuszeni do zjedzenia liści Aukersu. Zatem ruszamy. Trzymaj się blisko mnie.

I ruszyli, jak najszybciej tylko mogli. Kiedy byli już przy tabliczce, a raczej ogromnej tablicy, Susanne i Emesto zjedli liście Aukersu i w ułamku sekundy wylądowali obok Javiera, Stacy, Baerasa i pozostałych. Susanne była z powrotem w swoim ciele, mogła oddychać, patrzeć, słyszeć i czuć tak jak kiedyś. Choć całe ciało przeraźliwie ją bolało, czuła się szczęśliwa. Emesto był wśród żywych – jej dawny Emesto... I zemdlała, odpływając w krainę snów. To, przez co przeszła, niezwykle ją doświadczyło i wycieńczyło. Jedynym lekarstwem był długi sen kojący rany i czuwający wokół bliscy. Liście Aukersu były zielone jak liście każdego innego drzewa, ale pod jednym aspektem były wyjątkowe. Nie tylko umożliwiały powrót z Keharu, lecz także pozwoliły zniwelować działanie eliksiru z własnych korzeni, który Susanne wypiła wyruszając w podróż... A trzeba pamiętać, iż gdy ktoś dokonuje wyborów, w których nie baczy na własne „ja", nawet zło musi się ukorzyć...

ROZDZIAŁ 13

Lodowe piekło tajemnic

Susanne obudziła się dopiero po kilkunastu godzinach głębokiego snu. Czuła się już o wiele lepiej, choć głowa dosłownie pękała jej z bólu. Chciała się podnieść, lecz czyjeś silne ramię powstrzymało ją zdecydowanie i ta sama osoba powiedziała:

– Susanne, leż spokojnie. Musisz odpoczywać.

To był Javier. Susanne odwróciła głowę i spojrzała na ukochanego. Na jego twarzy malowało się zmęczenie. Miał podkrążone oczy, a jego wzrok zdradzał nieprzespaną noc. Dziewczyna doskonale zdawała sobie sprawę, że Javier czuwał nad nią przez ostatnie kilkanaście godzin. Posłała w jego stronę pełne wdzięczności spojrzenie i zdołała tylko powiedzieć:

– Dziękuję. – Javier przytulił ją do siebie, a Susanne wyszeptała mu do ucha tak cicho, iż tylko on był w stanie ją usłyszeć: – Kocham cię.

Po chwili Javier pocałował ją i Susanne, uśmiechając się, odwzajemniła pocałunek. Nagle ktoś odezwał się:

– Nie przeszkadzam? – powiedział Emesto.

– Nie, nie, nie. No co ty, wujku – odpowiedział Javier i uśmiechając się do Susanne, pocałował ją w czoło i wyszedł.

– Przepraszam. Nie chciałem wam przerywać, ale musimy porozmawiać.

– Emesto. Nic się nie stało. Nie przepraszaj mnie. Tak się cieszę, że cię widzę – odparła Susanne.

Emesto uśmiechnął się i zaczął opowiadać. Susanne tak dawno nie widziała przyjaciela. Jego głos był tak znajomy, a wskazówki tak niezastąpione. Z jej twarzy popłynęły łzy. Emesto powiedział:

– Susanne. Co się stało?

– Nic. Po prostu tak bardzo mi ciebie brakowało. Myślałam, że już cię nigdy nie zobaczę.

– Susanne. Mi też bardzo was wszystkich brakowało. Bardzo.

– Mogę cię uściskać? – zapytała.

– No pewnie.

Susanne uśmiechała się przez łzy. Jej przyjaciel był cały i zdrów. Po chwili przypomniała sobie, że elf chciał jej o czymś powiedzieć.

– Emesto. Przerwałam ci chyba opowieść.

– A tak. Właściwie to jeszcze jej nie zacząłem. Muszę cię jednak uprzedzić, iż może to być dla ciebie najtrudniejsze wyzwanie. Dziś wieczorem wyruszamy w dalszą drogę. Musisz do tego czasu odzyskać siły. Z tego, co mi wiadomo, jesteśmy już bardzo blisko Firmamentu Sautien, ale czekają jeszcze na ciebie te najtrudniejsze wyzwania. Wieczorem ruszymy do Ezoe. Pani tego zamku powie ci o najbardziej skrywanych sekretach świata. A tak właściwie to o jednym z tych sekretów. Mam nadzieję, że tak, i nie o tym największym, ale tego nie wiem, Susanne. Ta próba będzie od ciebie wymagała wytrwałości. Ale nie fizycznej ani psychicznej, z jakimi do tej pory musiałaś się zmierzyć. Będzie to próba, w którą zostanie zaangażowana twoja dusza, emocje, uczucia, nadzieje, dosłownie wszystko, co tkwi w twojej świadomości, Susanne. Wytrzymaj tę próbę, a Pani Ezoe wyjawi ci pewną tajemnicę, której nikt inny na świecie nie zna. Pani Ezoe wyjawia sekrety Zamku Ezoe tylko nielicznym. Lecz pamiętaj o jednym. Usłyszysz pytanie. Odpowiedz na nie, używając wiedzy, którą otrzymasz od Pani Ezoe, bo nie wątpię, że tak się stanie. Susanne. To bardzo ważne. Pamiętaj, że ja, Javier, Stacy, wróżki i pozostali nigdy w ciebie nie zwątpimy. Będziemy z tobą zawsze i wszędzie. W twoim sercu.

Kiedy Emesto skończył, Susanne usłyszała cichutki głosik Stacy.

– Susanne, jak się czujesz? Wszystko w porządku? – zapytała.

– Tak, Stacy. Już jest o wiele lepiej. Nie martw się. Chodź do mnie.

Stacy od razu podbiegła do Susanne i rozpłakała się. Wtulona w przyjaciółkę, roniła setki łez. Jej twarzyczka była cała czerwona, a oczka zapuchnięte.

– Słoneczko. Nie płacz. Naprawdę wszystko jest już w porządku – odpowiedziała Susanne i ujęła buźkę Stacy w swoje dłonie, otarła łzy z jej policzków i uściskała przyjaciółkę raz jeszcze. Stacy uspokoiła się i przestała płakać.

Po kilku minutach pojawił się Javier i powiedział, że obiad już gotowy. Stacy rozpromieniła się, a Susanne powiedziała jej, żeby już biegła, a ona za chwilkę się do nich przyłączy. Javier pomógł jej wstać i niedługo potem, po ciepłym posiłku, Susanne poczuła przypływ sił, a ból głowy ustąpił.

Dziewczyna nawet nie zauważyła, kiedy zaczęło zmierzchać. Emesto zakomunikował, iż za godzinę ruszają w dalszą drogę. Susanne poszła się spakować. W godzinę wszyscy byli już gotowi. Zgaszono ogniska i wyruszono w drogę. Emesto prowadził grupę przez ciemności nocy. Było przeraźliwie zimno, a welony czarnej i gęstej jak smoła mgły sprawiały, iż podróżni z trudem dostrzegali cokolwiek dalej niż na odległość jednego metra. Niebo, zasłane kotarą mroku, zaciekle skrywało gwiazdy. Jedynie księżyc majaczył na firmamencie słabym blaskiem. Pod stopami łamała się zamarznięta trawa, choć na ziemi nie leżał ani jeden płatek śniegu. Wędrowcy cały czas szli pod górę, która z czasem zdawała się coraz to bardziej stroma.

Nagle zerwał się deszcz, który błyskawicznie przerodził się w ulewę, grad zamarzniętych kropel przerywających przejmującą ciszę. Przesycony mrocznym jadem świat sączył w umysły podróżnych upiorną samotność, odartą z nadziei beznadziejność. W suchym, mroźnym powietrzu wyczuwało się wspomnienia, dawne historie i perypetie, problemy i radości. Wyraźnie zaznaczał się wpływ Pustki, która zamieniła to miejsce w szkielet opuszczonego raju. W końcu przed oczami wystrzelił oślepiający blask. Susanne poczuła piekący i przenikliwy ból swoich oczu. Mimo iż błyskawicznie je zamknęła, podobnie jak pozostali, dopiero po kilku minutach przyzwyczaiła się do oślepiającego światła, odcinającego się na tle czarnej poświaty.

Emesto przesłał w jej stronę spojrzenie, które wyrażało wszystko. Susanne spojrzała jeszcze na osoby najbliższe jej sercu, na Baerasa i wojowników, po czym ruszyła przed siebie. Do zamku wiodła wąska ścieżka usypana ze skrzących się drobinek, drobniejszych od ziaren piasku. Po kilkunastu metrach ujrzała ogromne drzwi. Drzwi wykonane z krystalicznie czystej i gładkiej bryły lodu. Cały zamek również był wykonany z lodowego budulca. Zdobiły go przecudne rzeźby, sprawiające wrażenie wykonanych ze szkła. Nagle wrota otworzyły się. Susanne wzięła głęboki wdech, przymknęła na chwilę powieki i hamując łzy oraz niepewność, przekroczyła próg zamarzniętej fortecy.

Gdy była w środku, jedyna droga wyjścia zamknęła się i Susanne została uwięziona w lodowej sali. Rozejrzała się dookoła. Stała na tafli zamarzniętej od tysięcy lat wody, przyprószonej kryształkami mgły. Susanne uświadomiła sobie, iż stoi wewnątrz ogromnego koła. Z każdej strony znajdowały się niewielkie kule unoszące się nad ziemią. Każda identyczna, zawieszona w powietrzu na tej samej wysokości, otulona śnieżnym puchem, skrywająca w środku żarzący się, niebieski płomień. Z każdej kuli wystrzelił pył. Matowy, szary i niepozorny. Uformowała się z niego postać. Z każdą sekundą płatki szarego popiołu nabierały kształtów. Po chwili przed Susanne stanęła Pani

Ezoe. Cień na tle światłości niczym skaza na drogocennym kruszcu.

– Susanne Sautien. Witaj – powiedziała.

Jej ton był bez wyrazu. Ani uprzejmy, ani niemiły. Raczej pełen dystansu.

– Witaj, Pani Ezoe – odpowiedziała Susanne.

Pani Ezoe nie odpowiedziała Susanne. Nawet nie popatrzyła w jej stronę. Zbliżyła się jedynie do dziewczyny i zaczęła bezszelestnie okrążać unoszące się kule. Zatrzymała się nagle, niespodziewanie mówiąc:

– Podejdź.

Susanne posłusznie zbliżyła się do Pani tego zamku. Kiedy podeszła do kul, uświadomiła sobie, iż każda kryje w środku inny sekret. Ale jaki?

– Chciałabym ci pokazać jeden z największych sekretów. Najgłębszy. Nie będzie to lęk ani radość, jakie ludzkie istoty odczuwają. Powiem tylko, że doświadczysz przez kilka sekund, czym tak naprawdę jest jeden z trzech nieujawionych Tasealk. Dotknij kuli i nie puszczaj jej – przemówiła powtórnie szara Pani.

Susanne jeszcze bardziej zbliżyła się do migocącej okrągłej bryły skrywającej jeden z sekretów Tasealk i położyła dłoń na jej powierzchni. Momentalnie przestała czuć i słyszeć. Jej oczy pokryła bursztynowa zasłona, ale cały czas pozostawały otwarte. Susanne klęczała na pyłowej, morskiej plaży. Białe jak perła fale delikatnie podmywały brzeg. Patrzyła przed siebie. Była żywa, uwięziona w świecie, czuła krew pulsującą miarowo w żyłach. Każdy oddech wypełniał jej płuca, a ożywcza bryza opływała ciało. Czuła, co traci, nie tracąc tego.

W pewnym momencie zaczęła czuć, słyszeć i myśleć pod wpływem sekretu, nie zapominając o tym, kim jest. Był słoneczny dzień. Darmouth skąpane w blasku słońca, ciepłe dni mijające jeden po drugim. Jesień. Miedziane liście spadające na ziemię, korony drzew na tle szarego nieba. Zima. Coraz to grubsza warstwa śniegu, zamieć, słoneczny i mroźny dzień. Blokada. Świadomość, że nie zastanawiając się nad niczym, zachwycając się pięknem, żyjąc z całych sił, bezboleśnie przechodziła przez życie poza aspektem trzeciej strony człowieczeństwa, o której do tej pory nie miała pojęcia. Ponownie rozpoczęła podróż. Lato. Jeszcze cudowniejsze. Ale dzięki pewnemu mankamentowi. Teraz zaczęła przeżywać każdy promień słońca, wiedząc, iż ta chwila nigdy się nie powtórzy. Bała się iść dalej, ale musiała żyć dalej, normalnie, podporządkowując się codziennej rutynie. O wiele trudniej było iść po zakupy, posprzątać, jeść. Jesień. Zwalczyła swój lęk, a raczej obawę, której pozostałość na zawsze zasiała się w jej umyśle, duszy i sercu. Do końca życia lub na bardzo, bardzo długo. Zima. Wysiłek nauki, pracy i upokorzeń owocuje najcudowniej i najtrudniej. Cierpienie przemienione w łzy radości nawadnia ten kwiat, który zakwitnął z jesiennej słoty i błota. Tyle bólu dostrzegła w zwykłej codzienności. Była na szczycie. Dążyła przez swoją własną psychikę, walcząc z nią w każdej sekundzie przez minuty, godziny, lata, aby wyrwać się z tego, co ją doświadczyło, ale nie mogła doczekać wiosny po poznaniu prawdziwego życia. „Czy się odważę?" – spytała siebie Susanne. Wtedy wyławia ją z letargu ręka Pani Ezoe.

– Susanne – powiedziała – dlaczego wiosna, będąca w twoim zasięgu, nie może się rozpocząć? Dlaczego ktoś, kto przeszedł przez piekło w swoim własnym umyśle i życiu, nie jest w stanie wziąć czegoś, o czym marzy? Spróbuj odpowiedzieć... – jej ton był pełen współczucia. Czekała na odpowiedź Susanne spokojnie.

Z kolei Susanne uroniła łzy, nadal patrząc przed siebie. Jej oczu nie pokrywała już bursztynowa toń. Była na powrót sobą, ale już nigdy nie miała zapomnieć, przez co musi przechodzić człowiek tak doświadczony przez ten sekret. Ona odczuwała go zaledwie przez kilkanaście sekund, dłużących się w nieskończoność. Ile niezauważalnych epizodów przelatywało jej przez palce? Owszem, miała wiele trudnych momentów w swoim życiu. Ale co miałby powiedzieć ktoś, kogo oprócz życiowych wyzwań, zmagań i cierpień dotyka jeszcze to? Popatrzyła w oczy Pani Ezoe. Uosabiała ona kogoś, kto doświadczył mocy tego sekretu i musiał utrzymywać w ryzach nie tylko ten żywioł, ale także te dwa pozostałe oraz inne kule. Przez słone łzy wykrztusiła odpowiedź:

– Nie śmiem odpowiadać. Musisz, Pani, czuć tą katorgę dzień w dzień. Strzeżesz najpotężniejszej broni świata. A dlaczego wiosna nie może się rozpocząć? Ponieważ cierpienia już dawno nie ma, choć trwa jego wspomnienie. Noce, dni i czas są makabrą, w której musimy żyć, ale ta makabra jest godna tylko najwytrwalszych...

Pani Ezoe uroniła łzę, a stalowy pancerz rozpadł się w drobny mak. Przed Susanne stała teraz uśmiechnięta Pani Ezoe, prawdziwa strażniczka kręgu Tasealk. Jej twarz promieniała niczym horyzont opleciony wstęgami zorzy i odcinała się na tle nocnej toni, która spowiła lodową fortecę, gdy tylko Susanne dotknęła kuli. Pani Ezoe unosiła się w powietrzu, a jej skórę, białą i przezroczystą niczym pergamin, zdobiły starożytne runy, czarne jak węgiel, sprawiające wrażenie zatopionych wspomnień i zapominanych historii, poczynając od początków świata aż po dziś dzień. Włosy proste, bielsze od jej skóry, opadały na ramiona Królowej lżej niż motyl przysiadający na płatku kwiatu. Miała na sobie suknię wykonaną z jedwabiu zanurzonego we łzach i przetykanego liliowymi nićmi. I ten wzrok. Susanne dostrzegała w jej źrenicach, tęczówkach i duszy to, czego pilnowała od tak dawna. Pani Ezoe promieniała nieosiągalnym dla człowieka pięknem bijącym z wnętrza, pięknem, które mogli zobaczyć tak nieliczni. Po chwili przemówiła głosem tak dźwięcznym, iż stojąc nawet kilkaset metrów od niej, nikt nie byłby w stanie schronić się przed tajemnicami, które miała wyjawić:

– Susanne. Mogę teraz z tobą porozmawiać i wyjawić ci, czym jest sekret Tasealk. Zapewne dziwisz się, widząc mnie teraz w zupełnie innym świetle. Światło bowiem utrzymuje mnie przy życiu. Tak. Właśnie

Światło. Susanne Sautien. Słuchaj mnie bardzo uważnie, ponieważ uzyskane informację zaważą na wyniku Wielkiej Bitwy. Najmniejszy błąd może doprowadzić do katastrofy. Zapamiętaj z naszej rozmowy każdy szczegół. Strzegę Światła, które jest śmiertelne dla Pustki, a tylko ono może obudzić Ducha Sautien. Zapadł on jednak w bardzo głęboki sen. Mrok sączy w niego czyste zło, aby zgasić płomień, który mógłby zniszczyć Pustkę. Nie mam pojęcia, jak Oni dowiedzieli się o istnieniu tego strażnika. Jego zadaniem jest ustrzeżenie każdego Sautienczyka przed Wielką Trwogą. Ja jestem jego córką. Opiekuję się kulami Tasealk i kulami Morfiri. Nie dam rady jednak utrzymywać tych żywiołów w ryzach. Część mocy mojego ojca krąży w moich żyłach, ale cały czas, jak już zapewne wiesz, czuję moc każdego sekretu. Nie mogę ich jednak wiecznie od siebie oddzielać. Nie mam sił. Z każdą sekundą słabnę. Jeżeli na czas nie obudzisz mojego ojca, Kabsila, wszystkie kule Morfiri i Tasealk rozerwą się i pozbawione kontroli owładną każdego z nas. Dlaczego? Ponieważ mój ojciec nie będzie ich kontrolował, aby obronić Sautien. Mrok, który będzie żywił się jego świetlistą krwią, w końcu ją zgasi, a kule będą posłuszne Pustce. Kabsil, ogarnięty szałem, zapomni o swoich ideach i powinnościach, a Sautien przestanie istnieć... Przemieni się w niekończący się ocean piachu, zapomnienia i cierpienia. Zginie wszystko, o co walczmy. Sautien tworzy bowiem tylko miłość. To ona podtrzymuje naszą krainę i mobilizuje ją do walki ze złem. Do walki z Wynaturzonymi. Jeżeli Pustka będzie władać kulami Tasealk i Morfiri, nie tylko nasz dom, ale i cały wszechświat stanie się wiecznym więzieniem dla tych dobrych. Pustka pozbawi nas pięknych wspomnień, radości, pogrąży w odmętach rozpaczy, będzie żywić się strachem i w końcu... odbierze każdemu z osobna duszę. Już ci tłumaczę, czym są te kule. Mogę to uczynić, dlatego iż poznałaś na czym polega Pierwszy Sekret Tasealk. Póki mam siły i mamy czas, musisz się dowiedzieć jak najwięcej. Tylko jedna ludzka istota ma prawo i możliwość poznania jakiegokolwiek sekretu Tasealk ode mnie. Tylko ty, Susanne. Powód znasz już od bardzo dawna. Złota Legenda ci o tym na pewno wspominała. Chodzi oczywiście o twoją dobroć i miłość. A więc, kontynuując. Pierwszy Sekret Tasealk to broń będąca w stanie zabić Wynaturzonych. Wszystkie zbrodnie, krzywdy, cierpienia i łzy, które sprawili, razem zaatakują ich dusze uwięzione w Pustce i unicestwią je. Wyobraź sobie potęgę będącą w stanie zmiażdżyć makabrycznymi wizjami coś, czego ludzkie oko nie jest w stanie dosięgnąć – duszę. Drugi Sekret Tasealk musi pozostać zagadką, Susanne, podobnie jak i Trzeci, albowiem nie mogę ci ich zdradzić. W przeciwnym razie umarłabyś. Wyjawiłam ci ten Pierwszy Sekret Tasealk, ponieważ to on, i tylko on, będzie w stanie przynieść nam zwycięstwo. To, czego się ode mnie dowiedziałaś, będzie ci wolno zdradzić również tylko jednej osobie. Mam nadzieję i jestem przekonana, że wyjawisz ten sekret Emestowi, ponieważ tylko on jest w stanie odnaleźć miejsce, w którym mój ojciec umiera... Macie kilka dni, Susanne – i tutaj Pani Ezoe popatrzyła jej głęboko w oczy – błagam. Uratujcie go. Nie tylko dla mnie, ale także po to, aby zapewnić nam przyszłość. Emesto już niedługo wyjawi ci zapewne swój sekret. Na razie jednak nie zaprzątaj sobie głowy tym, w jaki sposób Emesto będzie wiedział, gdzie szukać Kabsila, choć jeszcze nie zna Pierwszego Sekretu Tasealk. Pamiętaj. Wszystko w swoim czasie. Musisz dowiedzieć się jeszcze, czym są kule Morfiri. To mogę ci wyjawić, ale nie pytaj dlaczego. Jakoś trzeba będzie pokonać armię Wynaturzonych. Są nią potwory, z Moczarów Równin. Kiedy je przemierzałaś, Susanne, tylko nieliczne tam pozostały. A te, które widziałaś, nie są w ani jednej tysięcznej tak groźne jak te, które już szykują się do bitwy. Kule Morfiri są w stanie zniszczyć każdą materię, a więc ciało, rośliny, broń i wszystko, co dostrzegalne. Osłabią znacząco monstra, abyście byli w stanie je pokonać. Wszyscy sojusznicy, którzy stawią się na bitwę, działając razem, umożliwią zwycięstwo i odbudowę Sautien. Twój powrót na tron również, Pani. Driady, Mirty, Wiatry, Duch Czystej Zmarzliny, Duch Jeziora Odmętów, Bestie Dna Światów, Ieseje, Heliodor – wszyscy – będą najgroźniejszą bronią, bowiem prawdziwą. Będą walczyć dla ciebie, za ciebie i z własnej woli. A tylko poświęcenie, trud i wyrzeczenia, jakie przeszłaś, mogły ci pozwolić, Susanne, na zdobycie sojuszników prawdziwie, a nie za pomocą podstępów czy fałszywych obietnic i iluzji, jak w przypadku Pustki. Jeżeli mi pozwolisz, Pani, stawię się na tą bitwę, ale nie osobiście. Ożywię Kule Morfiri, nad którymi to ty przejmiesz kontrolę. Zajrzyj w swoje serce, a Głębia Serca przybędzie do mnie i zjawię się w postaci kul Morfiri. Będziesz wiedzieć, jak postępować. Trzeba ci wiedzieć jeszcze jedno. Żywe Drzewa muszą poznać swoje imiona szybciej, niż to planował Emesto. Koniecznie mu o tym powiedz. Bezduszni Oni planują także zdobyć najniebezpieczniejszego wroga. Chcą stworzyć za pomocą piekielnych czarów twojego sobowtóra, Susanne, który walczyłby w ich służbie. Wtedy nie będzie można zabić Pustki, ponieważ zginęłabyś i ty. Ale brakuje im najważniejszego. Twojej krwi. Nim dotrzecie do Firmamentu Sautien, musisz strzec się niewyobrażalnie, aby jakiś wysłannik Pustki nie zdobył ani kropli twej krwi, Susanne. Jedynie Żywe Drzewa będą w stanie dać ci ochronę przed zranieniami. Inaczej nie będziesz mogła walczyć, a Sautien przepadnie. Żadnego zadania nie wolno ci, Susanne Sautien, zakończyć klęską. Inaczej wszystko co piękne i dobre upadnie na wieczność.

Kiedy Pani Ezoe skończyła, Susanne upadła na kolana. Opowieść Pani Zamku wstrząsnęła nią bardziej niż opowieści Emesta. Zatem będąc tak blisko końca, musi jeszcze przejść przez takie piekło? Po twarzy dziewczyny płynęły łzy. Ogarnęła ją cisza. Nie mogła swobodnie oddychać. Nie była w stanie zapomnieć o tych kilkunastu sekundach, którymi doświadczył ją Pierwszy Sekret Tasealk. Popatrzyła w oczy Pani Ezoe. Ta schyliła się ku niej i pomogła dziewczynie wstać. Przytuliła ją do siebie jak matka, której

Susanne tak naprawdę nigdy nie miała. Dziewczyna płakała i płakała, a Pani Ezoe troskliwie i cierpliwie dodawała jej otuchy. W pewnej chwili Susanne usłyszała cichy głos:

– Przepraszam cię, Susanne. Przepraszam, że to wspomnienie na zawsze, lub na bardzo długo nie zatrze się w twojej świadomości. Ale wyrwiesz się z tego bólu i cierpienia, stawiając mu czoła.

Susanne popatrzyła w oczy Pani Ezoe i zwolniła uścisk. Po chwili przemówiła:

– Nie masz za co mnie przepraszać, Pani Ezoe. Dziękuję ci za to, co czynisz. Obiecuję ci, iż zwalczę to i wykorzystam podczas Bitwy. Uratuję twojego Ojca i Sautien ocaleje. Moje własne „ja" nigdy nie będzie zamazywać mi prawdziwego obrazu świata ani zobowiązań. Jeszcze raz bardzo dziękuję za to, że pozwolono mi poznać Pierwszy Sekret Tasealk.

– Susanne. Powodzenia – odpowiedziała pani Ezoe i z uśmiechem na twarzy pokrytej rosą łez rozpłynęła się.

Susanne podeszła do lodowych wrót, hamując w duszy lęki. Była o wiele silniejsza. Gdy zamknęło się za nią wejście do Zamku Ezoe, uniosła głowę i ujrzała Stacy, Javiera, wróżki, Baerasa i Emesta. Po lagunowym piasku podeszła do nich i w objęciach przyjaciół i ukochanego wiedziała, że jej misja musi zakończyć się sukcesem. Jedyną smutną wiadomością było odejście Baerasa. Iesej powiedział:

– Muszę wracać do swoich, Pani. Musze pomóc pozostałym Iesejom w przygotowaniach do bitwy.

Na razie nie przydam się już do niczego. Ale obiecuję, iż na twoje wezwanie, Pani, stawimy się w kilka chwil. Wezwij mnie, Susanne Sautien, po imieniu. Do zobaczenia.

Baeras, pożegnawszy się ze wszystkimi, odleciał do swojego domu. Susanne doskonale wiedziała, iż jej malutki przyjaciel musiał wracać. Żegnała go wzrokiem dopóty, dopóki jego postać nie zniknęła na horyzoncie, który z dnia na dzień, dzięki takim jak Baeras, wstawał o świcie o wiele silniejszy.

ROZDZIAŁ 14

Grota przeklętych

Następnego dnia Susanne wstała bardzo wcześnie. Nie mogła spać. Wsłuchiwała się w przejmującą ciszę, patrząc w budzące się niebo. Nad jej głową bezszelestnie płynęły chmury, a parujące powietrze roztaczało poświatę mgły osiadającą na ubraniu, twarzy i trawie. Dziewczyna zastanawiała się nad tym, co jeszcze zgotuje jej los. W pewnym momencie przestała w ogóle o czymkolwiek myśleć. Z zadumy wyrwał ją dopiero Emesto:

– Susanne, wszystko w porządku?

– Tak, tak – odparła.

– Nie wydaje mi się – kontynuował Emesto. – Czuję, że coś cię dręczy.

– Masz rację. Pani Ezoe powiedziała mi o czymś, co sprawiło, iż uzmysłowiłam sobie swoją bezsilność. Powiedziała mi również, że mogę zdradzić to, czego się dowiedziałam, tylko jednej osobie. Miała na myśli ciebie. Podobnie jak i ja. Emesto, możemy porozmawiać? Wczoraj nie byłam w stanie.

– Oczywiście, chodźmy się przejść. Ja też muszę ci o czymś powiedzieć.

Susanne otuliła się kocem i razem z elfem oddaliła się od obozu. Poranny chłód owionął zmęczone oczy

Susanne. Dziewczyna przymknęła powieki. Wzięła głęboki wdech, a do jej płuc wdarł się ożywczy tlen. Pod nogami uginała się miękka trawa. Kilka minut później dziewczyna zaczęła opowieść. Chwilę później Emesto znał już treść rozmowy Susanne i Pani Ezoe. Jego twarz napięła się, a wzrok wbił w ziemię. Spojrzał na Susanne dopiero po dobrych kilku chwilach i powiedział:

– Susanne, miałem w planie udać się do Aquatolu. Na samo dno Oceanu Sautien. Władca tych morskich głębin posiada coś, co bardzo chciał nam przekazać, choć nie wiem, co to takiego. Nie możemy najpierw dotrzeć do Żywych Drzew, a potem zawrócić do Aquatolu. Nie pytaj dlaczego, Susanne. Nie możemy się tam nie udać. Jedyne, co mogę zrobić – co musimy zrobić – to udać się najpierw do Groty Przeklętych. Kabsil właśnie tam został uwięziony. Później wyruszymy do Aquatolu. Susanne, Pustka doskonale zdaje sobie sprawę z tego, iż dopóki nie dotrzemy do Firmamentu Sautien, może zdobyć twoją krew, i na pewno będzie się starać to uczynić. Musisz zdobyć ochronę jak najszybciej, ale nie możesz jej otrzymać, nim nie dotrzemy do Aquatolu. Jedyne, co mogę ci powiedzieć, to to, iż Aquatol to wejście na szlak prowadzący do Firmamentu Sautien. Potrzebujemy też daru, który władca Aquatolu chce nam ofiarować. Ale o tym opowiem ci w swoim czasie. Teraz słuchaj uważnie jak jeszcze nigdy dotąd. Podejrzewam, że Pustka zaatakuje w Grocie Przeklętych. Wie, iż zmierzamy tam, aby uratować Kabsila, choć nie wie dokładnie, gdzie się teraz znajdujesz. Mnie nie wolno wejść do tej groty z tobą. Otrzymasz ode mnie jednak coś, co pomoże ci walczyć z Wyklętymi, a raczej ich najgroźniejszymi demonami. Susanne, błagam cię, nie zbliżaj się do Kabsila bliżej niż na jeden metr. Musisz zabić wszystkie Sualx, nim przetniesz pęta ich jadu. Uważaj, aby cię nie zraniły. Nie mogą cię na razie zabić, ponieważ zbyt wiele dobra krąży w twoich żyłach. To by je uśmierciło. Ale tą jedną kroplę twojej krwi będą się starały zdobyć za wszelką cenę. Rozumiesz mnie? Musisz bardzo, ale to bardzo na siebie uważać.

Skończywszy mówić, Emesto odszedł na kilka metrów od Susanne, ale dziewczyna doskonale słyszała, jak jej przyjaciel szepcze coś w niezrozumiałym dla niej języku. Widziała również, iż rysuje on swoją dłonią starożytne runy w powietrzu. Jęzory ognia i wody wtapiały się w powietrze, a elf nadal malował wijące się kształty, tworzące trójwymiarowy przedmiot. Wirujące sploty dwóch antagonistycznych żywiołów łączyły się ze sobą, nie zważając na fakt, iż przeczą wszelkim prawom fizyki. Po chwili Emesto opuścił dłonie i zamilkł, ale jego oczy przybrały barwę palącej lawy i odcień głębin górskiego jeziora. Susanne nie była w stanie przestać patrzeć na ten cudny spektakl. Emesto wbił wzrok w unoszącą się kulę, a z jego oczu zdawały się wydobywać miliony kropelek oplatających palącą się klatkę, która stawała się coraz to mniejsza i mniejsza. W końcu przybrała ona kształt satynowej róży, w której – zatopione niczym żyły – tkwiły turkusowe linie wypełnione miodowym żarem. Emesto chwycił kwiat i podszedł do Susanne. Jego źrenice były teraz zieleńsze niż mech, trawa i zorza. Wręczył Susanne różę z kilkunastoma cierniami. Dziewczyna wzięła ją do ręki, ale żaden kolec nie ukłuł jej w palec. Ciernie z krzewów tak wrogich człowiekowi, skaliste stoki i sople, miecze i sztylety, zdawały się łączyć w jedno i tworzyć te kwiatowe, a tak zabójcze kolce. Susanne spojrzała głęboko w oczy przyjaciela, a Emesto powiedział:

– Susanne, to miecz elfów. Może zabić człowieka, Ieseje, Bestie Dna Światów, każde stworzenie w Sautien i każdego demona. Tylko Pustka i Wyklęci znajdują się poza jego zasięgiem. Miecz będzie posłuszny twojej woli. Zaufaj mu. Jeszcze jedno. Zawsze będę wierzył w ciebie. Jestem przekonany, że nie zawiedziesz.

Susanne była zbyt wzruszona, aby odpowiedzieć przyjacielowi. Jej oczy zalśniły od łez. Uściskała elfa i wkrótce potem byli już z powrotem w obozie.

Zrobiło się cieplej, a liście drzew szeleściły na wietrze, który roznosił dookoła drobne kropelki wody. Ptaki śpiewały w swoich gniazdach, a słońce powoli wyłaniało się zza widnokręgu. Była szósta rano. Wszyscy już się przebudzili, a Javier razem ze Stacy przygotowywali śniadanie. Powietrze przesycał zapach owoców rosnących na drzewach Ioli, a gwar rozmów przerwał wczesnoporanną ciszę. Kilka promyczków słońca, świergot ptaków i zapach kojący głód działały jak balsam na zmęczoną duszę Susanne. Kiedy dziewczyna posiliła się, jej ciało zdawało się odzyskiwać siły z każdą sekundą. Kilkanaście minut później wszyscy ruszyli w dalszą drogę. Soledad i Paz zrobiły dla Stacy wianek ze stokrotek, a Susanne szła u boku Javiera. Rozmawiali ze sobą, śmiali się i przekomarzali. Nawet Emesto od czasu do czasu opowiedział jakiś dowcip.

Jednak sielanka nie trwała długo. Pogoda zmieniła się jak w kalejdoskopie. Twarz elfa skamieniała w jednej chwili. Nieboskłon spowijał upiorny całun śmierci, a bezlistne gałęzie drzew były jedynie pomnikiem dawnego przepychu. Emesto przyklęknął. Dotknął spalonej trawy i popielatej ziemi. Zamiast deszczu padał popiół. Głębokie rowy wypełnione trującą cieczą parowały, bulgocąc błotnistą mazią. Na horyzoncie można było dostrzec skaliste klify. Susanne zamarła. Bezduszna cisza rozwiała jej włosy, napłynęła do oczu i przebiła serce. Dziewczyna popatrzyła na Emesta. Elf stał na spopielonym gruncie niczym zaklęty. Susanne upadła na kolana. Javier uchwycił ją w ostatniej chwili. Susanne czuła namiastkę drugiego i trzeciego Sekretu Tasealk, które uwalniały się powoli z oków. Nie śmiała nawet dopuszczać do swojej świadomości, co by się stało, gdyby Sekrety się uwolniły.

Z trudem podniosła się na równe nogi. Złożyła na ustach Javiera pocałunek, uściskała go na pożegnanie, po czym przytuliła Stacy i spojrzawszy w toń oczu przyjaciela, biorąc płytki wdech zatrutego powietrza, ruszyła naprzód. Nie spojrzała za siebie ani razu. Jej ubranie pokryte popiołem ciążyło niemiłosiernie, a szary puch zdawał się być tak ciężki jak ołów. Niespodziewanie szybko Susanne dotarła do stromych klifów. Wdrapała się po nich, owinąwszy wcześniej dłonie grubą warstwą materiału. Jej uszu dobiegł ryk morskich fal. Kiedy stała już na szczycie, ujrzała przed sobą ogromne morze. Bałwany morskie, czarniejsze od smoły, huczały przeraźliwie.

Ochrona dłoni zdarła się doszczętnie, ale Susanne nie poraniła sobie dłoni. Pilnowała się na każdym kroku, aby nie dać Pustce szansy do zdobycia swojej krwi. Jadowita tafla wzburzonej wody za wszelką cenę starała się ukryć pieczarę, znajdującą się na wysepce nieopodal. Susanne dobyła miecz elfów. Przymknęła powieki. Pomiędzy nią a satynową różą utworzyła się silna więź. Rękojeść miecza reagowała na każdą myśl dziewczyny, a płonące ostrze przecinało powietrze bezgłośnie. Niespodziewanie Głębia Serca powiedziała do Susanne:

– Powiedz do miecza w języku innym niż wiersz wypowiedziany do Driad. Przetnij jego ostrzem zdradziecką taflę i uwolnij strażnika Tasealk i Morfiri. Zgładź sztorm zła, Susanne. Odwagi. Niech zbroja elfów ochroni cię przed śmierci iluzją i oręż świetlisty zgładzi bestie nieczyste...

Oczy Susanne przesłoniła perlista powłoka. Zajrzała do swoich wspomnień, z których popłynęła melodia jej serca. Po chwili miecz elfów wzbił się w nieprzenikniony nieboskłon, niknąc w jego morderczych objęciach. Susanne uderzyły bicze trujących strzępów powietrza, ale pełna wiary, spoglądała w górę. Czarne jak sadza krople zaczęły sączyć się z zadymionych obłoków. Ogromne, lodowate i gęste, boleśnie chłostały twarz Susanne. Po chwili zerwała się ulewa. Dziewczyna stała jednak uparcie w deszczu śmierci. Wiedziała, iż krople Keharu nie są w stanie jej skrzywdzić, choć zadają ból. Siłą woli i nadzieją przeszywała nieboskłon, szukając satynowego miecza. Mówił do niej. Wiedziała, że jej nie zostawił. Cierpliwie czekała.

Nagle ulewa bez powodu ustała, a lśniąca klinga zabłysnęła niczym gwiazda na nocnym niebie. Pikowała w dół jak ptak, który dostrzegł w wodzie zdobycz. Miecz ciął zatrute opary, pozostawiając za sobą dymiący porankiem warkocz. Kometa, świecąca i spadająca gwiazda, uderzyła z niezachwianą potęgą w szalejący wir zła. Tony wściekłej cieczy rozprysły się dookoła, wyparowały, a ich pozostałości opadły na dno niczym pył wulkaniczny. Miecz elfów, wbity w morskie dno, był jednak czysty jak łza. Czekał na swoją panią. Susanne była pełna podziwu dla magii, nad którą pozwolono jej na chwilę zapanować. Przez cały czas traktowała miecz jak przyjaciela, nie jak narzędzie. Czuła do niego respekt i szacunek.

Z jej oczu opadła kotara pereł. Ostrożnie zeszła na dno suchsze od pustyni. W powietrzu czuło się odór zawiści i zemsty, a uszy wciąż słyszały echo furii, targającej morskimi falami tak zaciekle, aby nikt nie był w stanie dotrzeć do pieczary. Grota Przeklętych była najbardziej przerażającym miejscem, jakie Susanne dane było zobaczyć. Wyciągnąwszy miecz z dna, siłą woli podążyła naprzód. Panowała nad bronią bez większego wysiłku, mając się na baczności przez cały czas. Wsłuchiwała się nawet w najcichszy szmer, a kątem oka mogła zauważyć najdrobniejszy ruch. Była w stanie wyczuć nawet najsubtelniejsze zmiany w powietrzu.

Po chwili uświadomiła sobie, iż ma na sobie lżejszą od puchu zbroję, wykonaną z przecudnych kruszców. Nigdy wcześniej ich nie widziała. Stopy osłaniały buty wypolerowane tak dokładnie, że Susanne mogła dostrzec w nich swoje odbicie. Hełm przylegał do głowy idealnie, osłaniając zarówno oczy, nos, jak i policzki.

Idąc naprzód, Susanne coraz wyraźniej dostrzegała kontury Groty. To miejsce zdawało się być kiedyś najcudowniejszym zakątkiem, ale teraz sterczące z popękanej ziemi pale przerażały na wskroś, a ogrodzenie zniknęło z powierzchni ziemi. Skałę, będąca zapewne niegdyś solidnym fundamentem, przetrawiły słone fale. Wejście do pieczary wprost wionęło grozą. Susanne wspięła się po skalnych stopniach niezwykle ostrożnie, a oręż zalśnił blaskiem rozświetlającym nieprzeniknione czeluści.

Dziewczyna weszła do środka. Uderzył ją zapach zgniłych wodorostów i stęchlizny. Było parno i duszno. Ściany pokryte soplami mętnej zmarzliny złowieszczo odbijały poświatę rzucaną przez miecz. Susanne myślała o Stacy, Javierze i pozostałych, wiedząc, iż musi pokonać demony Sualx. Tylko dzięki najbliższym jej sercu osobom zachowywała trzeźwość umysłu i niesamowitą koncentrację. Szła dalej, dalej i dalej. Stawało się coraz goręcej, parniej i duszniej. Gardło dziewczyny było suchsze niż piach, po którym tak niedawno stąpała. Wargi spierzchły bardziej niż na mrozie. Oczy piekły, wysuszone i podrażnione. Ten zaduch działał destruktywnie na każdy zmysł Susanne. Przesycony solą żar niemiłosiernie wzbierał na sile, a ona szła dalej przed siebie. Grunt stał się śliski, a cisza zaczęła rozbrzmiewać najprzeraźliwszymi głosami. Susanne po raz pierwszy miała stoczyć potyczkę z wysłannikami Pustki. Jej żyły napięły się, tętno przyspieszyło, oblał ją lodowaty pot. Była maksymalnie skoncentrowana. Stąpając ciszej od kota, szła przed siebie, a skrzeczące głosy stawały się coraz to bardziej wyraźne.

Susanne zatrzymała się i ostrożnie wyjrzała zza węgła. Jej oczom ukazał się strażnik Kul Tasealk i Morfiri. Kilkumetrowy mężczyzna z brodą do pasa na jej oczach tracił na wadze i wzroście. Włosy i broda siwiały coraz to szybciej i szybciej. Jego ciało spętane jadowitymi linami było boleśnie poparzone. Macki ostrzejsze niż brzytwa wpijały się w jego ciało, dozując zabójcze dawki płynnego zła. Świetlista krew gasła w żyłach w oka mgnieniu. Kabsil przeistaczał się w widmo na usługi Pustki i Wyklętych.

Susanne przyjrzała się stworom. Było ich sześć. Pokryte oślizgłą, zgniłą skórą, wydzielały odór przyprawiający o mdłości. Ich ślepia okolone łuskami napawały się cierpieniami Kabsila. Grube cielska usadowione na ziemi pochłaniały cuchnącą papkę, a szpony przecinały skórę strażnika, z której wypływała srebrna krew. Demony rozmawiały między sobą o bardzo ważnej kwestii, zbyt głupie, aby zdawać sobie sprawę, iż bez namysłu rozprawiają o niezwykle przydatnych dla Susanne sprawach. Dziewczyna wiedziała, że musi uratować Kabsila nim będzie za późno, ale miecz podpowiadał jej, że jeszcze zdąży, ponieważ teraz musi wyciągnąć ze słów kreatur sposób uratowania Kabsila. Inaczej nic nie zdziała.

– He, he – zacharczał jeden ze stworów. – Nasz Kabsilek marnieje. Boli cię? To wyśmienicie. Twoja Pani, Susanne Sautien, jakoś się nie zjawia. Jakie to przykre. Zapewne umarło się jej w upiornych toniach, albo podtopiło, ha, ha, ha!

– Zamknij się, Bedsx. Twój rechot mdli mnie bardziej niż to przeklęte żarcie!!! – wypruł z siebie drugi demon.

– Nie pouczaj mnie, Sajkx! – odburknął Bedsx.

– Spokój, idioci!!! – wtrącił się trzeci głos, najbardziej przeraźliwy ze wszystkich. W jednej chwili Bedsx i Sajkx umilkli i zaczęli wyżywać się na swoich miskach z zielonkawą papką.

– Aksx, Gisx i Podx otrzymali przed chwilą wizję od Uksola. Naszego wodza doszły wieści, iż Susanne żyje, choć nie wiadomo, gdzie się znajduje. Więc raczcie się przymknąć i skupić na straży! – dodał przywódca.

– Tak, panie Swex – odparł Bedsx i Sajkx.

– To dobrze. A teraz raczcie mi powiedzieć, jak mam uwolnić tego strażnika od siedmiu boleści, jak już stanie po naszej stronie. Przecież wy, zakuwacze, nie możecie go odkuć, nieprawdaż? Więc gadać mi, ale już! Sajkx! Gruby wieprzu! Do mnie! Gadaj!!!

Sajkx zerwał się na równe nogi w jednej chwili i chwiejnym krokiem zbliżył się do pana Swexa. Po chwili zaczął:

– Panie. Najpierw trzeba wyjąć kolce aplikujące truciznę. Aby to zrobić, musisz wyrwać je wszystkie jednocześnie, to znaczy wszystkie pięć z nich. Później trzeba je przeciąć na cztery ćwiartki, aby nie powróciły do ciała. Na samym końcu musisz, Panie, przeciąć liny i zawiązać je w podwójny supeł. Po kilku sekundach kolce i liny powinny wyparować...

– Powinny?! – zaryczał Swex. – Powinny?! Chyba sobie ze mnie kpisz! To one mogą nie wyparować?!

– Ależ nie, Panie – odparł przerażony Sajkx. – Po prostu trzeba je porządnie zawiązać i pociąć...

– Sugerujesz, że nie umiem czegoś tak prostego wykonać tak, jak trzeba?!

– Ależ nie, Panie, ja nie...

– Milcz!!! – krzyknął Swex i zdzielił Sajkxa w twarz. Ten aż upadł na ziemię. Po chwili Swex zapytał: – Ile to jeszcze potrwa, Bedsx?

– Panie, jeszcze godzinę i...

– Zamknąć się! Pożałujesz, jeżeli potrwa to choćby o sekundę dłużej!

Susanne nie miała już na co czekać. Połączyła się z mieczem w jedno i z głośnym okrzykiem wybiegła z ukrycia. Przerażająca, niepokonana, niezatrzymana. Stwory osłupiały ze zdziwienia. Susanne w ułamku sekundy skróciła Swexa o głowę, ale pozostałe pięć demonów dobyło broni i okrążyło Susanne. Dziewczyna nie zwracała uwagi na ich prowokujące odzywki. Ze wszystkich sił skupiała się na swoim zadaniu. Głucha na zło. W jednej chwili zamachnęła się i wszystkie pięć głów runęło na posadzkę. Ostrze miecza elfów było zaczarowane i skutecznie uśmierciło demony Sualx.

Susanne błyskawicznie podbiegła do Kabsila. Ostrożnie acz zdecydowanie wyrwała wszystkie kolce i poćwiartowała je, a te po chwili wyparowały. Następnie dziewczyna przecięła liny i zawiązała je w podwójny supeł. Wyparowały podobnie jak kolce. Kabsil był nieprzytomny, a jego ciało, poparzone i poranione, bezwładnie leżało na skalistej posadzce. Wtedy Susanne przypomniała sobie, co mówił jej Emesto. Błyskawicznie oddaliła się na kilka metrów od Strażnika. Miała nie zbliżać się do niego bliżej niż na metr. Oddaliła się w ostatniej chwili. Kabsila otoczyła wirująca chmura światła. Po kilku minutach przed Susanne stał olbrzym w sile wieku, dzierżący w dłoni berło z wirującym światłem, a w jego żyłach krążyło skrzące się, życiodajne paliwo. Kabsil przemówił łagodnie, głosem przepełnionym wdzięcznością:

– Susanne Sautien. Moja Pani, dziękuję ci z całego serca za ratunek. Nigdy ci tego nie zapomnę. Racz przyjąć mój dar. Światło. Jeżeli zgodzisz się, to stawię się na Bitwę osobiście. Chętnie użyję najpotężniejszych mocy, jakimi władam, przeciwko Pustce i...

– Kabsilu. Nie ma za co. Twoja córka, Pani Ezoe, pomogła mi i udzieliła niezbędnych wskazówek.

Jestem jej bardzo wdzięczna. Bardzo dziękuję, że chcesz nam pomóc i stawić się na Bitwę. Będziemy cię oczekiwać.

Kabsil tylko uśmiechnął się od ucha do ucha, zamachnął świetlistym berłem i zniknął, pozostawiając po sobie woń kwiatów i świeżo skoszonej trawy.

Susanne uśmiechnęła się również od ucha do ucha. Miecz elfów przemienił się na powrót w satynową różę i spoczął na dłoni Susanne. Dziewczyna wyszeptała:

– Dziękuję.

A płatki kwiatu delikatnie poruszyły się w odpowiedzi, mówiąc:

– Nie ma za co.

Dziewczyna nie miała już na sobie zbroi, hełmu ani butów. Schowała satynowy kwiat do kieszeni i opuściła Grotę Przeklętych jak najszybciej. Jej nozdrza wypełnił zapach świeżej bryzy, warzyw i owoców. Morze było błękitne, spokojne, a na jego powierzchni falowała śnieżnobiała łódka. Susanne radośnie do niej wsiadła, a łagodny wietrzyk popchnął łódeczkę do brzegu w okamgnieniu. Na Susanne czekali już najbliżsi. Łzy radości, uściski i nadzieja zapanowały wśród podróżnych. Susanne spojrzawszy w oczy Emesta, podziękowała mu z głębi serca, a uśmiech elfa zwrócił Susanne po tysiąckroć trud tak niedawnych, a tak dalekich zarazem przeżyć. Śmiech Stacy, znajome objęcia Javiera, ożywiony krajobraz Sautien i flakonik ze światłem w kieszeni sprawiały, że życie stało się najpiękniejszą epopeją wszechświata...

ROZDZIAŁ 15

Aquatol

Kolejne dni upłynęły wędrowcom na bezbolesnym marszu w ciepłych promieniach słońca przy cudownej muzyce przyrody. Uwolnienie Kabsila spowodowało rozkwit pąków życia. Sautien stawało się coraz silniejsze, a jego dawna potęga powoli odradzała się z letargu. Susanne doskonale zdawała sobie sprawę z tego, iż większa część Sautien jest wciąż spowita mrocznym snem. Mimo cudownych krajobrazów i zwycięstw najgorsze dopiero czekało Susanne. Teraz zmierzali do Aquatol. Emesto nie wyjawił jeszcze Susanne szczegółów dotyczących czekających ją wyzwań. Dziewczyna zastanawiała się dlaczego. Cierpliwie czekała jednak na rozmowę. Tymczasem jej umysł zaprzątało coś niepokojącego. Elf był smutny. Jeszcze smutniejszy niż na Moczarach Równin. Jego oczy miały barwę przygaszonego, cytrusowego koloru. Susanne czuła, iż coś niepokoi jej przyjaciela. Coś, co nie dotyczy jego samego. Wieczorem Emesto poprosił Susanne o rozmowę. Kiedy nikt nie mógł ich już usłyszeć, elf odezwał się:

– Susanne. Nie przejmuj się moim nastrojem. Po prostu… Po prostu chodzi o Aquatol, a raczej o jego władcę. Dowiedziałem się o jego poważnej chorobie.

Nie mam pojęcia, jak mógł się rozchorować. Jest przecież odporny na wszelkie choroby. To musi mieć coś wspólnego z Pustką. Musiała go otruć. Ale jak? Tego trzeba się dowiedzieć i uratować króla. Inaczej stracimy go jako sojusznika i nie tylko. Skrzydła Ognia może nam podarować tylko on, a bez nich nie zdołamy wygrać w Bitwie o Sautien. Zapewne zastanawiasz się, czy król nie ma dzieci. Owszem, ma. Syna i córkę, lecz oni nie mogą nam podarować *Les Ailes de Feu*. Król Aquatolu stworzył te skrzydła osobiście i tylko on może nad nimi władać. Kiedy umrze, Skrzydła umrą razem z nim. Pamiętaj Susanne, iż król chce nam podarować coś jeszcze, o czym ja nie mam pojęcia. Musimy się pospieszyć. Może go uratować tylko jedno. Żywica z Krzewu Życia. Rośnie on na dnie Aquatolu. Tylko tam. Zapewne zadajesz sobie to samo pytanie co ja. Dlaczego król sam nie zdobędzie tego antidotum? Odpowiedź jest prosta. Każdy z cudów Sautien może obdarować swoimi darami tylko kogoś, kto jest prawdziwie dobry. Pamiętaj, Susanne, iż tylko świadomość czyni nas winnymi lub nie. Wiesz, iż tylko w twoich żyłach nie płynie ani jedna kropla zła, która pochodziłaby z twoich wyborów. Każde doświadczenie wzmaga w tobie odporność na podstępne zasadzki zła. Ale wracając do sedna. Krzew Życia nie odda Żywicy tak po prostu. Nie wystarczy go poprosić. Trzeba mu ofiarować równowartość swojego życia, aby móc przenieść je na kogoś innego. Zrozumiałaś tę zależność, ratując Wiatry. Ale w przypadku Krzewu Życia sprawa ma się nieco inaczej.

Król Aquatol jest bardzo potężny, więc o wiele więcej Żywicy będzie potrzebował. Jestem tak smutny, ponieważ tylko ty możesz go ocalić, za co możesz zapłacić zbyt wysoką cenę. Susanne, możesz stracić znaczną część swoich sił. Wierzę, iż moc twoich czynów, wiara, miłość i poświęcenie wystarczą, abyś nie poddała się, stając oko w oko z potężną magią. Jesteś bardzo inteligentna i bystra. Wiem, że pamiętasz jeszcze o jednym. Nikt w Sautien nie może tak naprawdę umrzeć, lecz Pustka ze wszystkich sił stara się złamać tę ochronę. Ceną, jaką przyjdzie ci zapłacić, będzie ta choroba, która spoczywa na królu. Podejrzewam, iż Krzew Życia postąpi właśnie tak. Ja nie mogę ci pomóc. Tylko Żywe Drzewa są w stanie cię uratować. Wyklęci dobrze sobie zaplanowali tę zasadzkę. Jest wymierzona w ciebie. Susanne, tak strasznie mi przykro. Tyle morderczych zadań rozkazuję ci wypełniać i...

– Emesto – odparła cichutko Susanne – ty mi niczego nie rozkazujesz. Ty mnie wspierasz i dajesz wskazówki. Będę ze wszystkich sił wierzyć, iż wygramy Bitwę o Sautien i że trucizna nie zabije mnie do tego czasu. Pamiętaj, drogi przyjacielu. W kwestii mojej ojczyzny, moje życie nie ma żadnego znaczenia. Liczy się wasze życie, wasze nadzieje i wasza przyszłość.

Kiedy Susanne skończyła, Emesto przytulił ją do siebie z całych sił. Z oczu Susanne i elfa popłynęły kaskady łez. Ani Stacy, ani Javier, ani pozostali nie mogli się dowiedzieć o cenie, jaką Susanne będzie musiała zapłacić. Emesto przekazał jej tę wiadomość jednym spojrzeniem.

Niedługo potem powrócili do pozostałych. Stacy już spała. Susanne postanowiła więc porozmawiać z ukochanym. Javier czuł w głębi serca, iż Susanne bardzo cierpi. Nie umiał jej jednak pomóc. Wiedział, że jeśli Susanne nie może mu o czyś powiedzieć, to tak właśnie jest. Zapewnił Susanne, jak bardzo ją kocha i że będzie ją wspierał do końca swoich dni.

Noc spowiła świat swoją kołysanką. Dziewczyna usiadła przy gasnącym ognisku, nie mając już łez, aby płakać. Nie miała innego wyjścia, jak tylko pogodzić się ze swoim przeznaczeniem. Nie mogła spać. Postanowiła rozprostować nogi. Po chwili miała przemoczone buty. Rosa, błyszcząca poświata pokrywająca ziemię i liście, odbijała blask gwiazd. Chłodny wiatr orzeźwiał umęczone ciało. Światło księżyca przypominało Susanne Dartmouth. Dziewczyna podeszła do srebrzystego potoku. Zanurzyła w nim dłoń, zamknęła oczy i wsłuchała się w łagodny szmer wody. Przyroda to azyl, który pozwalał jej zapomnieć choć na chwilę o otaczającym świecie, zatrzymać czas.

Susanne zastanawiała się nad sensem tego, co się wydarzyło, co się właśnie dzieje i co się wydarzy. Nie umiała tego dostrzec ani zrozumieć, ale mimo wszystko akceptowała to, co ją spotykało. Wielu z nas zastanawiałoby się zapewne, czemu coś takiego spotyka właśnie ich samych. Ale Susanne nie buntowała się. Jutro miała poznać swoje dalsze losy. Czas niezależnie od niej i tak gnał naprzód. Słońce wschodzi i zachodzi, zmieniają się pory roku, panuje miłość lub nienawiść. Wszystko to bez względu na to, czy ona, Susanne Sautien, cieszy się z czegoś, czy cierpi. Samotność trudno pokonać, wiedząc, iż bez względu na swoją osobę wszystko inne toczyć się będzie dalej. Susanne, nie zdając sobie jeszcze sprawy z tego, iż zaakceptowała samotność marzeń i zdobyła niezatartą potęgę, otarłszy łzy wróciła do obozowiska i zasnęła.

*

Czas to naprawdę najpotężniejszy Żywioł. Zaakceptować jego bieg nie jest łatwo. Ale Susanne właśnie tak uczyniła. Można się buntować, uważać za pana swojego życia i dbać tylko o swoje własne „ja". Ale człowieka określa zupełnie inna miara. Umiejętność dokonywania wyborów przez pryzmat drugiego człowieka.

*

Świt powitał podróżnych bardzo wcześnie. Po kilkunastu minutach jutrzenka przebudziła się ze snu, a wędrowcy wkroczyli w nowe godziny dnia, zmierzając ku Aquatolowi. Wszystko dookoła było tak piękne i cudowne, iż uśmiech nie był w stanie zniknąć z twarzy wędrowców. Ale jedna osoba nie umiała się uśmiechnąć. Susanne. Dziewczyna czuła ogromny ciężar na duszy. Była przygnębiona, stawiała kroki machinalnie, ale zachowywała trzeźwy umysł. Z czasem powietrze wypełniły krzyki mew i ptaków, które Susanne widziała po raz pierwszy w życiu. Patrząc na te stworzenia, czerpała z ich piękna, jak najwięcej mogła, wiedząc, iż może już nigdy nie ujrzeć ich szlachetnych, szafirowych piór, słonecznych dziobów i błyszczących oczu. Dziewczyna uroniła kilka łez, lśniących w łunie słońca, a Stacy zapytała ją:

– Susanne, co się dzieje? Dlaczego płaczesz?

– Nic się nie dzieje, skarbie. Po prostu się wzruszyłam. Nie martw się, dobrze?

– Dobrze.

I Stacy wtuliła się z całej siły w przyjaciółkę. Susanne zrozumiała wtedy, że musi żyć dla niej, dla Javiera, dla Emesta i dla swoich przyjaciół. Musi przeżyć.

Gdy Susanne odwróciła głowę w stronę morskiej toni, ujrzała na powierzchni fal Javiera. Uśmiechał się do niej. Obok niego dojrzała oblicza wróżek, Stacy i Emesta. Po chwili wizerunki jej najbliższych rozpłynęły się, zamieniając się w morską pianę. Elf spojrzał w oczy Susanne, a dziewczyna od razu wiedziała, iż czeka ją najważniejsza rozmowa od kilku miesięcy. Najważniejsza rozmowa w całym jej życiu. Popatrzyła jeszcze na bawiącą się nieopodal Stacy i na Javiera. Podeszła do niego, przytuliła i wyszeptała do ucha:

– Kocham cię.

Javier uściskał ją jeszcze mocniej. Susanne spojrzała na ukochanego jeszcze raz i odeszła z Emestem od obozowiska. Wiał ciepły wiatr, wilgotne powietrze pozbawione palącej soli uspokajało zmysły. Morze było spokojne, fale łagodnie podmywały piaszczysty brzeg. Susanne stąpała po wilgotnym piasku, czekając, aż jej przyjaciel się odezwie. Szum wody znów przyprawił ją o łzy. Nie mogła ich już powstrzymać. Rozpłakała się. Elf przytulił ją do siebie, a Susanne płakała w jego ramionach. Uspokoiła się dopiero po kilku minutach. Emesto odezwał się jako pierwszy:

– Susanne. Wiem, że jest ci bardzo ciężko. Ale to już prawie koniec. Żywe Drzewa są tak blisko. Wytrzymaj, Susanne. Odwagi. Jak wiesz, musimy teraz porozmawiać. Porozmawiać o Aquatol. Król jest już bardzo słaby, dlatego musisz zejść na dno morza jeszcze dzisiaj. Będziesz sama. Jak jeszcze nigdy wcześniej. Nikt ani nic nie zrobi ci w wodzie krzywdy. Dopiero na dnie będziesz musiała się mieć na baczności. Krzew Życia nie zada ci żadnych pytań. Nie będziesz mogła do niego dotrzeć, jeżeli nie przebędziesz Toru Złotego Piasku. Nikt nie wie, na czym będzie polegać próba, ponieważ nikt, kto się jej podjął, nie zdołał przeżyć. Dookoła siebie ujrzysz powojenne cmentarzysko zatopionych marzeń i istnień. Ale Tor będzie czystszy od łzy. Z tego, co mi wiadomo, pomóc ci może tylko Głębia Serca. Odkąd zaczęłaś swoją podróż i misję, twój kwiat tworzył niezwykle potężny cud. To on będzie ci wzrokiem, słuchem i dotykiem w świecie mroku. Jedynym światłem będzie turkusowy blask Krzewu Życia. Tak bardzo chciałbym ci o czymś powiedzieć, ale nie mogę. Powie ci o tym Krzew Życia. Tajemnica moich oczu już wkrótce przestanie być dla ciebie niewiadomą.

Opowiem ci swoją historię. A teraz ruszaj. Nie bój się, Susanne. Miłość kwitnąca w twoim sercu potrafi być tak niewyobrażalną potęgą, iż możesz jej zaufać bezgranicznie. Spotkamy się w pałacu Króla Aquatolu. Aha, jeszcze jedno. Kiedy tylko zanurzysz się pod wodę, staniesz się syreną. Do zobaczenia.

Emesto starał się opanować swoje emocje. Susanne była w jego oczach prawdziwą królową. Przeszła tak wiele, a jeszcze tyle przed nią. Odprowadził swoją przyjaciółkę wzrokiem, dopóki nie zniknęła pod morską taflą. Elf przymknął powieki i zapłakał. Upadł na ziemię i łkając, nie mógł sobie wybaczyć roli martwego przyjaciela. Był bezsilny. Nie mógł pomóc Susanne w żaden sposób.

Dziewczyna w tym czasie nurkowała coraz to głębiej i głębiej. Nie miała problemów z oddychaniem, a ogon umożliwiał jej zwinne poruszanie się w wodzie, która stawała się coraz to chłodniejsza i chłodniejsza. Po drodze dziewczyna widziała śliczne stworzonka. Ryby wszystkich kolorów tęczy towarzyszyły jej niemal do końca podróży. Wkrótce trafiła na lodowaty prąd morski, który przywiódł ją do celu. Promienie słońca nie docierały tutaj ani na sekundę. Wokół było ciemniej niż w najczarniejszą noc. Susanne trzymała swoją panikę w ryzach, ale nic nie widząc i nic nie słysząc, coraz bardziej się denerwowała. Zamknęła oczy i skupiając się ze wszystkich sił, zapytała Głębię Serca:

– Powiedz mi, co mam robić? Dokąd podążyć?

Nie było żadnej odpowiedzi, Susanne poczuła jednak bardzo silny ból. Coś wpijało się, a raczej rozrywało jej serce od wewnątrz. Świetlista smuga uformowała się w migocącą różę. Taką, jaką ją Susanne widziała w jaskini na Ziemi. Kwiat był jednak inny pod pewnym względem. Zdawało się, iż posiadł duszę, a jego kolce stały się bardziej zabójcze niż jakakolwiek broń wszechświata. Arsenał, który dziewczyna widziała u Bestii Dna Światów służył do zabijania i zadawania bólu fizycznego. Jednak te kolce... ewidentnie stanowiły broń, o której Susanne nawet by się nie śniło. Nie rozumiała na razie, na czym polega ich niezwykłość, ale czuła, iż musi mieć to coś wspólnego z nią samą. Może to właśnie te kolce były tym cudem? Nie wiedziała. Po chwili, zdającej się być zamarzniętym zlepkiem minut, Głębia Serca przemówiła:

– Moja droga Susanne. Teraz to ja, twoja Głębia Serca, poprowadzę cię przez zgliszcza ludzkich pragnień. Co masz robić? Wiesz. Dokąd podążyć? Za mną. I wreszcie dokąd? Do swojego wnętrza. Emesto powiedział ci o wszystkim, ale ja muszę ci powiedzieć coś jeszcze. Cud, o którym mówił elf, jeszcze nie ukształtował się ostatecznie. W pełni wykształcony, będzie jednak w stanie dokonać takich czynów, o których nigdy nikt nie słyszał ani nie usłyszy. Emesto na pewno ci to wyjaśni. A teraz, Susanne, otwórz oczy i patrz, śniąc, tak jak wtedy, gdy śniłaś o wietrze, którego nie było. Sprowadź z powrotem obraz, który wyblakł. Posłuchaj wołań i wskazówek swoich poprzedników i uchwyć lotny dzban. Uchwyć swój cel wspomnieniem, ponieważ tylko ono jest wieczne. Ruszaj, Susanne...

I Susanne ruszyła. Śniła o tym, co pragnęła ujrzeć, a Tor Złotego Piasku wyłonił się zza bariery racjonalnego świata. Dziewczyna skupiała się na nadaniu ostrości każdemu ziarnku złocistego kwarcu. Wolno płynęła naprzód. Z piaszczystego kobierca wyłaniały się wirujące marzenia, niespełnione pragnienia i... wskazówki. Jej własne wspomnienia wylatywały na powitanie pogrzebanych w przeszłości przyjaciół. Susanne odcięła się od świata realistycznego. Uczucie, wiara i intuicja były jej zmysłami w innym wymiarze, wymiarze wszystkich epok wszystkich światów, które utknęły w szczelinach przestrzeni. Niedługo potem jej powieki prześwietliła płonąca, lagunowa łuna. Susanne otworzyła oczy. Malował się przed nią starożytny pomnik, mający tysiące lat monument przeszłości. Jego gałązki pokryte zieleńszymi od lądowych roślin listkami falowały wdzięcznie w nieruchomej wodzie, nie wprawiając jej przy tym w ruch. Każdy z nich okalał błękitny płomyk. Na gałązkach rosły niewielkie, acz pękate owoce koloru kłosów zboża otulonych miodową skorupką. Susanne ostrożnie zbliżyła się do Krzewu Życia, a ten przemówił:

– Kiedyś, Susanne, wysłano cię w samym środku ulewy, wieczorem, do miasta. Wysłano cię po coś do jakiegoś domu z powodu zachcianki pani Libby. Wracając, przystanęłaś na środku ulicy, bruk skąpany był w kałużach miasta, miliony kropel sączyły się z nieboskłonu, rozpluskując się cichym szmerem o kamienne podłoże. W zagłębieniach, nierównościach kołysał się rwący potok, niosący z nurtem brudy świata, nucąc dźwięki z krzewów lata odchodzącego w słocie egzystencji... człowieka. A w tej ulewie stałaś ty. Szmer kropel kołysał powietrze wokół twego ucha, a łzy płynęły z góry po policzkach. Z twoich oczu kropla duszy nie uroniła się ni jedna, bo gdyby popłynęła z czeluści, wypaliłaby smutku poemat i zwiędłabyś jak jesienny liść. Konałaś, płakałaś w zewnętrznej esencji... i błagałaś. A poemat został urwany... ponieważ z nim wygrałaś. Ja, Krzew Życia, pamiętam te najbardziej prozaiczne epizody, ponieważ tylko one stają się początkiem wielkości lub małości człowieka. Ronić łzy z głębi duszy potrafisz, Susanne, ale dopiero teraz. Dla ciebie tamten epizod stał się początkiem. Żywica z moich gałązek i pączków wypełnia dzban twojego oddania Sautien od dawna. Twoje ciało nie będzie nawet pamiętać o wspomnieniu choroby, którą Pustka chciała cię spętać. Ich plany, plany Wyklętych, nie mogły się powieść i nigdy nie pójdą po ich myśli dopóty, dopóki ty, Pani, pozostajesz królową serc Sautienczyków. Na twoje wezwanie powstanę z głębin oceanu Sautien i stawię się na Bitwę. Poznasz moje imię, Susanne, kiedy tylko dowiesz się pewnych sekretów, o których nie dane ci jest na razie wiedzieć. Pamiętaj jeszcze tylko o jednym. Odwiedź ziemię. Do zobaczenia...

Susanne utkwiła wzrok w wizerunku Krzewu Życia, zapamiętując jego blask. Zapłakała z radości i ze wzruszenia, a jej łzy zdjęły osłonę lotnego dzbana. Nie była w stanie nic powiedzieć. Podziękowała błękitnemu sojusznikowi z całego serca i z całej duszy. Piękne morskie Driady podpłynęły po chwili do Susanne, a dziewczyna wzniosła się w górę szybciej, niż byłaby to w stanie pojąć. Po kilku minutach odzyskała przytomność, nie wiedząc nawet, kiedy ją straciła. Leżała na perlistej posadzce zamku Aquatolu. Javier, Stacy i Emesto unosili się w wodzie tuż obok niej. Susanne uściskała najbliższych z całych sił, a wspomnienie przygody, którą przed kilkoma minutami przeżyła, zapadło w jej pamięć już na zawsze.

Po kilku chwilach dziewczyna doszła do siebie i wręczyła Emestowi lotny dzban. Gdy tylko elf dotknął naczynia, stało się widoczne. Nie posiadało żadnych zdobień. Było gładkie, matowe i zarazem... takie niezwykłe. Zwykły przedmiot skrywający tak niezwykły skarb. Żywicę, która była w stanie uleczyć każdą chorobę. Elf delikatnie uchwycił lotny dzban i ostrożnie oddalił się do komnaty, w której leżał król. Nie minęło kilka minut, a władca Aquatolu stawił się przed podróżnymi cały i zdrowy. Jego oblicze było bardzo przyjazne, oczy radosne, a głos uprzejmy. W dłoni trzymał niewielkie berło z wodorostów i drobnych muszli. Wyglądało bardzo niepozornie, ale misternie wykonane detale dodawały mu klasy i powagi. Brwi, rzęsy i włosy króla przyprószyła srebrzysta poświata starości. Władca nie miał jednak ani ogona, ani płetw. Bardzo przypominał z wyglądu człowieka. Kiedy przemówił, jego głos rozległ się donośnym echem w okrągłej sali. Wszyscy skupili się na tym, co chciał powiedzieć:

– Witaj, droga Susanne. Jestem ci niezmiernie wdzięczny za uratowanie życia. Życia, które nie byłoby nic warte, gdybym nie mógł pomóc mojemu krajowi. Nie mam przed moimi poddanymi żadnych tajemnic, więc będę mówił szczerze i otwarcie. Zapewne zastanawiasz się, co takiego jeszcze mogłabyś dostać ode mnie, starca, który nie może przecież oferować ci nic godnego zachodu. Ale jest taka rzecz. Chodzi o moc, a raczej dar władzy, panowania i ujarzmiania wody. Każda kropla morza Aquatolu będzie ci posłuszna, kiedy tylko przekażę ci swoje berło. Ciii, spokojnie. To mój wybór. Morze zna mnie od tak dawna, iż nie zrobi mi krzywdy. Ale ty jesteś dla niego kimś obcym. Dlatego potrzebujesz Berła Aquatolu. Potęgę wody poznasz już niebawem.

I król Aquatolu wręczył Susanne berło. Dziewczyna wzruszyła się i spojrzała na władcę morskiego świata z ogromnym uznaniem.

– Bardzo dziękuję, Królu. Nigdy tego nie zapomnę – powiedziała Susanne.

– Nie ma za co, Susanne. Tylko ty możesz sprawić, aby nasz dom przetrwał huragan wszechczasów – odparł Król i gestem dłoni nakazał Susanne podążyć za sobą.

Emesto, Stacy, Javier i pozostali również podążyli za królem. Władca zdawał się być kimś, kto nie lubi tracić czasu na zbędne ceregiele. Owszem, był miły, ale setki lat spędzonych w świecie morskich objęć i fal ukształtowały jego osobowość w specyficzny sposób. W wodzie życie wydaje się toczyć o wiele szybciej niż na lądzie. A umysł zaczyna nakładać na siebie pewne wizje i zdarzenia. Życie staje się snem.

Susanne nawet nie spostrzegła, kiedy dotarli na miejsce. Woda przesycona była oparami miedzianej barwy, które sączyły się z wąskiej szczeliny przepoławiającej dno. Atmosfera stała się napięta, a entuzjazm ulotnił się szybciej niż powiew wiatru na piekącej pustyni. Bieg czasu zagęścił sekundy i minuty. Susanne spojrzała na Emesta. Spojrzenie elfa zdawało się mówić jej: „Cierpliwości". I rzeczywiście. Już po chwili król odezwał się:

– *Les Ailes de Feu* znajdują się tutaj. Tyle par, ile będzie potrzebować twoja drużyna. – Tu wręczył Susanne małe zawiniątko, po czym dodał: – Wystarczy tylko rozwiązać supeł. Muszę ci jednak powiedzieć o przejściu pod ziemię. Nim podam wam wskazówki, powiedz mi, Susanne, czy Krzew Życia powiedział ci, żebyś schodziła pod ziemię? To bardzo ważne.

Susanne skupiła się. Tak, rzeczywiście. Krzew Życia mówił jej coś na temat ziemi. Odpowiedziała zatem:

– Krzew życia powiedział mi, żebym odwiedziła ziemię.

Król uśmiechnął się, choć był to zarazem uśmiech pełen radości i bólu. Powiedział:

– Zatem posłuchaj mnie. Ty i twoi towarzysze schodzicie tam, gdzie nie schodził jeszcze nikt. Nie wiem, co was tam spotka, ale jednego jestem pewien.

Z dawnych podań wynika, iż w pewnym momencie natraficie na pewną blokadę. Póki ty, Susanne, jej nie złamiesz, nie będziecie mogli dotrzeć do Wizmundu. Ja muszę już wracać. Do zobaczenia.

W jednej chwili król znikł. Susanne wymieniła z Emestem znaczące spojrzenia. Elf ruchem dłoni nakreślił niewidzialne znaki, a szczelina zapadła się, pozostawiając po sobie ciemny dół. Susanne wpłynęła do ciemnej pieczary, a pozostali wpłynęli za nią. Nieprzeniknione ciemności napawały dziwnym poczuciem osamotnienia. Choć wokół było kilkanaście osób, każdy czuł się bardziej samotny niż kiedykolwiek. Susanne płynęła na czele kolumny. Odczuwała zmiany wody w sposób o wiele bardziej wyraźny niż ktokolwiek inny. Miała wrażenie, iż płyną podziemnym, ziemnym tunelem, który setki lat temu został zalany morską wodą. Krople wody przesycone były nie tylko ciemnością, ale i drobinkami rozpuszczonej gleby. Susanne miała przeczucie, iż sklepienie w każdej chwili może zwalić się na ich głowy. Wydawało jej się być nierealnym, aby zwykła ziemia opierała się słonemu morzu tak długo.

Ściskała berło mocno i pewnie. Im dłużej płynęła, tym klarowniejsza zdawała się być toń. Dziewczyna uświadomiła sobie, iż droga, którą przebyli, była zaledwie wąskim tunelem wpadającym do ogromnej, podwodnej groty. Kiedy wpłynęli do skalnego pomieszczenia, Susanne dojrzała przecudne stworzonka. Gdy zbliżyła się do nich, okazało się, iż są to maleńkie roślinki, roztaczające luminescencyjną poświatę. To właśnie one rozświetlały mrok. Skalne ściany były wykonane z gładkich kruszców, posadzka z kolei tworzyła mozaikę składającą się z ametystu.

Na samym środku okrągłej jaskini znajdował się dość duży kamień. Szary, niedostrzegalny na pierwszy rzut oka. Susanne podpłynęła do niego. Reszta podróżnych pozostała w tyle. Księżniczka dostrzegła, iż w kamieniu jest zatopiony kryształowy blok. Szara powłoka jedynie maskowała najpiękniejszą dekorację całej sali. Kryształ zdawał się wirować powoli i ewidentnie skrywał za mgiełką morskiej piany, coś, czego Susanne tak bardzo potrzebowała. Dziewczyna spojrzała znad kamiennego postumentu na Emesta. Jego wzrok był jałowy. Elf nie wiedział, co należy zrobić. Przekazał jej jednak jedną bardzo cenną wskazówkę. Głos Emesta rozbrzmiał w jej umyśle, mówiąc:

– Susanne. Każda odpowiedź znajduje się w tobie. Głębia ludzkiego serca jest lekiem na każdy problem. Trzeba tylko umieć z niego skorzystać. Wsłuchaj się w moje słowa i nie bój się. Nawet gdy ogarnia cię codzienny mrok, cały czas żyjesz, ale odliczasz już koniec, ciąży ci boleśnie każdy krok i nie umiesz nie myśleć jak goniec, bo ucieka ci z rąk każdy rok, i choć zanurzasz się w bezdenna toń, mierzysz się z nią, ponad nią.

Słowa elfa dodały Susanne odwagi, a raczej pewności siebie. Dziewczyna uśmiechnęła się do Javiera, Stacy, Soledad, Paz i swoich poddanych, którzy po raz pierwszy byli bezpośrednio świadkami zadania, jakie ich pani musiała wykonać. Susanne dotknęła

Berłem Aquatolu szklistej tafli, która w ułamku sekundy porwała Susanne w wirujący brzask zachodzącego dnia. Dziewczyna po chwili wylądowała na nogach. Tak, na swoich nogach. I nie stała w perlistym pomieszczeniu, lecz na suchej, brązowej ziemi. Naokoło rozciągały się tunele, a w powietrzu wyczuwało się zaduch. Korzenie drzew przebijały się przez sufit. Panował półmrok. Te same roślinki, które Susanne widziała w grocie, towarzyszyły jej teraz w podróży.

Dziewczyna nie była już tak spokojna jak chwilę wcześniej. Coś było nie tak. Wokół nie było żywej duszy. Susanne przyklękła i wzięła w dłoń trochę ziemi. Ta była lekko wilgotna, pachniała torfem. Dziewczyna zastanowiła się, o co może chodzić. Wysiliła wszystkie swoje zmysły, czujnie słuchała i obserwowała tunele dookoła siebie. „Co się dzieje? – pomyślała Susanne. – Co mam robić?" Podeszła do wlotu jednego z tuneli. Obok, na ścianie, widniał maleńki rysunek biedronki. Obok kolejnego wejścia Susanne ujrzała pszczołę, dalej motyla, strumyk, kwiat, liścia, ptaka i drzewo. Poznawała te ikonki, ale nie miała pojęcia skąd. Starała się sobie przypomnieć rozmowę z Krzewem Życia. To właśnie on mówił jej o odwiedzeniu ziemi. Ale zaraz... wspominał coś o epizodach. Epizodach, które stają się początkiem.

I w jednej chwili Susanne znalazła w swoich wspomnieniach – wiecznych obrazach – odpowiedź. Bardzo dawno temu, zdawałoby się, iż tylko we śnie, leżała kiedyś na łące. Razem ze Stacy. Uciekała w ten zakątek wtedy, kiedy miała jakiś problem czy było jej smutno. Te maleńkie wizerunki były niemalże namacalnym dowodem na to, iż Ziemia i Dartmouth nie były snem. Wtedy, kiedy leżała na trawie, myślała właśnie o tych cudownych stworzonkach i przyrodzie. Pani Libby przerwała jej tę jedną z nielicznych chwil odpoczynku. Teraz to ona, Susanne Sautien, miała wprawić w ruch swoje wspomnienia na nowo. Gdy tylko uświadomiła sobie tę zależność, tunele zawirowały, a obrazy z przeszłości połączyły się w jedno.

Przed Susanne stanęła piękna postać o nieprzeniknionym obliczu. Jej szata miała barwę czekolady, podobnie jak twarz i włosy. W rzeczywistości sprawiała wrażenie ulepionej z gliny i ziemi figurki. Wpatrywała się w dziewczynę przez dobrą chwilę, po czym odezwała się:

– Witaj, Susanne Sautien. Bardzo miło mi cię widzieć. Jestem Strażniczką Wizmundu. Czy chcesz mnie o coś zapytać?

– Tak, Pani. – odparła Susanne – Powiedz mi, proszę, czym jest Wizmund? Jak mogę się do niego dostać? Czy pozwolisz przejść mnie i moim towarzyszom?

Ziemna Pani wpatrywała się w Susanne przez dłuższą chwilę. Odezwała się dopiero wtedy, gdy spojrzała Susanne w oczy.

– Zapewne nie wiesz niczego ani o mnie, ani o moim świecie. Ale nic nie szkodzi. Widzę, iż twoje pytania są konkretne i czuję, jak bardzo pragniesz dotrzeć już do Wizmundu. Odpowiem ci na każde pytanie, opowiadając historię Wizmundu. Słuchaj mnie uważnie, bo jeżeli doszłaś aż tak daleko i zdobyłaś uznanie w oczach Krzewu Życia, doskonale rozumiesz wagę umiejętności słuchania sercem, a nie słuchania pustych słów. Dawno, dawno temu narodziły się cztery Żywioły: Woda, Ogień, Powietrze i Ziemia. Przetrwały do dziś, choć nie tak łatwo jest się ich doszukać w Sautien, ponieważ prawdziwe Żywioły istnieją tylko dzięki Wizmundowi i tylko w Wizmundzie. Kiedy ratowałaś Wiatry, Żywioły powietrza, ratowałaś je naprawdę, choć w rzeczywistości, gdyby umarły, powróciłyby do Wizmundu, choć rodziły się pod taflą Złotego Jeziora. Niezwykle trudno jest to pojąć, ale jak już wiesz, moja droga, nie można postrzegać wszystkiego pod kątem suchych i niezłomnych faktów. Jak powiedział kiedyś Emesto, wszystko się zgadza, ponieważ wszystko przeczy. Wracając do rzeczy. Wizmund to kraina, do której nikt jeszcze nigdy nie dotarł. Dlaczego jest on jedynym przejściem na powierzchnię, jedyną drogą do Firmamentu Sautien? Ponieważ właśnie tam Żywe Drzewa ulokowały Rewersy prawdziwych Żywiołów. Tylko tyle możesz wiedzieć. Tylko ktoś godny zawładnięcia nimi może jako pierwszy przekroczyć granicę tego świata. Ale to, co powiem ci teraz, musi pozostać między nami, Susanne. Nie możesz wyjawić nikomu faktu, iż Żywioły Ognia, Powietrza, Wody i Ziemi są Rewersami, podobnie jak nie wolno ci zdradzić nikomu tego, iż potrafią połączyć się w jedno, zupełnie tak, jak to zrobił Emesto, podarowując ci Satynowy Miecz. Niewielkie namiastki Rewersów Żywiołów są we władzy elfów, choć nie mają o tym tak naprawdę pojęcia. Kiedy Żywioły z Wizmundu połączą się, a nastąpi to zapewne już niedługo, Pustka i Wyklęci będą się mieli czego obawiać. Tymczasem, masz do spełnienia pewne zadanie. Zadanie w Wizmundzie. Opowie ci o nim Emesto. Ponieważ tylko tu, w moim ziemnym królestwie, jego zdolności są zablokowane. Niebawem Emesto wyjawi ci swój sekret. Kiedy go poznasz, zachowaj go jako najtrwalsze wspomnienie. Ja, Susanne, jestem strażniczką wspomnień. Mogę je przywoływać, mieszać i modyfikować. Nazywam się Auloa. Kiedy bitwa rozgorzeje, wezwij mnie po imieniu. Muszę ci powiedzieć jednak o czymś jeszcze. Król Aquatolu jest kimś niezwykle dobrym, ale jak już się domyśliłaś, jego osobowość ukształtowały wieki samotności, ponieważ kiedyś był sam. Nie odbieraj więc jego dziwnego zachowania jako osobistego afrontu. Naprawdę starał się być bardzo miły. Pamiętaj, Susanne, iż wszyscy, których spotkałaś – łącznie ze mną – zawsze będą lojalni wobec ciebie. Do końca. Do zobaczenia, Susanne...

– Bardzo dziękuję. Do zobaczenia – odparła wzruszona dziewczyna.

Auloa uśmiechnęła się i znikła. Wszystko wokół Susanne zawirowało. Dziewczyna ujrzała obok siebie najbliższe jej sercu osoby i wiernych wojowników. Kiedy uniosła wzrok, dostrzegła potężne wrota i otworzywszy je, wkroczyła do Wizmundu. Krainy najpotężniejszej magii, jaka pozwoliła jej dać się poznać...

ROZDZIAŁ 16

Wizmund

Susanne nie mogła uwierzyć w to, co ujrzała. Jej oczy spowił czar budzącego się piękna. Nigdy wcześniej nie widziała równie zachwycającego pejzażu. Jako pierwsza ujrzała Wizmund. Kolebkę najpotężniejszych mocy rządzących wszechświatem. Dookoła rosły bursztynowe kielichy lilii, wyglądające niczym opiłki srebra skrzące się kroplami rosy w poświacie słonecznych promieni. Nieco dalej znajdowało się atramentowe źródło z falującymi na powierzchni kwiatami lotosu o zapachu przypominającym morską bryzę. Drzewa osnute białą jak mleko korą mamiły zmysły, a ich liście, niczym porcelanowe dzieła sztuki, falowały cichutko w powietrzu, nucąc melodię ukojenia. Ptaki, przecinające nieboskłon, oślepiały paletą barw swoich piór i cudną muzyką, którą wyśpiewywały. Jednak Emesto niespodziewanie odezwał się:

– Susanne. Musimy porozmawiać. Natychmiast. To bardzo ważne.

Dziewczyna momentalnie otrzeźwiała i oddaliła się z Emestem od grupy. Jego oczy były śmiertelnie poważne i dopiero patrząc w nie, Susanne uświadomiła sobie, iż to spojrzenie, którym darzy ją przyjaciel, jest jedynym prawdziwym obrazem w otaczającej ją krainie. Elf przemówił po chwili:

– Susanne. W Wizmundzie jest niebezpiecznie. Bardzo niebezpiecznie. To miejsce posiada bardzo piękną, aczkolwiek bardzo mroczną historię, o której nie wolno mi na razie opowiadać. To, co dostrzegasz w moich oczach, stanowi niezatarte piętno tego, kim jestem. Sekret, który od tak dawna obiecuję ci wyjawić, będę mógł zdradzić wtedy, kiedy wykonasz czekające cię zadanie. Wizmund nie będzie cię zwodził swoim pięknem ani cię nie zaczaruje. Wszystko, co dostrzegasz dookoła siebie, jest prawdziwe. Po chwili przyzwyczaisz się, podobnie jak pozostali, do otaczającej rzeczywistości. Zastanawiasz się zapewne, co może być tak niebezpieczne. Chodzi o to, iż musisz odnaleźć Rewersy prawdziwych Żywiołów, które – uwolnione – będą w stanie zmieść z powierzchni świata wszystko, a nawet zniszczyć całą galaktykę. Potrzebujemy ich do walki z Pustką. Susanne – i tutaj głos elfa zadrżał, jednak kontynuował po chwili przerwaną opowieść – kiedy dojdzie do ostatecznego starcia, jedynie Cztery Prawdziwe Żywioły będą w stanie cię ochronić w trakcie Boju Dusz. Jeżeli zdobędziesz ich Rewersy, będziesz mogła z ich pomocą wydrzeć dusze cierpiące w otchłani Morza Grozy, w Keharze i te, które wcześniej były uwięzione w Pustce, ale zrozumiawszy swój błąd, nie przyłączyły się do Wynaturzonych. Kiedy najbardziej zapomniany i najmniejszy z prawych Sautienczyków dołączy do twojej armii, wtedy Czas, najpotężniejszy z Żywiołów, stanie do walki u twego boku. Potęga, którą będziesz władać, pomoże zniszczyć zło na zawsze, choć człowiek zawsze będzie sam decydował o tym, którą drogę wybierze. Wiem, iż wydaje ci się to być niezrozumiałe, ale wiem również, iż pamiętasz to, o czym powiedziałem ci tak dawno temu: Wszystko się zgadza, ponieważ wszystko przeczy. Nigdy, przenigdy nie zapomnij o tym, nawet wtedy, kiedy staniesz na krańcu świata, by skoczyć w jego serce już za kilka minut. Susanne. Tam, na dnie i na szczycie, w epicentrum pradawnych mocy i wiedzy, kieruj się tylko swoim sercem. Powiedziałem ci wszystko, co wiem i co wolno mi było wyjawić. Pamiętaj, iż wszyscy w ciebie wierzymy i kochamy cię.

Susanne zapomniała o cudach otaczającego ją świata. Emesto dodał swoim spojrzeniem całą resztę. Dziewczyna patrzyła nieruchomo przed siebie. Jak potężne siły ona, tak słaba istota, będzie już niebawem oglądać i z którymi będzie rozmawiać? Nie wiedziała dokładnie, lecz jej przyjaciel złożył na jej barkach taki ciężar, iż czuła w duszy paraliżującą niemoc. Otaczający ją krajobraz był taki piękny, ponieważ znajdował się na krańcu świata i stanowił wejście do jego serca. Serca bezkresnej galaktyki mileniów. Dziewczyna była w stanie spojrzeć na elfa ponownie dopiero po kilku minutach. Na jego twarzy malował się niewymowny smutek. Susanne rzuciła się w jego ramiona, a mocny uścisk przyjaciela dodał jej wiary w to, iż mimo swojej małości ona, Susanne Sautien, będzie w stanie znaleźć w sobie dość siły i odwagi.

Po chwili Susanne i Emesto powrócili do pozostałych. Dziewczyna z całych sił, tak jakby już nigdy nie miała zobaczyć najbliższych, uściskała Stacy, Javiera, Emesta i pożegnała się z Soledad i Paz, po czym zapamiętując każdy zarys ich postaci, ruszyła przed siebie. Do serca Wizmundu. Nie mając pojęcia, czy wróci żywa. Stąpała po idealnie wyszlifowanych kamiennych stopniach, po piaszczystym kobiercu zielonego mchu, czarnej jak węgiel i pachnącej torfem ziemi, by wreszcie dotrzeć na polanę skąpaną blaskiem gorejącego słońca, kładącego się do snu w gęstym listowiu perłowobiałych drzew. Trawa dookoła niej delikatne falowała na wietrze, a jej szafranowe źdźbła miękko muskały jej stopy.

Na skraju polany majaczyły niepozorne drzwiczki. Susanne podeszła bliżej. Uświadomiła sobie, iż to, co widzi przed sobą, to wcale nie drzwi, lecz regał wypełniony książkami o najcudowniejszych grzbietach i okładkach, jakie kiedykolwiek widziała. Szeptały do niej niezrozumiałe frazy, ale Susanne miała wrażenie, iż dzięki temu zaczyna rozumieć sens słów Emesta. Dopiero teraz uświadomiła sobie, iż wcale nie miała schodzić pod ziemię czy gdziekolwiek indziej. Ta mlecznobiało-szafranowa polana była właśnie tym celem, do którego Susanne miała dotrzeć. Ta polana to serce Wizmundu. Susanne ośmieliła się dotknąć jednej z białych ksiąg, która okazała się być ciepła w dotyku. Po chwili przejechała palcami po grzbietach pozostałych tomów, równie białych jak regał i drzewa. Zamknęła powieki i kierując się tylko swoim sercem, wyłowiła z niezrozumiałych fraz prawdziwy sens swojego zadania. Susanne zrozumiała, iż dwanaście ksiąg spoczywających na półkach regału, niczym dwanaście godzin tarczy zegara i dwanaście godzin dnia, uosabia dwanaście najpotężniejszych Sił rządzących całym wszechświatem, które czekają na to, aż ona, Susanne Sautien, otworzy ich stronnice.

Dziewczyna przymknęła powieki i wsłuchała się w słowa szeptane przez księgi. W dalszym ciągu słyszała jednak tylko niezrozumiałą melodię i szum falującej trawy za swoimi plecami. Susanne zajrzała jeszcze głębiej do swojego serca i wtedy usłyszała:

– Otwórz nasze stronnice... Nie bój się...

Susanne otworzyła oczy i otworzyła pierwszą księgę. Z jej pergaminowych stronnic wymazał się cały tekst, każda litera, przecinek, kropka i inicjał. Coś jednak podpowiadało jej, że tak właśnie musi być. Odłożyła niezamkniętą księgę na sam szczyt regału, po czym otworzyła pozostałe jedenaście śnieżnobiałych woluminów. Kiedy ostatnia litera wyblakła na stronnicach ostatniej księgi, słońce schowało się za kotarą chmur utkanych z popiołu, a szafranowe źdźbła ugięły się do samej ziemi, smagane lodowatym wiatrem. Przenikliwy chłód zdawał się wypełzać zdradziecko z upiornych, perłowych konarów. Susanne zaniepokoiła się. Nie była w stanie sobie jednak przypomnieć, co mówił jej przyjaciel. Nie wiedziała, co robić. Jedyne co przyszło jej na myśl to kierowanie się sercem. A Głębia Serca podpowiadała jej, iż nie należy się bać, mimo iż uruchomiła uśpione od tysięcy lat mechanizmy zagadki dziejów. Niespodziewanie lawina deszczu runęła z nieboskłonu na ziemię. Upiorna, lodowata kurtyna kropel zagęściła powietrze, wysysając z niego ostatnie tchnienia ciepła i bezpieczeństwa. Susanne stała pomimo tego wszystkiego nieruchomo, na skraju polany.

Nie minęła nawet sekunda, a błyskawica przeszyła nieboskłon i w miejscu, w które uderzyła, zmaterializowała się jakaś postać. Susanne nie była w stanie dostrzec, kim lub czym może być. Niemal w tej samej chwili błysnęło jedenaście kolejnych piorunów i wszystko ucichło. Na szafranowej polanie stało dwanaście postaci. Uśmiechały się do Susanne tak, jakby nic się nie stało, jakby dudniące odgłosy rozwścieczonej burzy, ryk deszczu i wiatru oraz jęki przerażenia tak naprawdę nigdy nie istniały. Nagle znów świeciło słońce, a trawa spokojnie falowała na wietrze. Jedynym świadectwem żywiołu była przemoczona do suchej nitki Susanne.

Jedna z postaci zaprosiła ją gestem ręki, aby podeszła bliżej i stanęła obok niej. Dziewczyna podeszła więc do niej, a ta jednym spojrzeniem wchłonęła całą wilgoć i ziąb z jej ciała. Druga postać tchnęła swoimi źrenicami ciepło i bezpieczeństwo, a trzecia przemówiła:

– Witaj, Susanne Sautien.

Susanne nie była w stanie nic powiedzieć. Ukłoniła się tylko delikatnie i uniosła wzrok na dwanaście postaci stojących w kręgu. Myślała, że śni. Przed nią stała szafirowa dama o skórze bardziej niebieskiej niż indygo, pod którą tętniły lazurowe żyły. Odziana była w wodę. Tak. W wodę. Przeczyła wszelkim prawom grawitacji. Ujrzawszy spojrzenie Susanne, przedstawiła się jako Aquana. Kolejna postać odziana była w płomienie, a jej wzrok parzył. Był nią mężczyzna. Przedstawił się jako Fuego. Trzecią postacią również był mężczyzna, utkany z wiatru. Nazywał się Viento. Czwarta postać, czarna jak węgiel, o spojrzeniu głębokim i przenikliwym, odziana w szatę koloru czekolady, nazywała się Tierra. Te cztery najpotężniejsze Siły uosabiały liczby 12, 3, 6 i 9. Wyraźne odcinały się na tle pozostałych i stały naprzeciwko siebie tak, że na przecięciu wzroku ich wszystkich znajdowała się Susanne. Aquana ponownie przemówiła:

– Susanne, nie bój się i wysłuchaj mnie uważnie. Jesteśmy Duchami Żywiołów. Ja jestem duchem Wody, moja siostra to duch Ziemi, dwaj bracia są duchami Wiatru i Ognia, a reszta naszego rodzeństwa to duchy lasów, kwiatów, kamieni i wielu, wielu innych zjawisk oraz cząstek ziemskiego padołu. Wszyscy razem stanowimy Wizmund, ale nad nami stoi ktoś jeszcze. Ktoś, kto jest jeszcze mniej materialny niż my i o wiele od nas potężniejszy – Czas. Już ci wszystko wyjaśniam, moja droga. Słuchaj bardzo uważnie. Nie bez powodu znalazłaś się aż tutaj. Przeszłaś przez prawdziwe piekło, ale najgorsze dopiero przed tobą. Nigdy nie usłyszysz, podobnie jak i my, Duchy Żywiołów, co tak naprawdę wydarzyło się miliony lat temu. Nikt z nas nie zna pradawnej Tajemnicy. Wspominają o niej tylko nieliczne księgi zapisane nie ludzką, lecz Boską ręką, a strzeże ich Czas. Są one ukryte w czeluściach spiżowego szczytu Aestorferu, najwyższej góry wszechświata, strzegącej wstępu do Firmamentu Sautien. Jesteście już bardzo blisko celu wędrówki, którą przypłaciłaś miliardami morderczych łez. Na swojej drodze przez cały czas spotykałaś kogoś, kto udzielał ci kolejnych wskazówek, ale teraz twoja podróż w celu szukania zlepków układanki się kończy. Do serca góry Aestorferu wyruszysz, podążając w ostatnią podróż. Później będzie już tylko Firmament Sautien i Żywe Drzewa. Abyś mogła ujrzeć to, czego ludzkie oko nie widziało, w ostatnią wędrówkę podążysz sama. A teraz, moja droga, wyjawię ci sekret Wizmundu. To, czego się dowiedziałaś i to, co ci powiem, musi pozostać między nami. Wizmund oplata sieć tajemnych perypetii ludzkiej egzystencji, tworząca tylko jedną z nieprzebranych dziedzin galaktycznego bezkresu pojmowania i niewiadomej. Stanowi niewyobrażalnie mikroskopijną cząstkę całości istnienia. Ale tylko ona, pył na perfekcyjnej tafli wszechświata, maleńka rysa, prowadzi do zagłady tego, czego jest częścią. Wizmundu. Zapewne nie rozumiesz, po co o tym wspominam. Za chwilkę wszystko stanie się jasne, a Emesto dokończy opowieść, którą ja zacznę. Jak wiesz, na cały wszechświat składają się te mniej lub bardziej znaczące zjawiska, rzeczy, istnienia i perypetie. Pustka przekroczyła dopuszczalną granicę błędu, margines, którego pod żadnym pozorem nie wolno złamać. Jeżeli tego nie zatrzymasz,

Susanne, wszystko, co kochamy, przepadnie na wieki. Ja i moje rodzeństwo strzeżemy granic każdej dziedziny każdej galaktyki. Jednak nie możemy zrobić nic ponad to, jak ciebie ostrzec. Dlatego tak ważne jest, abyś jak najszybciej dotarła do serca Aestorferu. Czas wyśle cię na granicę galaktycznej skazy, jeżeli przejdziesz próbę. Jeszcze nikt nigdy nie był dopuszczony do tak potężnej prawdy rządzącej machiną istnienia. Przenigdy, Susanne, nikt nie będzie miał prawa do obcowania z czymś tak niezwykłym i mistycznym jak granice galaktyk. Tylko ty będziesz mogła zasklepić przerwaną granicę i wtedy, uwięziwszy Pustkę i Wynaturzonych w jednym wymiarze, stanąć do największej wojny ze Złem w historii światów. Firmament Sautien będzie dla ciebie ostatnim przystankiem i ostatnią okazją do zebrania sił przed morderczym bojem dziejów. Jeszcze tylko kilka sekretów jest dane ci poznać, moja droga, i pamiętaj, iż musisz je zachować głęboko w swojej świadomości. Dlaczego cię wybrano, co z tym wszystkim wspólnego ma Emesto, jaki sens ma każdy z przystanków twojej podróży, dlaczego cierpisz, dlaczego kochasz, każdy element złoży się w całość. Tylko poznanie umożliwi ci walkę. Posiądziesz wiedzę, o jakiej nikomu się nie śniło. Wykorzystaj ją mądrze, Susanne. Tkwi w tobie niespotykany pierwiastek, coś z czym udało ci się wygrać, choć jeszcze nie wiesz, czym to jest. Życzę ci powodzenia. Jednak nim powrócisz do swoich przyjaciół, nim wysłuchasz opowieści przyjaciela, pragnę ci coś jeszcze pokazać. Zamknij proszę, oczy.

Susanne przymknęła więc powieki. Delikatne podmuchy wiatru owionęły jej twarz. Dziewczyna nie widziała, co dzieje się dookoła niej, lecz działo się coś tak niezwykłego, iż nie sposób tego ująć w słowa. To, co uczyniły Duchy Żywiołów, można przyrównać tylko do jednego. Do wichrowego pejzażu – duszy Susanne. Duchy żywiołów pokazały jej, jaką potęgą będzie dysponować podczas Boju Dusz. Dziewczyna ujrzała pod swoimi powiekami siebie. Jakże niepodobną i srogą, lecz w dalszym ciągu waleczną i oddaną ojczyźnie wszystkich narodów wszechświata. Utkwił jej w pamięci jeden szczegół. Szmaragdowozielone spojrzenie, które mogłoby wypalić wnętrze człowieka. Susanne nie czuła jednak ani lęku, ani rezygnacji. Uświadomiła sobie, iż musi – za wszelką cenę – zdobyć wiedzę ukrytą od wielu tysięcy lat w księgach Aestorferu. Uśpione sekrety, niewytłumaczalne zjawiska i moce, czekają na piedestale pokoleń, bardzo pilnie strzeżone, a Susanne doskonale zdawała sobie sprawę, iż niezwykle trudno będzie jej zasłużyć na ich zaufanie i sprostać ich zadaniom. Gorące krople krwi, niczym w gorączce dusiły serce dziewczyny. Wycieńczone ciało nie umiało już podźwignąć ciężaru przygniatającej odpowiedzialności. Fetysze zła stawały Susanne przed oczyma i w dzień i w nocy, nękając ją koszmarami we śnie i na jawie. Ona jednak nie poddawała się. Spiżową tarczą i zarazem jej orężem była miłość. Uczucie, które tworzyło mozaikę mileniów na fundamencie zaufania i poświęcenia.

Czas nieubłaganie gnał naprzód. Droga stawała się coraz to bardziej niebezpieczna. Po rozmowie z Aquaną Susanne jeszcze długo siedziała przy ognisku, wpatrując się w migocące płomienie. Zapewne łudziła się, iż wypalą w niej smutek i rozgoryczenie. Javier nie opuścił jej ani na krok. Ani jedno słowo nie przerwało nocnej ciszy nawet na sekundę. Oboje usnęli dopiero nad ranem, ale nim Susanne zamknęła znużone oczy, uroniła kilka gorzkich i bolesnych łez. Śnił się jej wichrowy pejzaż. Przez cały czas, wciąż na nowo, widziała siebie, swoje palące, szmaragdowe spojrzenie. Sen nie przyniósł ani odpoczynku, ani znużenia.

Susanne obudziła się bardzo wcześnie. Niedługo potem wszyscy byli już gotowi do dalszej drogi. „Przez cierpienie do gwiazd" – przypomniała sobie dziewczyna. I ruszyli. Krajobraz wił się na horyzoncie, znikając i pojawiając się za licznymi wzniesieniami. Naokoło rosła tylko i wyłącznie cynamonowa trawa, gęstsza niż wełniany dywan. Nieboskłon zmienił barwę z płonącego złota na krwawą purpurę, rozlaną przed wiekami nad ziemskim padołem. W pewnym momencie złota trawa znikła, a wzrok każdego, bez wyjątku, przykuł skalny masyw, tak ogromny, iż jego szczyt ginął niczym kamfora w gęstej koronie chmur. I ta cisza. Cisza sącząca się z każdego okruchu skalistej góry wprost do serca.

Rozmowa z Emestem miała być już tą ostatnią, którą dziewczyna odbędzie z przyjacielem, nim wyruszy w ostatnią podróż, do ostatniego punktu w ostatecznej wędrówce, nim wkroczy na Granice Galaktyk i do Firmamentu Sautien. Już po raz ostatni widzi najbliższych. Odtąd jej wędrówka będzie samotnym marszem przez nieprzyjazne krainy. Nie wiedziała, czy wróci. A jeżeli nawet wróci, to czy będzie mieć jeszcze na tyle sił, aby stoczyć walkę ze złem na tak wielu płaszczyznach? Czarny jak smoła cierń jątrzył ranę na jej duszy coraz to bardziej jadowicie i upiornie. Za kilkanaście sekund Emesto udzieli jej ostatnich wskazówek i wyjawi swój sekret. Dziewczyna patrzyła na zbliżającego się przyjaciela ze łzami w oczach. Każda chwila mijała bezpowrotnie, odbierając jej przyjaciół i ukochane osoby na bardzo długo. Już nie pamiętała cudów Wizmundu ani tego, kiedy go opuściła. Jej umysł tkał coraz to gęstszą sieć bólu. Zamknęła powieki. Po chwili tuliły ją ramiona przyjaciela. Podniósłszy powieki, spojrzała mu w oczy i wiedziała, że musi pożegnać się z tymi, których kocha, ponieważ nie ma czasu do stracenia. Ostatkiem sił przytaknęła Emestowi, który odszedł pod Górę Aestorferu. Susanne natomiast podeszła do Stacy i powiedziała:

– Skarbie. Muszę teraz odejść na dość długo, ale zobaczymy się na pewno. Obiecuję ci to. Uściskasz mnie?

Dziewczynka nic nie odpowiedziała. Nie była w stanie. Przytaknęła tylko znacząco głową i w kaskadach łez rzuciła się w ramiona przyjaciółki. Susanne stanęła przed oczyma scena z sierocińca. Wtedy Stacy płakała, kiedy upadła, popchnięta przez panią Libby.

Susanne widziała ją i Stacy, czując, iż tamte wydarzenia wracają z nieporównywalną siłą, niczym rewersy przeszłości, które kiedyś potrafiła załagodzić. Przytuliła wówczas Stacy i wiedziała, że to pozwoli im przetrwać. Analogiczna sytuacja miała miejsce teraz. Ale jak jeden uścisk może zmyć gorycz rozłąki? Jak przetrwać bez swojej małej siostrzyczki? Jak ją zostawić w nieświadomości i rozpaczy? Susanne zdołała wyszeptać jeszcze tylko trzy słowa do uszu Stacy:

– Kocham cię. Wrócę.

Wypowiedziawszy je, oddała Stacy pod opiekę Soledad i Paz, pożegnawszy się również z nimi. Javier czekał na nią nieopodal. Odprowadził ją do Emesta. Mieli tylko kilka minut. I właśnie przez te kilka minut trwali w swoich objęciach, żegnając się być może na zawsze. Ostatni pocałunek, dotyk dłoni i obraz ukochanego znikający stopniowo na horyzoncie. Teraz pozostała już tylko z Emestem. Elf zaczął opowieść:

– Susanne. Nie zdołam ci się nigdy odwdzięczyć ani w żaden sposób zadośćuczynić za twoje poświęcenie i…

– Emesto, nie mów tak. To…

– Ciiiii. Nic nie mów. Posłuchaj mnie uważnie. Wejście do serca Aestorferu otworzy się przed tobą samo. W jego wnętrzu nie będzie jednak żadnej wskazówki. Wkroczysz do krainy zatopionej w bursztynowej żywicy światła. Niezwykle pięknej i… nieznanej nikomu. Z najstarszych podań tylko my, elfy, znamy rąbek tajemnicy tego miejsca. W rzeczywistości nazywamy się *Los niños de la luna* i strzeżemy czegoś niezwykle cennego. Nim zdradzę ci mój sekret, pamiętaj jeszcze o jednym. Kiedy zdobędziesz księgi niezwykłej mądrości – a w to nigdy nie zwątpię – przez portal równości dostaniesz się na Granice Galaktyk, aby uwięzić zło w jednym wymiarze. Ale pamiętaj: musisz wrócić do swojego wymiaru w godzinę. Więcej czasu nie będzie. Jak wrócić, tego też nikt nie wie. Dowiedzieć się tego możesz tylko z Aleados – ksiąg Aestorferu. Kolejnym przystankiem będzie Firmament Sautien. Kiedy wrócisz do nas, mam nadzieję, iż będziemy przygotowani do wojny. Wojny dziejów, która na zawsze zadecyduje o losach wszechświata. A teraz, Susanne, zdradzę ci swoją tajemnicę. Zapewne zastanawiasz się, czemu nazywam się dzieckiem księżyca? Dlatego, iż narodziłem się właśnie na nim. Ale nie na tym, który widziałaś na nocnym niebie w Dartmouth. Urodziłem się na Księżycu Fijo. Tamtejsze dzieci księżyca wytwarzają z księżycowego kruszcu Portale Śmierci. Wykonane z kawałków Księżyca Fijo, są w stanie odciąć kilkanaście metrów przestrzeni dowolnej krainy w dowolnym miejscu i o dowolnym czasie od wszystkiego i stworzyć swoiste, odcięte od świata lokum przejściowe Śmierci. Mogą do niego wejść tylko dwie istoty. Jak? Dlaczego? Już ci wyjaśniam. Ja, jako strażnik Portalu Śmierci w Sautien, umieszczę w jego skrzydłach fragmenty waszych: twojego i Pustki istnień. Zdobyć je będziesz mogła tylko od Żywych Drzew, które niczym Mojry starożytnego świta sprawują pieczę nad życiem. Przede wszystkim – tym duchowym. Kiedy fragmenty istnień zostaną umieszczone w skrzydłach Portalu Śmierci Sautien, dojdzie do Boju Dusz. Nikt nie może się sprzeciwiać ani w żaden sposób przeciwstawiać umieszczeniu fragmentu jego istnienia w księżycowym portalu, ponieważ nikt o nim nie wie. Ty jesteś pierwszą, która poznała jeden z największych sekretów, i zachowaj go w swoim sercu. Nikt nie może się o nim dowiedzieć. Żywe Drzewa i Księżyc Fijo pozwoliły mi zdradzić ten sekret tylko tobie. Sekret, będący tematem tabu w galaktycznym oceanie mitycznych tajemnic. Ten, który wygra, zachowa życie duszy i inne dary, o których nawet nie wolno mi teraz wspominać. Śmierć wyda wyrok na pokonanym, wiążąc go w ciele po wieki. Wszystko zrozumiesz, Susanne, nim dojdzie do ostatecznego starcia. Na razie nie zastanawiaj się, jak to było możliwe, iż Śmierć już raz złożyła ci wizytę, ani nad tym, jak trzeba będzie walczyć. Skoncentruj się na swoich zadaniach, kieruj się sercem i zaufaj wszystkim tym, którzy pomagają ci w twojej misji. Ciernie wspomnień i przyszłości zawsze uderzały, zlane w kipiący pomost, w teraźniejszy byt. Nie staraj się ich rozumieć ani kwestionować – tylko je zaakceptuj. Przynajmniej na razie. Sekret Cierni też będzie dane ci poznać, kiedy wszystko się skończy. A teraz, moja droga, idź i nie zapomnij, iż w twoim sercu zawsze będziemy my wszyscy. Miłość nie pozwoli ci zabłądzić i pozwoli zachować trzeźwość umysłu i serca. Głębia Serca będzie z tobą przez cały czas, ponieważ w końcu to ci, których kochasz, napędzają jej trybiki w wieczny ruch życia i bezgranicznego zaufania.

Po tych słowach Emesta na twarzy Susanne pojawił się uśmiech. Przez łzy pożegnała przyjaciela i mimo niewymownego ciężaru odpowiedzialności, jaki złożył na jej barki los, podeszła do skalnej ściany, obejmując po raz ostatni swoim wzrokiem towarzyszy, po czym zniknęła w bursztynowym zwierciadle łuny świtu.

ROZDZIAŁ 17

Aleados i Granice Galaktyk

Kiedy Susanne wkroczyła w płomienie świetlistych obłoków, świat, w którym spędziła najpiękniejsze i najtrudniejsze chwile swojego życia, znikł za głuchym echem zasklepiającej się góry. Sekundy zwolniły swój bieg, czas zagęścił atmosferę w złocistej sali. Susanne widziała już w Sautien przepiękne krajobrazy, stworzenia i obcowała z niezwykle potężną magią, ale teraz nie mogła uwierzyć. Nie mogła uwierzyć w nic, co majaczyło przed jej oczami. Piękno tańczyło na jej oczach z taką gracją, iż łzy wzruszenia zapiekły dziewczynę w głębi duszy. Patrzyła na najcudowniejszy spektakl. Stała w miejscu, nie mogąc się poruszyć. Dookoła unosiły się opary bursztynowej toni, która niczym płynne złoto wypełniała całe wnętrze góry Aestorferu.

Gdy Susanne rozejrzała się, dostrzegła, iż stoi na mostku, którego koniec niknie w słonecznych oparach. Zrobiła pierwszy krok. Coś zaszeleściło. Susanne uniosła głowę do góry. Nad jej głową wisiały niezwykle ostre sople wykonane z diamentu. Ich złowieszczy blask wygrywał melodię paraliżującego strachu, sprawiając wrażenie wiatru świszczącego w opuszczonych ruinach. Dziewczyna przymknęła powieki. Tak bardzo się bała, tak trudno było jej stawiać kolejne kroki. Otworzyła jednak oczy. Z całej swojej woli wykrzesała siłę do tego, by ruszyć naprzód. Przeraźliwy świst przeciął powietrze, a jeden z sopli wiszących u sklepienia spadł i roztrzaskał się za plecami Susanne. Odłamki najkruchszego i zarazem najtrwalszego kruszcu rozleciały się na wszystkie strony. Susanne wiedziała już, że Czas nie obdarzył jej zaufaniem i że czeka ją porażka. Mimo wszystko uczyniła kolejny krok. Pod jej stopami zachrzęściły odłamki drobniejsze od maku, a pozostałości diamentowego sopla wzniosły się do góry i zanurkowały do skrzącej się toni. Następny krok dziewczyna uczyniła zupełnie nieświadomie. Kolejny sopel roztrzaskał się u jej stóp, raniąc jej ramię. Poczuła okropny ból, rozrywający ciało. Bezgłośnie zapłakała. Prawie straciła przytomność, ale coś nie pozwalało jej upaść i szła dalej, prawie tracąc kontakt z rzeczywistością. Na twarzy poczuła mgiełkę lodowatych obłoków gęstej pary, która strzegła widoku czekającego po drugiej stronie.

Susanne nie była już w stanie iść dalej. Opadła bezwładnie na mostek. Jej dłoń omal nie zanurzyła się w złotej cieczy. Oczy tępo patrzyły na wrzącą toń, a łzy spływały po policzkach, bezgłośnie skapując na drewniany most. Susanne ujrzała jeszcze wirujące krople słomianej barwy, tańczące niemalże tak samo jak wtedy, gdy wkroczyła do wnętrza góry Aestorferu. Była jednak szczęśliwa i nim zamknęła oczy, uśmiechnęła się do wirującego wschodu i zachodu dziejów, odchodząc w bardzo odległe miejsce, czując, iż nie będzie powrotu. Ostatnimi obrazami w jej umyśle były twarze najbliższych, wspólnie spędzone chwile i... wciąż żywa nadzieja na uratowanie Sautien. Odeszła.

Nad jej ciałem ukształtowała się perfekcyjnie piękna postać – Absolut wszechświata. Pochylił się nad bezwładnie leżącą Susanne i wziął ją w ramiona. W jednej chwili wszystkie diamentowe girlandy rozpadły się w skrzący się pył, otulając Czas i Susanne i odchodząc z nimi na Granice Galaktyk.

*

Jak można odejść w nieznane, nie poznając smaku życia w każdym jego aspekcie? Ile cierpienia przesyca egzystencję jednych ludzi, a ile radości tych drugich? Susanne nie znała odpowiedzi na żadne z tych pytań? Zamykając oczy, wiedziała jednak, iż mimo tak mocno zakorzenionych niewiadomych jej życie odcisnęło na życiu innych przede wszystkim to, co najlepsze. Zamykając powieki, dziewczyna ze szklącymi się od łez oczyma wypatrywała swoich minionych przygód, które zatoczyły krąg. Usnęła z uśmiechem na twarzy, widząc najbliższych.

Nie wiedziała, że obudzi się w miejscu osnutym nieprzeniknioną kotarą szklanych zwierciadeł, znajdujących się pod pieczą najpotężniejszego z Żywiołów – Czasu.

*

Po podróży zdającej się być letargiem Susanne zaczęła powoli odzyskiwać świadomość. Poczuła chłodne, świeże powietrze przenikające do płuc. Na jej skórze załamywały się promienie o bursztynowych refleksach. Nie miała odwagi otworzyć oczu. Miała wrażenie, że leży na tafli srebrzystego strumyka, a w uszach szemrze jej woda. Bała się nawet poruszyć. Nagle usłyszała niezwykle delikatny i uprzejmy głos, zwracający się do niej następującymi słowami:

– Susanne, otwórz oczy. Nie bój się.

Dziewczyna ostrożnie uchyliła powieki. Rozejrzała się dookoła siebie. Ujrzała migocącą postać, która po chwili zaczęła wirować. Susanne zakręciło się w głowie. Niewidzialna siła podniosła ją do góry i w jednej chwili wszystko ustąpiło. Dziewczyna wprawdzie była słaba, ale w pełni odzyskała świadomość. Naprzeciwko niej stała skrząca się istota, tak piękna jak refleksy najszlachetniejszych kamieni, które uwięzione w ich wnętrzach, skrzą się niczym gwiazdy otulone zapierającą dech w piersiach paletą barw najcudowniejszych mgławic wszechświata. Po chwili postać przemówiła ponownie:

– Witaj. Znajdujemy się na Granicach Galaktyk. U twoich stóp rozciąga się galaktyka, w której znajduje się Sautien. Musisz dowiedzieć się, jak ją ocalić, a zarazem ocalić wszystkie inne światy. Dowiesz się tego...

– Z Ksiąg Aleados – wyszeptała Susanne.

– Tak – odparł Czas.

Dziewczyna ponownie spojrzała na skrzący się Czas. Uśmiech, który ujrzała, dodał jej otuchy. Nim zdążyła coś jeszcze powiedzieć, usłyszała:

– Susanne. Wyruszam teraz do innej galaktyki. Pamiętaj, iż poznanie nie oznacza zrozumienia, ani że zrozumienie nie jest wcale czymś, z czym spotkałaś się na Ziemi czy w Sautien. Zrozumienie oplata ludzkie perypetie, będąc daleko poza zasięgiem człowieka, który obcuje jedynie z ich odbiciem. Te perypetie żyją naprawdę tylko tutaj, na Granicach Galaktyk. Zrozum je prawdziwie, Susanne, zgłęb tę umiejętność z Ksiąg Aleados. Już bardzo dawno temu udowodniłaś mi swoją wartość. Bronią, którą kształtuje twoje serce, sięgniesz aż tutaj, kiedy nadejdzie właściwa pora. Kluczem do ksiąg było przebycie Toni Zapomnienia. Niebawem wszystko zrozumiesz. Wrócę po Ciebie jutro. Głowa do góry. – Kiedy skończył, uśmiechnął się do Susanne i znikł.

Dziewczyna rozejrzała się dookoła. Wszystko działo się jak dla niej zbyt szybko. Po chwili jednak uspokoiła się, zdając sobie sprawę, iż udało jej się dotrzeć na Granice Galaktyk. Widok zapierał dech w piersiach. Susanne przyklękła. Nadal stała na galaktyce Sautien. Opuszkami palców dotknęła jej powierzchni. Złote opary tworzyły pajęczą sieć, na pozór perfekcyjną. Jednak w pewnym miejscu trawił ją czarny jak smoła płomień. Susanne spojrzała na inne galaktyki. Każda z nich miała inny kolor, ale na żadnej z nich nie było najdrobniejszej skazy. Z każdą jednak chwilą wszystkie galaktyki blakły, a na ich granicach połyskiwała mozaika barw skrywających prawa tak różne od tych rządzących Sautien. Na samą myśl o tym, co by się stało, gdyby Pustce udało się wypalić granicę jednego tylko wymiaru, Susanne omal nie zemdlała.

Natychmiast wzięła do rąk Księgi Aleados. Ich oprawy nie były wysadzane ani rubinami, ani żadnym innym drogocennym kruszcem. Niezwykłe było to, iż sprawiały wrażenie niezwykle zużytych, wytartych i noszących piętno nieubłaganego czasu. Czasu, który kilka chwil wcześniej dane było Susanne ujrzeć. Już nigdy nie zapomniała tego widoku. Zapisał się w jej sercu i duszy niezmywalnym atramentem. Lecz nim dziewczyna otworzyła Księgi Aleados, z jej oczu popłynęły łzy. Doszła aż tutaj, wszystko działo się tak szybko.

Po chwili opanowała jednak emocje i otworzyła stronice pierwszej księgi. Na cieńszej i delikatniejszej od jedwabiu kartce niewidzialne pióro wypisywało niepojęte wcześniej dla Susanne tajemnice, które zapadały jej teraz w pamięć, tworząc tak niesamowicie spójne wiadomości, iż nie sposób ich opisać. Pierwsza księga nie była zbyt obszernym tomem, lecz niewymownie treściwym. Jej stronnice same się przewracały, zdradzając Susanne nigdy wcześniej nie opisane historie, zdradzając sekrety będące odwieczną niewiadomą. Z każdą sekundą Susanne zdawała sobie sprawę, na czym polega zrozumienie. Księga udzielała jej wskazówek co do tego, jak patrzeć na Granice Galaktyk. Rozglądając się dookoła siebie, dostrzegała to, czego wcześniej nie umiała dostrzec. Poznała wszystkie elementy tworzące skrzące się Kule Galaktyk.

Kiedy Pierwsza Księga Aleados zamknęła się, Susanne wstała. Korzystając ze zdobytych umiejętności, zdjęła kotarę szklanych zwierciadeł, przez którą dostrzegała do tej pory jedynie odbicia galaktyk. Nikt poza nią nie byłby w stanie tego dokonać. Tylko Susanne posiadła tę umiejętność. Kiedy opadła zasłona stanowiąca przesłonę dla nieznających odwiecznych tajemnic, Susanne ujrzała i zrozumiała otaczający ją krajobraz. Jaśniejsze od słońca elementy każdej galaktyki już jej nie oślepiały, dzięki czemu dziewczyna nie musiała już patrzeć na nie przez pryzmat niecałkowitego poznania. Obiektywna rzeczywistość łączyła się z subiektywną, tworząc przeplatające się wizje każdej istoty żyjącej w każdym ze światów każdej, nawet najmniejszej galaktyki. Życie i śmierć niczym pod taflą Jeziora Złotej Legendy wchodziły w skład perypetii wszystkich stworzeń. Każdą z galaktyk otaczał najdelikatniejszy kokon szemrzącego płynu, o którym Susanne dowiedziała się, iż jest powłoką, dzięki której rzeczywistości żadnej z galaktyk nie przenikają się.

Gdy Susanne dokładnie zapamiętała każdy szczegół, Druga Księga Aleados podfrunęła do niej i otworzyła swoje stronice. Dzięki wiedzy w niej zawartej Susanne dowiedziała się, jak uwięzić Pustkę w jednym wymiarze. Kiedy skończyła lekturę, obie księgi wyszeptały:

– Do widzenia.

I rozpłynęły się w powietrzu. Susanne podziękowała im i wzięła się do pracy. Wiedziała, że pozostało jej niewiele czasu. Musiała ugasić pożogę zła i otoczyć galaktykę Sautien specjalnym płaszczem ochronnym. Czuła na barkach ogromny ciężar. Wiedziała, że musi zacząć działać. Natychmiast. Była niezwykle skupiona. Ze wszystkich sił starała się nie pominąć żadnego szczegółu. Narzędziami naprawy musiały być jedynie jej wola i wiedza, którą posiadła.

Dziewczyna wiedziała, że najpierw trzeba rozplątać utkany przez Pustkę Węzeł Kiretho. Czarniejsze od najgłębszej otchłani kłębowisko przesyconych jadem zła wici kiretho, oplatających galaktykę Sautien, musi zostać rozplecione. Susanne nie dowiedziała się, jak można zapleść Węzeł Kiretho, ale Księgi Aleados zdradziły jej, czym on jest i jak go unicestwić. Dziewczyna wiedziała, iż taki węzeł może być zapleciony tylko raz. Tylko jeden, jedyny raz w całym życiu galaktyki. Dlaczego? Tego miała dowiedzieć się już niedługo. Jednak Galaktyka Sautien nigdy nie miała zgasnąć. We wszechświecie, na płaszczyźnie którego Susanne dane było obcować, galaktyka Sautien zaliczała się do *immortales*. A zaplecenie Węzła Kiretho w takiej galaktyce niesie ze sobą konsekwencje mogące trwać wiecznie. Przyszłość stanowiłyby więc wieczne rządy zła, które nie zniszczy galaktyki, w której zapanuje, aby nie unicestwić siebie, ale strawi dawny świat na wieki. Dziewczyna zrozumiała wystarczająco dużo, choć wiedza kryjąca się pomiędzy stronicami Ksiąg

Aleados pozostała dla niej ukryta. Susanne wiedziała, iż ceną za utkanie Węzła Kiretho z wici kiretho oplatających Galaktykę Sautien jest kilka tysięcy dusz, którymi Pustka niestety dysponowała.

Po chwili dziewczyna przyklękła i przypatrzyła się strukturze pulsującego martwym echem tworu o smolistej barwie. Biło od niego lodowate zimno, napierające na złote wici kiretho, tłumiąc ich blask. Druga Księga Aleados powiedziała jej, iż aby rozplątać węzeł zawiązany przez Pustkę, trzeba wyrwać z jego wnętrza martwe serce, pompujące utracone dusze w lodowaty wir upiornego krwioobiegu zła. Nie wystarczy jednak włożyć dłoni do spopielonych oparów. Trzeba do nich wejść. Wejść nie jest trudno. Wystarczy jedynie dotknąć mrocznej powłoki. Bardzo trudno jest jednak wrócić. Galaktyka Sautien jako jedna z *immortales* składa się z kilku wymiarów. Na tym ostatnim krążą wici kiretho, strzegąc jej przed rozpadem. Aby móc wyjść, trzeba dostać się do wymiaru Czasu. Księgi jednak zdradziły jej, jak tego dokonać.

Nim dotknęła Węzła Kiretho, po raz ostatni zaczerpnęła tchu spokoju przed wyzwaniem, które postawiło jej na drodze przeznaczenie. Wiedziała, że jeśli uda jej się rozplątać Węzeł Pustki, już nigdy nikt ani nic nie będzie w stanie zagrozić ani jej krainie, ani innym światom. Po upływie kilku sekund wyciągnęła dłoń w kierunku wirującej plątaniny, a lodowy wir porwał ją do środka. Niemalże natychmiast wylądowała na granitowym gruncie, raniąc się boleśnie.

Pustka jednak nie miała już tutaj wstępu, więc nie mogła zdobyć krwi Susanne.

Dookoła wył wiatr, smagający ciało dziewczyny. Przeraźliwe ryki kłębowiska zawistnych pragnień kotłowały się na dnie olbrzymiego, bezdennego leja. Susanne ostrożnie zbliżyła się do jego krawędzi. Na samym środku, zawieszony w chmurze popiołu, unosił się niewielki postument. Oplatały go czarne żyły, pompujące tufowe opary do wnętrza serca nienawiści. Widok był okrutnym świadectwem zatracenia. Dziewczyna zdawała sobie jednak sprawę z tego, iż jedynym sposobem na jego unicestwienie jest przekroczenie upiornego leja. Wytężyła umysł ze wszystkich sił. Przypomniała sobie, jak upleść most wiodący do granitowego postumentu. Z największą ostrożnością i w największym skupieniu chwytała strzępy leja, splatając je ze sobą. Musiała być niezwykle ostrożna, aby wirujące kłębowisko nie wciągnęło jej do środka. Każdy dotyk przerażających strzępów kosztował Susanne bardzo wiele. Przywoływały one bowiem z największym impetem to, co najstraszniejsze. Plotąc linę, Susanne płakała. Widziała cierpiącą z bólu Stacy, czuła jej cierpienia tysiąckrotnie wzmocnione. Wspomnienie Hammerów, trudów przepraw w Sautien, wędrówka jej duszy – wszystko to sprawiało niewymowny ból. Ciernie w sercu dziewczyny zacieśniały się w palącą obręcz, a łzy czystsze od górskiego potoku wyrzeźbiły na jej twarzy jedwabne pajęczyny.

Gdy Susanne uplotła wystarczająco długą linę, zarzuciła ją na postument. Ta w mgnieniu oka pokryła się srebrnymi oparami i rozrosła. Setki lin połączyły się ze sobą, tworząc solidny i bezpieczny most, utkany z miłości i poświęcenia. Gdy Susanne na niego wkroczyła, poczuła powiew ciepła i ukojenia. Po chwili doszła do mrocznego postumentu. Wiedziała, że nie może opuścić mostu pod żadnym pozorem, ponieważ tylko on może zabrać ją do Wymiaru Czasu.

Mroczny, martwy organ na jej oczach pulsował zatrutą krwią. Z każdą chwilą zwalniał. Susanne wiedziała, iż musi go wyrwać, nim przestanie bić i Węzeł Kiretho zostanie zawiązany na wieki. Dziewczyna musiała siłą woli, niczym najpotężniejsi czarodzieje, sprawić, aby aorta skamieniałego już niemal serca została przerwana. Utkwiła więc wzrok w bijącym kamieniu. Wyciągnęła przed siebie ręce i z całych sił, szepcąc najdawniejsze zaklęcia, sprawiła, iż z jej dłoni wystrzeliły złociste płomienie, oplatające zatruty organ, przepalając każdy, nawet najmniejszy dopływ trującej cieczy. Gdy serce mroku zostało wyrwane, rozpadło się na drobniejsze od piasku ziarna. Susanne, wycieńczona, ale i szczęśliwa, upadła na srebrny most, który szczelnie oplótł jej ciało i wirując, zabrał ją do wymiaru Czasu.

Nim opuściła ostatni wymiar Galaktyki Sautien, jej oczy ujrzały walący się nieboskłon zatrutych oparów. Kotary upiornych chmur powoli ustępowały miejsca złotym niciom kiretho, przywracając odwieczny porządek.

Susanne zamknęła oczy i usnęła.

Obudziła się w zupełnie innym świecie. Satynowe chmury barwy miodu delikatnie falowały dookoła, niczym morskie fale. Obok dziewczyny stał Czas. Uśmiechał się do niej, a po jego policzkach płynęły łzy. Łzy wzruszenia, radości i ogromnego szacunku dla Susanne. Pomógł jej wstać i wręczył do rąk niewielki pucharek z ciepłym płynem. Po wypiciu jego zawartości od razu poczuła się lepiej. Nadal była słaba, ale nie czuła się już śpiąca. Czas pomógł jej wstać na nogi i nim zdążył cokolwiek powiedzieć, Susanne przez łzy wyszeptała:

– Udało się...

– Wiem, moja droga. Bardzo się cieszę i ogromnie ci dziękuję za to, czego dokonałaś, ale musimy natychmiast wracać na Granice Galaktyk. Dokończymy rozmowę, kiedy dotrzemy do miejsca, z którego wyruszyłaś.

Susanne przytaknęła. Wszystko dookoła zawirowało. Po chwili z powrotem znalazła się na Granicach Galaktyk. Spojrzała na swojego opiekuna. Trzymał w skrzących się dłoniach Głębię Serca. Tak, jej Głębię Serca. Stanowiła ona jednak tylko część jakiegoś przedmiotu. Dziewczyna pytająco spojrzała na Absolut wszechświata, a ten z uśmiechem na twarzy rzekł:

– Susanne. Twoja Głębia Serca ukończyła niezwykle ważne zadanie. Utworzyła Ciernie. Całe twoje życie, każdy jego aspekt i każda chwila nieustannie tworzyły najpotężniejszą broń. Emesto powiedział ci, że dowiesz się, czym ona jest, gdy będzie po wszystkim, kiedy skończy się Bitwa. I miał rację. Zrozumienie zależy jednak tylko i wyłącznie od ciebie. Zapewne zdajesz sobie sprawę, czym są Ciernie, jak powstawały, przez pryzmat jakich wydarzeń nabierały swoich niezwykłych właściwości. O ich prawdziwej mocy można dowiedzieć się tylko w chwili ich śmierci. Ale nim cię opuszczą, z pewnością zrozumiesz istotę ich potęgi, nauczysz się je rozumieć i zdobędziesz moc, o jakiej nikomu nigdy się nawet nie śniło. Przywołaj w swojej pamięci wichrowy pejzaż, zaufaj temu, co cię kształtuje, pozostań taką, jaką jesteś. Nim dojdzie do Boju Dusz, Emesto wiele ci wyjaśni. Jego sekret, podobnie jak i inne, dane ci będzie w pełni zrozumieć. Od tej pory będziesz postrzegać wszystko naprawdę. Już nie będzie kotary szklanych zwierciadeł.

Po tych słowach Czas wręczył Susanne kryształową fiolkę, której strzegła Głębia Serca, i powiedział:

– Gdy dojdzie do ostatecznego starcia, Ciernie cię nie zawiodą. Jednak teraz musimy się rozstać. Zabiorę cię na drugą stronę Góry Aestorferu. Firmament Sautien stanie się ostatnim przystankiem w twojej samotnej podróży przed ostateczną bitwą. Wędrówka będzie samotnym marszem po cząstki istnień – cząstki twojego i Pustki istnienia. Bądź ostrożna, ponieważ podróż stanie się niezwykle zdradziecka. Przesycona czarami, przeszkodami i bólem. Strażnicy Pustki spodziewają się ciebie. Bezpieczna będziesz dopiero w Firmamencie Sautien. Moja droga. W trakcie Boju Dusz przybędę na twoje wezwanie, a Rewersy Żywiołów z Wizmundu pomogą ci podczas tego starcia. W moim istnieniu od niepamiętnych czasów pojawiali się i przemijali najwięksi i najmniejsi, nie tylko tego świata. Ludzie wielokrotnie zapominali o tym, co tak naprawdę się liczy. Karty historii zdobi tyle niepojętych wydarzeń. Jeszcze tyle przed nami wszystkimi. Kiedyś wszystko się zaczęło, wszystko się też i zakończy. Ale nigdy nie przeminie wspomnienie o tobie. Będzie wiecznie krążyć w każdym wymiarze każdej galaktyki, Susanne. To, czego już dokonało twoje waleczne serce, nigdy nie zapomnę. Nade mną stoi ktoś jeszcze. Losy wszystkich światów nie podlegają prostym osądom i zawsze będą się wymykać łatwym interpretacjom. Pamiętaj. Pamiętaj też o tym, aby zawsze podążać za swoim sercem, które nigdy się nie myli. – Po chwili dodał: – Nim wyruszymy, otocz jeszcze galaktykę Sautien płaszczem ochronnym. Gdy będziesz gotowa, daj mi znak.

– Dobrze – odparła dziewczyna.

Wkrótce potem Susanne rysowała już swoją dłonią niewidzialne runy dookoła swojej krainy. Kiedy skończyła, galaktyka zmieniła barwę na turkusową. Kilka chwil później Czas zabrał Susanne z powrotem do Sautien. Podróż trwała zaledwie kilka chwil, po których Susanne miękko wylądowała na trawie. Czas tylko uśmiechnął się do niej i znikł, pozostawiając za sobą woń świeżo skoszonej trawy.

Zaczynało zmierzchać. Po raz pierwszy od wielu tygodni Susanne miała spędzić noc samotnie, z dala od najbliższych. Rozbiła maleńki obóz, rozpaliła ognisko i pogrążyła się w myślach. Doskonale wiedziała, iż Javier, Emesto, Stacy, Soledad, Paz i pozostali ruszyli ku Polanie Oeste. Tam, gdzie miało dojść do Bitwy już niebawem. Dziewczyna czuła ogromny ciężar odpowiedzialności, przygniatający ją z każdą sekundą coraz bardziej. Otuliła się szczelnie kocem i wpatrując się w trzaskający ogień, niemalże widziała to, co ją czeka. Słowa Czasu dudniły jej w głowie. Susanne nie miała już sił płakać. Tęskniła za tym, co minęło. Czuła samotność wdzierającą się do świadomości. Obracając w dłoni kryształowy flakonik otulony Głębią Serca, zastanawiała się, z jakimi przeszkodami przyjdzie jej się zmierzyć.

Nocne niebo było atramentową tonią, w której Susanne znajdywała ukojenie. Wpatrując się w gwiazdy, co noc roniła w duszy łzy. To od niej zależało, czy życie, które zaczęło się budzić w Sautien z jadowitego snu, zwycięży z Wynaturzonymi. Marzyła o wolności dla swojego kraju. Jej serce wciąż na nowo powtarzało sonet stanowiący kwintesencję jej uczuć, to kim była, jaka jest i jak bardzo pragnie zerwania oków nie tylko dla Sautien, ale i dla wszystkich krain Wszechświata.

Po chwili przymknęła powieki. Usypiała z nadzieją, że jutro wstanie nowy dzień, a Sautien będzie o krok bliżej zwycięstwa.

ROZDZIAŁ 18

Firmament Sautien

Susanne zbudził śpiew ptaków. Było jeszcze bardzo wcześnie. Dziewczyna posiliła się, spakowała i ruszyła w dalszą drogę. Świat dookoła zdawał się być pokryty siwizną. Gałęzie drzew połyskiwały, tworząc srebrną poświatę w bladym świetle budzącego się dnia. Susanne była obolała, każdy krok sprawiał jej niewymowny ból, lecz niezwykła aura pokrzepiającej tajemniczości dodawała otuchy. Przenikliwy wiatr, tak dotkliwy w Górach Eianz, przemienił się w ciepłe, letnie podmuchy. Po kilku krokach Susanne poczuła się lepiej. Rozciągała się przed nią wąska ścieżka, niknąca na horyzoncie.

Zdawała sobie sprawę z niebezpieczeństw czyhających na jej najmniejszy nawet błąd, za każdym zakrętem, na każdym kroku. Nie mogę płakać. „Trzeba iść przed siebie" – powtarzała Susanne. Czas ostrzegał ją przed zasadzkami Wynaturzonych. Dziewczyna wyjęła więc Satynową Różę. Wyrzuciła ją w powietrze, a złoty kwiat znikł w objęciach pierzastych obłoków. Susanne pamiętała, jak kotara deszczu przeszyła nieboskłon, gdy ostatnim razem użyła Satynowego Miecza. Tym razem sklepienie Sautien przyjęło barwę purpury, a na ziemię spadły tysiące różanych płatków. Serce dziewczyny podpowiadało jej, że tak właśnie ma być. W ułamku sekundy lśniące ostrze przecięło powietrze i wylądowało w dłoni Susanne. Dziewczyna poczuła znajomą więź z mieczem i miała wrażenie, że świetlisty oręż również ją poznał. Płatki kwiatów szczelnie pokryły ciało Susanne i ukształtowały najcudowniejszą zbroję. Zbroję zdolną do odparcia najstraszniejszych ciosów, emanującą bursztynową potęgą, lżejszą od puchu, wytrzymalszą od setek warstw stali.

Z każdym krokiem Susanne wytężała słuch i wzrok. Ani na chwilę nie zwolniła uścisku na różanej rękojeści. Las zdawał się być coraz to młodszy, ale i starszy zarazem. Jedynie nieliczne pnie wyrastały z jałowej ziemi. Karłowate gałęzie, pokryte rdzą liście i zatrute opary – tylko to królowało na pustyni znajdującej się dookoła Susanne. Po kilkunastu minutach marszu ostrze stało się niespokojnie. Powiązane niezwykle silną więzią z Susanne, dawało jej znak, że zbliża się niebezpieczeństwo. I rzeczywiście. W odległości kilkudziesięciu metrów znajdowało się obozowisko. Nieduże, będące domem dla demonów, które miały czekać na Susanne.

Dziewczyna schowała się za dużym głazem i z największą ostrożnością obserwowała potwory. Jej oczy dostrzegały teraz o wiele więcej, a wiedza zdobyta z Ksiąg Aleados i Satynowy Miecz w dłoni podpowiadały, jak postępować. Musiała przeanalizować sytuację. Stworów było niewiele. Trzy, może cztery. Nie były już jednak tak lekkomyślne jak demony Sualx. Zapewne Pustka wyciągnęła wnioski z wydarzeń, które rozegrały się w jaskini, w której więziła Kabsila. Każdy ze stworów trzymał w oślizgłych łapach miecz. Jeden z nich posiadał nawet łuk. Wszystkie miały ogromne rozmiary. Czarna skóra, naznaczona licznymi bliznami, wydzielała fetor docierający aż do miejsca, w którym znajdowała się Susanne. Demony otaczał smolisty obłok, a raczej strzępy czarnej jak węgiel materii. Miały jedno oko, osadzone głęboko w czaszce, a żółte i ostre kły obnażały co chwilę. Ich pazury, długie na kilkanaście centymetrów, lśniły złowieszczo, pokryte posoką. Wyglądały tak, jakby przed chwilą zabiły tysiące wojowników. Na mieczach potworów wiły się strumienie krwi, skapujące na ziemię. Demony te nie miały szacunku nawet dla siebie, a uwagi, jakie między sobą wymieniały, nierzadko kończyły się rękoczynami.

Z Ksiąg Aleados Susanne dowiedziała się wszystkiego o każdym rodzaju demonów. Wiedziała, że te, z którymi przyjdzie jej się za chwilę zmierzyć, należą do tych najgroźniejszych. Należą do Axos. Dysponują śmiertelną trucizną, a ich siła jest kilkanaście razy większa od siły najlepszych wojowników Sautien. Dziewczyna doskonale zdawała sobie sprawę, iż nim dojdzie do Wielkiej Bitwy, będzie musiała pozbawić demony ich nadprzyrodzonych mocy i uwięzić w ciałach, aby ich zniszczenie stało się możliwe. Jednak mogła tego dokonać dopiero po dotarciu do Firmamentu Sautien. Księgi Aleados wskazały tylko to jedno, jedyne wyjście. Z Pustką trzeba będzie walczyć osobno, ale teraz Susanne musiała skupić się na demonach Axos. Te nieustannie patrolowały okolicę, rozmawiając ze sobą w nieznanym Susanne języku. Języku demonów.

Jedyną szansą na ich pokonanie było ugodzenie stworów jednocześnie w głowę i serce. Nie można się jednak z nimi mierzyć ani w żaden sposób dopuścić do kontaktu ich miecza ze swoim, gdyż pochłoną połowę sił przeciwnika. Susanne doświadczyły trudy przepraw, wyzwań i niepojętych tajemnic. Nauczyła się więcej, niż można sobie wyobrazić. Paliwem do działania nie była siła mięśni czy nienawiść, lecz miłość, wiedza, poświęcenie i marzenie o wolności. Miecz, który dzierżyła teraz w dłoni, poznał ją już wtedy, przy skalistej grocie. Susanne jedną myślą sprawiła, iż Satynowy Oręż wiedział, co robić.

Po chwili, bez najmniejszego nawet śladu strachu, Susanne wyszła zza kamiennego głazu, w przyćmionych refleksach słonecznego blasku. Pewnie stawiała kroki, w jej oczach skrzyły się niewzruszone iskry, a szczęk zbroi przywodził na myśl armię ruszającą do boju. Na skrzydłach odwagi ruszyła przed siebie, przecinając zatrute powietrze. Z początku zaskoczone, demony szybko ruszyły na Susanne, lecz dziewczyna była od nich szybsza. Niezwykle skupiona, unikała konfrontacji ze stworami za wszelką cenę. Doprowadziło to demony do furii. Wściekle i z ogromną zawiścią starały się ugodzić Susanne. Tryskały dookoła śmiertelną posoką, a wszędzie tam, gdzie trafiały, wypalało się dosłownie wszystko. Dziewczyna wykorzystała furię demonów i w mgnieniu oka zaszła jednego z nich od tyłu, wbijając lśniące ostrze w głowę stwora tak, że drugi jego koniec wyszedł z klatki piersiowej na wysokości serca. Axos zawył z bólu i upadł na wysuszony grunt, wzbijając tumany kurzu, pyłu i krwawej trucizny. Susanne zwinnie ominęła martwego demona, lecz pozostałe ruszyły na nią z wściekłością. Kątem oka dostrzegła, że jeden z nich mierzy prosto w nią. Wiedziała, że za nic w świecie nie może dać się nawet zranić. Przetoczyła się po ziemi, wzbijając w powietrze jeszcze więcej pyłu, a demony zaczęły się krztusić. Uniknęła strzału, ale jeden z Axos już po chwili znów w nią celował. Susanne uniosła Satynowy Miecz, który – czytając jej w myślach – odbił śmiercionośny grot. Dziewczyna już biegła do stwora i uchwyciwszy swój miecz, zabiła łucznika Axos, nim ten zdążył ponownie napiąć łuk. Susanne wiedziała, że pozostałe demony już szarżują w jej stronę. Stała jednak w miejscu, czekając do ostatniej sekundy i dopiero gdy zbryzgane krwią ostrza zalśniły tuż obok jej twarzy, wzbiła się w górę na kilkanaście metrów, a potwory przeszyły się nawzajem mieczami, wypalając zabójcze rany w swoich czarnych ciałach. Powietrze przeszył ryk agonii, niosący się w promieniu kilku kilometrów. Susanne chronił jednak Chełm. Nie musiała dobijać demonów, ponieważ każdy z ich mieczy w chwili ciosu przemienia się w setki podobnych, zadając śmiertelne rany. Gdyby wbiły miecz w ludzie ciało, kilkaset ostrzy wystrzeliłoby naraz we wszystkie strony, zmniejszając szanse przeżycia do zera.

Kiedy pył opadł, oczom Susanne ukazały się cztery demony bezwładnie leżące w kałużach swojej krwi. Ich własna posoka zaczęła je trawić. Dziewczyna nie mogła znieść tego widoku, ale musiała przeszukać namiot demonów. Okrutny fetor panujący na zewnątrz zdawał się być niczym w połączeniu z odorem panującym wewnątrz. Naokoło walały się resztki jakiegoś posiłku, brudne szmaty i bezwartościowe przedmioty. Księgi Aleados nauczyły ją jednak, iż te demony należy unicestwić. Po ich śmierci mogłyby się bowiem narodzić nowe demony. A to, co pozwala im żyć, może je również zabić. Tym czymś była krew Pustki. Esencja jej nienawiści, składająca się z takich składników, iż nawet Księgi Aleados nie mogły ich zdradzić. Susanne wiedziała, że gdzieś musi znajdować się fiolka z tym płynem. I miała rację. W głębi namiotu, na maleńkim stoliku, ze stosu śmieci prześwitywała zakurzona buteleczka z ciemną, wirującą cieczą.

Susanne wiedziała, że o ile krew Pustki nie zmiesza się choćby z kilkoma kroplami posoki demonów Axos, jest dla nich śmiertelna. Zatem ostrożnie wzięła butelkę i wyszedłszy z namiotu, odkorkowała ją. Z wnętrza buchnęły opary. Dziewczyna ostrożnie wylewała zawartość buteleczki dookoła leżących stworów tak, aby nie miała ona kontaktu z trującą krwią Axos. Kiedy skończyła, wszystkie demony wyparowały, a ich zabójcza posoka i butelka z krwią Pustki razem z nimi. Jedyną pozostałością dawnej obecności potworów był ich namiot.

Susanne otarła pot z czoła. Udało się. Różany Miecz również zdawał się cieszyć ze zwycięstwa. Jego ostrze było czystsze od łzy. Nie nosiło najmniejszych nawet śladów przebytej walki. Susanne wiedziała, że jest zaczarowane, podobnie jak jej zbroja, i że zawsze będzie gotowe do walki.

Po chwili ruszyła dalej. Wiedziała jednak, że Pustka mogła jeszcze zastawić na nią swoje sidła, więc nie traciła czujności. Krajobraz się zmienił. Zdawało się, że odzyskał swoje dawne, żywe kolory. Po kilkunastu minutach marszu Susanne zaczęła mieć wrażenie, że coś jest nie w porządku. Na pozór wszystko wyglądało normalnie. Dziewczyna zastanawiała się, czy przypadkiem jej umysł nie dostrzega tego, czego w rzeczywistości nie ma. Satynowy Miecz jednak wiedział. Przed oczami Susanne stanęło upiorne urwisko, które musiała przebyć razem ze Stacy na samym początku ich wędrówki. Tułaczka otulona kokonem samotności napierała na umysł Susanne, wywołując nakładające się na siebie wspomnienia, wdzierające się do świadomości. Dziewczyna zdała sobie sprawę, że wiele, wiele tygodni temu, stojąc nad skalistą krawędzią bezdennego uskoku, wkroczyła w szpony Pustki, której moc właśnie tam się zaczynała, a kończyła tuż przy wejściu do Firmamentu Sautien.

„Jeszcze kilka kroków – powtarzała sobie Susanne – i wszystko się skończy". I w pewnym momencie wszystko ustało, a zbroja i Różany Miecz zniknęły. Susanne trzymała teraz w dłoni złoty kwiat. Rozejrzała się dookoła. Wiedziała, że jest bezpieczna, choć do serca Firmamentu Sautien było jeszcze bardzo daleko. Poczuła się taka słaba, bezsilna i samotna. Wszystkie cierpienia, niespokojne minuty i pozbawione poczucia bezpieczeństwa wyzwania opuszczały wycieńczone ciało i duszę dziewczyny. Susanne już nie płakała. Ruszyła przed siebie. Po raz pierwszy od opuszczenia Dartmouth czuła, że może w spokoju pomyśleć. Czekało ją kilka godzin marszu. W powietrzu czuło się, jak Żywe Drzewa przyzywają Susanne do siebie, choć echo ich słów było niezwykle słabe. Wychwyciła jednak sens kojących sylab. Wiedziała, że tylko tutaj, w tym miejscu, może zrzucić z duszy ciężar minionych dni, tygodni i miesięcy. Szła przed siebie, chłonąc cudne krajobrazy. Zdawać by się mogło, iż dopiero tutaj zaczynało się prawdziwe Sautien. Sautien, do którego nie wdarła się ani Pustka, ani Wynaturzeni. Susanne czuła na twarzy radośnie tańczące promienie Słońca. Każdy z kolorów światła migotał przed jej oczyma, dodając wiary w to, że trzeba walczyć.

Dróżka którą szła, delikatnie pięła się do góry, pod niewielkim kątem, lecz z każdym krokiem odsłaniała przepiękną panoramę. Drzewa barwy dojrzałych kłosów zboża, koloru pól upstrzonych koniczyną, lśniły w refleksach nieba, na pokładzie którego z wolna płynęła kula blasku. Liście falowały na wietrze niosącym ożywcze siły. Ocean kwiatów połyskiwał paletą barw i kształtów o tak doskonałych liniach i krzywiznach, iż nie sposób było oderwać wzroku. Z każdym podmuchem wiatru ich płatki wygrywały wspólnie melodię trafiającą prosto do serca. Strumienie niczym srebrne wstęgi opasały z największą gracją równiny i wyżyny. Ptaki przecinające niebo pozostawiały za sobą migocące warkocze, niknąc w pierzastych obłokach, by potem znów wynurzyć się zza mlecznobiałych chmur. Ich oczy odbijały blask Słońca, a skrzydła zdawały się być źródłem wiatru, wprawiającego w ruch wszystko dookoła. Susanne właśnie tak wyobrażała sobie Sautien po Wielkiej Bitwie. Jej oczy zaszkliły się ze wzruszenia. Nie było w nich jednak łez. W ich miejscu tańczyły szczęście i spokój.

*

Jednocześnie dziewczyna myślała o minionych przygodach, o tym, ile paraliżującego lęku, zabójczej niepewności i morderczego wycieńczenia kosztowało ją każde zadanie. Lecz nie żałowała ani jednej sekundy. Wspomnienia to wieczna pamiątka, która bardzo często jest niezwykle bolesna, ale pamiątka, której Susanne, nawet gdyby mogła, nigdy by nie wymazała ze swojej pamięci. Nie chciała nigdy zapomnieć o tym, co minęło. Doświadczenia nauczyły ją dostrzegać właśnie ten ukryty sens niezrozumiałych zjawisk. Przypomniała sobie również chwilę, w której poznała Javiera. Nigdy nie chciałaby o niej zapomnieć. Zrozumiała, iż czas można zatrzymać. Zatrzymać w tym aspekcie, który tak naprawdę się liczy. Wiadomo, że dni, miesiące i lata mijają bezpowrotnie i że trzeba z nich czerpać jak najwięcej, pełnymi garściami. Zatrzymać je w swoich wspomnieniach i pamiętać, iż zarówno to, co rani, jak i to, co kochamy, nie bez powodu zatacza koło w niewidzialnym dla nas świecie. Świecie naszej psychiki, osnutej horyzontem nienamalowanych historii, osadzonej w wirującym biegu czasu – piątego Żywiołu w galaktycznym bezkresie pojmowania i niewiadomej.

*

Po kilku godzinach Susanne dotarła do stopni wykonanych z białego marmuru. Było ich jednak tylko kilka. Zakręcały w powietrzu, nagle się urywając. Zdawały się wyrastać z wody. Dziewczyna zauważyła, iż znajdują się one w samym środku niedużego stawu. Jego powierzchnia była gładsza od szkła i bardziej transparentna niż kryształ. Staw zdawał się nie mieć dna. Kątem oka Susanne dostrzegła, jak coś mignęło w lagunowej wodzie. Ostrożnie podeszła do zastygłej tafli.

Tym razem zobaczyła... dziewczynkę. Nie. To była nimfa. O cerze koloru wodorostów, ze sznurem białych i czarnych pereł na szyi. We włosy miała wplecione lilie wodne, a jej strój sprawiał wrażenie utkanego z promieni słońca. W ręce dzierżyła białą kulę. Niespodziewanie uśmiechnęła się do Susanne i po chwili nad powierzchnią wody ukazał się śnieżnobiały przedmiot, który nimfa wcześniej trzymała. Tafla wody pozostała niezmącona, a dziewczynka, dmuchnąwszy pod jej powierzchnią, sprawiła, że ta oplotła białą kulę, posyłając ją w kierunku Susanne.

Nimfa przesłała jej jeszcze jeden uśmiech, po czym w mgnieniu oka zniknęła w głębinach. Kula miękko wylądowała na dłoniach dziewczyny, a ożywiona woda delikatnie oplotła marmurowe schody. Susanne spojrzała na okrągły przedmiot. Stał się przezroczysty, a w jego wnętrzu wirowały strzępy niebieskiej materii. Dopiero w tej chwili Susanne zrozumiała, co trzyma w rękach. Księgi Aleados wspominały, iż imiona Żywych Drzew uwięzione są w Kuli Życia, znajdującej się właśnie w Stawie Życia. Susanne musi jednak sama je rozszyfrować. Nie ma wiele czasu.

Dziewczyna zaczęła więc myśleć. Nie bała się, że może nie zdążyć. Zewsząd wspierało ją całe Sautien, otaczające Firmament. Wiedziała, iż musi sięgnąć do Kuli swoim umysłem, a kiedy pozna nieznane imiona, oddać ją z powrotem w objęcia wodnego świata.

Zamknęła powieki. Skoncentrowała się najmocniej, jak tylko potrafiła. Trzymając Kulę w dłoniach, czuła, jak ta staje się coraz gorętsza. W pewnym momencie poczuła, że znajduje się równocześnie wewnątrz i na zewnątrz Kuli. Wiedziała, iż nie może otworzyć oczu. Pod powiekami przesuwały jej się jednak obrazy turkusowych strzępów, układające się w następujące słowa:

Pomiń śmierć łez.

Dookoła tych słów krążyły litery, bardzo wyraźnie jarząc się na tle trzech wyrazów. Były to litery: m, i, i, i, c, e, p, a, a, ę, j. Susanne wiedziała, że zarówno z podanych słów, jak i z wirujących liter musi ułożyć cztery imiona Żywych Drzew. Musiała tak przestawić litery w podanych słowach, aby wpleść pozostałe, wirujące dookoła nich. Jej umysł bardzo intensywnie pracował. Dziewczyna wypowiadała szeptem zaklęcia, których nauczyły ją Księgi Aleados – zaklęcia umożliwiające dostrzeganie ukrytego sensu. Po kilku minutach dziewczyna poznała ukryte imiona – najpiękniejsze, jakie dane jej było usłyszeć. Po chwili otworzyła oczy i zapłakała. „Gdyby ludzie mogliby się tak nazywać..." – pomyślała. Ale imiona Żywych Drzew, fałszywie i bez zastanowienia czy szacunku wielokrotnie wypowiadali, nawet nie zdając sobie z tego sprawy. Dziewczyna wiedziała, iż kiedy stanie przed obliczem Żywych Drzew, każde z imion wymówi w ściśle określonej kolejności. Tak podpowiadało jej serce. Po chwili wyszeptała do Kuli:

– Dziękuję.

I ostrożnie oddała ją w objęcia wodnej krainy. Kiedy Kula dotknęła wody, ponownie przybrała białą barwę i zniknęła Susanne z oczu. Dziewczyna usłyszała jednak jeszcze cichutki głosik mówiący:

– Nie ma za co.

Uśmiechnęła się sama do siebie i wstała. Schody podpłynęły do niej, a kiedy weszła na pierwszy stopień, cały staw, każda jego kropelka wzbiła się do góry, a z jego głębin zaczęły wyłaniać się przepiękne, wykonane tym razem z czarnego marmuru stopnie. Cała konstrukcja zaczęła piąć się do góry. Susanne powoli zaczęły otaczać chmury. Na początku mlecznobiałe, później brzoskwiniowe, seledynowe, purpurowe, ametystowe i wreszcie... błękitne. Kiedy tylko pierwszy stopień musnął niebieskie obłoki, schody się zatrzymały.

Przed Susanne rozciągał się zadziwiający widok. Zza dymiących obłoków prześwitywała tonąca w burgundzie figura. Zarys czegoś na kształt drzwi. Susanne ostrożnie uczyniła krok naprzód. Obłoki gęstej pary z każdym jej krokiem stawały się mniej gęste, pozostawiając na twarzy dziewczyny rosę. Po chwili dostrzegała zaledwie przydymiony miraż, lecz niemalże w tej samej chwili ujrzała cały majestat majaczącej przed nią bramy. Każda rysa wszechświata nie byłaby nawet w stanie musnąć jej powierzchni. Zdawała się płonąć jaśminowym płomieniem, opierając się całej potędze nieznanego. Susanne podeszła jeszcze bliżej. Lekki wiatr wygiął płomienie, które musnęły burgundową powierzchnię. Kryształki lodu, niczym utkany w poświacie księżyca nocny blask, zdawały się przeplatać i porastać najpierw jedno, a potem drugie skrzydło ogromnych drzwi. Dał się słyszeć niknący w gęstniejących chmurach szczęk. Oczom Susanne ukazały się nieprzeniknione ciemności nocy wszystkich krain galaktyki. Mlecznobiała zacierka szeptała do ucha Susanne niezrozumiałe frazy, zachęcając ją do przekroczenia progu.

Dziewczynę oblała fala paraliżującego lęku. Serce biło jej w piersiach jak oszalałe. Wiedziała, że musi zrozumieć tajemnicze szepty. Na przekór samej sobie zamknęła oczy i stawiała kolejne kroki. Łzy płynące z jej oczu zdawały się zastygać, smagane tężejącym w powietrzu strachem. Susanne nie miała pojęcia, co się dzieje. Zdawało jej się, że gdzieś już słyszała ten język. Język, którego słowa przyprawiały ją o dreszcze. Nie myliła się. Księgi Aleados ostrzegały ją, iż musi zrozumieć język elhuilo, ponieważ w przeciwnym razie, jego moc pozbawi ją życia. Był to język strażników Firmamentu Sautien, z którymi Susanne musiała się zmierzyć, aby móc stanąć przed Żywymi Drzewami. Aby obcować z jedną z odwiecznych potęg, trzeba przebyć ocean swoich ograniczeń, z których istnienia nie zdajemy sobie czasem sprawy. Susanne nie wiedziała, że spotkanie z językiem elhuilo może być tak przerażające. Księgi Aleados nie powiedziały jej, jak można go zrozumieć, jak poradzić sobie z tak paraliżującą niemocą. Zapewne nie mogły. Ale Susanne zapamiętała tę króciutką wzmiankę o nich i ukorzywszy się przed swoją małością, otworzyła oczy. Była przekonana, że ujrzy przerażające wizje, ale jej oczy widziały jedynie oddalające się obłoki. Usłyszała niknący w oddali głos:

– Nie bój się, zaufaj nam i wytrzymaj ostatnią próbę. Czekamy na ciebie, Susanne. Czekamy…

Ciszę przerywało już jedynie skrzypiące, burgundowe skrzydło. Otarłszy łzy z policzka, Susanne chwyciła srebrną klamkę. Nie spodziewała się, że Żywe Drzewa postawią przed nią tak trudne wyzwanie. Nie wiedziała, czemu w jej wnętrzu z każdą chwilą narastał niepokój.

– Za Sautien – wyszeptała i przekroczyła próg.

Ogarnęła ją nieprzenikniona ciemność. Szczelina światła za jej plecami zwężała się z każdą sekundą.

Susanne wiedziała, że może się jeszcze wycofać. Jej oczy z niewymownym smutkiem śledziły coraz to bardziej wątłą łunę jasności, która odbijając się od oczu dziewczyny, zabierała ze sobą nadzieję. Susanne zamykała oczy razem z odchodzącym blaskiem. Kiedy brama się zamknęła, świat spowiła nieprzenikniona kurtyna mroku, a przenikliwy wiatr wdzierający się pod powieki dziewczyny łapczywie wydzierał łzy będące ostatnimi świadkami słonecznych dni. Dziewczyna nie zdawała sobie sprawy, jak bardzo kochała wschody i zachody słońca, których tutaj nigdy nie spodziewałaby się utracić, a teraz zostały jej odebrane. Jednak ich wspomnienia nie pozwalały umrzeć. Mimo wszystko Susanne nie zakwestionowała największego paradoksu bezdusznie śmiejącego jej się w twarz.

Przesyconą smolistą czernią noc rozświetlały jedynie obrazy najbliższych jej sercu osób. Otworzyła oczy. Piekący ból przeszył jej ciało na wskroś. Uświadomiła sobie, że jest północ. Niewidzialny zegar wybił dwunastą, wprawiając w drganie lodowaty uścisk duszącej czerni. Stoję na samym środku opustoszałego peronu – pomyślała Susanne. W samym środku nocy. Na domiar złego lodowate powietrze zdawało się przemieniać w lód z każdą sekundą, osiadając na każdym skrawku betonowego świata, nie wyłączając Susanne. Dziewczyna z trudem uczyniła kolejny krok. Jej ubranie zachrzęściło. Ledwie czuła palce u rąk i nóg. Krew stygła w jej żyłach z każdym krokiem. Upiorny księżyc wyłonił się zza kotary chmur, roztaczając mgłę gęstszą od wszechobecnej ciemności, która podchodziła coraz bliżej i bliżej. Susanne nie wiedziała, co ma robić. Ostatkiem sił zdołała wykrzyknąć:

– Żywe Drzewa! Nie rozumiem waszych decyzji, ale je akceptuję! Błagam, pozwólcie mi się z wami spotkać!

Po tych słowach upadła na ziemię. Nie miała sił, aby wstać. W ostatniej chwili, nim zamknęła powieki, ujrzała świetlistego ducha wyłaniającego się z cieni samotności, który zawisł w powietrzu, uśmiechając się do Susanne. Dziewczyna nagle straciła wzrok. Czuła, że duch chce jej pomóc. Nie straciła przytomności, ale jej oczy przesłoniła zasłona czarnych pereł. Nieznajomy zabrał ją w podróż...

Kilka minut później Susanne znów mogła widzieć. Nigdy wcześniej nie doświadczyła czegoś równie dziwnego. Nadal leżała na betonowym peronie, ale zdawało jej się, że znajduje się już w zupełnie innym miejscu. Jakby wysiadła na bardzo odległej stacji. Tym razem zmrok dopiero zapadał, a powietrze przesycała jedynie zapowiedź nadchodzącego mroku. Kiedy Susanne chciała wstać, srebrzysta postać przemówiła:

– Wybacz mi... – i wskazała jej skrzącą się dłonią kierunek.

Nie pomogła jej jednak wstać. Resztkami sił Susanne podniosła się, z trudem łapiąc oddech. Popatrzyła na twarz ducha, lecz nie miała do niego pretensji. Zrobiła krok we wskazanym przez niego kierunku. Szła przed siebie, ale nagle straciła słuch. Nie mogła usłyszeć szeleszczącego towarzysza, lecz dzielnie szła przed siebie, heroicznie stawiając kroki. Nagle dostrzegła przed sobą rozpościerające się aż po linię horyzontu ogromne, błękitne jezioro, które wyłoniło się z ciemności. Połyskująca postać zanurkowała w jego objęcia, nawet nie patrząc w stronę dziewczyny. I wtedy Susanne odzyskała słuch. Postanowiła zawołać swojego tajemniczego przewodnika, ale nie mogła wydobyć z siebie najmniejszego nawet dźwięku. Upadła na kolana, zapadając się w grząską ziemię. Już nie miała sił. Życie zdawało jej się być jedynie snem, z którego ją wyrwano, brutalnie rzucając w rzeczywisty bezsens. Nagle ktoś pchnął ją i wpadła do ciemnej toni. Strach, nadzieja i konsternacja przemieniły się w jedno uczucie – zrozumienie. „Zrozumiałam. Gdybym nigdy nie upadła, nie stałabym się silna" – uświadomiła sobie Susanne.

*

Tylko upadki czynią nas zdolnymi do przetrwania nawet wtedy, zwłaszcza wtedy, gdy najmniej się tego spodziewamy.

*

Po chwili ciepłe promienie słońca wydarły Susanne z upiornej toni. Otworzyła oczy i z każą sekundą czuła się coraz lepiej. Wyziębione kończyny odzyskiwały czucie, a wycieńczony umysł odzyskiwał spokój. Dziewczyna poczuła niewymowną ulgę. Zupełnie jakby zrzuciła z duszy ogromny ciężar. Wiedziała, że to już była ostatnia próba. Serce podpowiadało jej, że teraz może stanąć przed Żywymi Drzewami.

Rozejrzała się dookoła. W pierwszej chwili nie mogła uwierzyć własnym oczom. Znajdowała się w tym samym miejscu, z którego wyruszyła. Teraz stała przy krystalicznie niebieskim stawie. Na jego powierzchni spostrzegła jednak cztery cienie. Podniosła wzrok do góry, lecz niczego nie dojrzała. Wiatr szumiący w listowiu zachęcił ją, aby podążyła za nim. Po kilku minutach marszu dotarła na maleńką polanę. Na jednym jej krańcu w równym rzędzie rosły cztery ogromne, liczące sobie kilka tysięcy lat drzewa. Wyraźnie odcinały się na tle pozostałych. Przez ich korę słyszało się echo głosów należących do uwięzionych istot. Susanne ostrożnie podeszła do pierwszego z nich. Pierwszego z Żywych Drzew. Było przepiękne. Faktura jego kory tworzyła przepiękną mozaikę czerwonych jak płatki róż kształtów, układających się w finezyjne linie i krzywizny. Zdawało się, że pod jego korą krąży malinowy płyn, rozświetlający pęknięcia na każdym calu drzewa. Liście skrzyły się rubinowym blaskiem, szepcząc do Susanne. Dziewczyna nieśmiało dotknęła pnia i wypowiedziała imię Pierwszego z Żywych Drzew:

– Twoje imię to Miłość.

Niemalże w jednej chwili dłoń Susanne oplotły karminowe nici, cieńsze od pajęczyny, składając na jej dłoni maleńką fiolkę. Później drzewo się poruszyło. Jego korzenie wystrzeliły z ziemi, a kontury twarzy, niczym u człowieka, ukształtowały się z kawałeczków kory. Uśmiechnięte drzewo zalśniło. Susanne miała wrażenie, iż znika, ale odetchnęła z ulgą. Po chwili stanęło przed nią takie samo drzewo, tylko przezroczyste. Przemówiło do dziewczyny następującymi słowy:

– Moja droga Susanne. Bardzo ci dziękuję za uwolnienie z materialnej postaci. Ja, podobnie jak pozostałe Żywe Drzewa, straciliśmy ostatnie siły, aby zbiec aż tutaj. Ożywiłaś mnie. Bardzo ci za to dziękuję. W dłoni trzymasz flakonik z esencją miłości. Jest tak silna jak ta, która kwitnie w twoim sercu. A teraz, proszę, uwolnij moich towarzyszy. Wszystko wyjaśnimy ci już niebawem...

Susanne przytaknęła i schowała flakonik do kieszeni. Podeszła do drugiego Żywego Drzewa. Jego barwy emanowały dudniącym przygnębieniem, lecz i niezwykłą aurą pulsującej nadziei, wyłaniającej się z na pozór strawionego przez ogień i pięknego zarazem pogorzeliska wspomnień, odbijających się w przydymionym akcie powstawania z popiołów. Szary osad zdawał się zaprószać czarny płyn falujący pod korą. Korona Drugiego Żywego Drzewa wysadzana była liśćmi skrzącymi się poświatą zarazem księżyca i słońca. Susanne nie bała się już ani trochę i dotknąwszy niepozornego drzewnego płaszcza, zdecydowanym głosem powiedziała:

– Twoje imię to Cień.

Drugie Żywe Drzewo nie wystrzeliło w powietrze tak jak pierwsze. Zapadło się pod ziemię, by po chwili wypłynąć z jej uścisku na powierzchnię. Również uśmiechało się do Susanne i tak samo jak jego towarzysz miało przezroczyste kontury. W odróżnieniu od poprzednika nie powiedziało do dziewczyny nic. Jednak na jęzorach dymu obutego w świetliste ostrogi posłało w jej kierunku fiolkę bardzo podobną do tej, którą już miała w kieszeni. Dziewczynę na ułamek sekundy zahipnotyzowała jej zawartość. Jedna jej połowa wirowała, a druga zastygła niczym lawa wpadająca do morskiej toni. Pomiędzy nimi biegła strużka, na którą bardzo trudno było patrzeć. Susanne miała wrażenie, iż patrzy na światła tych najmniejszych gwiazd, których blask, dogorywając miliardy kilometrów od niej, kończy swoje istnienie na nocnym niebie. Czuła, że widzi ich światło, choć ich samych już od bardzo dawna nie ma.

Właśnie w tej strużce Susanne dostrzegła twarze najbliższych jej sercu osób utrwalone niezmywalnym tuszem. Szklącymi się od łez oczyma spojrzała na Cień i wyszeptała w myśli:

– Dziękuję.

Odpowiedział jej uśmiechem. Dziewczyna ruszyła po chwili w kierunku Trzeciego Żywego Drzewa. Wyglądało niczym posąg zaklęty wieki temu w spiżowy całun. Pozbawione liści Drzewo mogło przerażać, lecz było przepięknym monumentem zapomnianych zdarzeń, jeżeli tylko ktoś umiał to w nim dostrzec. Z samej korony spływał po nim złoty wodospad spiralnych schodów, niosący w swoim nurcie kamienne, pergaminowe liście. Złoty nurt kończył swój bieg w korzeniach, przepełniając glebę wiecznym obrazem tych, którzy odeszli. Susanne bardzo się wzruszyła. Najdelikatniej, jak tylko potrafiła, dotknęła jednej z suchych gałązek i wypowiedziała następujące słowa:

– Twoje imię to Pamięć.

Trzecie z Żywych Drzew zniknęło z chwilą, gdy Susanne wypowiedziała jego imię. Pozostawiło po sobie wiszące w powietrzu kaskady kropel i ciszę. Susanne dostrzegła, iż nurt biorący początek w słonecznym wodospadzie niknie, a niewielka struga jego nurtu przemienia się w piach. W jednej chwili wszystkie ziarnka strzelają do góry i materializują się w blady cień kolejnego Żywego Drzewa. Oplatają go strugi tej samej, lśniącej na kamiennych stopniach cieczy. Pamięć również uśmiechała się do Susanne, ale milczała podobnie jak Cień. Żywe Drzewo przywołało Susanne do siebie. Dziewczyna podeszła. Pamięć popatrzyła jej w oczy niezwykle głęboko i przemówiła:

– Susanne. Otrzymujesz od nas przeróżne dary. Flakonik twojej własnej miłości i flakonik ze wspomnieniem. Ale ode mnie otrzymasz coś, co już nigdy nie powróci. Wieczny obraz kogoś, kogo straciłaś tak dawno temu. Twojej niani. Wiem, że nosisz ją w sercu. Nigdy o niej nie zapomniałaś, na jej grobie zawsze były świeże kwiaty i palący się znicz. Ona jest z tobą zawsze i wszędzie. Na każdym kroku. Zawsze o tym pamiętaj. Wspomnienia wydają ci się być tym samym co pamięć. Istnieje jednak różnica w świecie, z którego pochodzimy my, Żywe Drzewa. Wręczam ci teraz flakonik z uczuciem, jakie do ciebie żywiła. Razem z zawartością flakonika miłości pomoże ci w walce z Pustką. Zawsze pamiętaj o tym, że epizody stają się początkiem, a najmniejsze nawet zdarzenia odciskają piętno na twojej osobowości. Pokonasz Pustkę dzięki największej potędze, składającej się z najmniejszych nawet momentów.

Po tych słowach Żywe Drzewo wręczyło jej maleńki flakonik. Dziewczyna dostrzegła w nim maleńkie perły, wypełniające jego wnętrze aż po same brzegi. Jedna z pereł nie była ani czarna, ani kremowa, lecz złota. Susanne doskonale wiedziała dlaczego. Jej niania, pomimo iż odeszła tak wiele lat temu, kochała ją jak własne dziecko. Miała złote serce.

Susanne podziękowała Trzeciemu Żywemu Drzewu skinieniem głowy. Chowając buteleczkę do kieszeni, zauważyła jeszcze, iż jej zawartość zamigotała i przemieniła się w trójkolorowy płyn, epatujący czarnym blaskiem, śnieżną bielą i złotymi refleksami. Po chwili podeszła do ostatniego z Żywych Drzew. Było przepiękne, niezwykle wzruszające i prawdziwe zarazem. Zdawało się nie skrywać niczego przed oczyma Susanne. Uosabiało prawdziwe życie. W jednej chwili młode, zielone gałązki pokryte setkami pąków zaczęły piąć się w górę, rozrastały i przemieniały się w coraz to grubsze gałęzie, oplecione drewnianym ubiorem. Miejsce pączków zastępowały ogromne, piękne, zdrowe i zielone liście. W ułamku sekundy usychały, choć w ich kruchości jarzyły się jeszcze intensywne kolory dojrzałego winnego krzewu w ostatnich momentach obfitości. Później opadały, lecz nim dotarły na ziemię, wiatr porywał ich szczątki wysoko do nieba. Metafora ludzkiego życia – pomyślała Susanne. Po chwili powiedziała:

– Twoje imię to Przemijanie.

Ostatnie z Żywych Drzew na dźwięk swojego imienia uśmiechnęło się do dziewczyny i na jej oczach zamknęło powieki, rozsypując się w proch. Kilka sekund później pył ten wzbił się do samych chmur, niknąc w nich niczym fatamorgana w piaskach żarzącego się świata pustynnego karawanu, prowadzącego w głąb cierpienia ułudnych oaz wyobraźni ślepców. Szybciej niż znikł, pojawił się z powrotem. Przemijanie, ostatnie z Żywych Drzew, wyglądało niemal identycznie jak przed kilkoma sekundami. Straciło jedynie na swojej ostrości. Susanne otaczały teraz cztery duchy żywych mocy i nieubłaganych praw. Czwarte Żywe Drzewo wystąpiło naprzód. Można było dostrzec smutny uśmiech, osadzony w kruchym, drewnianym pniu, błądzący na jego obliczu. Przemijanie utopiło swoje spojrzenie w oczach Susanne, nie zadając jej bólu. Te kilka chwil wpatrywania się w nią źrenic zmroziło dziewczynie krew w żyłach, ale wiedziała, że tak właśnie musi być. Nim czwarte Żywe Drzewo odezwało się do Susanne, wyciągnęło w jej kierunku pękatą buteleczkę, nieco mniejszą od pozostałych. Dziewczyna przyjęła ją i podziękowała. Chowając kolejny flakonik do kieszeni, miała wrażenie, iż ją oparzył, a później odmroził palce. Susanne wstrząsnęły dreszcze.

– Spokojnie – przemówiło Przemijanie. – Narodziny, życie i śmierć umieszczone w jednym, maleńkim flakoniku nakładają się na siebie, zamieniają miejscami. Nic ci nie zrobią. Poznałaś już przecież wszystkie trzy. Będę przemawiał w imieniu moich towarzyszy. Zapewne zastanawiasz się, dlaczego tak się nazywamy. Przybyłaś tu po cząstki istnień. Twojego i Pustki. Wiesz zapewne, że dostaniesz od nas specjalną ochronę. Coś, co uniemożliwi Wynaturzonym zdobycie twojej krwi. Nie mogłabyś stanąć do Wielkiej Bitwy bez tej ochrony. Musimy ci wyjaśnić bardzo wiele spraw. Znajomość Ksiąg Aleados uratuje ci życie podczas walki, ale dzięki zdobytym umiejętnościom zrozumiesz również lepiej sens tego, o czym zaraz usłyszysz. Pamiętaj. Poznanie nie oznacza zrozumienia. Tego, o czym za chwile usłyszysz, nie możesz próbować pojąć. Kluczem jest zawsze akceptacja. Rozumiesz?

– Tak – odparła Susanne.

– To dobrze. Bardzo dobrze. Jak widać, Firmament Sautien wcale nie znajduje się w chmurach. Firmament to przede wszystkim nasze imiona. Znane tylko Tobie. W każdym z nich zawiera się inne. Nie nosimy też imion wyjątkowych, jakby się mogło z pozoru wydawać. Ale Baśń o Stworzeniu, Susanne, wybrała miłość, cień, pamięć i przemijanie jako wartości zazębiające się, łączące ze sobą wzajemnie, zawierające wszystkie uczucia, wątpliwości i nadzieje. Ale dlaczego miłość? Ona nigdy nie gaśnie, przezwycięża każdą przeszkodę, utrzymuje przy życiu, pozwala przetrwać najcięższe próby i daje nadzieję. Dlaczego cień? Nie ma dróg łatwych, prowadzących do sukcesu, szczęścia czy samorealizacji. Zdrowie nigdy nie należy do nas. Spowija go cień, ukazując drugą stronę medalu – przemijanie. Cienie i przemijanie nigdy nie kończą czegoś, nigdy nie podążają ślepo czy bez celu. Ktoś, coś i w jakimś celu zawsze o nich pamięta. My, Żywe Drzewa, strzeżemy tego wszystkiego, o czym ci przed chwilą powiedziałem. Czas stoi oczywiście nad nami. A my łączymy się z nim w działaniach. Śmierć przeraża, choroba wywołuje cierpienie, niepowodzenie smuci, ale to wszystko ma sens, Susanne. Wszystko ma sens. Nie szukałaś nigdy banalnych odpowiedzi. Akceptowałaś swoje cierpienia, doceniałaś radości i smutki. W tym tkwi prawdziwe zrozumienie. Proszę cię, niech to, o czym dowiedziałaś się w trakcie całej swojej podróży, będzie ci wzrokiem, słuchem i kieruje każdym ruchem na polu bitwy. Ochronę, którą pragniemy ci podarować, możemy ofiarować tylko jednej osobie. Lecz nie dlatego, że tylko jeden człowiek może ją otrzymać. Nie. Chodzi o to, że tylko ktoś, kto przewędrował najcięższe szlaki wypalanych żelaznymi łańcuchami wyzwań, może przeżyć moc, którą ta ochrona emanuje. Ani krztyny zła w obliczu jego sideł. Ani krztyny pretensji w obliczu najbardziej niesprawiedliwych wyzwań. Susanne, najdzielniejsza ze znanych mi ludzi, nigdy nie zakwestionowałaś decyzji Miłości, Cienia, Pamięci i Przemijania, a także Czasu. A teraz wyjmij cztery flakoniki spoczywające w twojej kieszeni i wypij ich zawartość w takiej kolejności, w jakiej je otrzymałaś. Nie bój się niczego.

Dzięki tej sile każdy cios zadany w boju przeszyje wroga mocą naszych darów. Osłonią cię przed każdą bronią, pomogą wygrać podczas Boju Dusz.

Kiedy Żywe Drzewa otoczyły Susanne, dziewczyna wyjęła z kieszeni pierwszą, krystalicznie przejrzystą fiolkę, w której wirował rubinowy płyn. Wyciągnęła korek. Z wnętrza fiolki wydostało się kilkanaście baniek, a powietrze wypełnił słodki zapach. Susanne wypiła zawartość buteleczki za jednym razem. Poczuła jedynie słodki smak. Druga fiolka nieco bardziej ją przerażała. Była chłodna w dotyku. Jednak już po chwili Susanne wypiła również i jej zawartość. Smakowała jak woda. Przy trzeciej buteleczce miała coraz większe obawy, ale dzielnie ją opróżniła. Zdawało jej się, iż pije powietrze. Czwarta fiolka była zbyt gorąca lub zbyt zimna. Susanne nie mogła jej zbyt długo utrzymać w ręce i szybko wypiła również i jej zawartość. Miała wrażenie, jakby zjadła lody, a następnie wypiła gorącą herbatę. Po chwili wszystko ustało. Susanne otoczyła lawendowa poświata, która zniknęła równie szybko, jak się pojawiła. Po kilku sekundach po raz pierwszy przemówił Cień:

– Jak się czujesz?

– Dobrze – odpowiedziała Susanne.

Nie chciała pytać, dlaczego dopiero teraz Drugie Żywe Drzewo przemówiło. Nie miała pojęcia, co nim kierowało. Ale Cień zdawał się jej czytać w myślach.

– Bo to przeze mnie przeszłaś przez to piekło na peronie. To ja cię popchnąłem i zalałem świat ciemnością.

Susanne nie mogła uwierzyć swoim własnym uszom. Była zaskoczona. Nie wiedziała co odpowiedzieć. Pytająco spojrzała na Cień, a w jej spojrzeniu kryła się tylko chęć zrozumienia, dlaczego Żywe Drzewo ją przeprasza.

– Ponieważ na to nie zasłużyłaś. Nawet nie wiesz, ile dobra kryje twoje serce. Ale musiałem je zranić, pokazać ci drugą stronę. Zbyt wiele...

– Proszę. Nie musisz mnie przepraszać, Cieniu. Naprawdę...

– Nie, Susanne. Nawet mnie obowiązują zasady. Zbyt wiele przeszłaś. Baliśmy się, że ta ostatnia próba to będzie zbyt wiele. Ale dzięki niej już wiesz, że musimy upadać nawet wtedy, kiedy najmniej się tego spodziewamy. Inaczej nie można stać się silniejszym, walczyć z tym, co nas ogranicza. Musimy się podnosić i próbować zostawić za sobą cienie przeszłości. Nie można ławo piąć się do góry. Prawdziwy kunszt wymaga tytanicznej postawy, ogromnego wysiłku i niezłomnego serca. Pustka nie ma o tym najmniejszego pojęcia. Pamiętaj, iż w odmęcie podziemnych cieni, osnuta niczym kotara czasu sekrecji, odpina się, odrywa ta jedna tajemnica. Tajemnica z przyszłości. Przyszłości bez nadziei. Nie pozwól jej dojść do głosu, a Sautien powstanie z popiołów. Jego piękno zatrze pył zasmolonych chwil, a kwiaty rozkwitną niczym nowa rzeczywistość, przecinając sekundy doskonałością. Po wieczność. Do zobaczenia...

Kiedy Cień skończył mówić, z oczu Susanne popłynęły łzy. Dziewczyna przymknęła powieki. Ile wiary pokładali w niej potężniejsi niż ona sama. Chciała jeszcze raz spojrzeć na Żywe Drzewa, ale te już zniknęły. Susanne nie zauważyła nawet kiedy, ale została sama. Leżały przed nią dwa maleńkie zawiniątka. Jedno z nich było niezwykle lekkie, o nierównej powierzchni, wyglądające jak strzępy małych kamieni zlepionych w jeden większy. Czarne i lodowate w dotyku, stanowiło cząstkę istnienia Pustki. Drugi kamień był nieco większy, idealnie gładki, ciepły, w pomarańczowo-niebieskie prążki – to była cząstka istnienia Susanne. Nim dziewczyna schowała dwie cząstki istnień do kieszeni, po raz ostatni omiotła wzrokiem Firmament Sautien. Widok zdawał się być jeszcze piękniejszy. Jeżeli tak wyglądał Firmament w czasach największego niedostatku, dziewczyna nie byłaby sobie w stanie wyobrazić, jak ta kraina musiała wyglądać przed atakiem Wynaturzonych. Miała nadzieję, że jeszcze kiedyś będzie dane jej ujrzeć ten widok. Serce podpowiadało jej jednak, iż kiedy schowa kamienie do kieszeni, opuści to miejsce na zawsze. Tak bardzo chciała się już zobaczyć z najbliższymi, uściskać ich, odpędzić wszystkie samotne chwile spędzone w ciągu ostatnich dni.

Spojrzała na horyzont. Trzeba się było spieszyć. Przygotowania do Bitwy, Bój Dusz, uratowanie dusz uwięzionych w Keharze i Morzu Grozy oraz starcie na Polanie Oeste – to wszystko czekało na nią, zbliżając się z każdą sekundą. Patrząc na zachodzące słońce, Susanne pragnęła, aby kiedyś dane jej było w towarzystwie matki, ojca, Javiera, Emesta, wróżek i kompanów patrzeć, jak układa się ono do snu. Musi w sobie odnaleźć dość sił, aby pozwolić wszystkim Sautienczykom oglądać najcudowniejsze wschody i zachody słońca. Pragnęła, by marzenia i sny nie kończyły się tylko z otwarciem oczu, ale były początkiem dni przepełnionych szczęściem, radością i pokojem.

Po chwili wsunęła kamienie do kieszeni, a powietrze wypełniał już tylko skrzący się pył, powoli opadając na ziemię.

ROZDZIAŁ 19

Oko cyklonu

W ułamku sekundy Susanne znalazła się nieopodal Polany Oeste. Kilkadziesiąt metrów dalej dostrzegła jakiś ruch. To wojownicy przygotowywali broń. Susanne próbowała wypatrzeć pośród nich znajome postaci. Po chwili zauważyła małą osóbkę siedzącą na kamieniu. Przytulał ją... Javier. Tak. To musiał być on. A tą dziewczynką z pewnością była Stacy. Susanne była bardzo słaba, ale widok najbliższych dodał jej sił. Ruszyła w ich kierunku. Nikt nie zwracał na nią najmniejszej uwagi. Niezwykle trudno było ją zauważyć w wysokiej trawie, wychodzącą z gęstego lasu. Susanne bardzo się wzruszyła. Z każdym krokiem coraz bliżej było do Stacy i Javiera. Ale nigdzie nie mogła dostrzec Emesta. Idąc, rozglądała się dookoła, próbując wypatrzyć przyjaciela w grupie Sautienczyków. Nagle usłyszała:

– Susanne!

I w jednej chwili ujrzała Stacy biegnącą w jej kierunku. Jej twarzyczkę żłobiły strumienie łez. Zapuchnięte oczka śmiały się, widząc przyjaciółkę. Wyciągała do Susanne rączki, by w końcu ją uściskać. Tyle godzin i dni przebywały z dala od siebie, nie wiedząc, co się dzieje. Nie wiedząc, czy jeszcze kiedykolwiek się zobaczą. Żadna z nich nie mogła powstrzymać łez. Nie widziały się od bardzo, bardzo dawna. Dopiero po kilku minutach Stacy znowu się odezwała:

– Susanne, tak strasznie za tobą tęskniłam. Myślałam... Myślałam, że już nie wrócisz. Kocham cię.

– Ja ciebie też, skarbie. Bardzo – odpowiedziała i przytuliła ją jeszcze raz do siebie.

Już chwilę później Stacy znów śmiała się jak dawniej i razem z wróżkami postanowiła osobiście oznajmić każdemu z osobna, że Susanne wróciła. Całej scenie przyglądał się z boku Javier. Susanne dobrze wiedziała, jak bardzo ją kocha. Kiedy podeszli do siebie, czas się zatrzymał. Utonęli w swoich objęciach. Nie padło ani jedno słowo. Ciszę przerwał dopiero Javier:

– Tak strasznie za tobą tęskniłem. Nawet nie masz pojęcia jak bardzo – i pocałował ją.

Po chwili Susanne powiedziała:

– Javier. Ja za tobą też. Tęskniłam w każdej sekundzie. Ale gdzie jest Emesto? Wszystko z nim w porządku?

Javier się zasmucił. Nic nie odpowiedział.

– Javier, czy on...

– Spokojnie – odpowiedział – nic mu nie jest. Przynajmniej fizycznie.

– To o co chodzi?

– Chodź za mną.

Wziął ją za rękę i poprowadził za sobą. Szczęk ostrzonych mieczy zdawał się teraz być upiornym koncertem. Droga dłużyła się w nieskończoność, a Javier nie chciał powiedzieć, co się dzieje z Emestem.

Gdy w końcu dotarli na miejsce, Susanne wyczytała z oczu ukochanego wszystko. Przytaknęła tylko lekkim skinieniem głowy i puściwszy jego dłoń, podeszła do siedzącego elfa. Gdy tylko Emesto ją zobaczył, w jego oczach zalśniły łzy. Również uściskał Susanne, ale to, co miał jej do powiedzenia, wyraźnie ciążyło mu na sercu:

– Susanne – zaczął – na szczęście wróciłaś jeszcze przed zmierzchem. Wiedziałem, że ci się uda.

Dziewczyna zauważyła, że jego oczy są niemal przezroczyste, otulone jednie dopalającym się płomieniem. Źrenice przybrały nieprzeciętnie blady odcień czerni. Ale, jak zawsze, jego oczy były piękne. Smutek, nadzieje i doświadczenia mieszały się we wzroku elfa. Po chwili kontynuował:

– Mam ci coś niezmiernie ważnego do powiedzenia. Ta rozmowa musi pozostać między nami. Powiedziałem Javierowi, że nie musi się martwić. Początkowo nie chciał mi wierzyć, ale po licznych zapewnieniach zaufał mi. Susanne, stało się coś strasznego. Pustka domyśla się, że zechcemy pokrzyżować jej plany. Powiedz mi, proszę, czy spotkałaś na swojej drodze jakieś demony? – jego głos był bardzo płytki i niecierpliwy.

– Tak – odpowiedziała Susanne. – Emesto, o co chodzi?

Elf wyraźnie się zasępił i spojrzał jej głęboko w oczy, mówiąc:

– Czy były to demony Axos?

Susanne przytaknęła. Twarz elfa pobladła.

– Emesto. Co ci jest? O co chodzi? – zapytała.

– Pustka celowo wysłała kilka z nich, zapewne pod Firmament Sautien?

– Tak – odparła coraz bardziej zaniepokojona dziewczyna.

– Tak też myślałem – kontynuował elf. Podejrzewała, że dowiesz się, jak je zniszczyć. Nie zna ona Ksiąg Aleados, ale o tych demonach wspomina również Księga Przedstworzenia. Pustka doskonale zdaje sobie sprawę, że jeśli uda ci się je pokonać, to użyjesz automatycznie jej krwi. A ona czuje, co dzieje się z poszczególnymi częściami jej „ciała". Zapewne już wie, że dotarłaś już do Firmamentu Sautien. Boję się, że podejrzewa również, iż zechcesz jej zagrozić w każdy inny możliwy sposób. Nie ma jednak pojęcia, że możesz wiedzieć o istnieniu Granic Galaktyk, a tym bardziej, iż zdołałabyś do nich dotrzeć. Ale nie ufa nikomu ani niczemu i wie, że nie miałaby pojęcia, gdyby udało ci się zniszczyć ziarno zła zasiane przez nią w jednym z wymiarów Sautien. Zapewne zgłębiłaś już całą wiedzę Ksiąg Aleados. Ja znam ich drugie znaczenia, ukryte pomiędzy stronicami. Będę walczył, wykorzystując całą swoją wiedzę, a ty – całą swoją, zdobytą z ich właściwych stronic. Ale teraz musimy omówić inną kwestię. Dziś wieczorem Pustka wyśle Wynaturzonych, aby unicestwili Kehar i Morze Grozy razem z tymi, którzy w nich cierpią. Właśnie dziś uzyska z ich cierpienia wystarczającą ilość sił, aby się od nich odciąć i ruszyć – już za kilka dni – do boju. Po za tym, jak już wcześniej wspomniałem, wie, gdzie udało ci się dotrzeć i zdaje sobie sprawę, że nie ma czasu. Dlatego właśnie musimy uratować wszystkie dusze jeszcze dziś. Zmierzyć się z Wynaturzonymi. Tylko ty, ja i Javier możemy wkroczyć do tych krain. Miałem nadzieję, że będziemy mieli więcej czasu, ale my, Dzieci Księżyca, odczytujemy z gwiazd początki tego wszystkiego, co kiedyś nastąpi. Przyszłość zawsze jednak można zmienić. Nic nie jest pewne. Pamiętaj. Zapewne...

– Tak. Zastanawiam się, czemu tylko my troje możemy tam wyruszyć.

Elf spojrzał jej głęboko w oczy i zrozumiała. Tylko ich trójka zna cenę, którą trzeba zapłacić i wie, z czym przyjdzie im się zmierzyć. Na szali stanie zarówno ich życie, jak i losy Sautien. Decyzje trzeba będzie podejmować wbrew sobie. Zmierzyć się z piekłem. Susanne poznała jedynie namiastkę Morza Grozy i Keharu. Ale przez to, co przeszła, mogła się mierzyć z tym, co nieznane i śmiertelnie niebezpieczne. Emesto z kolei, podobnie jak jego bratanek, byli najbardziej doświadczonymi wojownikami. Javier nawet widział Pustkę, a Emesto wiedział, jakie zasadzki będą musieli razem pokonać. Wszyscy troje uzupełniali się i tylko oni mieli szansę na uratowanie cierpiących.

Chwilę później dziewczyna zapytała elfa o jeszcze jedno:

– Emesto. Nim dojdzie do starcia, do Wielkiej Bitwy, ruszymy do Keharu i do Morza Grozy. Nie wiem, czy wyjdę z tej wyprawy cało. Mogę stracić życie. Wiesz o tym...

– Susanne... – przerwał jej Emesto.

– Nie. Proszę, pozwól mi dokończyć. Naprawdę nie wiem, czy wyjdę z tego cało. Proszę cię, zaopiekujcie się Stacy, gdyby coś mi się stało, dobrze?

Elf przytaknął. W jego oczach tańczyły turkusowe łzy. Susanne wiedziała, że przyjaciel ma jej do powiedzenia coś jeszcze i że będzie to dla niego jeszcze trudniejsze.

– Emesto – powiedziała – nie duś tego w sobie. Powiedz mi, co leży ci na sercu.

Elf spojrzał na nią przenikliwym, lodowatym spojrzeniem, trawionym okrutnym ciężarem. Jego oczy wyrażały niewypowiedziany żal, rozmyte wspomnienia. Po chwili wypowiedział tylko jedno słowo:

– Tajemnica.

Tajemnica jego oczu.

Susanne wiedziała, że przyjaciel chce jej wyjawić, czym tak naprawdę jest jego sekret. Wspierał ją od samego początku, nauczył czegoś więcej niż są w stanie przekazać książki. Dziewczyna ujęła jego dłonie w swoje i popatrzyła w jego oczy tak głęboko, jak jeszcze nigdy wcześniej. Sięgnęła pamięcią wstecz. Elf dostrzegał w jej oczach to, co chciała mu powiedzieć, a czego nie sposób było wyrazić słowami. Pokazała mu swoje wspomnienia, wiecznie żywe. Lodowate powietrze, wdzierające się przez wątłą okiennicę sierocińca, przesłoniło obraz otaczającej rzeczywistości. Susanne prowadziła przyjaciela przez swoje wspomnienia z największą precyzją. Na woni zimnego oddechu unosiło się srebrzyste piórko, ukryte przed światem pod niemalże doszczętnie spróchniałą deską podłogi. Później następny kadr. Rozmowa w jaskini, otulonej wściekłą siecią zarzuconą przez potęgę natury. Pierwsze spotkanie na Taflowym Pomoście. Wskazówki udzielane przez całą ich podróż. I ta scena, której Emesto nie mógł pamiętać. Wtedy, gdy myślała, że odszedł, i zachłannie próbowała zatrzymać każdy jego oddech, uciekający na wieczność w śmiertelnym uścisku bestii. Film nigdy nie dobiegał końca, nawet w chwilach największej samotności, w których tylko pamięć o przyjacielu i najbliższych pozwalała jej przeżyć.

– Trzeba jeszcze zapełnić kolejne sceny – wyszeptała Susanne. – Bez ciebie nie damy rady. Emesto, byłeś ze mną od zawsze. Nawet wtedy, kiedy o tym nie wiedziałam. O największych tego świata, o najbliższych nam samym, o potędze ich lojalności stanowimy my sami. Ci, którzy odeszli, żyją dzięki Żywym Drzewom. Ale one nie muszą mi o tobie przypominać, przyjacielu. Istota prawd tego świata kryje się w epizodach, które możemy zobaczyć tylko w wyjątkowych chwilach, ale tylko dzięki takim jak ty, towarzyszom. Zaufaj mi, proszę. Będę dla ciebie podporą tak jak wtedy, gdy ty mnie podźwigałeś z otchłani bezsilności. Przez cały czas czułam, że na twoim sercu leży okrutny ciężar czegoś, co dźwigałeś, przybierając dobrą minę do złej gry. Nie zostawię cię z tym, co tak bardzo ci ciąży, Emesto. Wyduś to z siebie.

Elf popatrzył na nią wzrokiem pełnym wdzięczności. W tym spojrzeniu nigdy nie kryło się nawet blade odbicie kapitulacji. Emesto walczył z czymś, co określał mianem tajemnicy. Nie chciał, aby inni, a zwłaszcza jemu najbliżsi, dźwigali to brzemię razem z nim. Po chwili powiedział:

– Susanne. Cały kłopot tkwi w tym, że sam nie wiem, z czym muszę się mierzyć. Jak dziś pamiętam ten dzień, w którym zapytałaś mnie o kolor moich oczu, a ja obiecałem ci zdradzić swoją tajemnicę. Do Keharu i Morza Grozy wyruszamy za około dwie godziny. Uzbroisz się w cierpliwość i mnie wysłuchasz?

– Oczywiście Emesto.

Elf wziął głęboki wdech i zaczął swoją opowieść. Zupełnie odmienną od tych, których Susanne wysłuchiwała tyle razy.

– Obiecałem ci wyjawić ten sekret, kiedy wszystko się skończy. I wbrew pozorom wszystko się skończyło. Chodzi mi o Ciernie. To właśnie one są moją tajemnicą.

Widząc zdziwione spojrzenie Susanne, dodał po chwili:

– Wszystko, co o nich wiesz, to prawda. Ale powinnaś wiedzieć coś jeszcze. Poznasz za chwilę odpowiedzi na te wszystkie niedokończone i niezrozumiałe rady i pouczenia tych, których spotkałaś. Kolor moich oczu to nie przypadek. Nie tylko zdradza moje samopoczucie, ale i przyszłość. Woal tajemnic otacza wszystko, lecz ja muszę go przenikać. Dzięki temu wiem, co się wydarzy, gdzie szukać odpowiedzi. Susanne, nie myl mnie z jasnowidzem czy jakimś czarodziejem. Otóż wszystko ma drugą stronę medalu. Wszystko ma swoją cenę. Ja wcale o ten dar nie prosiłem, choć okazał się niezwykle przydatny. Wręcz niezbędny. Problem tkwi w tym, że dostrzegam właśnie tę drugą stronę medalu. Ty na przykład, czytając Księgi Aleados, zgłębiałaś wiedzę jedynie z ich pergaminowych stronic. Nie brałaś pod uwagę alternatywnej rzeczywistości ich rewersów. Chodzi o to, iż ty, Susanne, nie boisz się tego, co niesie przyszłość w aspekcie psychicznym, lecz jedynie w aspekcie emocjonalnym i jesteś w stanie się z tym lękiem mierzyć, odcinając się od jego trujących pęt. Psychika każdego stworzenia to nie tylko obszar, w którym kryje się wszystko to, co odpychamy w sennych sekundach pod osłoną nocnych płatków, utulających nasze człowieczeństwo do snu. Nasza psychika może – i ja to wiem, i tak właśnie najczęściej się zdarza – zepchnąć w najdalsze zakamarki to, czego tak okrutnie się lękamy, a co, gdyby wyszło na światło dzienne, tak jak w moim przypadku, odsłoniłoby o wiele więcej niezrozumiałych i niedostrzegalnych zjawisk, ale za potwornie wysoką cenę. Psychika, Susanne, ta, którą ja posiadam, dostrzega nie tylko to, co ty. Nie jest tylko i wyłącznie uosobieniem czy obszarem symbiozy rządzących ludzką egzystencją przeżyć, zdobytej wiedzy czy woli. Przelękłabyś się, wiedząc to, co wiem ja. Ale póki nasza misja się nie skończy, muszę z tym walczyć każdego dnia, budząc się rano i wiedząc, że boję się nawet wschodu słońca, ale staję w jego promieniach jak każdy inny człowiek i zwyciężam. By w końcu pozbyć się tych irracjonalnych mar, które przeniknęły do mojej świadomości. Na tym polu muszę wygrać sam. A przeciwnik, niczym przebiegły i bezwzględny gracz, atakuje mnie na szachownicy na każdym kroku. Rozumiesz mnie teraz?

Susanne nie odpowiedziała nic. Nie potrafiła. Przytuliła przyjaciela z całych sił i dopiero po dłuższej chwili powiedziała:

– Emesto. Nie miałam pojęcia... Nie miałam pojęcia jak trudno ci było zmagać się z codziennością, a co dopiero z wyzwaniami Pustki. Dla mnie jesteś wyjątkowym, najmężniejszym człowiekiem. Tak. Człowiekiem. Już nigdy nie pozwolę ci z tym zostać w osamotnieniu. Chcesz, żeby to pozostało między nami?

– Sam nie wiem. Jak uważasz? – spytał elf.

– Myślę, że z czasem powinieneś o tym powiedzieć Javierowi i swojemu bratu. O problemach trzeba rozmawiać. Ogromnie się cieszę, że w końcu to z siebie wydusiłeś. Teraz będzie już tylko lepiej. Dziękuję ci również z całego serca, że nie odrzuciłeś tego...

I tu Susanne nie była w stanie dokończyć. Uświadomiła sobie, czym są Ciernie.

– Tego przekleństwa i daru zarazem? – dokończył Emesto.

Susanne przytaknęła i jeszcze raz przytuliła do siebie przyjaciela. Ciernie nie tylko składały się z tego, kim była Susanne i przez co przeszła. Mogły zadziałać najskuteczniej, całą swoją mocą, jedynie dzięki ofierze najmężniejszego z elfów, który zasługiwał na miano herosa. Herosa wierzącego w nią na każdym kroku, każdego dnia, podczas każdego zadania. To właśnie dzięki każdemu z aspektów największych nawet cierpień będą mogli wygrać z Pustką.

– Emesto? – zapytała nieśmiało Susanne, kiedy wracali już do pozostałych.

– Tak?

– Mogę ci zadać jeszcze jedno pytanie?

Elf przytaknął.

– Cisza przed burzą pachnie zdradliwym, przebijającym się głęboko, aż do serca ogromem nieszczęścia. Trucizna Pustki już rusza do boju, a my niebawem ruszymy po dusze cierpiących. Oko cyklonu to nasze jedyne schronienie. Odpowiedz mi, proszę, szczerze. Czy przetrwamy poza nim?

Emesto tylko spojrzał w jej oczy i już wszystko wiedziała. Były tak pełne wiary, niezłomne i waleczne, jak jeszcze nigdy wcześniej. Elf nie był już ze swoim brzemieniem sam. Susanne doskonale wiedziała, że przetrwają. Dostrzegła w oczach przyjaciela odbicie Wichrowego Pejzażu i wiedziała, że nie tylko podczas misji, w którą wyruszają, ale także podczas Boju Dusz i Wielkiej Bitwy, z takimi Sautienczykami jak Emesto u boku z pewnością przetrwają.

*

Do opuszczenia Polany Oeste pozostało kilkanaście minut. Susanne wykorzystała je na pożegnanie się ze Stacy, zostawiając ją pod pieczą Soledad i Paz. Susanne ucałowała Stacy w czółko i patrząc jej głęboko w oczy obiecała, że już niedługo wszystko się skończy. Odchodząc z Emestem i Javierem, po raz ostatni obejrzała się, machając do przyjaciółki, by kilka chwil później zniknąć za parawanem leśnych ostępów.

– Wujku? – spytał Javier po kilkunastu minutach marszu.– Jak dostaniemy się do Morza Grozy? Przecież wędrówka zajęłaby nam tygodnie.

Emesto i Susanne wymienili spojrzenia. Uśmiechy przemknęły po ich twarzach.

– O co chodzi? – spytał ponownie Javier. – Dlaczego się uśmiechacie?

– Spokojnie, Javier – odpowiedziała Susanne. – Droga raz przebyta o własnych siłach na zawsze przeciera niewidzialny szlak i możemy się tam dostać za pomocą zaklęcia.

– Domyślam się, że trzeba je wypowiedzieć na Silithio – odparł Javier.

Emesto i Susanne nagle się zatrzymali.

– Skąd wiesz o Silithio? – zapytał Emesto.

– Ojciec wspominał mi o nich. Używali ich, tropiąc Pustkę – oparł Javier, odwracając wzrok.

Zarówno Susanne, jak i Emesto poczuli się niezręcznie.

– Przepraszam – powiedziała Susanne. – Już w porządku?

Javier tylko nonszalancko się uśmiechnął i po chwili cała grupa ruszyła naprzód z uśmiechami na twarzach.

*

Silithio to magiczne kamienne kręgi, które znajdują się tylko w nielicznych miejscach Sautien, ale mogą przenieść swoich użytkowników w dowolną część kraju. Niezwykle niebezpiecznie jest ich używać, a poza tym użyć ich można tylko trzy razy w całym swoim życiu. I to na ściśle określonych warunkach.

*

Kolejne minuty marszu nie dłużyły się już tak niemiłosiernie jak w ciągu minionych tygodni. Javier, Susanne i Emesto znów byli razem. Nie czuli już tak przygnębiającego ciężaru samotności. Czas powoli zabliźniał rozjątrzone smutkiem rany. Jednak mimo wszystko Susanne przez cały czas miała przed oczyma Stacy. Niezmiernie trudno było jej zostawić dziewczynkę na Polanie Oeste, ale nie mogła narażać jej na niebezpieczeństwo, z którym już niebawem ona i jej dwaj towarzysze będą musieli się zmierzyć. Stacy została w dobrych rękach. Zarówno Soledad, jak i Paz nie spuszczały jej z oczu ani na sekundę, a najmężniejsi wojownicy Sautien pilnie strzegli obozowiska. Obozowiska, które miało przemienić się niebawem w pole bitwy. Susanne nie wiedziała, jak uchronić przyjaciółkę podczas walki. Emesto na pewno mi coś podpowie – myślała. Ale teraz musiała się skupić na misji.

Podróżni brnęli przez las, który z każdym krokiem stawał się coraz to mniej przyjazny. Gęste listowie sięgało niemalże od ściółki, niknąc dopiero w chmurach. Przepastne wachlarze kłujących gałęzi sosen zwieńczały ogromne igły. Atmosfera była przesycona nie tylko ostrym zapachem gęstej, bursztynowej żywicy i igliwia. Zdawało się, że coś próbuje ukryć się za drzewami. Po raz pierwszy od bardzo dawna Susanne wiedziała, że nie będzie miała do czynienia z zasadzkami Pustki. Wyczuwała w powietrzu aurę białej magii, a sądząc po wyrazie twarzy zarówno Emesta, jak i Javiera nabrała pewności, ale i stała się jeszcze bardziej czujna. Na jej świadomość napierała nieubłagana prawda. Oko cyklonu, w którym się znajdują, daje jedynie fałszywe poczucie bezpieczeństwa, zmniejszające się z każdą minutą. Z niebezpieczeństwem przyjdzie im się zmierzyć już niebawem. Jedno spojrzenie w oczy Emesta przypieczętowało decyzję.

Nagle wszyscy się zatrzymali. Nie stali ani na polanie, ani jakiejś wolnej przestrzeni. Dopiero teraz Susanne uświadomiła sobie, jak stare były wszystkie mijane do tej pory drzewa. Mimo swojej potęgi i woalu długowieczności i tak kiedyś będą musiały ustąpić miejsca następcom. Dziewczyna zdała sobie sprawę, że stoją przed maleńką sosną, która ledwie sięgała im do kolan. Symbol nowego życia, o który tak trudno w rzeczywistości zaatakowanej przez zło i nienawiść.

– Emesto – zaczęła Susanne – nie myślałam, że...

Ale elf przerwał jej, jakby czytał w myślach dziewczyny:

– Niestety tak, Susanne.

Javier nic z tego nie rozumiał. Przypatrywał się wujkowi i ukochanej z pełnym niedowierzania wzrokiem. Zdawali się nad czymś głęboko zastanawiać, a ich twarze przeszywały cienie niepokoju. Po chwili Javier postanowił dowiedzieć się, o co chodzi i zapytał:

– Wujku, co się stało?

Odpowiedziało mu tylko milknące w gęstej plątaninie gałęzi echo, potęgując uczucie bezradności. Emesto odezwał się ponownie dopiero po chwili.

– Javier – zaczął – jak wiesz, Silithio można utworzyć ze zwykłych kamieni, układając zwykły krąg. Ale pojawił się pewien problem…

– Nie rozumiem was – odpowiedział – dookoła bez problemu można znaleźć kamienie. Nie chcę się wtrącać, ale uważam, że chodzi o coś, co trzeba ofiarować, aby kamienie przemieniły się w prawdziwy Silithio, prawda?

Elf przytaknął lekkim skinieniem głowy. Po chwili do rozmowy włączyła się Susanne.

– Javier. Silithio można utworzyć tylko na bardzo trudnych do spełnienia warunkach. Określają je trzy zasady. Pierwszą z nich jest Symbol. Krąg można utworzyć jedynie dookoła jednego z siedmiu Symboli wybranych przez Żywe Drzewa i Czas wtedy, gdy Sautien budziło się do życia. Nie mogę powiedzieć ani tobie, ani Emestowi, dlaczego akurat tylko dookoła tych siedmiu Symboli tak się dzieje, ponieważ tego nie wiem. Serce podpowiada mi jednak bardzo wiele, i myślę, że wam też. Jak wiecie, szliśmy przez ten las, mając nadzieję znaleźć jeden z wybranych Symboli. Jest nim młode drzewo, pąk kwiatu, łuna zachodzącego słońca, brzask świtu, poświata księżyca w nowiu i wreszcie kryształ oraz wspomnienie. Nie jest łatwo o te dwa ostatnie. Najpotężniejsze Symbole, zdolne do największych czynów. Ale nam wolno używać jedynie tych dwóch pierwszych, młodego drzewa lub pąka kwiatu, ponieważ nie znamy prawdziwej potęgi kryształów i wspomnień. Zapewne to nie jest wam obce. Ale ja nauczyłam się czegoś z Ksiąg Aleados. Wiedzy, której nie sposób opisać. I wiem, że aby dostać się do Keharu wystarczy krąg utworzony dookoła tych dwóch pierwszych Symboli. Ale drogi powrotnej nie będzie. Są zbyt słabe i niewinne, aby mogły przetrwać drogę powrotną...

– Susanne, dlaczego mówisz o tym dopiero teraz? – przerwał jej Javier.

– Ponieważ o mocy Symboli nie dowiesz się, nim nie ujrzysz ich oczyma duszy. Rangi ich nie pojmiesz, nim nie zdradzi ci ich jeden z nich. Zawiodą ułudy umysłu lub pryzmatem serca pozwolą ci wrócić. Jeden z czterech stopni mocy Żywych Drzew zostanie opleciony wieńcem chwały przez Czas tylko na bieg kilku sekund. Nie wiadomo jednak jak, czy i gdzie – zacytowała Susanne.

Wszyscy pogrążyli się w smutku. Mieli wrażenie, iż przemierzali las na próżno. Że tylko stracili czas. Silithio dookoła młodego drzewka nie przeniesie ich z powrotem, zatem nie uratują cierpiących. Wszyscy doskonale zdawali sobie sprawę, że wyprawa będzie wymagała co najmniej trzech kręgów. Jednego, aby dotrzeć do Keharu, drugiego, aby dotrzeć na Morze Grozy i trzeciego, aby wrócić. Potrzebują zatem Symbolu o co najmniej trzeciej randze. Susanne jednak nagle wszystko zrozumiała. Czuła, że maleńkie drzewko udzieli im niezbędnych wskazówek.

– To ono zdradzi nam rangę Symboli – powiedziała po chwili Susanne. – Pamiętacie? O mocy Symboli nie dowiesz się, nim nie ujrzysz ich oczyma duszy. Rangi ich nie pojmiesz, nim nie zdradzi ci ich jeden z nich. Wiemy tylko, że drzewko i pąk kwiatu mają najniższą rangę. Ale czy aby na pewno wspomnienie i kryształ są najpotężniejsze? Tego nie wiemy na pewno. Tylko zaklęcie skierowane do najmniejszego z najmniejszych wyjawi nam tę tajemnicę i powie, co robić dalej. Nie rozumiesz, Javier?

Twarz Javiera zdawała się powoli wyrażać zrozumienie. Łączył te informacje w swoim umyśle. Susanne kontynuowała, widząc, że ukochany rozumie, o co w tym wszystkim chodzi:

– Czas nie może nam pomóc na zawołanie i podarować swojej mocy akurat temu z Symboli, który wybierzemy. Te, o które najtrudniej, sądzone są rangą tego, ile ich zdobycie znaczy. Po drugie należy wymówić zaklęcie, a po trzecie... – i tu Susanne zawiesiła głos.

– Ofiarować coś, o czym nie mamy pojęcia – dokończył Emesto.

– Mamy pojęcie – wtrącił niespodziewanie Javier.

Susanne i Emesto z najwyższym skupieniem spojrzeli na Javiera.

– Skąd? – zdołała jedynie wyszeptać Susanne z niedowierzaniem.

– Nigdy nie tworzyłem takiego kręgu osobiście, ani z niego nie korzystałem. Jak już wam mówiłem, mój ojciec tworzył Silithio do tropienia Pustki, używając kręgu jako zwierciadła. Nigdy jednak z niego nie korzystał. Ale jedno wiem na pewno. Wiem, że ofiarą musi być piętno pochodzące z duszy człowieka.

– Skąd o tym wiesz? – zapytał łagodnym tonem Emesto, czując, iż za tym, co przed chwilą wyjawił mu jego bratanek, kryje się bardzo bolesna tajemnica.

Susanne spojrzała w oczy ukochanego i wyszeptała za niego odpowiedź:

– *Utracone życie najbliższych sercu zdejmie pęta i pętla niewiadomego zostanie przecięta*. Tak mówią Księgi Aleados na samym końcu. A Javier stracił ojca...

– I widział Pustkę, która patrząc mu prosto w oczy, zdusiła w jego ojcu życie – dodał stłumionym głosem Emesto. – To czyni go godnym utworzenia kręgu Silithio.

Susanne zamarła. Spojrzeniem przepełnionym kroplami łez spojrzała na Javiera. Przecież on stracił ojca. Patrzył na to wszystko i nic nie mógł poradzić... Przytuliła Javiera z całych sił. Po chwili ciszy Susanne opanowała płacz i coś zrozumiała. Coś niezwykle ważnego. Nie przywrócą już nigdy do życia tych, którzy odeszli. Pozwolą im jedynie iść dalej. Do każdego z nich dotarło to niemalże w tej samej chwili. Ona nigdy tak naprawdę nie straciła nikogo bezpowrotnie. Emesto owszem, stracił brata, ale nie patrzył na jego śmierć. Tylko Javier był naznaczony piętnem niezbędnej ofiary.

Dusze cierpiące w wytworzonych przez Pustkę otchłaniach cierpienia zapewne pomogą im w bitwie. Pamięć o nich, o Sautienczykach, pozwoli ruszyć na śmiertelny bój i zniszczyć zło w imię Miłości. Cienie przeszłości powrócą i przeminą. Żywe Drzewa dobrze o tym wiedziały, ale Susanne sama musiała pojąć sens ich imion i słów. Podzieliła się swoimi spostrzeżeniami z Javierem i Emestem. Później zaległa cisza. Wszystko stało się jasne. Cisza sączyła balsam rozrywający serce i duszę. Odpowiedzi nigdy nie kryją się na wyciągnięcie ręki. Nic nie jest proste. Zrozumienie wymaga niezwykłych kruszców, wykuwanych biegiem bezlitosnych niekiedy chwil. I zależy tylko od nas samych.

Wymienili spojrzenia. Uchwycili się za ręce. W środku stał Javier. Po jego prawej stronie Susanne, a po lewej Emesto. Zacisnęli dłonie tak mocno, aż pobielały im knykcie. Otoczyli maleńkie drzewko, podchodząc do niego po miękkim, szeleszczącym podium ziemskiej zwyczajności, otaczając je dookoła. Susanne wypowiedziała następujące słowa. Wiedziała, że zaklęcie musi popłynąć z jej serca. Wypowiedziała je po francusku:

– *Permettez-nous d'ouvrir votre monde. Répondez a la question de trois coeurs qui sont imprisonnés ici. L'un de nous révélera le sécret de Silithio**.

---

* Pozwól nam otworzyć swój świat. Odpowiedz na pytania trzech uwięzionych tu serc. Jedno z nas wyjawi sekret Silithio.

Nagle zerwał się wiatr. Poruszył gałązkami drzewa. Susanne, Javier i Emesto usłyszeli cichutki, wydobywający się z niego głosik:

– Słucham...

Javier odpowiedział głosem przepełnionym miłością, pamięcią, przemijaniem i cieniem, emanującym echem...

– Wspomnienia.

W ułamku sekundy drzewko zniknęło, zamieniając się w skrzący się pył. Niczym płynne zwierciadło ukazało twarz jego ojca. Uśmiechniętą. Połyskiwała w lśniącej tafli. Javier dostrzegł swojego ojca. Zapatrzył się w jego twarz, próbując uchwycić tak ukochaną mu osobę. Oczy zalśniły mu srebrnymi refleksami, ale nie zapłakał. Po chwili odwrócił spojrzenie od twarzy ojca i zamykając powieki, zaczął układać z Susanne i Emestem kamienny krąg. Susanne doskonale zdawała sobie sprawę z tego, ile musi Javiera kosztować najmniejsze nawet wspomnienie o ojcu, ale jedno wiedziała na pewno. Nigdy nie chciałby o nim zapomnieć, tak jak ona nie chciałaby wymazywać nawet tych najtrudniejszych, najbardziej bolesnych wspomnień.

Gdy ostatni kamień zajął swoje miejsce, krąg zalśnił. Wszyscy ponownie chwycili się za ręce. Susanne dostrzegła na twarzy Emesta nostalgię. Kochał swojego brata bardzo mocno i dopiero teraz Susanne dostrzegła, jak bardzo mu go brakowało. Twarz ojca Javiera znikła chwilę potem. Silithio zalśnił. Javier wypowiedział na głos tylko jedno słowo:

– Kehar.

Kamienny krąg zawirował wokół nich. Trzymali się mocno za ręce. Podróż zajęła zaledwie kilkanaście sekund.

*

Ale podczas każdej z nich Susanne dostrzegała mijane miejsca i odczuwała niewymowny ból Javiera i Emesta. Nie była w stanie im pomóc. Czuła wielką bezsilność. W chwilę potem mijali już Labirynt, w którym Susanne przeszła jedną z pierwszych, tak strasznych prób. Później otuliła ich już tylko biała kotara chmur, zza której wyłonił się tak dobrze znany Susanne obraz. Rzeka bzu... Zdawało się, że dopiero co tutaj była, ratując Emesta w ostatniej chwili. Bolesne wspomnienia wróciły. Elf również zdawał się czuć przerażającą aurę lawendowych, trujących łodzi, unoszących się na rzece śmierci, która miała tylko jeden kierunek. Nie było powrotu. Wymienili spojrzenia dodając sobie nawzajem otuchy i ruszyli.

Ruszyli w najbardziej zdradliwe obszary. Ale mieli siebie. Stawiając kolejne kroki, czuli na barkach niewymowny ciężar, który przygniótłby ich niechybnie, gdyby nie kierowała nimi odwaga i najtrwalsze więzi łączące ich serca, dusze i umysły. Nie czuli się już jednak jak kukiełki pozbawione umysłu, siły i woli. Uwierzyli, że mogą ożywić nie tylko siebie, ale całe Sautien, w każdym jego aspekcie, i zerwać parszywe sznurki kierującej nimi Pustki. Rozrywali przeraźliwą kurtynę rządów Wynaturzonych w najbardziej dotkliwy dla nich sposób. Uzbrojeni w przyjaźń i miłość, przepełnieni nadzieją, ruszali w raj upiornych odmętów jaśniejących na horyzoncie złowrogim blaskiem. I jednego byli absolutnie pewni. Nieprzeniknione, pałające lękiem kłębowisko zakurzonych kurtyn opadnie. Na zawsze.

ROZDZIAŁ 20

Kipiele

Susanne dokładnie pamiętała ten upiorny krajobraz Keharu. W oczach Emesta, tak kontrastujących z trującą wodą koloru bzu, dziewczyna dostrzegała tysiące drobnych igieł oprószonych lodowym szronem, wyrażających odrazę i niewypowiedziany smutek. Javier milczał. Susanne wiedziała, że dla niego ta wyprawa będzie tą najtrudniejszą w życiu. Po raz ostatni zobaczy ojca. Wspomnienia powrócą, rany otworzą się ponownie, pozostawiając po sobie rosę krwi osiadającą na sercu. Kiedyś wyschną, pozostawiając po sobie relikty bolesnych wydarzeń. Nie dotyczyło to jednak tylko Javiera, ale i Emesta oraz Susanne. Wiatr nadziei przyszłych dni wymiecie kiedyś część bolesnej przeszłości, choć ślady pozostaną na zawsze.

Atmosferę melancholii pogłębiało fałszywe piękno. Kroki tłumiły ziarenka kwarcu, połyskujące w odbiciu odległego widma słońca. Podczas wędrówki jedynie bicie ich serc zdawało się być wiarygodnym świadectwem przywracającym zdrowy rozsądek. W pewnym momencie dotarli do znajomego miejsca. Nieopodal niego Susanne odnalazła i uwolniła Emesta. Nie przypuszczała, że powrót będzie aż tak bolesny. Przed nimi rozciągała się nieznana część Keharu. Keharu bez powrotu. Jedynie pulsujące w kieszeni Javiera światło Silithio dawało nadzieję na szczęśliwy powrót. Ciszę przerwał Emesto. Jego głos, niezwykle smutny i poważny, rozbrzmiał w uszach Javiera i Susanne:

– Dusz już tu nie ma – powiedział, wskazując na bezdennie pusty korowód łodzi, sprawiających wrażenie wykonanych z papieru. – Pustka sprowadziła je wszystkie do jednej z kipieli. Kipiel Keharu i Kipiel Morza Grozy są od siebie niezależne. Musimy zniszczyć obie, żeby ocalić cierpiących i uniemożliwić Pustce triumf. Prawdziwe zasadzki dopiero na nas czekają. Cięższe niż kiedykolwiek. Spotkamy się z najczarniejszą magią i najbardziej przerażającymi wyzwaniami. Pustka zadbała o to, żebyśmy nie mogli wrócić. Zapomniała jednak o jednym, tak pozornie drobnym szczególe. O Silithio Czwartej Rangi. Nie wie, że możemy je posiąść. Jest przekonana, że nie wrócimy żywi, a przed śmiercią dołączymy do jej kolekcji, po cierpieniach i torturach. Wiem jedno. Nie pozwólcie jej opanować swoich umysłów. Tylko dobro może pokonać zło. Niech wspomnienia zatopią w Kipieli Keharu sztylet wysadzany miłością. Obrazy, które spowiją wasze oczy, będą jeszcze straszniejsze niż najczarniejsze koszmary. Pustka chce wykorzystać najpotężniejszą moc, którą dysponuje. Obawiam się, że będzie to jej sobowtór. Nie czuje się jeszcze na siłach, aby stanąć przeciwko nam. Ale to już tylko kwestia kilku dni. Brakuje jej do tego naprawdę niewiele. Musicie wiedzieć, że nawet wtedy, gdy uwolnimy cierpiące dusze, ona i tak pozyska materialną postać i zasieje grozę. Zdołamy ją jedynie osłabić, ale ten cios będzie niezbędny, aby móc ją pokonać na Polu Bitwy. Jedynym antidotum jest miłość. Zaufajcie jej bezgranicznie.

Po chwili dodał:

– Javier, Susanne, dobądźcie oręża. Ja będę nad wami roztaczał swoją Tajemnicę i użyję wszystkich mocy, jakimi może dysponować Dziecko Księżyca Fijo. W drogę.

Emesto i Javier przytaknęli. Ich wzrok zdradzał nadludzką determinację. Przepełnieni emanującą odwagą, dobyli swoich mieczy. Susanne stanęła po chwili w złocistej zbroi, dzierżąc w ręku Satynowy Miecz. Javier wyciągnął miecz swojego ojca, który zalśnił w dłoni wojownika. Niewidzialne więzi połączyły go z mieczem ukochanej osoby. Wzrok Emesta podpowiadał: „Baczmy na każdy krok. Pod żadnym pozorem nie pozwólmy nikomu i niczemu nas rozdzielić".

W ułamku sekundy krajobraz zrzucił ułudną powłokę spokoju i wytchnienia. Czarne, lodowate grzbiety masywów górskich wzniecały gęste, nieprzeniknione całuny chmur. Woda w korycie lawendowej rzeki zmieniła barwę na tlący się węgiel, parzący wszystkie zmysły. Rwące, metaliczne krople rzeki żłobiły w burtach łodzi palące się sieci. Ale łodzie nie były już delikatnymi, pergaminowymi dziełami sztuki. Porastały je teraz lasy wodorostów zakopanych w mułowym cemencie, ciągnącym je na samo dno. Ich burty zdawały się niemalże tonąć w potoku zastygającej lawy, ale coś utrzymywało je na powierzchni. Ziemia pod stopami, gęstsza od błota, z trudem umożliwiała stawianie kolejnych kroków. Podróżnych atakowała przede wszystkim beznadziejność, depresyjny ból tych, którzy wierzyli, że płyną do raju... Jednakże ani Susanne, ani Javier, ani Emesto nie tracili czujności. Iluzje, zaklęcia i upiorna rzeczywistość działały destruktywnie, ale nie na nich. Nie pozwolą Pustce zwyciężyć, a ta Śmierć, z którą rozmawiała kiedyś Susanne, zabierze dusze cierpiących do lepszego świata.

Po kilku minutach wszyscy trzej usłyszeli złowieszcze głosy. Schowali się za stertą gruzu. Emesto swoim spojrzeniem pokazał im co robić. „Nie możemy ich zabić. Trzeba je związać" – mówiły jego oczy. Javier i Susanne domyślali się dlaczego. Były to demony Frigx. Tylko z nimi Pustka podzieliła się ułamkiem swojej niezniszczalności. Póki Susanne nie pokona Pustki w Boju Dusz, demonów Frigx nie będzie można zniszczyć.

Po chwili Emesto wyczarował grubą, solidną linę. Zdawała się być upleciona z poświaty księżyca. Susanne czuła, że to poświata Księżyca Fijo. Zwinąwszy połyskującą linę, elf przedstawił im plan mową myśli:

– Przed atakiem zawsze trzeba obserwować demony. Nie ma od tej reguły wyjątku. Musimy się dowiedzieć, z jakim potworami mamy do czynienia, skupić się maksymalnie na ataku i je zaskoczyć. To gwarantuje połowę sukcesu. Reszta zależy od odwagi, siły i umiejętności w walce. Susanne, Javier, musicie otoczyć Frigx. Wiedzą, że są nieśmiertelne. Czują obecność Pustki, jej bliskość, ale nie mają pojęcia, że nie przyjdzie im z pomocą. Ślepo jej wierzą, przekonane, że przybędzie im na ratunek zawsze i wszędzie. Tak się jednak nie stanie. Javier już widział, do czego Pustka jest zdolna. Zatruwa umysły demonów, tak prymitywne i ślepe, zdolne uwierzyć w jej zwodnicze obietnice. Pustka i Wynaturzeni zawarli sojusz, który będzie trwał tylko do chwili osiągnięcia przez nich zamierzonego celu. W ich relacjach nie ma mowy o wierności, współpracy ani zaufaniu. Kieruje nimi coś gorszego od największej parszywości i nienawiści. Słuchajcie mnie bardzo uważnie. Kiedy otoczycie Frigx, na pewno wezwą Pustkę na pomoc. Nie przejmujcie się tym i nie dajcie po sobie poznać, że zdajecie sobie sprawę z tego, że ona nie przybędzie. Frigx przeraźliwie boją się mieczy, strzał, tarcz i wszystkich innych rodzajów oręża, które wykuły elfy. Mamy nad nimi przewagę w tej mierze. Jest jednak nie jedno, a kilka „ale". Po pierwsze mają one moc władania rzeką wiodącą do samego serca Keharu. Mogą skierować jej niszczycielską moc przeciwko nam. Po drugie, są na wpół materialne. Muszą więc w jakiś sposób żywić swoje widmowe dusze i robią to zadając ból, wysysając wolę walki i siły, by w końcu odebrać życie. Bronić się przed nim można tylko w jeden sposób. Swoim umysłem. Czytając wam w myślach, będą wiedziały, co chcecie zrobić, gdzie będziecie stawiać kolejne kroki. Dlatego działając, musicie zaufać swoim mieczom i im pozostawić działanie. Wasz umysł będzie działał podświadomie, ale z niewiarygodną mocą, ponieważ jej źródłem jest miłość, dobro i doświadczenie. Ja będę wam pomagał ze wszystkich moich sił. Cały czas będę obok. Gdy one będą się koncentrować na tym, aby was pokonać, nie wyczują mojej obecności. Zaślepią je wasze miecze. Poza tym ja nie jestem tak naprawdę materialną istotą, o czym już wiecie. Ich dusze są zupełnie różne od mojej, niezdolne do wzniosłych czynów, ograniczone. Będą jednak wyczuwać wasze dusze, prawdziwe, piękne, waleczne i zdolne do największych poświęceń. Za wszelką cenę będą starały się stłumić ich moc. Ale razem stawicie im czoła. Moja dusza jest inna, nawet w stosunku do waszych. Mogę ją materializować. Susanne, wiesz to już z Ksiąg Aleados. Mówię jednak to wszystko po to, abyśmy mogli zrealizować nasz plan. Po to, aby uświadomić sobie i wam, że nawet wtedy, gdy wiemy wszystko, nic nie jest pewne. Wiem również, Javier, że pomimo swojego doświadczenia nie wiesz wszystkiego o Frigx. Zapamiętaj więc każdą z moich wskazówek. Nim dojdzie do Wielkiej Bitwy, to ty będziesz musiał podzielić się swoją wiedzą na temat demonów z walczącymi Sautienczykami. To ty będziesz odpowiedzialny za przygotowanie ich do starcia z taką magią i złem, o którym nawet im się nie śniło. Wiem, Javier, że Pustka wyśle te demony, o których już wiesz bardzo wiele, ale wiem również, że wyśle Frigx. Dlatego proszę cię, staraj się wszystko zapamiętać. Kiedy opuścimy Kipiel Keharu i Kipiel Morza Grozy, udzielę ci niezbędnych wskazówek.

Wiesz, że możesz mi zaufać. I zrób to. Susanne i ja będziemy musieli bowiem wyruszyć przed Wielką Biwą w jeszcze jedno miejsce i tylko ty będziesz mógł przekazać Sautienczykom niezbędne wiadomości. Kipiel, ta prawdziwa, musi być zniszczona w zarodku. Musimy jednak zniszczyć najpierw poszczególne jej części. Pustka liczy na to, że zwycięży i umieści kolejne dusze w nowych kipielach. Nie możemy do tego dopuścić. A teraz skupcie się. Kiedy usłyszycie mój głos, nie w swoich myślach, tylko naprawdę, wtedy będzie wiadome, że to ja zaatakuję. Frigx zdziwią się jeszcze bardziej, ale wpadną w panikę, kiedy okaże się, że Pustka nie przybyła na ich wezwanie. Wtedy je zwiążę, a ich moce przestaną działać. Więc ruszamy. Nie dajcie się oszukać ani opanować. Szczęście będzie nam potrzebne jak jeszcze nigdy wcześniej...

Susanne i Javier przytaknęli. Ze wszystkich sił zmusili swoje nogi do biegu z szybkością błyskawicy. Dali się kierować tylko i wyłącznie swoim mieczom i najczystszym uczuciom. Oczy Susanne spowił miodowy płaszcz, odbijający jadowite spojrzenia zaskoczonych demonów. Twarz miała niewzruszoną, a Satynowy Miecz połyskiwał w jej dłoni. Widok upiornych stworzeń w niejednym wzbudziłby przeraźliwy lęk, ale nie w tej walecznej dwójce. Javier zdawał się emanować światłością odpychającą mrok i lęk.

Twarze Frigx zastygły w wyrazie osłupienia, ale uprzedzono je, że ktoś będzie próbował przedrzeć się do serca Keharu. Szybko opanowały więc zaskoczenie. Tak jak przewidział Emesto, wezwały Pustkę. Przeraźliwy ryk rozdarł powietrze, a ich pozbawione powiek oczy zaczęły napierać na umysł Javiera i Susanne. Frigx powoli zaczęły sobie jednak zdawać sprawę z tego, że ta dwójka opiera się ich działaniom. Wpadły w szał. Nie rozumiały, co się dzieje, a ta niewiedza wprawiała je w jeszcze większą złość. Nie mogły sobie dać rady, a przecież przewyższały wroga liczebnością. Był ich tuzin.

Z kolei Javier i Emesto nie dali się ponieść emocjom. Przez cały czas byli niezwykle skupieni. Obserwowali demony, zachowując dystans. Frigx miały około trzech metrów wysokości. Połowa ich ciał była przezroczysta, a połowa czarna, naznaczona licznymi bąblami. Połowa głowy była łysa, a skórę pokrywały czerwone plamy. Druga jej część była niemal identyczna, lecz sprawiała wrażenie rozmytej. Przeraźliwe syki, wydobywające się z ich paszcz, niemal ogłuszały. Zapewne to właśnie ta prześwitująca połowa stanowiła siedlisko cząstki duszy Pustki. Frigx nie miały pojęcia, iż dysponuje ona tysiącami dusz. Myślały, że są wyjątkowe, wybrane. Zostały jednak całkowicie zmanipulowane.

Emesto przez cały czas chronił swoich przyjaciół, odpierając część ataków demonów. Frigx zrozumiawszy, że nic nie zdziałają, wdzierając się do umysłów Javiera i Susanne, wezwały upiorne wody. Miliardy smolistych kropel zdawały się wypełzać z koryta i zlepiać ze sobą w przerażający twór. Frigx musiały się zebrać w jedną grupę, aby kontrolować rzekę.

Javier i Susanne wykorzystali tę okazję, aby się do nich zbliżyć. Jednak zatrute koryto było już niemal puste, a jego wody otoczyły potwory szczelnym kokonem. Susanne wiedziała, że nie można dopuścić do tego, aby ostatnia kropla opuściła swoje koryto. Serce podpowiadało jej, że gdyby tak się stało, nie zdołaliby uwięzić demonów.

Przesłała Javierowi znaczące spojrzenie i zbierając w sobie wszystkie siły, ruszyła do koryta rzeki. Czuła przeraźliwe zmęczenie. Miała wrażenie, że oddycha powietrzem przesyconym sadzą, ołowiem i przeraźliwym fetorem. Kątem oka spostrzegła Javiera krążącego dookoła demonów, który zagradzał im drogę elfickim mieczem. Gdy dziewczyna dotarła do czarnej toni, ta już niemalże całkowicie wypełzła z koryta. Susanne doskonale zdawała sobie sprawę, iż demony nadal wysysają z niej siły, ale wiedziała, że musi z tym walczyć. Wtedy właśnie przypomniała sobie opowieść Emesta. W głowie niezwykle wyraźnie usłyszała jego słowa: „Nasza psychika może – i ja to wiem, i tak właśnie najczęściej się zdarza – zepchnąć w najdalsze zakamarki to, czego tak okrutnie się lękamy, a co, gdyby wyszło na światło dzienne, tak jak w moim przypadku, odsłoniłoby o wiele więcej niezrozumiałych i niedostrzegalnych zjawisk, ale za potwornie wysoką cenę. Psychika, Susanne, ta, którą ja posiadam, dostrzega nie tylko to, co ty. Nie jest tylko i wyłącznie uosobieniem czy obszarem symbiozy rządzących ludzką egzystencją przeżyć, zdobytej wiedzy czy woli".

„Emesto tak wiele musiał przeżywać każdego dnia, odpychać od siebie to, co starało się go stłamsić" – pomyślała. I właśnie wtedy odzyskała siły, zebrała w sobie odwagę i ostrzem Złotego Miecza przecięła gęsty trakt wypełzającej rzeki. Usłyszała ryki demonów. Ale zagłuszył je krzyk Emesta:

– TERAZ!

Niebo rozświetlił błysk. Elf okrążał osłupiałe z wrażenia Frigx. Świetlista lina zdawał się nie mieć końca. Wpijała się w stłoczone cielska demonów, skutecznie je unieruchamiając. Frigx traciły stopniowo głos, a wszechobecny dotąd wpływ demonów słabł, by ustąpić w końcu miejsca wszechobecnej ciszy. Emesto wylądował po chwili obok Susanne i Javiera. Wszyscy się uścisnęli. Elf powiedział:

– Sobowtór Pustki już na nas czeka. Musicie wiedzieć, że jest on częścią jej samej. Musimy traktować go zatem tak jak Pustkę. Proszę was, nim ruszymy dalej, napełnijcie te worki popiołem leżącym wzdłuż koryta rzeki Keharu. Nie będziemy walczyć z Pustką. Nie jesteśmy na razie do tego zdolni. Ale spróbujemy ją unieszkodliwić choć na chwilę. Zapewne zastanawiacie się: w jaki sposób?

Odpowiedziały mu zaintrygowane spojrzenia Susanne i Javiera.

– Pokonamy ją jej własną bronią – odpowiedział elf. – Rzeka Keharu jest pokonana. Pustka nie wie nawet, jak bardzo stała się dla niej niebezpieczna...

Javier i Susanne postanowili nie pytać elfa, co ma na myśli, i posłusznie napełniali worki matowym popiołem. Okazał się być niezwykle ciężki, szorstki w dotyku i... zmieniał kolor. Nie mieli pojęcia, jak może pomóc w unicestwieniu Pustki, ale ufali słowom Emesta. Już po chwili elf i Javier nieśli na plecach po jednym worku z popiołem. Susanne chciała im pomóc, ale stanowczo odmówili. Dziewczyna zaśmiała się w duchu. Promyczek nadziei wypłynął na jej twarz i jej uśmiech sprawił, że na twarzach jej towarzyszy również zakwitły uśmiechy.

Marsz stawał się teraz coraz trudniejszy. Zmęczenie ogarniało ich wycieńczone ciała. Zauważyli też coś dziwnego. Dookoła nich leżały potłuczone przedmioty. Susanne przykucnęła przy jednym z nich. Elf nie protestował, więc wzięła zasmolony odłamek do ręki. „Niewątpliwie należał do którejś duszy" – pomyślała. Emesto przytaknął. Susanne dowiedziała się od Ksiąg Aleados, że przedmioty o największej wartości dla każdej duszy materializują się po ich... po ich wejściu do serca Keharu. Pustka jak zwykle lekceważyła tak pozornie proste zależności rządzące Sautien. Zapomniała, że w tych rozbitych zegarkach, figurkach, talerzach czy nadpalonych fotografiach coś drzemie. Drzemią wspomnienia tych, których porwała. Dziewczyna po chwili zauważyła, podobnie jak Javier, że tych przedmiotów, a raczej ich resztek, jest coraz więcej, zwłaszcza przy korycie.

Po chwili Emesto przerwał ciszę, mówiąc:

– Rzeka, gdy jeszcze żyła, swoim trującym nurtem wyrzucała wszystko na brzeg. Domyślacie się więc teraz zapewne dlaczego...

– Tak – odparła Susanne. – Pustka starała się wymieść z pamięci dusz wszystko, stworzyć z nich czystą, niezapisaną kartę, zapominając jednak, że życie człowieka to najcenniejsza wartość, złożona ze zbyt wielu składowych, zbyt wielu aspektów, których Pustka nie jest w stanie pojąć, zrozumieć ani tym bardziej zniszczyć. Chciała i chce stworzyć „tabularazę" na swoje usługi – armię niewinnych. A ten popiół to resztki wspomnień i najważniejszych dla każdego Sautienczyka wartości. Pustka wiedziała, że mogłyby ją zniszczyć, ale zbagatelizowała ryzyko, myśląc, że wystarczy „wyrzucić", ot tak, po prostu, uosobione cząstki każdej duszy. Epizody, najmniejsze cząstki, najbardziej błahe rzeczy przerastają jednak jej możliwość oceny świata. Przeżarta do szpiku kości złem, sycąca się rozpaczą i destrukcją, gardzi tym, co w jej mniemaniu nie jest godne atencji.

– A koło fortuny zawsze zatacza krąg – zakończył Javier – a popełnione zbrodnie, wszystko to, co się uczyniło, powraca. Susanne, wujku – dodał po chwili – teraz zaczniemy prawdziwą walkę z tworem Wynaturzonych. Popioły i szczątki przeszłości boleśnie ukłują Pustkę. Swoim zepsuciem i ignorancją, żądzą władzy i cierpieniem przelała czarę goryczy już dawno temu. My poruszymy lawinę wydarzeń. Dzięki tobie, Susanne, możemy nabierać szybkości i zmierzyć się ze Złem. Wujku, mam do ciebie jedno pytanie.

– Tak? – odparł Emesto.

– Dlaczego nigdy nie mówisz wszystkiego od razu?

– Co masz na myśli? – zapytał elf, ale ton jego głosu zdradzał, że wie, co jego bratanek ma na myśli.

– Przecież wiesz – odpowiedział Javier.

Elf popatrzył mu w oczy. Susanne zauważyła ich nieprzeciętny, głęboki i złoty odcień. Ona też kiedyś zadawała sobie to pytanie. Ale poznała na nie odpowiedź stosunkowo szybko. Doświadczenia minionych tygodni wszystko wyjaśniły. Javier też rozumiał, ale nie umiał zaakceptować.

– Javier – zaczął Emesto. – Nie powiedziałem ci, dlaczego potrzebujemy popiołu znad Rzeki Keharu. Nie mówię też ani tobie, ani Susanne wszystkiego na temat przyszłych wyzwań. Wiem, że ty wiesz, czemu tak się dzieje. Nie można podawać odpowiedzi jak na talerzu. Ich sens, ten prawdziwy, musimy odkrywać sami. Musimy się też nauczyć cierpliwości, wytrwałości i wrażliwości. Na polu walki spotkałeś się z najbardziej przerażającymi obrazami. Obcowałeś ze śmiercią, okrutnym cierpieniem i wyrzeczeniami. Ale czy umiałbyś wytrzymać to wszystko, gdyby nie doświadczenie, odczuwanie bólu i smaku porażek na własnej skórze? Życie to nie tylko to, co widzimy, siła czy materialne rzeczy. To przede wszystkim my sami. Wiem, że kiedyś Susanne zdefiniowała, czym dla niej jest życie. Powiedz mi, proszę, Javier, czym ono jest dla ciebie? Jednak nim udzielisz odpowiedzi, musisz wiedzieć, że kluczem do zrozumienia jest akceptacja. Susanne już bardzo dawno zrozumiała tę zależność. Aby się czegoś nauczyć, aby coś zrozumieć, musisz zaakceptować samotność swoich marzeń, czyli pałającą wokół nich ciszę bez odpowiedzi. Gdybym od razu mówił wam o każdym wyzwaniu, nim przeżylibyście chociaż jedno z nich, nic by to nie dało. Javier, rozumiesz?

Chłopak przytaknął.

– A więc, czym dla ciebie jest życie? – powiedział po chwili elf.

Javier milczał. Cisze pogłębiały tłumione kroki wędrującej trójki. Po kilkunastu sekundach, zdających się być godzinami, Javier przemówił:

– Życie to okres wycięty z galaktycznej bezgraniczności. Czas podarowany każdemu pozornie na własność. Prawdą jest to, że tylko my decydujemy, jak ono będzie wyglądać, lecz zawsze kładzie nam ono kłody pod nogi. Czasami myślę, że gdybym był silniejszy, inteligentniejszy, to zdołałbym pokonać każdą z nich. Każdą przeszkodę. Ale tak nie było, nie jest i nie będzie.

Zaległa cisza. Cisza, której ani Emesto, ani Susanne nie odważyli się przerwać. Oboje wiedzieli, że Javier jeszcze nie skończył. Bolesne słowa zadawały rany na nowo. Obwiniał się o śmierć ojca. Nie mógł się z nią pogodzić. Susanne chciała mu pomóc, przytulić go, ale Emesto powstrzymywał ją spojrzeniem. Wiedziała, że Javier musi sam sobie wybaczyć. Wybaczyć, choć nie było w tym jego winy.

– Wiem, że czasu nie cofnę. Ale w końcu wspomnienia o tych, których najbardziej kochaliśmy, pozwalają nam o nich pamiętać – przemówił po chwili Javier.

Emesto i Susanne wiedzieli już, że ich towarzysz zaakceptował samotność marzeń. Przyszło mu to niezwykle trudno. Tliło się w nim jeszcze ognisko palące serce i duszę, ale uświadomił sobie, że trzeba ruszyć naprzód. Uścisnął dłoń Susanne. Dalej szli przed siebie w milczeniu. Tym razem jednak zrozumieli już, że niczego nie da się zmienić, ale trzeba próbować. Trzeba budować nowy świat.

Krajobraz stawał się coraz to bardziej przerażający. Górskie szczyty majaczyły na horyzoncie, rosnąc w oczach niebezpiecznie szybko. Emesto nagle zatrzymał grupę i przyłożył palec do ust. Przed nimi rozciągała się pozornie pusta przestrzeń. Wysuszona ziemia, spękana w żarze wrzącego przed nimi piekła. Powietrze przesycała woń stęchlizny. Po chwili głos elfa rozbrzmiał w umysłach Susanne i Javiera:

– Przed nami rozciąga się pustynne trzęsawisko. Susanne, przypomina ono Jezioro Odmętów. Javier – dodał – chodzi o to, iż pod warstwą tej spękanej, wyschniętej i wypalonej ziemi leży prawdziwe pustynne trzęsawisko. Coś na kształt ruchomych piasków. Jednak my nie możemy dać się wciągnąć, ani też nie będziemy próbowali na nie wchodzić. To właśnie w nim Pustka trzyma uwięzione dusze. Aby je uwolnić, musimy najpierw dotrzeć do kipieli, która znajduje się w tych górskich, bazaltowych masywach. Ja wyczuwam obecność dusz. Już prawie zatraciły wiarę i świadomość. Mamy bardzo mało czasu. Możemy jednak dotrzeć do sobowtóra Pustki. Zdziwi się niezmiernie na nasz widok. Musicie zachować bezwzględną ciszę.

Sztuka polega na tym, by nie dotykając tych spękanych połaci gleby, dostać się do gór. Ale nie możemy tak po prostu przelecieć. Nie mogę was przetransportować na drugą stronę. Moje moce na nic się nie zdadzą w tym przypadku. Musimy użyć czegoś potężniejszego od czarów rzuconych na tę ziemię przez Pustkę. Czegoś, o czym Księga Przedstworzenia nie wspomina. A niestety mówi wszystko o Dzieciach Księżyca. Susanne, czy wiesz, co mam na myśli?

– Tak – odpowiedziała mu w myślach – *Les Ailes de Feu.*

Elf przytaknął. Ale nim Susanne sięgnęła do kieszeni, dodał:

– Nim ich użyjemy, weźcie garść popiołu do ręki, aby pozwolił nam przebić się przez barierę chroniącą przejścia. Kiedy znajdziemy się już na drugiej stronie, musicie wyrzucić resztę popiołu na Pustkę, bez względu na to, co zobaczycie, a podsunie nam wszystkim z pewnością okrutne wizje. Zaatakuje nasze zmysły. Proszę was, bez względu na wszystko nie słuchajcie jej i nie patrzcie jej w oczy. Będziemy mieli tylko kilka minut. Tylko na kilka chwil Pustka straci moc. W tym czasie ja zawołam dusze, a wy utworzycie krąg Silithio. Dusze przeniosą się z nami od razu nad krawędź Morza Grozy. Javier. Będą nam towarzyszyć, dopóki nie uwolnimy dusz z kolejnej kipieli. Wszystko jasne?

Oboje przytaknęli.

Susanne wyciągnęła po chwili trzy małe zawiniątka oplecione złotą nicią. Wręczyła Javierowi i Emestowi po jednym, a jedno zatrzymała dla siebie. Po chwili wzięli proch do swoich dłoni. Stał się niezwykle lekki. Zacisnęli pięści z całych sił. Zdawało się, że popiół ożył. W dłoni Susanne przybrał barwę bursztynową, w dłoni Javiera niebieską, a w dłoni Emesta białą. Wszyscy wytężyli swoje umysły z całych sił, a paczuszki trzymane w drugiej dłoni zapłonęły czerwonym płomieniem. Jednak żadne z nich nie czuło bólu. Płomienie delikatnie przewędrowały z ich dłoni na plecy i już po chwili ogromne skrzydła wykonane z ognia uniosły całą trójkę do góry.

Świetliste postaci cięły zatrute powietrze bez trudu. Kiedy Emesto, Susanne i Javier przekraczali niewidzialną barierę, wzmocnili uścisk. Popiół w ich dłoniach stał się gorący, ale po chwili ostygł. Frunęli przez zgliszcza utopionych dusz. Widzieli ich kontury i blaknące oblicza. Zdawały się chcieć do nich pomachać, ale były zbyt słabe. Mimo wszystko podróżni czuli, jak bardzo dusze w nich wierzą. Czuli, że zmarli Sautienczycy dodają im otuchy. Po kilkunastu sekundach lotu wylądowali na kamienistym brzegu. Emesto dał im znak, aby nie puszczali kolorowych kul świetlistego pyłu ze swych dłoni. Skrzydła Ognia reagowały na każdą myśl swoich posiadaczy i wiedziały, że jeszcze będą potrzebne.

Nie minęło nawet kilka sekund, a ujrzeli Pustkę. Rozwścieczona, patrzyła im prosto w oczy. Odwrócili jednak wzrok, choć widmowy obraz Pustki jarzył się pod powiekami, nie chcąc zniknąć. Jej jadowite słowa boleśnie wpełzały przez uszy do umysłu. Susanne nigdy wcześniej nie widziała swojego wroga. Mimo iż patrzyła na niego tylko przez moment, przeraźliwy wygląd Pustki zmroził jej oddech w płucach, a serce dudniło w piersiach jak oszalałe. Dziewczyna miała wrażenie, że za moment pękną jej żebra. Pustka podsuwała jej najokrutniejsze wizje, przywoływała to, co już tak strasznie zraniło dziewczynę. Ale Pustce było mało. Podsuwała jej wyobraźni wizję klęski w Wielkiej Bitwie, tortury najbliższych jej sercu osób. W plątaninie paraliżującego strachu nagle dosłyszała głos Emesta:

– Susanne, walcz z tym! Javier, ty też! Odwagi, przyjaciele!!! TERAZ!!!

Zarówno Susanne, jak i Javier wyrwali się z przerażających myśli. Osłabieni do granic możliwości wyrzucili popiół na Pustkę. Krzyki w ich głowach słabły, a popiół zakleszczał się w Pustce, która wpadła w prawdziwy szał. Javier odzyskał świadomość szybciej niż Susanne i patrząc jej w oczy, powiedział:

– Susanne. Pomóż mi ułożyć krąg. Niedługo będzie po wszystkim.

Te słowa dodały dziewczynie otuchy. Javier wyciągnął z kieszeni świetlistą kulę Silithio Czwartej Rangi – Wspomnienie. Susanne uchwyciła ją z jednej strony, a Javier z drugiej. Świetlisty obłok wydłużał się, w miarę jak Susanne i Javier układali z niego Krąg. Gdy zatoczyli go i zamknął się w obręcz, zalśnił blaskiem rozświetlającym upiorny krajobraz. Oboje niecierpliwe wypatrywali Emesta, który jednak już wyłaniał się z pustynnych trzęsawisk z całym korowodem uśmiechniętych dusz. Susanne wzruszyła się, widząc je wszystkie całe.

Kiedy każdy z Sautienczyków znalazł się w Kręgu Silithio, cząsteczki dusz – ich wspomnienia – wyrzucone wcześniej na brzeg, zapomniane, powróciły do swoich prawowitych właścicieli. Krąg zawirował. Ostatnią rzeczą, jaką ujrzeli, było przepełnione furią i niedowierzaniem oblicze Pustki. Susanne nie zastanawiała się, jak możliwe było to, że każda z dusz zmieściła się w Kręgu. Najważniejsze było to, że wszyscy byli bezpieczni. Po kilkunastu sekundach wylądowali. Dopiero teraz dusze odzyskały swoje kolory, lśniły srebrzystą poświatą, a każda z nich dziękowała Javierowi, Susanne i Emestowi.

Po chwili wycofały się, a na ich przedzie stanął duch mężczyzny. Był bardzo podobny do Javiera i Emesta. Susanne już wiedziała, kim jest ta dusza. To był duch ojca Javiera, brata Emesta. Dziewczyna wycofała się do tyłu. Chciała ich zostawić samych. Obok ziało bezdenne urwisko, tak dobrze znane Susanne. Ale nie była sama. Nim wyruszą w Kipiel Morza Grozy, Javier i Emesto będą mogli porozmawiać z…

– Fabian! – wykrztusił Emesto.

– Tato! – dodał Javier.

„Porozmawiać z Fabianem” – dokończyła w myślach Susanne.

Javier rzucił się w objęcia ojca, jednak on był tylko zjawą. Po chwili przemówił:

– Synu, mój kochany synu. Jestem z ciebie bardzo dumny. Bracie, z ciebie również. Nie macie pojęcia jak bardzo. Myślałem o was w każdej sekundzie. Kocham was i nigdy o was nie zapomnę. My wszyscy będziemy z wami podczas bitwy. A teraz ruszajcie dalej. Nie traćcie czasu.

I zatopił spojrzenie pełne miłości w oczach swojego syna i brata. Po chwili spojrzał na Susanne. Jego wzrok wyrażał głęboką, niezwykle głęboką wdzięczność. Uśmiechnął się do niej przyjaźnie, po czym wrócił do grona pozostałych dusz. Javier odprowadzał go wzrokiem i dopiero po chwili powrócił z Emestem do Susanne. Elf powiedział głosem pełnym wzruszenia:

– Teraz sfruniemy w dół. Nic nam tam nie grozi. Dusze uwolnione z Keharu przyłączą się do nas już wkrótce. Kiedy dofruniemy na samo dno, uchwyćcie ręce topielców. Nie bójcie się. Zanurzeni byli przez bardzo długi czas w samej esencji nienawiści Pustki. Musimy ich uratować jak najszybciej.

Wszyscy troje zanurkowali w czarną otchłań, którą rozświetlały jedynie Skrzydła Ognia. Susanne doskonale wiedziała, że zarówno Javier, jak i Emesto bardzo się przed chwilą wzruszyli. Po raz ostatni widzieli najdroższą ich sercu osobę... To było ich pożegnanie... Susanne z trudem powstrzymywała łzy, cisnące się do jej oczu.

Po kilkunastu sekundach lotu dotarli do kipiącej toni. Wszechobecny stał się niewymowny lęk, smutek i przeraźliwy chłód. Wzburzone morskie fale unosiły ledwie żywe dusze. Okaleczone, umęczone, na widok wybawicieli uśmiechnęły się resztkami sił.

Emesto, Javier i Susanne wiedzieli, że Pustka niedługo tu dotrze i że trzeba się spieszyć. Najdelikatniej, jak tylko mogli, chwytali za dłonie dusze cierpiących. Po chwili pozostałe chwytały swoich towarzyszy, do momentu aż ostatnia z nich nie opuściła kipiącej toni. Już po kilku sekundach wylądowali na skraju urwiska. Dusze z otchłani Morza Grozy zaczęły powoli odzyskiwać siły, liszaje z ich dłoni znikały, a twarze odzyskiwały blask. Po kilku minutach wszystkie dusze odzyskały pogodny wyraz twarzy i dziękując za uwolnienie, obiecały wspierać ich podczas walki. Wspierać w jeden z najpotężniejszych sposobów. Wspomnieniem i pamięcią. Przyłączyły się do dusz uwolnionych z Keharu. Po chwili wszystkie odleciały. Odleciały do Firmamentu Sautien, do Żywych Drzew. Wyślą im one na powitanie Śmierć, która zabierze je w lepsze miejsce. Emesto, Susanne i Javier po raz ostatni ujrzeli machającą im na pożegnanie duszę Fabiana i już w chwilę potem ich nie było.

Susanne i Javier zatoczyli ponownie krąg Silithio i po chwili cała trójka wędrowała już na Polanę Oeste. Kiedy wylądowali na miejscu, świetlisty krąg rozpłynął się w powietrzu. Na zawsze.

Susanne posłała pełne otuchy spojrzenie Javierowi i Emestowi. Odpowiedzieli jej uśmiechem, ale już po chwili obaj oddalili się, niknąc w tłumie wojowników. Wszyscy witali ich z entuzjazmem, ale rozumieli, że potrzebują teraz spokoju. Ku Susanne biegła Stacy i po chwili płakała w jej objęciach. Susanne cieszyła się z powodzenia misji, ale czuła niewymowny smutek na myśl o tym, co muszą przeżywać teraz jej najwierniejsi towarzysze. Stacy łkała w jej ramionach, a ona tuliła ją do siebie z całych sił. Tak bardzo za nią tęskniła. Z oczu popłynęły od tak dawna tłumione łzy. Niebo zdawało się czuć to, co czuli Emesto, Javier, Susanne i Stacy. Po chwili z nieboskłonu lunął deszcz. To niebo płakało razem z nimi...

ROZDZIAŁ 21

Zaczęło się…

Szmer padającej z nieba rosy osiadał nie tylko na ubraniu, skórze czy ziemi. Zdawał się zapadać w głąb samego serca. Krople deszczu pochłaniały wszechobecny smutek, zasklepiały na nowo zadane rany. Susanne wiedziała, że już za kilka dni dojdzie do Wielkiej Bitwy. Tyle tygodni przygotowań, tyle wylanych łez i trudów. Wszystko po to, aby doprowadzić do ostatecznego starcia. Pustka jest już zniszczona niemal w każdym wymiarze. Na Susanne czeka jeszcze Bój Dusz. Trzeba też ruszyć z Emestem w samo serce Kipieli i ją zniszczyć.

Dziewczyna całą noc nie zmrużyła powiek. Wpatrywała się w księżyc osłoniony strzępami popielatych chmur, wędrujących po grafitowym oceanie atramentu. Gwiazdy pochłonęła ciemność. Wiatr cicho szumiał w trawie, a drzewa szeptały do siebie niezrozumiałe frazy. Susanne miała wrażenie, że próbują w ten sposób utulić do snu świat, którym wstrząśnie groza przyszłych wydarzeń. Stacy spała głębokim snem. Kiedy Susanne spojrzała na przyjaciółkę, omal się nie rozpłakała.

– Na co ja ją naraziłam – powtarzała do siebie.

Po kilku godzinach spędzonych na bezczynnym siedzeniu postanowiła się przejść. Wygasające ogniska lekko oświetlały twarze wojowników. Setki mieczy lśniły w ich słabnącym żarze. Susanne nie widziała wśród śpiących Sautienczyków ani Emesta, ani Javiera. Prawdę mówiąc, nie widziała ich od momentu, w którym wrócili z kipieli. Dziewczyna wiedziała, że obaj potrzebują spokoju i samotności. Coś podpowiadało jej, że nie musi się o nich martwić. Przejmująca cisza nocy rozbrzmiewała jedynie jej własnym oddechem. Nagle Susanne usłyszała bardzo blisko czyjś głos. Nie, to były dwa głosy zbliżające się do niej z każdą sekundą. W wątłym blasku księżycowego światła dostrzegła zarysy dwóch tak znajomych jej twarzy. Emesto i Javier szli wzdłuż polany. Susanne nie chciała im przerywać. Powoli zaczęła się wycofywać w stronę obozowiska. Po chwili usłyszała głos Javiera tuż nad swoim uchem.

– Co tu robisz? – zapytał.

– Nic. Przepraszam. Nie chciałam was śledzić. Po prostu nie mogłam spać i…

– Spokojnie. Pytam tylko z ciekawości – odpowiedział.

Susanne dostrzegła na jego twarzy zarys uśmiechu.

– Nie jest ci zimno? – zapytał.

– Nie, nie – odpowiedział Susanne.

– Przejdziemy się? – zapytał po chwili Javier.

Susanne przytaknęła.

Ruszyli w kierunku obozowiska. Susanne wiedziała, że Javier i Emesto czują się już lepiej. Czuła to w swoim sercu. Nie chciała ich jednak o nic pytać. Kiedy spojrzała na twarz Javiera, nadal dostrzegała na niej błądzący uśmiech. Postanowiła przerwać ciszę. Zapytała:

– Javier, Emesto wrócił do obozowiska?

– Tak – odpowiedział.

– Naprawdę nie chciałam wam przeszkadzać.

– Susanne, nic się nie stało. Przepraszam, że zniknęliśmy tak bez słowa. Po prostu nie mogłem. Nie mogłem znieść myśli, że mój ojciec odszedł już na zawsze. Wydawało mi się, że po jego śmierci uporałem się z tym, że już nigdy go nie zobaczę, ale w głębi duszy żywiłem jeszcze nadzieję, że uda się go uratować. Czułem, że jeszcze nie wszystko może być stracone. Trzymałem się tej myśli z całych sił. Niedawno zrozumiałem, że to niemożliwe. Przepraszam, Susanne. Przepraszam...

Susanne przytuliła go z całych sił. Po chwili rozmawiali już normalnie. Czasami nawet śmiali się i żartowali. Gdy dotarli już na miejsce, zaczęło świtać. Niebo jarzyło się blaskiem wschodzącego słońca, rzucającego na ziemię promienie światła, rozpędzające smutek i przynoszące nadzieję. Wszyscy budzili się powoli, a po kilkunastu minutach powietrze przesycił zapach smakowitych potraw. Przygotowywano śniadanie. Javier powiedział:

– Wiesz, Susanne, chyba jeszcze nigdy nie oglądaliśmy wspólnie wschodu słońca po nocnym spacerze.

Susanne uśmiechnęła się do niego.

Niebawem jedli już gorący posiłek. Po pysznym śniadaniu Stacy podbiegła do Susanne, mówiąc:

– Idę z wróżkami do lasu. Nazbieramy jagód. Zbiorę dla ciebie cały koszyczek.

Susanne uśmiechnęła się do przyjaciółki. Przytuliła ją i patrząc w oczy, odpowiedziała:

– Słoneczko. Nie wiem, czy jeszcze będę tutaj, gdy wrócisz. Muszę wyruszyć z Emestem w ostatnią podróż. Ale wrócę wieczorem. Wtedy z przyjemnością zjem jagody. Pożegnasz się ze mną?

Stacy padła jej w ramiona. Ale nie płakała. Susanne usłyszała jej cichutki głosik:

– Obiecujesz, że wrócisz i że to już ostatni raz?

– Obiecuję – odpowiedziała Susanne.

– Nie możesz mnie ze sobą zabrać? – zapytała Stacy pełnym nadziei głosem.

– Nie mogę, skarbie. Ale nie martw się. A poza tym, kto zbierze pyszne jagody, jak nie ty?

Stacy uśmiechnęła się. Przytuliła Susanne jeszcze raz, z całych sił, po czym ruszyła z Soledad i Paz, niknąc powoli w leśnych zaroślach. Nim jednak całkowicie zniknęła w zielonym listowiu, odwróciła się do przyjaciółki raz jeszcze. Upuściła koszyczek. Podbiegła do niej i tym razem rozpłakała się.

Susanne przytuliła ją z całych sił. Popatrzyła jej w oczy i powiedziała:

– Skarbie, wrócę. Obiecuję. A teraz biegnij do wróżek i nie martw się.

– Do zobaczenia – wychlipała Stacy.

– Do zobaczenia, słoneczko – odpowiedziała Susanne.

Stacy szybko pobiegła do wróżek i już po chwili zniknęła Susanne z oczu. Po kilkunastu sekundach Emesto podszedł do Susanne i powiedział:

– Musimy już ruszać. Zaczekam na ciebie na skraju polany.

Susanne przytaknęła. Poszukała wzrokiem Javiera. Znalazła go nieopodal. Ostrzył kolejne miecze. Kiedy zobaczył Susanne, przerwał pracę. Dziewczyna podbiegła do niego.

– Do zobaczenia – powiedziała.

– Do zobaczenia – odpowiedział Javier. Po chwili dodał: – Będę na ciebie czekać. Uważaj na siebie. Kocham cię.

– Ja ciebie też – odpowiedział Susanne.

Już chciała odejść, ale Javier delikatnie chwycił ją za ramię i przygarnął do siebie. Złożył na jej ustach pocałunek i wyszeptał do ucha:

– Do zobaczenia.

Po chwili Susanne była już obok Emesta. Ruszali w niezwykle niebezpieczną podróż. Ale Susanne pocieszała myśl, że to już ostatnia wyprawa. Gdy oddalili się od Polany Oeste, elf powiedział:

– Susanne. Przepraszam cię za wczoraj.

– Nic się nie stało – odpowiedziała dziewczyna.

Elf uśmiechnął się do niej. Po chwili dodał jednak głosem przepełnionym niezwykłym skupieniem:

– Ruszamy teraz do Kipieli. Znajduję się ona na samym końcu Sautien. Zapewne zastanawiasz się, dlaczego akurat tam, a nie na Moczarach Równin. Pustka, korzystając z najczarniejszej magii, której źródłem jest Księga Przedstworzenia, wyrwała cząstkę zła właśnie z Moczarów Równin po to, aby wykorzystać ją podczas walki. Strzeże Kipieli najpotężniejszymi czarami. Nie zaufała demonom na tyle, aby postawić je na straży. Chce zwrócić jej niszczycielską moc przeciwko nam. Susanne. Będę z tobą szczery. Jeżeli nie odnajdziemy Kipieli jeszcze dziś, Pustka przejmie nad nią całkowitą kontrolę. Dusze tych, których uratowaliśmy, są jednak bezpieczne, nawet jakby coś poszło nie tak. Uratowaliśmy je bowiem z potrzeby serca, prawdziwie. I tutaj Pustka znów się zgubiła. Myśli, że nie uda nam się zniszczyć Kipieli. Jest przekonana, że dusze i tak do niej wrócą. A nawet jeśli nie, to nie interesuje jej powód. Interesuje ją tylko zysk i korzyść. Cel uświęca dla niej środki. Jest przekonana, że przejmie władzę, ale tak się nie stanie. Poświęcenie zawsze zwycięża, Susanne. Najtrudniejsza droga zawsze prowadzi do celu. I wreszcie: prawda zawsze zwycięża. Pustka nigdy tych trzech aspektów rządzących Sautien nie rozumiała. Nienawidziła i nienawidzi wszystkiego co dobre, piękne i szczęśliwe. Nienawidzi nas. Musimy odnaleźć Kipiel, bo inaczej ona zniszczy nas. Na polu bitwy swoimi mackami zagarniałaby dusze każdego z nas do nowych tworów, wypełnionych nienawiścią Pustki. Dwie kipiele czekają na nowe ofiary. Możemy je zniszczyć tylko poprzez unicestwienie tej prawdziwej Kipieli kotłującej się nienawiści. Nikt jeszcze nigdy nie widział jej prawdziwego, niszczycielskiego oblicza. Nikt nie wie, jak tworzy poszczególne kipiele. Na pewno za wysoką cenę. Susanne, koniec to nowy początek. Pustka znowu myślała, iż oddalając swoją najcenniejszą broń, ochroni ją najlepiej. Ale początek zaczyna się zawsze na końcu. Wciąż na nowo i na nowo. A wielka i potężna, wszechwiedząca i nieomylna Pustka gardzi filozofią i drugą stroną rzeczywistości. Aby dotrzeć do Kipieli, wcale nie trzeba udawać się na sam koniec Sautien. Pustka, chcąc ukryć jedną ze swoich najpotężniejszych broni w najbardziej odległym i najbezpieczniejszym miejscu, sprawiła, iż może je zdobyć praktycznie każdy. Susanne, czy rozumiesz, co mam na myśli?

Dziewczyna zamyśliła się. Emesto przemawiał coraz trudniejszym, coraz bardziej zawiłym językiem. Ale wiedziała, że to ona musi wszystko pojąć sama. Największe tajemnice ludzie muszą odkrywać sami. Poznanie prawdy kosztuje niekiedy bardzo wiele. Po chwili spojrzała w oczy Emesta. Zdawały się lśnić kryształkami łez, osadzonymi w zamarzniętej tafli jeziora. Odbijały jednak promienie słońca, a w ich wnętrzu rozkwitały pąki i kwiaty. Nie wiedziała, co ma robić. Nie miała już sił. W jej umyśle szalała burza rozpaczy i wątpliwości. Wiedziała, że musi się z niej wyrwać. Wiedziała, że trzeba coś powiedzieć, spróbować jeszcze raz, żeby zrozumieć.

– Emesto – odpowiedziała – nie jestem pewna, czy rozumiem, co masz na myśli. Wydaje mi się, że te dwie kipiele, które niedawno odwiedziliśmy, różnią się w każdym aspekcie od tej prawdziwej. Nie wiem dlaczego, ale równocześnie mam przeczucie, że Kipiel akurat w dwóch swoich tworach była tą prawdziwą i że my podążamy, próbując złapać coś, co już dało się poznać i się wymknęło. Tyle tylko, że poznać wcale nie oznacza zrozumieć. Księgi Aleados wspominały mi coś o wielkiej Sile, ponadwymiarowej i potężniejszej od Pustki, ale i potężniejszej od nas. Coś podpowiada mi, że Kipiel jest właśnie taką siłą. Ale dlaczego? Przecież to Pustka nią dyryguje, wydaje rozkazy. Z drugiej strony nie zdarzyło się, żeby nie dało się przełamać tego, co Kipiel stworzyła. Jest posłuszna Pustce, a z tego, co mi powiedziałeś, wnioskuję, że dziś może stać się całkowicie uległa. Gdzie mam jej szukać? Trudno znaleźć coś, czego nie widać, co jest wszędzie i nigdzie i włada nad Pustką, słuchając jej. Emesto, to są same paradoksy. Wiąż wydaje mi się, że Kipiel chce mnie znaleźć, a ja chcę ją odnaleźć, ale nie po to, aby ją zniszczyć. A przecież mamy ją zniszczyć...

Susanne nagle zamarła. Przecież Emesto nigdy nie mówił dosłownie o zniszczeniu Kipieli. Mówił, że Pustka myśli, że chcą ją zniszczyć. Po chwili mówiła już coraz odważniej, wszystko zaczęło się ze sobą łączyć.

– Emesto. Pustka myśli, że my chcemy zniszczyć jej tajną broń. A my przecież chcemy i musimy ją odnaleźć i tak jak to wcześniej powiedziałeś, zniszczyć w zarodku. Zniszczyć jej wytwory, będące tak naprawdę wytworami Pustki. Kipiel nie jest kłębowiskiem zła. Została umieszczona na Moczarach

Równin ze względu na swoją zmienną, zdradziecką naturę. Będąc posłuszną swojemu posiadaczowi, zawsze pozostawia uchyloną furtkę dla jego wroga. Pustka zatem nie może o tym wiedzieć, bo gdyby pamiętała o dualizmie Trzech Wybranych Ułud, na pewno nie weszłaby w ich posiadanie. Jak ja mogłam o tym wszystkim zapomnieć, Emesto? Przecież Pustka czytała tylko Księgę Przedstworzenia, w której jak się domyślam, nie mogło być mowy o dualizmie Trzech Wybranych Ułud. To oznacza, że...

– Niestety tak, Susanne. To oznacza, że Kipiel jako jedna z Trzech Ułud daje pozorną władze jej posiadaczowi. Ale Pustka czegoś się domyśla i chce poświęcić kolejne dusze będące w jej władaniu po to, aby Kipiel wiernie jej służyła. I zrobi to dziś. Bo tylko dziś, w równonoc jesienną, raz na sto lat, Kipiel przestaje być Ułudą na tydzień. Ale za ogromną cenę. Pustka opacznie zrozumiała znaczenie tych słów. Myślała, że Ułuda to niemożliwa do osiągnięcia pełnia władzy. Ale przez jej ignorancję i niewiedzę problem stał się rzeczywisty. Nie znając drugiego znaczenia Ułudy, jej właściwości, staje się dla nas jeszcze groźniejsza. Susanne, cieszę się, że zrozumiałaś. Ale powiedz mi, proszę, jeszcze jedno. Wiesz przecież, że nie możesz zniszczyć ani jednej z Trzech Wybranych Ułud, a musisz zniszczyć Kipiel w zarodku. Jak to rozumiesz?

– Zarodek Kipieli to jej źródło. Trzeba przerwać pęta wiążące ją z Pustką i sprowadzić z powrotem na Moczary Równin.

– Tak, Susanne. Nie możemy jednak dać się jej opanować, ponieważ błyskawicznie stracilibyśmy trzeźwy umysł. Jak już wiesz, pozostałe Ułudy są we władaniu tych, którzy stoją ponad samym Czasem. Ani ja, ani ty nie wiemy, czym są. Nie mamy do tej wiedzy prawa. Ale jedną z Ułud umieszczono właśnie na Moczarach Równin, ponieważ uosabia ona największe zagrożenie dla świata: zdradziecką władzę, poczucie wszechmocy, swojej własnej potęgi, któremu ulegali władcy niemalże wszystkich krain we wszystkich galaktykach, od tysięcy lat. Nie wyłączając niestety Sautien. I znów wszystko się zgadza, ponieważ wszystko przeczy. A jeżeli prosiłem cię, abyś nigdy o tej zasadzie nie zapomniała, to oznacza, że początek jest tam, gdzie koniec, a koniec tam, gdzie początek, czyli...

– Czyli tam, gdzie zaczyna się koniec i kończy się początek. W jednym miejscu, w dwóch wymiarach zlanych w jeden. Początek końca i koniec początku – Nicość. Udajemy się do Nicości.

– Tak, Susanne. Tylko w niej ułudy wszelkiego gatunku i wszystkich epok mogą istnieć. Kipiel trzeba wyrwać z macierzystego kokonu, aby znów zasnęła. Tym razem na zawsze. Pustka przywróciła ją do życia, obudziła ze snu najczarniejszą magią. Ta magia pompuje krew do Kipieli z jej macierzystego lądu. Ale Pustka nigdy nie zastanowiła się, czym magia jest, nawet ta najczarniejsza. Niczego nie da się wyczarować z powietrza. Wszystko ma swoją cenę, a poznanie Księgi Przedstworzenia nie równa się jej zrozumieniu.

Po raz kolejny Pustka myśli, że wszystko wie. Nagina odwieczne prawa i granice. Księga Przedstworzenia jest potężna, ale jest równocześnie rewersem Ksiąg Aleados, który musi istnieć, ponieważ zło i dobro istnieją. Ale nie zagłębiajmy się dalej w rozważania. Wiesz na tyle dużo, aby wykonać swoje zadanie. Moim obowiązkiem jest doprowadzić cię do Nicości. Na Księżycu Fijo uczyłem się, jak się do niej dostać, jak przeżyć i jak wrócić. Nicość jest tylko jedna i uczy dostrzegać piękno świta, ukazując jego brak. W Sautien wejście do nicości znajduje się w kilku miejscach. Udajemy się do najbliższego z nich. Naszym celem jest Biały Kamień – portal do bezimiennego świata, zapomnianego, odrzuconego w podświadomość świata niczego. Świata Nicości. Susanne. Nicość to jest pewien świat. Świat, w którym trzeba spróbować samemu zniknąć. Jest to bardzo trudne i gdyby nie to, przez co przeszłaś, nie dałabyś sobie z tym rady. Pamiętaj jednak, że serce i to, co czyni cię prawdziwym, dobrym człowiekiem, jest niezmienne nawet w Nicości. Jedna myśl może przywołać to, czego szukasz. Odwieczne zasady obowiązują nawet w Nicości. Kiedy dotrzemy na miejsce, ja zaczekam na ciebie „na zewnątrz", ale cały czas będę z tobą. Bo nawet gdybyśmy razem udali się do Nicości, każde z nas byłoby samotne. Susanne, wierzę w ciebie. Wierzę, że zniszczysz twory Pustki w zarodku. A jak wszystko się skończy, Pustka będzie się musiała zmierzyć sama z sobą...

Reszta drogi upłynęła im na milczeniu. Susanne nie pytała towarzysza o nic więcej. Już dawno nauczyła się, że jeśli Emesto czegoś nie mówi, to jest jakiś powód, dla którego tak się dzieje. Dziewczyna wiedziała, że niczego by nie zrozumiała, ponieważ umiejętność zrozumienia, tego prawdziwego zrozumienia, to długa droga. I nie jest to tylko i wyłącznie droga wyboistego, ludzkiego życia, ale i umiejętność przekraczania swoich ograniczonych możliwości wnioskowania. Susanne nie miała pojęcia, co na nią czeka, gdy stanie na Białym Kamieniu. Ale jedno było pewne. Będzie to najcięższa próba, na jaką wystawiło ją życie.

*

Niedługo potem Susanne i Emesto dotarli na miejsce. Na maleńkiej polanie, osłoniętej z czterech stron świata przez gęstą kurtynę drzew, leżał Biały Kamień. Sprawiał wrażenie lżejszego od puchu. Spoczywał miękko w objęciach źdźbeł leśnej trawy. Taki przeciętny i niezwykły zarazem, majestatyczny i niepozorny, a łączący świat kolorów, nadziei i życia z bezimienną krainą Nicości. Susanne powoli podeszła do śnieżnobiałego kamienia. Dopiero po chwili spojrzała w oczy przyjaciela. Dostrzegła w nich bezbrzeżną krainę, przepełnioną ogromną wiarą. Nic już nie miało zostać wypowiedziane na głos. Czas odmierzał kolejne sekundy bezlitośnie.

Susanne weszła na kamienny stopień i sięgnęła pamięcią wstecz. Księgi Aleados oprócz konkretnych informacji i umiejętności przekazały jej zarazem wiedzę, której nie miała zrozumieć do chwili, w której będzie jej niezbędna. Wiedziała, że wszystko się zgadza, ponieważ wszystko przeczy. W jej umyśle zaczęły powoli kształtować się obrazy tego, jak postępować. Słowa Emesta niczym echo odbijały się w jej umyśle, nadając znaczenie zamazanym wizjom, by w końcu ukazać, jak postąpić. Susanne nie zrozumiała w pełni, jak ma przenieść się do czegoś, czego nie ma. Ale poznała i zaakceptowała podpowiedzi kołatające w jej umyśle. Już za chwilę miała... zniknąć.

Wiedziała, jak tego dokonać, ale wiedziała również, że to może być ostatnia rzecz, którą w swoim życiu uczyni. Przesłała ostatnie spojrzenie przyjacielowi, stojącemu tak blisko niej, a tak daleko zarazem. Dziewczyna powoli zamykała powieki, zapamiętując szczegóły świata tak bliskiego jej sercu. Gorący potok łez napierał na jej świadomość. Po policzkach nie spłynęła jednak ani jedna srebrzysta kropla. Susanne powoli, acz konsekwentnie odcinała się od tego, co ludzkie. Odcinała się od swoich własnych myśli. Było to niezwykle trudne i bolesne. Ale z każdą chwilą Biały Kamień stawał się jeszcze bielszy, a emanująca z niego światłość otaczała Susanne coraz szczelniej. Każde wspomnienie, które Susanne zapisała w swoim umyśle i sercu, otaczało jej świadomość, zapewniając ochronę przed zapomnieniem. Zapomnieniem wszystkiego. Tylko wspomnienia, wiecznie trwałe, należące do zupełnie innego wymiaru, podlegające zupełnie innym prawom, prowadziły teraz Susanne do świata pozbawionego wszystkiego. Jedyną drogę zdolną przetrwać tak ciężką podróż stanowiły jej uczucia. W pewnej chwili dziewczyna nie czuła już swojego ciała. Miała wrażenie, że zostawiła je gdzieś bardzo, bardzo daleko. Ale czuła też coś zupełnie różnego od tego, kiedy jako dusza udawała się do Keharu. Susanne miała wrażenie, iż za moment zapomni, kim jest, po co wyrusza do Nicości. Świadomość nie ma prawa przebywać w nieświadomości. Zatem jak świadomie dostać się do jednej z Ułud? Nie miała pojęcia. Pamiętała zaledwie, że „to, co czyni człowieka prawdziwym człowiekiem, jest niezmienne nawet w Nicości".

I nagle wszystko się skończyło. Ostatnią rzeczą, którą Susanne zobaczyła, był wirujący kokon mlecznobiałej poświaty. Pozostały tylko... myśli. Susanne miała wrażenie, że tylko jej własne myśli egzystują w Nicości. Wiedziała, że tylko one mogą dokonać tego, czego ona nie potrafi. Z największym wysiłkiem, na jaki było ją stać, pozwoliła swoim myślom ulecieć. Mimo że wyruszyły na poszukiwanie Czegoś w Nicości, na poszukiwanie jednej z Trzech Ułud, była z nimi jednością, kierowała nimi.

Dookoła odbijały się echem wspomnienia rozmowy z przyjacielem.

...Jedna myśl może przywołać to czego szukasz...

...Odwieczne zasady obowiązują nawet w Nicości...

Dostrzegać piękno i doceniać je, obcując z jego brakiem.

Pamięć,

Przemijanie,

Cień,

Miłość.

Sekrety Tasealk i Morfiri.

Dobro i zło.

Wszystko przeplata się niczym pod taflą Złotego Jeziora. Tyle tylko, że tutaj, w świecie niczego, przeplatają się odbicia, a raczej wspomnienia tych wartości. Ale gdzie jest droga prowadząca do celu?

– Jedna z Trzech Ułud – szeptały myśli Susanne.

Po kilkunastu długich chwilach próśb, zdających się być godzinami w bezimienności, coś się stało. Susanne miała wrażenie, iż wynurzyła się z głębokiego, lodowatego uścisku. Czuła, jak wraca do swojego ciała. Jej wzrok ujrzał białą bańkę, w której zawieszona była nie tylko ona sama. Oprócz Susanne w bańce znajdowało się kryształowe zwierciadło o nierównej, choć perfekcyjnej powierzchni. Wspomnienia i myśli Susanne wróciły do niej i podpowiadały, że dotarła do celu. Dziewczyna głęboko w swoim sercu podziękowała Nicości, choć wiedziała, że teraz zacznie się najgorsze i nikt ani nic jej nie pomoże. Ostrożnie podeszła do zwierciadła. Pod jego powłoką kotłowało się czarne jak noc kłębowisko strzępów nocnych mar. Zwierciadło zdawało się być otoczone migocącymi nićmi, szczelnie strzegącymi dostępu do jednej z najpotężniejszych broni. Susanne czuła, że mieczem nic nie zdziała. Stałaby się wówczas taka jak Pustka. Pozbawiona uczuć, opętana żądzą zemsty. Jedyną bronią przeciwko tak potężnej sile było poświęcenie. Susanne wiedziała o cenie, jaką przyjdzie jej zapłacić za zerwanie pęt, którymi Pustka otoczyła swój najcenniejszy skarb. Dziewczyna ostrożnie zbliżyła się do migocącej powłoki. Tym razem jej twarz zalśniła od łez. W jej oczach odbijały się złowrogie, tak niepozorne sploty, w które Pustka przelała całą swoją nienawiść. Ta prawdziwa Kipiel majaczyła za nimi niczym widmo. Susanne zdecydowanie wyciągnęła dłoń w kierunku wrzecionowatej kądzieli nienawiści. Tylko w taki sposób mogła uwolnić jedną z Trzech Ułud, nie ulegają jej złowrogiej mocy.

Kiedy tylko Susanne dotknęła skrzącej się plątaniny, ból powalił ją na kolana. Ledwie zdołała wytrzymać w parzącym kokonie, nie cofając dłoni. Cała nienawiść Pustki i Wynaturzonych do Sautien i do niej samej tliła się pod jej palcami niczym żar. Dziewczyna z trudem podniosła drugą dłoń i ze wszystkich sił pociągnęła migocące nici. Po chwili ustąpiły, opadając bezwiednie na powierzchnię białej bańki, zamieniając się w czarny popiół. Susanne ledwie mogła oddychać. Jej poparzone dłonie odmawiały posłuszeństwa. Dziewczyna wiedziała jednak, że jedna z Trzech Ułud będzie posłuszna właśnie jej. Pustka zbyt obawiała się o swoją egzystencję, aby była w stanie ofiarować swoje istnienie w zamian za ochronę Ułudy i władzę nad nią. Susanne wiedziała też, że przerywając barierę, stała się kimś, kto może zażądać czegoś od Ułudy. Dobrze jednak wiedziała, że nie jest tak naprawdę ani jej właścicielką, ani panią i że nigdy tak nie będzie.

– Ułudo, zrzekam się prawa do ciebie. Jesteś wolna – powiedziała Susanne.

W ułamku sekundy Ułuda zamigotała i zniknęła Susanne z oczu. Dziewczyna wiedziała, że jedna z najpotężniejszych mocy powróciła tam, skąd przybyła wieki temu.

Susanne nie mogła wstać, upadła na białą powierzchnię wyścielającą wnętrze bańki. Tajemnicze siły przyciągały jej bezwładne ciało. Po chwili znów znajdowała się w Nicości. Myśli i wspomnienia powędrowały do Białego Kamienia, niosąc w swoich objęciach utuloną do snu świadomość Susanne. Po kilkunastu minutach dziewczyna nagle się ocknęła, zaczerpnęła powietrza i otworzyła oczy. Jej serce biło jak oszalałe. Zauważyła, że leży w namiocie. Nie bacząc na zawroty głowy, wyszła na zewnątrz. Ledwie zdążyła zobaczyć Emesta i Javiera, po czym wszystko zawirowało. Susanne zemdlała. Obudziła się dopiero po kilku godzinach. Tym razem ujrzała obok siebie Javiera. Gdy tylko zobaczył, że Susanne się obudziła, powiedział:

– Ciii. Leż spokojnie. Przynajmniej jeszcze przez chwilę.

– Ale... – przerwała mu Susanne.

– Żadne ale. Musisz odpocząć. Emesto o wszystkim mi opowiedział. Zabrał cię nieprzytomną do obozowiska. Miałaś poparzone dłonie. Wróżki opatrzyły ci rany. A teraz wypij to – powiedział i podał jej miseczkę z parującym napojem.

Susanne posłusznie wypiła jej zawartość i od razu poczuła się lepiej. Dopiero wtedy zdała sobie sprawę, że na zewnątrz słyszy świst strzał i szczęk zderzających się ze sobą ostrzy.

– Javier, co się dzieje? Ile czasu minęło od momentu, w którym Emesto wrócił ze mną do obozowiska? – zapytała z niepokojem w głosie.

Javier nie odpowiedział od razu. Susanne dostrzegła na jego twarzy zmęczenie i niepokój. Po chwili odrzekł:

– Susanne. Minęły prawie dwa dni. Najpierw byłaś nieprzytomna przez wiele godzin i…

– Javier. Na zewnątrz wojownicy ćwiczą przed ostatecznym starciem, prawda? – przerwała mu.

Javier przytaknął. Susanne, nie zważając na pulsujący w głowie ból, zerwała się na równe nogi.

– Susanne, co ty… – zaczął Javier.

– Muszę przekazać im niezbędne wskazówki, być z nimi, wspierać, a nie leżeć bezczynnie. Javier, zrozum.

Javier nic nie odpowiedział. Wstał i przytulił ją z całych sił. Odezwał się ponownie dopiero po dłuższej chwili:

– Susanne, jutro o zmroku Pustka zaatakuje. Powiedziałem wojownikom wszystko to, co wiedziałem sam. Ostatnia narada odbędzie się jutro o świcie. Bez względu na to, co się jutro wydarzy, wiedz, że cię kocham. Nad życie.

Susanne uśmiechnęła się do niego i pocałowała go. Po chwili powiedziała:

– Muszę znaleźć Emesta i Stacy. Wiesz, gdzie mogą być?

– Emesto jest w głównym namiocie razem ze Stacy.

Susanne uśmiechnęła się do ukochanego jeszcze raz, po czym wzięła go za rękę i razem udali się do wskazanego miejsca. Po drodze do głównego namiotu starała się zamienić chociaż kilka słów z każdym mężnym wojownikiem. Po kilkunastu sekundach dotarli na miejsce. Susanne weszła do środka pierwsza. Tuż za nią szedł Javier. Przy niedużym stole Susanne zobaczyła Emesta. Analizował mapę. Stacy cichutko siedziała obok niego.

– Stacy, Emesto – odezwała się głosem łamiącym się ze wzruszenia.

Dwie pary oczu spojrzały na nią w okamgnieniu. Stacy podbiegła do przyjaciółki i rzuciła się jej w ramiona.

– Jak dobrze, że już się obudziłaś. Tak się o ciebie martwiłam – wychlipała przez łzy Stacy.

– Już dobrze, słoneczko. Ciiiii, spokojnie – odpowiedziała Susanne, tuląc do siebie przyjaciółkę.

Stacy uspokoiła się dopiero po kilku minutach. Powiedziała, że zebrała dla niej jagody i że zaraz je przyniesie. I już jej nie było. Susanne spojrzała na Emesta i powiedziała głosem pełnym wzruszenia i wdzięczności:

– Dziękuję.

Elf przytulił ją do siebie i odpowiedział:

– Nie ma za co.

Chwilę później wróciła Stacy z koszyczkiem jagód. Okazały się być przepyszne i jako że pochodziły z Sautien, miały niezwykłe właściwości. Bardzo długo zachowywały świeżość i dodawały sił. Kiedy

Susanne się posiliła, poprosiła Stacy, żeby poszła gdzieś z wróżkami. Dziewczynka posłusznie opuściła namiot, w którym została już tylko Susanne, Javier i Emesto.

– Jaki mamy plan? – zapytała.

Emesto spojrzał na Javiera, który po chwili odpowiedział:

– Susanne. Niedawno dostaliśmy od Pustki wiadomość. Jak już wiesz, zaatakuje jutro wieczorem. Będzie nas czekała niezwykle ciężka noc. Musisz też wiedzieć, że jutro przybędą wszyscy Sautienczycy, którzy walczyli u mojego boku, ale zostali w ukryciu. Będą wśród nich twoi rodzice.

Kiedy Javier to powiedział, oczy Susanne zalśniły od łez. Jeszcze nigdy nie widziała swoich rodziców... Javier otarł jej łzy i uśmiechnął się. Susanne od razu poczuła się lepiej. Po chwili poprosiła go, żeby kontynuował:

– Na początku spróbujemy ostrzelać armię demonów i samych Wynaturzonych – powiedział Javier. – Mamy nadzieję, że chociaż ich osłabimy. Później każdy z wojowników zaatakuje bezpośrednio. Podzieliłem ich na trzy grupy. Każdy z nich szkoli się do zabijania każdego rodzaju demona, ale poszczególne grupy będą atakowały odpowiednio lewe i prawe skrzydło. Reszta wojowników, łącznie z nami, zajmie się samym środkiem. Susanne. Wiem, że czeka cię jeszcze jedno, ważne zadanie. Nie wiem, na czym będzie ono polegało, ale proszę cię, skup się tylko na nim, a jak je zakończysz, ruszymy na Pustkę. Wiem, że wcześniej nie ma sensu jej atakować. Wiedz, że osobiście będę cię osłaniał. U naszego boku staną Driady, Wiatry, Mirty, Bestie Dna Światów i pozostali. Później rozdasz wszystkim wojownikom *Les Ailes de Feu*. Nazajutrz, o zmierzchu, rozpalone niebo rozświetli mrok, w którego zdradzieckich czeluściach będą się chronić demony, Wynaturzeni i Pustka. Podejrzewamy, że będziemy musieli się zmierzyć z najczarniejszą magią, a Pustka wezwie najniebezpieczniejszych sojuszników. Kiedy będzie już po wszystkim, będziesz musiała unicestwić Księgę Przedstworzenia, aby już nigdy nikt nie mógł z niej korzystać.

Gdy Javier skończył, Susanne przytaknęła na znak, że rozumie. Martwiła się jednak o Stacy. Chciała o niej porozmawiać z Emestem, ale przyjaciel przeczuwając, o co Susanne chce go zapytać, powiedział:

– Susanne. Zapewne martwisz się o Stacy. Co się z nią stanie podczas bitew, jak ją ochronić. Jutro o świcie Soledad i Paz zabiorą ją do Fellonstug. Będzie tam bezpieczna pod opieką Driad. Pozostałe z nich przybędą na bitwę. Zobaczysz się też ze swoimi rodzicami i pozostałymi Sautienczykami, którzy przybędą na Polanę Oeste jutro po południu. Będziecie mieli tylko chwilę na rozmowę. Susanne, nie chcę nic przed tobą ukrywać. Jutro o tej porze rozpęta się piekło. O świcie, podczas ostatniej narady musisz wlać w serca Sautienczyków nadzieję. Będziemy walczyć o naszą ojczyznę z najpotężniejszym i najniebezpieczniejszym wrogiem. Susanne, zawsze będę w ciebie wierzył. Ufaj swojemu sercu, pamiętaj o tym, kim jesteś, i co tak naprawdę się liczy. Tylko miłość może pokonać zło. Naszych sojuszników wezwij jutro, tuż przed bitwą, kiedy zjawią się już wszyscy wojownicy, na których czekamy. Susanne. Pamiętaj, że jestem z ciebie niezwykle dumny i nigdy nie przestanę w ciebie wierzyć.

Susanne uśmiechnęła się do przyjaciela. Po chwili była już w swoim namiocie. Nie mogła jednak zasnąć. Po cichu opuściła namiot, aby nie zbudzić Stacy, i wyszła na zewnątrz. Chłodny wiatr owionął jej twarz. Wokół ognisk siedzieli już nieliczni wojownicy. Susanne pozdrowiła ich i ruszyła przed siebie. Musiała się przejść, spróbować o wszystkim zapomnieć. Zapomnieć o Boju Dusz, o demonach, Pustce i Wynaturzonych. Kiedy dotarła nad strumyk, rozpłakała się. Czuła się taka słaba. Już nie miała siły. Nagle usłyszała w ciemnościach tak dobrze znany jej głos.

– Susanne, nie płacz – powiedział Javier. – Wszystko będzie dobrze. Przejdziemy przez to razem.

Susanne i Javier siedzieli jeszcze nad brzegiem szemrzącego strumyka przez dłuższą chwilę. W ciszy, w swoich objęciach.

I chociaż bitwa jeszcze nie rozgorzała, każdy z Sautienczyków, a nawet każde źdźbło trawy, każdy kwiat, każde zwierzę i każde drzewo wiedziało, że zaczęło się... Zaczęło się to, na co wszyscy czekali, i to, czego najbardziej się obawiali: oczekiwanie na bitwę, która zadecyduje o tym, czy jeszcze kiedyś ich ojczyzna wkroczy z pierwszymi promieniami słońca w czasy pokoju.

ROZDZIAŁ 22

Bitwa

Świt nadszedł szybciej niż kiedykolwiek. Pierwsze promienie słońca gnały wiatr przez Polanę Oeste. Powietrze wypełniał cichy szmer źdźbeł trawy i liści kołysanych w koronach drzew. Przyroda wiedziała jednak, co nastąpi. Nie tylko Susanne, ale i pozostali Sautienczycy wyczuwali w powietrzu nadciągający bój. Pustka i Wynaturzeni zdawali się być z każdą sekundą coraz bliżej. Susanne czuła na swoich barkach ogromny ciężar. Dobrze wiedziała, że kiedy słońce zniknie w objęciach nocy, rozpocznie się walka o wszystko. Rozpocznie się walka o jutro. Od tylu tygodni i miesięcy Susanne przemierzała całe Sautien w poszukiwaniu sojuszników. Odwiedzała miejsca osnute nieprzeniknionymi tajemnicami i najstraszniejszymi wyzwaniami. Krzyżowała plany Pustce, starała się obudzić Sautien do życia i wreszcie nadszedł ten dzień, w którym trzeba będzie zmierzyć się ze złem i je pokonać. Dziewczyna po raz ostatni starała się uchwycić spojrzeniem obraz otaczającego ją świata. Jednakże z każdą sekundą wkradało się do niego sączące się zaciekle zło. Za kilka chwil rozpocznie się ostatnia narada. Susanne czuła wątpliwości, niepokój i obawy, ale musiała być dla Sautienczyków wzorem, podporą i nadzieją.

– Susanne, jesteś gotowa? – zapytał po chwili Emesto.

– Tak, Emesto. Jestem gotowa – odpowiedziała.

Elf poprowadził ją do prowizorycznego wzniesienia. Susanne weszła na pagórek. Była widoczna dla każdego z Sautienczyków. Kiedy wszyscy się zebrali, dziewczyna ostatni raz spojrzała w oczy przyjaciela. Dostrzegła w nich nadzieję i siłę. Poświata złota utkana z mgły wirowała w oczach Emesta. Obraz, który dostrzegała w oczach przyjaciela, nie był niewyraźny. Wręcz przeciwnie. Dostrzegała obrazy wyraźniej niż zwykle. Mgła zdawał się chronić Sautien przed Pustką.

Susanne uśmiechnęła się po chwili do Javiera i Stacy i zabrała głos. W jednej chwili zapanowała cisza. Jedynie głos Susanne przeszywał woal wszechobecnego milczenia. Każda para oczu była skierowana na przywódczynię.

– Posłuchajcie! – zaczęła Susanne. – To miała być ostatnia narada. Ale nie będę już powtarzać, jak macie walczyć, czy jaki jest plan. Jestem przekonana, że wiecie już wszystko. Wiem, że będziecie walczyć ze wszystkich sił i zrobiliście wszystko, co w waszej mocy, aby nie zawieść. Jednak chcę wam coś jeszcze powiedzieć. Dzisiejszego wieczoru przyjdzie nam walczyć nie tylko z Pustką i Wynaturzonymi, co oznacza, że będziemy się mierzyć z czymś, czego jeszcze nigdy nie widzieliśmy, czego nigdy nie poznaliśmy. Świat spowije ołowiany płaszcz krwi, cierpienia, strachu i wycieńczenia. Jednak bez względu na to, z czym przyjdzie nam się zmierzyć, zawsze, w każdej chwili pamiętajcie o jednym. Będę z wami, będę walczyć. Nigdy nie pozostaniecie sami. W każdym Sautienczyku tkwi odwaga zdolna do pokonywania najstraszliwszych przeszkód. Wasze serca wypełnia dobroć, lojalność i niezwykła waleczność. Zaufajcie im bezgranicznie, a wtedy Sautien będzie walczyć z wami. Zaufajcie ziemi, która was wychowywała. Zaufajcie sobie i kierujcie się sercem. Wasze oczy ujrzą makabryczne sceny, a uszy usłyszą najstraszliwsze rzeczy. Ale bądźcie ślepi i głusi na Pustkę. Wasze wspomnienia i nadzieje pokierują mieczami w waszych dłoniach. Niech miłość pokona nienawiść. Niech dobro pokona zło. Na Skrzydłach Ognia lećcie do boju. I pamiętajcie, że Driady, Mirty, Wiatry, Żywioły, Rewersy Żywiołów, Złota Legenda, Duch Czystej Zmarzliny, Duch Jeziora Odmętów, Strażnicy Kul Tasealk i Morfiri, Pani Ezoe, Bestie Dna Światów, Ieseje, Auloa, Żywe Drzewa i wreszcie Czas będą z nami.

Kiedy skończyła, ciszę rozdarły brawa. Wszyscy Sautienczycy klaskali, a Susanne czuła, że odwaga, która zakwitła w ich sercach, nie zgaśnie w czasie bitwy. Przez resztę dnia Susanne ćwiczyła z pozostałymi. Nie miała czasu porozmawiać ani z Javierem, ani ze Stacy. Dopiero po południu Emesto poprosił ją na chwilę na skraj polany, gdzie czekała już na nią Stacy z wróżkami. Susanne spojrzała w oczy przyjaciela i już wiedziała, że widzi Stacy po raz ostatni. Podbiegła do przyjaciółki najszybciej, jak tylko mogła. Przyklękła, odrzuciła miecz i przytuliła Stacy z całych sił. Dziewczynka szlochała w jej ramionach, a Susanne serce krajało się z bólu i żalu. Po chwili spojrzała Stacy w oczy i najspokojniej, jak tylko mogła, powiedziała:

– Stacy. Zobaczymy się jutro. Nie martw się o mnie. Pamiętaj, że już niebawem wszystko się skończy. Wszystko. Do zobaczenia, słoneczko.

– Do zobaczenia, Susanne – odpowiedziała przez łzy Stacy i po raz ostatni uściskała przyjaciółkę.

Susanne z trudem wypuściła ją ze swojego uścisku. Po chwili pożegnała się także z wróżkami. Ostatnią rzeczą, jaką zobaczyła, była znikająca w wirującym obłoku Stacy.

Susanne z trudem powstrzymywała łzy. Podniosła z ziemi Satynowy Miecz. Jego rękojeść lśniła w promieniach zachodzącego słońca. Już niebawem miała zacząć się bitwa. Kiedy Susanne już miała się odwrócić, zatrzymał ją Javier. Bez słowa uścisnęli się i w milczeniu, przez kilka tak krótkich i ulotnych chwil trwali w uścisku. Dopiero po chwili Javier powiedział:

– Susanne. Już czas wezwać naszych sojuszników.

Dziewczyna przytaknęła i razem z Javierem ruszyła w stronę pagórka, z którego rano wygłosiła przemowę. Teraz miała wrażenie, jakby to było tak dawno temu. Miejsce, w którym kilka godzin wcześniej stała Stacy, ziało pustką. Susanne z trudem powstrzymała łzy. Kilka sekund później sięgnęła do torby, w której trzymała najcenniejsze rzeczy i przedmioty otrzymane od magicznych sojuszników. Susanne wystarczyło tylko raz spojrzeć w oczy Emesta i już wiedziała. Wiedziała, że pora wezwać pierwszego z sojuszników. Ze wszystkich sił zawołała:

– Felicio!

W ułamku sekundy powietrze rozświetliły setki migocących drobinek. Po chwili świecące kryształki zawirowały na wietrze i zniknęły. Ale w ich miejscu pojawiły się Driady. Na ich czele stała Felicia. Sroga, piękna i przerażająca. Uśmiechała się jednak do Susanne i razem z towarzyszkami wylądowała na ziemi. Driady nie były już takie bezbronne jak wtedy, gdy po raz pierwszy Susanne ujrzała je w Fellonstug. Teraz każda z nich dzierżyła w dłoni złowrogo połyskującą dzidę, na plecach miała kołczan pełen strzał i przewieszony przez ramię łuk. Ich włosy związane były skórzanymi opaskami, a twarze pokryte tajemniczymi runami. Susanne dostrzegła również, że ich zbroje zostały wykonane z liści, ale tak szczelnie ze sobą splecionych, iż nie sposób byłoby je przebić. W oczach wojowniczek skrzyły się bezlitosne spojrzenia i gdyby nie miły i uprzemy głos Felicii oraz świadomość, że Driady stoją po ich stronie, Susanne nie czułaby się w ich obecności bezpieczna.

– Witaj, Susanne Sautien. My, Driady, będziemy walczyć u twojego boku za Sautien!

– Witajcie. Dziękuję wam z całego serca.

Felicia i pozostałe Driady ukłoniły się niemalże do ziemi i stanęły obok. Po chwili Susanne wezwała Mirty. One również nie zawiodły. Powietrze przesyciło się pajęczyną strumyków, z których wyłonili się mieszkańcy Mirtenbug. Susanne przywitała ich, serdecznie dziękując za przybycie. Później dziewczyna wezwała Wiatry. Każdy z nich zdawał się dzierżyć w dłoni sakiewki, w których to grzmiały czarne chmury, to wirowały trąby powietrzne, ogień czy cyklony. One również ukłoniły się Susanne i stanęły obok Driad i Mirtów. Po chwili przybyły także Żywioły i ich Rewersy. Susanne powitała wszystkich z największą wdzięcznością. Żywioły Wizmundu dodawały jej otuchy spojrzeniem, które mogła dostrzec tylko ona. Susanne wiedziała, że to właśnie od nich będzie zależało jej starcie z Pustką podczas Boju Dusz. Po chwili przybył również Duch Czystej Zmarzliny i Duch Jeziora Odmętów. Susanne ucieszyła się na ich widok nie mniej niż na widok pozostałych sojuszników. Zjawiła się nawet Złota Legenda, którą Susanne tak dobrze pamiętała. Później przybył Kabsil i Pani Ezoe. Oboje dzierżyli Kule Tasealk i Morfiri. Susanne dostrzegła również, że Panie Ezoe ma przewieszony na szyi flakonik ze światłem. Oboje uśmiechnęli się do Susanne i przyłączyli do pozostałych. Ostatnimi z przybyłych były Bestie Dna Światów, Ieseje na czele z Baerasem i Auloa. Wreszcie zjawiły się również Żywe Drzewa i... Czas. Susanne poczuła dzięki nim wszystkim, że nie jest sama. Że mają szansę na zwycięstwo. Po chwili zjawili się również pozostali Sautienczycy walczący u boku Javiera w ruchu oporu i... rodzice Susanne. Kiedy król Inigo i królowa Estrella pojawili się, wszyscy uklękli. Łącznie z Susanne. Król przemówił:

– Moi drodzy Sautienczycy. Wierni, odważni i niezłomni. Proszę was, powstańcie. – Po chwili wszyscy wstali, a król kontynuował: – Będziemy walczyć u waszego boku i razem z wami staniemy do boju o nasz ukochany kraj! W tym miejscu pragnę wam wszystkim podziękować za to, co już uczyniliście dla Sautien i co zapewne uczynicie. Z całego serca dziękuję. Dziękuję w imieniu swoim i królowej.

Kiedy król skończył mówić, wszyscy zaczęli bić brawo i rozeszli się. Susanne dopiero teraz wyraźnie ujrzała swoich rodziców. Obok nich stał Emesto. Zarówno jej matka, jak i ojciec rozmawiali z elfem, który wskazywał im na nią. Susanne ze łzami w oczach patrzyła na rodziców. Jej matka była przepiękna. Susanne była do niej tak bardzo podobna. Kiedy dziewczyna na nią patrzyła, zaczęła sobie uświadamiać, jak strasznie za nią tęskniła. Godzinami, tygodniami, miesiącami i latami nie zamieniły ani jednego słowa. Gdy królowa napotkała wzrok Susanne, zakryła twarz dłońmi. Płakała tak mocno, że aż upadła na kolana. Nie mogła ponownie spojrzeć Susanne w oczy. Ojciec Susanne również ronił łzy. Po chwili podniósł swoją żonę z ziemi. Oboje ostrożnie ruszyli w kierunku córki. Ona jednak już biegła do nich i utonęła w objęciach rodziców. Po raz pierwszy w swoim życiu mogła ich uściskać i poczuć, że ma kochającą matkę i ojca. Wszystko, z czym przyszło jej się zmierzyć w Sautien, stanęło jej przed oczami. Byłaby wtedy zupełnie sama, gdyby nie Emesto, Javier i Stacy, którzy pozwolili jej przetrwać. Susanne miała tylko ich i tak bardzo tę trójkę kochała. A teraz jej matka i ojciec są już z nią.

– Mamo, tato – zdołała tylko wykrztusić Susanne.

– Córeczko – wyszeptali jej rodzice i ponownie przytulili ją do siebie. – Tak strasznie za tobą tęskniliśmy.

Dopiero po dłużej chwili Susanne puściła swoich rodziców. Zauważyła, że jej matka jest ubrana podobnie jak Driady, a ojciec podobnie jak wojownicy. Oboje z całą pewnością chcieli walczyć, a Susanne poczuła, że jest z nich dumna. Po chwili rozdała zarówno swoim rodzicom, jak i pozostałym przybyłym wojownikom Skrzydła Ognia. I wtedy powietrze przeszył nagle przeraźliwy ryk. Niebo spowiła kotara ciemności, a powietrze przesyciło lodowate zimno. Susanne przesłała do Satynowego Miecza jedną myśl i w ułamku sekundy później stała już w złocistej zbroi. Wyszeptała tylko:

– Zaczyna się.

Niebo jarzyło się tysiącami błyskawic, ziemia drżała pod nogami, a nieme krzyki więzły wojownikom w gardłach. Na horyzoncie zbierały się tufowe opary spopielonych nadziei, a w ich bezkresie żarzyły się płonące strzały wroga. Susanne patrzyła na nadciągające zastępy demonów niewzruszona, pełna odwagi, lodowata, kamienna. Czas stojący u jej boku, podobnie jak i pozostali sojusznicy, dodawał dziewczynie otuchy. Wojownicy Sautien odziani byli w lśniące zbroje, a ich miecze pałające złowrogim blaskiem i napięte cięciwy, obute w groty śmiercionośnych strzał, czekały tylko na jeden sygnał, aby ruszyć do boju. Król i królowa stali na czele dwóch grup, które miały zaatakować prawe i lewe skrzydło Pustki.

Na znak Susanne wszyscy walczący o krainę swoich narodzin rozwiązali woreczki ze Skrzydłami Ognia. Niepozorne, drobniutkie pakunki rozświetliły w ułamku sekundy egipskie ciemności. Fosforyzujące opary ognistych iskier wystrzeliły w mroczne opary, opadając na ramiona i plecy walczących z największą delikatnością i gracją, jaką mogą posiadać tak srogie i potężne oręża. Po chwili wszyscy Sautienczycy unosili się już kilka cali nad ziemią, spleceni ognistymi rzemieniami ze Skrzydłami Ognia, zdolnymi do obrony tego, kto je nosi. Paradoksalnie Susanne otrzymała ten niezwykły dar od władcy Morza Aquatol. Ale w Sautien współistnieć mogą i powinny sprzeczności, aby piękno i doskonałość prawdziwie odzwierciedlały to, co niepojęte.

Cztery Wiatry odpędzały przeraźliwe odgłosy armii Pustki i Wynaturzonych, przyćmiewały przerażające fizjonomie demonów i ich przywódców, ćmiły fetor trwogi i śmierci... Każdy może swoje życie stracić, choć Keharu już nie ma, ale i każdy jest nieśmiertelny. Jak żyć, umierając? Czego jeszcze nie jest dane Susanne wiedzieć? Księżniczka już się nad tym nie zastanawiała. Jednym spojrzeniem, głębokim i pełnym wyrazu, spojrzała na Emesta, w jego oczy skrzące się blaskiem gwiazd... i unosząc do góry Satynowe Ostrze, rozpoczęła Bój.

Grad strzał zasypał demony, a wojownicy ruszyli do ataku. Demony Sualx, Axos i Resdx zaciekle próbowały zabić Sautienczyków, lecz z każdym szczękiem ostrzy coraz więcej odwagi i siły przelewało się w serca i dusze bezgranicznie oddanych Susanne wojowników. Wśród tumanów kurzu, w ulewie płaczących niebios, w kałużach krzepnącej krwi Susanne kroczyła przed siebie, zabijając każdego demona, który stanął jej na drodze. Zza mgły wyłaniał się kontur Pustki. Jedynego celu Susanne. Patrząc swojemu wrogowi w oczy, dobyła Berła Aquatolu i morska piana powaliła zachłystujące się słonymi falami potwory. Ślepia Pustki pałały furią, lecz Susanne już dobywała flakoników z kolorami otrzymanymi od Driad. Wszystkie uczucia świata wdarły się do gardeł Wynaturzonych, wpełzały do ich umysłów, paraliżowały... chroniąc jednocześnie Sautienczyków.

Susanne widziała, jak Driady bombardują demony rosą zabójczych pocisków, jak Mirty, zawisłe w powietrzu, sprawiają, iż wrogowie wyparowują. Ieseje broniły każdego z walczących Sautienczyków, siejąc największe zniszczenia w szeregach Pustki. Dziewczyna dokładnie widziała, jak te waleczne stworzenia zabijają demony siłą umysłu, jak wdzierają się w świadomość Pustki. Kabsil i Pani Ezoe omiatali pole walki mocą kul, nad którymi sprawowali władzę. Każdy z Żywiołów i każdy z ich Rewersów wzywał Żywioł, nad którym władał. Fontanny lawy pochłaniały demony, kaskady górskiej wody wdzierały się do ich paszcz, pustynny piach smagany wichrem boleśnie ranił skórę, a ziemia pochłaniała armię Wynaturzonych. Najbardziej majestatyczny w walce był jednak Czas. Skracał żywot potworów w okamgnieniu, przywoływał wszelkie choroby i smutki. Odbierał im życie, które sami odebrali. Bestie Dna Światów okazały się być wybitnymi strategami i bezbłędnymi wojownikami. Susanne nie wiedziała, czym te Bestie walczą, ale zdawało się, jakby z ich paszcz, oczu i pazurów wydobywała się oślepiająco fosforyzująca, neonową zielenią zorza.

Dziewczyna z podziwem patrzyła również na odbicia Żywych Drzew. Wysłały one swoich posłańców, którzy leczyli rany Sautienczyków i okazali się być niezastąpieni w linii obrony. Susanne otrzymała od Żywych Drzew cztery potężne dary. Jeden z nich już wykorzystała, ale pozostały jej jeszcze trzy. Szadź głębin potęgowała moc Berła Aquatolu, mgła krwi uosabiała poległych wojowników, których dusze – przemienione w krwawą mgłę – zlane w jeden wymiar, napierały na wroga. I wreszcie wyrzeczenie, o mocy którego miała się przekonać już niebawem.

Dziewczyna wiedziała, że Emesto lada moment wezwie dobro i zło na pojedynek, w którym Śmierć pozwoli sobą zawładnąć choć na chwilę. Susanne podarowała przyjacielowi cząstki istnień – Pustki i swojego. Ale chciała spojrzeć mu prosto w oczy jeszcze w tym wymiarze, nim stanie z wrogiem w szranki. Pozostało już tylko kilka sekund... Dziewczyna kątem oka dostrzegła jeszcze walczące Ieseje, Ducha

Czystej Zmarzliny i Bestie Dna Światów. Wszyscy chronili ją, kroczącą do Boju Dusz...

Po chwili Susanne poczuła szarpnięcie w całym ciele. Wystrzeliła do góry i przemieniając się w świetlistą smugę, uleciała tam, gdzie można zyskać wszystko i wszystko stracić... Pustka już na nią czekała, ale po jej stronie nikogo i niczego nie było. Susanne dostrzegła na jej wpół transparentnym, bezkształtnym obliczu wyraz wściekłości i zaskoczenia. Grzęzła w smolistej cieczy, utrudniającej jej ruchy. Dziewczyna z kolei swobodnie unosiła się w szmaragdowym, idealnie okrągłym pomieszczeniu. Jej wzrok osnuł równie szmaragdowy płaszcz pergaminowej poświaty. Chociaż wichrowy pejzaż przerażał Pustkę, nie zamierzała się poddać. Jednak gdy tylko zamierzyła się na Susanne, robiąc krok, na moment znieruchomiała. Jej dusza, a raczej jej szczątki, ruszyły naprzód pokiereszowane, z trudem kierowane, jadowite. Taka sytuacja była Pustce obca, ale jeszcze bardziej ją to rozzłościło. Susanne stała już gotowa do walki, otoczona Rewersami Żywiołów, dzierżąc w dłoni broń, którą wykształciła jej dusza – Ciernie. Pośrodku i jednocześnie na uboczu stała Śmierć, tak dobrze Susanne znana. Uśmiechnęła się do niej. Susanne jeszcze bardziej się skoncentrowała.

Po chwili Pustka wystrzeliła w jej stronę czarną rosę zabójczych dzid. W okamgnieniu dziewczyna odparła atak. I nim Pustka zdążyła się zorientować, Rewersy Żywiołów oplotły Ciernie i wystrzeliły w jej stronę szklany deszcz – uosobienie najczystszej i jednocześnie najniebezpieczniejszej broni – wyrzeczenia – która razem z cierniami duszy Susanne wpiła się w poszarpaną duszę Pustki, unicestwiając ją. Pustka, chcąc rzucić się na Susanne w szale zemsty, zniknęła i stanęła oko w oko z Susanne już w Sautien.

Susanne nie zdawała sobie sprawy z tego, jak długo trwał Bój Dusz. Niebo zaczynało się już bowiem rozjaśniać, wypalając na cielsku Pustki pęcherze. Susanne wiedziała jednak, że teraz trzeba dać się poprowadzić Rewersom Żywiołów i Śmierci. W ich eskorcie uczyniła kilka kroków i wpiła ostrze w Pustkę. Wydała ona ostatni ryk i rozpadła się na strzępy, zabierając na wieczne potępienie swoich towarzyszy. Pozostał po niej tylko kobaltowy wolumin – Księga Przedstworzenia. Susanne jednym pchnięciem miecza zniszczyła ją, a ta rozpadła się w drobny mak. Jej cząstki uleciały do Firmamentu Sautien, w którym Żywe Drzewa otoczą ją najpilniejszą strażą, by już nikt nigdy nie mógł się nią posłużyć.

– Skończyło się – wyszeptała Susanne i padając na kolana, zdjęła z głowy hełm.

Strużki czarnego potu popłynęły jej po twarzy, mieszając się z kryształowymi strumieniami łez. Po chwili złocista zbroja zniknęła, a Emesto, Javier i rodzice otoczyli ją, ściskając ze wszystkich sił. Naokoło wszyscy wojownicy krzyczeli:

– Niech żyje Susanne! Zwycięstwo!

Dopiero po kilkunastu minutach radość z tak długo wyczekiwanej wolności i zwycięstwa nieco zmalała i wszystkim ukazał się widok nadciągającego zza linii widnokręgu i skrzącego się mlecznobiałą poświatą blasku. W ułamku sekundy nieznany świt nadziei dotarł do Sautienczyków i równie szybko znikł. Ale to, co po sobie pozostawił, zapierało dech w piersiach. Właśnie takie Sautien, jakie Susanne dostrzegła w Firmamencie Sautien, otaczało ich teraz dookoła. Dziewczyna nawet nie próbowała wyobrazić sobie, jak cudownie musiał teraz wyglądać Firmament.

Trawa pod stopami Sautienczyków bujnie oplatała ziemię i nie nosiła najmniejszych nawet śladów stoczonej bitwy. Również po wojownikach nie było widać, że przed chwilą toczyli śmiertelny bój. Susanne spostrzegła, że każdy z nich, łącznie z nią, jakby zmył z siebie trud fizyczny i psychiczny. A jako że magia powróciła do Sautien na dobre, Stacy już czekała na Susanne i utonęła w jej objęciach. Emesto z oczami pełnymi łez wspominał minione przygody, tak bliskie i zarazem tak odległe. Walka się skończyła. To, o co walczyli prawi Sautienczycy, zostało osiągnięte.

Susanne po chwili z całych sił przytuliła do siebie elfa. Nie musiała nic mówić. Połączyło ją z przyjacielem to, co najtrwalsze – wieczna nić przyjaźni. Otoczona przez najwierniejszych przyjaciół, otoczona tysiącami mieszkańców Sautien, podziękowała im za wszystko. Wśród gromkich braw uściskała rodziców raz jeszcze i ucałowała ukochanego, roniąc łzy.

*

Tak kończy się opowieść o walce z najtrudniejszymi przeszkodami, o walce z tym, z czym na pozór człowiekowi nie jest dane wygrać. Ale uwierzcie mi i uwierzcie Susanne, że podróż od życia do pustyni i na powrót jest możliwa do przebycia. I to niejeden raz...

SPIS TREŚCI

ROZDZIAŁ 1
Epizod, który staje się początkiem 7

ROZDZIAŁ 2
Ucieczka 21

ROZDZIAŁ 3
Taflowy Pomost 31

ROZDZIAŁ 4
Z powrotem na Ziemi 43

ROZDZIAŁ 5
Podróż się zaczyna 53

ROZDZIAŁ 6
Fellonstug 63

ROZDZIAŁ 7
Mirtenbug 75

ROZDZIAŁ 8
W Krainie Żywiołów 89

ROZDZIAŁ 9
Tajemnica 101

ROZDZIAŁ 10
Trzy zadania 113

ROZDZIAŁ 11
Mroczna przeprawa 131

ROZDZIAŁ 12
W krainie umarłych 145

ROZDZIAŁ 13
Lodowe piekło tajemnic 167

ROZDZIAŁ 14
Grota przeklętych 183

ROZDZIAŁ 15
Aquatol 197

ROZDZIAŁ 16
Wizmund 217

ROZDZIAŁ 17
Aleados i Granice Galaktyk 233

ROZDZIAŁ 18
Firmament Sautien 249

ROZDZIAŁ 19
Oko cyklonu 279

ROZDZIAŁ 20
Kipiele 301

ROZDZIAŁ 21
Zaczęło się… 323

ROZDZIAŁ 22
Bitwa 345